AGATHA CHRISTIE POIROT SELECTION

AFTER THE FUNERAL

AGATHA CHRISTIE POIROT SELECTION

AFTER THE FUNERAL

장례식을 마치고 애거서 크리스티 장편 소설 | 원은주 옮김

황금가지

AFTER THE FUNERAL
by Agatha Christie

정식 한국어 판 출간에 부쳐

나는 한국에서 우리 할머니의 작품을 정식으로 출간한다는 소식을 듣고 무척 기뻤다. 할머니가 1920년부터 1970년 무렵까지 오랜 세월에 걸쳐 집필한 작품들은 21세기인 지금 읽어도 신선하고 재미있다. 등장 인물들이 워낙 자연스러워서 요즘 사람들과 다를 바 없고 이들이 등장하는 상황과 장소가 전 세계 사람들의 애정과 향수를 자극하기 때문이다. 한국 독자들은 이번에 새로 나온 정식 한국어 판을 통해 그 동안 접하지 못했던 애거서 크리스티의 일부 작품들을 읽을 수 있을 것이다. 덕분에 한국에 새로운 세대의 애거서 크리스티 팬들이 탄생할지도 모르겠다는 생각을 하면 가슴이 벅차다.

애거서 크리스티는 대표적인 두 명의 주인공으로 기억되는 작가이다. 14권의 작품에 등장하는 마플 양은 영국의 작은 시골 마을에서 평온한 나날을 보내며 뜨개질과 수다로 소일하는 미혼의 할머니이지만, 놀라운 기억력과 날카로운 두뇌 회전으로 주변에서 벌어진 살인 사건을 해결한다.

그리고 마플 양과 상반되는 성격을 지닌 에르퀼 푸아로는 자신만만하고 콧수염을 포함한 자신의 외모와 벨기에라는 국적에 대한 자부심이 상당하다. 그는 이집트와 이라크를 비롯한 세계 각지에서 수수께끼를 해결하며 『오리엔트 특급 살인 *Murder On The Orient Express*』, 『나일 강의 죽음 *Death On The Nile*』, 『애크로이드 살인 사건 *The Murder Of Roger Ackroyd*』 등 애거서 크리스티의 여러 대표작에 모습을 드러낸다.

황금가지의 대담하고 참신한 표지와 전반적인 디자인 덕분에 작품의 성격이 잘 살아난 것 같아 기쁘다. 또한 한국 독자들이 할머니의 원작이 지닌 참된 묘미를 느낄 수 있도록 충실한 번역을 위해 애써 준 점도 높이 사고 싶다.

할머니의 작품이 20세기의 그 어떤 작가들보다 많이 팔리고 있는 이유는 나이와 국적에 상관없이 읽을 수 있는 재미와 감동을 갖추었기 때문이다. 모쪼록 한국 독자들도 황금가지에서 선보이는 애거서 크리스티 작품들을 즐겁게 감상하기를 바란다.

매튜 프리처드
애거서 크리스티의 손자
ACL 이사장

제임스에게

애브니에서의 행복한 나날들을 추억하며

차례

애버네티가(家) 가계도

굵은 글씨로 표시된 사람은 리처드 애버네티의 장례식에 참여한 사람임.

코르넬리우스 애버네티 —— 코렐리 배싱턴

리처드
(사망)

모티머
(사망)

로라 —— 렉스 크로스필드
(사망)

조지

리오 —— **헬렌**
(사망)

고든 —— 페멜라 존스
(사망)

수전 —— 그레고리 뱅크스

티모시 —— **모드**

제럴딘 —— 앤터니 카슨
(사망)

로저먼드 —— 마이클 셰인

피에르 랑스크네 —— **코라**
(사망)

1장

늙은 랜스컴은 다리를 절룩거리며 이 방 저 방 움직여 블라인드를 걷어 올렸다. 이따금씩 침침한 눈을 들어 창밖을 뚫어져라 바라보기도 했다.

머지않아 그들이 장례식에서 돌아올 것이다. 그는 발걸음을 좀 더 재촉했다. 이 저택에는 창문이 너무나도 많았다.

엔더비 홀은 빅토리아 시대에 고딕 양식으로 지어진 대저택이었다. 모든 방에 값비싸지만 색이 바랜 브로케이드*나 벨벳 커튼이 달려 있었다. 빛바랜 실크로 가려진 벽도 여전했다. 초록색 응접실에 들어선 늙은 집사는 벽난로 위에 걸린 엔더비 홀의 첫 주인 코르넬리우스 애버네티의 초상화를 흘끗 올려다보았다. 갈색 턱수염이 공

---

* 무늬를 넣어 짠 직물.

격적으로 앞을 향한 코르넬리우스 애버네티는 손을 지구본 위에 올려놓은 모습이었는데, 본인이 원한 것인지 아니면 화가의 의도인지는 아무도 알 수 없었다.

아주 강단 있게 생긴 신사 분이시군. 늙은 랜스컴은 항상 그렇게 생각했으며, 그분을 주인으로 모시지 않아 다행이라며 남몰래 안도의 한숨을 쉬기도 했다. 그가 모신 신사는 리처드 씨였다. 리처드 씨는 좋은 주인님이었다. 그러나 너무나도 급작스럽게 세상을 떠나버렸다. 한동안 의사가 곁을 지키긴 했지만. 아, 주인님은 젊은 모티머 씨의 죽음으로 인한 충격에서 벗어나지 못하신 것이다. 랜스컴은 화이트 드부아로 이어진 문으로 발걸음을 재촉하며 고개를 설레설레 저었다. 끔찍한 사건, 끔찍한 재앙이었다. 그렇게 훌륭한 젊은 신사가, 그렇게나 건강하던 분이! 그런 분에게 그런 일이 일어날 줄은 아무도 몰랐다. 정말이지 안타까운 일이었다. 일은 연달아 터진다고 했던가, 고든 씨는 전쟁 중에 전사했다. 요즘에는 모든 일이 그런 식이었다. 주인님이 감당하기에는 너무 버거웠다. 일주일 전까지만 해도 건강해 보이셨는데.

화이트 드부아의 세 번째 블라인드가 조금 올라가다 막혀 버렸다. 스프링이 약해서 그런 것이다. 그랬다……. 이 집 안에 있는 다른 모든 것들과 마찬가지로 블라인드 또한 아주 오래되고 낡았다. 이제 이렇게 오래된 것들은 수선할 수도 없다. '너무 구식이에요.' 사람들은 바보처럼 거만하게 고개를 저으며 이렇게 말하곤 했다……. 마치 오래된 것들은 새 것들만큼 중요하지 않다는 듯이! 그럴 때면 그는 한마디 해 주고 싶었다! 값싸고 겉만 번지르르한 물건들, 요즘 나오는 것들의 태반이 그렇다고, 얼마 쓰지도 못한 채 쓰레기가 되어 버린다고. 물건의 원자재가 좋지 않거나, 혹은 장인 정신이 부족하다고. 그래. 한마디 해 주고 싶었다.

사닥다리에 올라서지 않고서는 이 블라인드를 어떻게 해 볼 도리가 없었다. 요즘에는 머리가 어찔해 웬만해서는 사닥다리에 오르지 않았다. 일단은 블라인드를 그냥 두기로 했다. 화이트 드부아는 저택의 정면에 위치해 있지 않기 때문에 장례식에서 돌아올 차들의 눈에 띄지 않을 테고, 요즘에는 이 방을 사용하지도 않기 때문에 상관없었다. 화이트 드부아는 숙녀용 방이었지만 엔더비에서는 오랫동안 숙녀 분의 모습을 찾아볼 수가 없었다. 모티머 씨가 결혼을 하지 않았다는 게 안타까웠다. 모티머 씨는 참한 숙녀 분과 결혼해 아이를 낳고 가정을 꾸리는 대신, 낚시를 하러 노르웨이로, 사냥을 하러 스코틀랜드로, 겨울이면 스키를 타러 스위스로 돌아다녔다. 이 저택에서 아이들이 뛰어다니는 걸 본 지도 오래 전 일이었다.

랜스컴의 머릿속은 또렷하고 선명한 과거로 돌아갔다……. 지난 20년은 누가 오고 누가 갔는지, 그 사람들이 어떻게 생겼는지까지 전혀 기억이 나지 않는 흐릿한 안개 속이었다. 하지만 오랜 과거의 일은 또렷이 기억했다.

리처드 씨는 어린 남동생들과 여동생들에게 있어 아버지 같은 존재였다. 리처드 씨는 스물네 살이 되던 해 아버지가 돌아가시자 바로 가업을 맡아 매일 시계처럼 정확히 출근을 했고, 집안을 돌보는 한편 모든 것에 돈을 아낌 없이 쏟아 부었다. 젊은 숙녀 분들과 신사 분들이 자라는 동안은 아주 행복한 가정이었다. 이따금씩 싸움이 벌어지기도 했지만. 물론 그럴 때면 가정교사들은 어쩔 줄 몰라 쩔쩔맸다! 가정교사들이란 정말이지 심약한 존재들이었다. 랜스컴은 언제나 가정교사들을 경멸했다. 반면 젊은 숙녀 분들은 활기가 넘쳤다. 특히 제럴딘 양이 그랬다. 코라 양 또한 훨씬 어리긴 했지만 그러했다. 그리고 이제는 리오 씨가 죽었고 로라 양 또한 세상을 떠났다. 티모시 씨는 유감스럽게도 환자이다. 제럴딘 양은 외국 어딘가에서 죽었고, 고든 씨는 전사했다. 가장 연장자였던 리처드 씨가 가장 건강했던 것이다. 동생들보다 오래 살았다……. 아니, 불쾌한 예술가 나부랭이와 결혼한 어린 코라 양과 티모시 씨가 살아 있으니 꼭 그렇다고 할 수는 없지. 랜스컴이 코라 양을 마지막으로 본 건 25년 전이었다. 그 예술가 나부랭이랑 떠날 때만 해도 예쁜 아가씨였는데, 지금은 못 알아볼 정도로 뚱뚱해졌다……. 볼썽사나운 원피스 하며! 코라 양의 남편은 프랑스 인, 아니면 절반이 프랑스 인이었을 것이다……. 그런 사람과 결혼을 해 봐야 좋을 게 하나도 없다! 하지만 코라 양은 언제나 좀……. 시골 작은 마을에서라면 순진하다고 불렀을 만한 그런 사람이었다. 집안에 그런 사람이 한 명은 꼭 있기 마련이다.

코라 양은 랜스컴을 정확히 기억하고 있었다.

"세상에, 랜스컴이잖아!"

코라 양은 그를 만나 너무나도 기뻐하는 듯했다. 아, 옛날에는 다들 그를 좋아했다. 디너파티가 열릴 때면 식료품 저장실로 몰래 숨어들어 왔고, 그럴 때면 랜스컴은 식당에서 갓 만들어낸 젤리와 러시아식 샬로트*를 주곤 했다. 옛날에는 다들 늙은 랜스컴을 알았지만, 이제는 그를 기억하는 사람은 거의 없었다. 그 역시 잘 모르고, 그를 그 집에 오래 있었던 집사 정도로만 생각하는 젊은이들뿐이었다. 장례식에 참석하기 위해 내려온 사람들은 전부 낯선 이들, 꼴사나운 낯선 이들뿐이었다!

물론 리오 부인은 예외였다……. 그녀는 달랐다. 리오 부인과 리오 씨는 결혼식을 올린 후 이 저택을 떠났다. 리오 부인은 훌륭한 숙녀, 진정한 숙녀였다. 정숙한 옷에 단정한 머리, 기품이 흘렀다. 그리고 주인님은 리오 부인을 많이 아꼈다. 그분과 리오 씨 사이에 아이가 하나도 없다는 게 안타까웠다…….

랜스컴은 퍼뜩 정신을 차렸다. 해야 할 일이 산더미인데 옛날 생각이나 하며 넋을 놓고 있다니! 이제 1층의 블라인드를 모두 걷은 그는 재닛에게 위층으로 올라가 침실을 정리하라고 지시했다. 그와 재닛, 그리고 요리사들은 모두 교회에서 열린 장례식에 참석했지만, 블라인드를 걷어 올리고 점심 준비를 하기 위해 화장터에 따라가지 않고 저택으로 돌아왔다. 물론 점심은 차가운 음식으로만 준비해야 했다. 햄과 닭고기, 혀와 샐러드. 후식은 차가운 레몬 수플레와 사과 타르트. 먼저 따뜻한 수프가 나가야 하니까……. 잠시 후면 손님들

---

* 스펀지케이크 속에 크림이나 커스터드를 넣은 디저트

이 돌아올 테니 마저리가 준비를 마쳐 두었는지 확인해 보는 편이 좋겠다고 생각했다.

랜스컴은 절뚝거리며 발걸음을 옮겼다. 그의 멍한 시선이 벽난로 위에 걸린 초상화…… 초록색 응접실에 걸린 초상화와 한 쌍인 또 다른 초상화를 스쳐 지나갔다. 새하얀 새틴 옷에 진주 귀걸이를 걸고 있는 귀부인을 그린 훌륭한 초상화였다. 인물은 정작 화려한 옷에 휘감기고 보석에 둘러싸여 아무런 존재감도 발휘하지 못했다. 온순한 인상에 장미꽃 봉오리 같은 입술, 가운데서 가르마를 탄 머리카락. 정숙하고 온화한 여성이었다. 코르넬리우스 애버네티 부인에게서 특기할 만한 단 한 가지 점은 그녀의 이름, 코랠리뿐이었다.

코랠 티눈반창고는 '코랠' 무좀약과 함께 60년이 지난 지금까지도 그 명성을 유지하고 있었다. 코랠 티눈반창고가 특별히 효능이 좋은지는 의문이었지만, 대중들의 기호와 맞아떨어진 건 확실했다. 코랠 티눈반창고 덕분에 수십 에이커에 해당하는 정원이 딸린 이 신 고딕 양식의 성이 세워지게 된 것이며, 또 그것을 일곱 명에 달하는 아들딸들에게 물려줄 수 있었고, 그중 한 명이자 3일 전에 죽은 리처드 애버네티 또한 백만장자로 살다 죽을 수 있었다.

주방 안을 들여다보며 훈계를 하던 랜스컴은 요리사인 마저리의 말대꾸에 말문이 막혀버렸다. 고작 스물일곱밖에 안 된 마저리는 요리사란 이래야 한다는 랜스컴의 기준과 전혀 맞지 않아 항상 짜증스러운 존재였다. 그녀는 랜스컴의 지위를 존경하지도, 존중하지도 않았다. 그녀는 툭하면 이 저택을 '오래된 대형 무덤'이라 불렀고, 식기실과 식료품 저장실을 포함한 주방 구역이 너무 넓다며 '주방을 걸어 다니는 데만 한 나절이 걸린다.'고 투덜거렸다. 그녀가 엔더비에 온 지는 2년이 되었는데, 이곳에 온 가장 큰 이유는 보수가 짭짤하기 때문이었으며 두 번째 이유는 애버네티 씨가 그녀의 요리를 높이 평가했기 때문이었다. 사실 요리 솜씨는 아주 근사했다. 식탁 옆에 서서 차 한 잔의 휴식을 취하고 있는 재닛은 나이가 지긋한 가정부였다. 종종 랜스컴과 신랄한 말다툼을 즐기기는 하지만, 마저리로 대표되는 젊은 세대에 대한 의견에 있어서는 그와 한편이었다. 한편 주방에 있는 네 번째 사람은 잭스 부인이었다. 필요할 때마다 부르는 도우미로, 장례식을 굉장히 즐기는 여자였다. 잭스 부인은 찻잔을 다시 채우고 조심스럽게 코를 훌쩍이며 말했다.

"정말 근사했죠?"

"차가 열아홉 대나 왔고 교회 안은 꽉 들어찬 데다 신부님 예배도 근사했던 것 같아요. 장례식을 치르기에 아주 좋은 날씨였죠. 아, 불쌍한 애버네티 씨. 세상에 그런 분도 없을 텐데. 모든 사람들에게 존경을 받으셨잖아요."

순간 정문 안으로 들어서는 차 소리와 경적 소리가 들리자, 잭스 부인은 찻잔을 내려놓고 외쳤다.

"왔어요!"

마저리는 부드러운 치킨 수프가 담긴 커다란 냄비의 가스불을 켰다. 빅토리아 시대의 웅장함을 자랑하는 커다란 화덕은 과거의 제

단처럼 차갑게 내버려져 있었다.

차들이 줄지어 저택의 정문 안으로 들어섰고, 차에서 내린 검은 옷을 입은 사람들이 방황하듯 홀을 가로질러 커다란 초록색 응접실로 들어갔다. 초가을의 쌀쌀한 날씨 속에 치러진 장례식 내내 서 있느라 더 한기를 느꼈을 사람들을 위해 커다란 벽난로에서는 불길이 타오르고 있었다.

랜스컴은 은쟁반을 들고 응접실로 들어가 셰리주를 권했다.

유서 깊고 존경 받는 회사 '발러드, 엔트휘슬, 엔트휘슬 앤드 발러드'의 사장인 엔트휘슬 씨가 몸을 녹이느라 벽난로를 등지고 서 있었다. 그는 셰리주 한 잔을 받아 들고 예리한 변호사의 눈으로 일행들을 살펴보았다. 전부 개인적으로 아는 사이는 아니었지만, 일행들을 분류해 볼 필요가 있었다. 장례식장으로 떠나기 전 서둘러 형식적인 인사만 나눈 터였다.

엔트휘슬 씨는 먼저 늙은 랜스컴을 바라보며 생각했다.

'점점 다리가 휘청거리는군, 불쌍한 친구…… . 분명 아흔은 다 됐을 텐데. 뭐, 꽤 많은 연금을 받게 될 테니까 노후 걱정할 일은 없겠지. 충성스러운 사람이야. 요즘에는 저렇게 구세대적으로 봉사하는 사람들은 없지. 가정부에 보모까지 따로 고용해야 하니, 하느님 맙소사! 슬픈 세상이야. 불쌍한 리처드가 천수를 누리지 못한 것처럼 말이야. 하긴 그 친군 살 낙이 없었지.'

72세인 엔트휘슬 씨가 보기에 예순 여덟에 죽은 리처드 애버네티는 너무 이른 죽음을 맞이한 것이었다. 엔트휘슬 씨는 2년 전 사업에서 손을 뗐지만, 가장 오랜 고객 중 한 명이자 친구이기도 한 리처드 애버네티의 유언장 집행인으로서의 의무를 다하기 위해 영국 북부까지 달려왔다.

그는 유언장의 조항들을 되새기며, 가족들을 평가했다.

물론 리오 부인인 헬렌은 그도 잘 알고 있었다. 그가 좋아하고 존경하기도 하는 아주 매력적인 여자였다. 그녀가 창가 가까이에 서자 엔트휘슬 씨는 감상하듯 그녀를 바라보았다. 검은색이 그녀에게 잘 어울렸다. 몸매도 여전히 근사했다. 굴곡이 뚜렷한 몸매와 관자놀이 뒤로 넘긴 구불구불한 회색 머리카락, 한때 수레국화를 연상케 했고 여전히 생생한 푸른빛을 띠고 있는 눈이 좋았다.

이제 헬렌이 몇이더라? 쉰하나 아니면 둘 정도 되었으리라. 리오가 죽은 후에도 그녀가 재혼을 하지 않은 게 이상했다. 정말 매력적인 여자인데. 아, 하지만 그 부부는 서로에게 아주 헌신적이었다.

이번에는 티모시 부인에게로 눈길을 돌렸다. 엔트휘슬은 그녀를 잘 알지 못했다. 검은색은 그녀에게 어울리지 않았다……. 시골에서 입는 트위드가 딱 어울릴 것 같았다. 아주 야무지고 유능해 보이는 여자였다. 그녀는 언제나 티모시에게 헌신적인 좋은 아내였다. 그의 건강을 돌보며 어디가 조금만 이상해도 수선을 떨었다……. 어쩌면 좀 지나칠 정도로. 티모시가 정말 어디가 아팠던 걸까? 기껏해야 심기증*이겠지. 엔트휘슬 씨는 생각했다. 리처드 애버네티 또한 그렇

---

* 자신의 건강이 나쁘다고 믿고 걱정하는 증세

게 생각했었다.

"그 애는 몸이 약했어, 물론 어렸을 때 말이야. 지금은 아픈 데라곤 없을걸."

리처드는 이렇게 말했었다.

뭐, 사람들은 나름의 취미 생활을 가지고 있기 마련이다. 티모시의 취미는 자신의 건강을 염려하는 것이었다. 티모시 부인이 거기에 속은 것일까? 아마도 아닐 것이다……. 하지만 여자들은 그런 걸 절대 인정하지 않으려 한다. 티모시는 분명 꽤 잘 살았을 것이다. 절대 사치스러운 데 돈을 낭비하지 않는 성격이었다. 하지만 어마어마한 세금을 내야 하는 요즘엔……. 아무리 아껴도 사정이 어려울 수밖에 없다. 아마도 전쟁 이후로는 허리띠를 바짝 졸라맸어야 했을 것이다.

엔트휘슬 씨는 이번에는 로라의 아들인 조지 크로스필드에게 주의를 돌렸다. 로라가 결혼한 녀석은 영 수상쩍은 놈이었다. 아무도 그에 대해 아는 게 없었다. 본인 말로는 주식중개인이라고 했다. 아들 조지는 변호사 사무실에 근무하고 있지만……. 그리 평판이 좋지 않은 회사였다. 잘생긴 청년이긴 해도 어딘가 교활한 것 같은 느낌이 들었다. 이 젊은이는 그리 넉넉지 않은 환경에서 자랐을 것이다. 로라가 엉뚱한 곳에 투자를 해 바보같이 다 날려 버렸기 때문이다. 5년 전 죽은 로라는 아들에게 아무것도 남겨주지 못했다. 잘생기고 로맨틱한 여자였지만, 금전감각은 제로였다.

엔트휘슬 씨의 눈은 조지 크로스필드에게서 벗어났다. 저 두 아가씨는 누구였더라? 아, 그래. 공작석 테이블 위의 밀랍 꽃을 바라보고 있는 아가씨는 제럴딘의 딸인 로저먼드였다. 예쁜 아가씨, 그보다는 아름답다고 할 아가씨였지만……. 좀 맹해 보이는 얼굴이었다. 그녀는 배우였다. 레퍼토리 극단인지 여하튼 말도 안 되는 그런 곳에서 일했다. 그리고 역시 배우와 결혼했다. 잘생긴 녀석이었다.

'그리고 본인도 그걸 의식하고 있겠지.'

직업 배우들에게 편견을 갖고 있는 엔트휘슬 씨는 생각했다.

'출신 성분이 궁금하군.'

그는 금발 머리에 야성적인 매력을 지닌 마이클 셰인을 못마땅한 듯 바라보았다.

이번에는 고든의 딸 수전. 로저먼드보다는 수전이 무대에 오르는 편이 훨씬 나을 것이다. 더 개성이 있었다. 어쩌면 일상적인 생활을 하기에는 좀 지나치다 싶을 정도로 개성이 넘쳤다. 그는 엔트휘슬 씨는 꽤 가까운 거리에 있는 그녀를 은밀히 관찰했다. 검은 머리카락, 엷은 갈색……. 아니 거의 황금빛에 가까운 눈……, 새침하고 매력적인 입. 그녀의 옆에는 결혼한 지 얼마 안 된 남편이 서 있었다……. 그가 듣기로는 약국 직원이라고 했다. 세상에, 약국 직원이라니! 엔트휘슬 씨의 세상에서 아가씨들은 절대 카운터를 보는 남자와 결혼하지 않았다. 하지만 이제 아가씨들은 아무하고나 결혼을 한다! 별다른 특징이 없는 창백한 얼굴에 엷은 갈색 머리카락을 한 그 젊은이는 안절부절못하는 것 같았다. 엔트휘슬 씨는 그 이유가 궁금했지만, 아마도 수많은 아내의 친척들과 만나게 되어 긴장한 탓일 거라고 치부해 버렸다.

엔트휘슬 씨의 마지막 관찰 대상은 코라 랑스크네였다. 이번에는 어느 정도 공평한 눈으로 바라보았다. 코라는 늦둥이였다. 리처드의 막내 여동생인 그녀는 어머니가 막 오십 줄에 들어서던 해에 태어났으며, 유순한 그 어머니는 열 번째 출산을 이겨내지 못했다.(그중 세 아이는 갓난아기 때 죽었다.) 불쌍한 코라! 코라는 언제나 당혹스러운 아이였으며, 삐죽하니 키만 큰 맹한 아이로 자랐고, 언제나 하지 않는 편이 나았을 말들을 불쑥불쑥 내뱉곤 했다. 코라의 오빠들과 언니들은 막내 동생의 부족한 부분을 채워 주고 실수를 감싸주며 애지중지했다. 하지만 그 누구도 코라가 결혼을 할 거란 생각은 하지 못했다. 코라는 그리 매력적인 아가씨가 아니었던데다, 그녀가 상대를 방문하는 등 대범하게 한 발짝 나아가면 젊은이들은 흠칫 놀라 도망가곤 했다. 그리고 엔트휘슬 씨는 랑스크네에 대한 생각에 잠겼다……. 피에르 랑스크네. 프랑스 혼혈. 언젠가 코라는 프랑스의 예술 학교에서 수채화로 꽃을 그리는 수업에 참가했었다. 하지만 어쩐 일인지 코라는 실제 모델을 사용하는 미술 수업에 참가하게 되었고 그곳에서 피에르 랑스크네를 만나서 집으로 돌아와 그와 결혼하겠다고 선언했다. 리처드 애버네티는 결사반대했다……. 피에르 랑스크네가 마음에 들지 않았던 데다 돈을 노리고 여동생과 결혼하려는 것이라 생각한 것이다. 하지만 그가 랑스크네의 뒷조사를 하는 도중, 코라는 그 녀석과 함께 도망쳐 결혼식을 올리고 말았다. 그 둘은 결혼 생활 내내 브르타뉴와 콘월을 비롯한 전통적인 예술가들의 마을에 살았다. 랑스크네는 형편없는 화가였으며, 누구의 말을 들어 봐도 좋은 남자 역시 아니었지만 코라는 언제나 남편에게 헌신적이었으며 남편을 박대한 가족들을 절대 용서하지 않았다. 리처드는 막내 여동생에게 용돈을 넉넉히 주었으며, 아마도 두 부부는 그 돈으로 먹고 살았을 거라고 엔트휘슬 씨는 믿고 있었다. 랑스크네가 한 번이라도 제 손으로 돈을 번 적이나 있을지 의문이었다. 그가 죽은 지도 이제 12년 혹은 그 이상이 되었을 것이라고 엔트휘슬 씨는 생각했다. 그리고 이제 미망인이 된 코라는 쿠션처럼 둥글둥글한 몸매에 예술적인 면이라고는 조금도 없는 검은색 꽃장식 원피스를 입은 채 어린 시절을 보낸 집으로 돌아와, 여기 저기를 돌아다니며 이것저것을 만지고 어릴 적 기억이 떠오르는 게 기쁜 듯 탄성을 질렀다. 오빠의 죽음을 슬퍼하는 척도 하지 않았다. 코라는 원래 겉치레를 못하는 아이였다.

랜스컴이 다시 응접실에 들어와 상황에 적절한 조용한 목소리로 읊조렸다.

"점심 준비가 됐습니다."

2장

맛있는 치킨 수프를 다 먹은 뒤, 다양한 차가운 음식들과 함께 샤블리 백포도주가 곁들여 나오자 분위기가 밝아졌다. 장례식에 참석한 사람들 중 리처드 애버네티와 가까웠던 사람은 아무도 없기 때문에, 진정으로 그의 죽음을 슬퍼하는 사람은 아무도 없었다. 그저 다들 적당히 예의를 차리고 차분하게 행동했지만 (물론 사회적인 관습에 얽매이지 않으며 즐거워하는 기색이 역력한 코라는 예외였다.) 이제 예의는 어느 정도 차렸으니 평범한 대화를 재개해도 되겠다는 눈치였다. 엔트휘슬 씨는 이러한 분위기를 더욱 더 이끌어 나갔다. 그는 장례식에 참석한 경험이 많았고, 자신의 임무를 수행하기에 적절한 때를 정확히 파악했다.

식사가 끝난 후, 랜스컴은 서재로 커피를 가져가겠다고 했다. 세심한 배려였다. 이제 사업 이야기를, 다시 말해 유언장 이야기를…… 해야 할 때가 온 것이다. 그러기에는 책 선반이 가득하고 두꺼운 레드 벨벳 커튼이 달린 서재가 제격이었다. 랜스컴은 커피를 내려놓고 뒤로 물러난 후, 다시 문을 닫고 나갔다.

약간의 잡담이 오간 후, 사람들은 전부 엔트휘슬 씨를 주목하기 시작했다. 그는 손목시계를 흘끗 쳐다본 후, 사람들의 시선에 즉시 반응했다.

"저는 3시 30분 기차를 타고 돌아가야 합니다."

엔트휘슬 씨가 말문을 열었다.

다른 사람들 또한 그 기차를 타고 돌아가야 하는 모양이었다.

"아시다시피 저는 리처드 애버네티의 유언장 집행인으로……."

순간 누군가가 끼어들었다.

"난 몰랐네요. 오빠가 나에게 뭘 좀 남겼어요?"

코라 랑스크네가 활달하게 말했다.

다시 한 번 엔트휘슬 씨는 코라가 너무 경솔하다고 생각했다.

그녀에게 자제하라는 눈길을 보내며 엔트휘슬 씨는 말을 이었다.

"1년 전까지만 해도 리처드 애버네티의 유언장은 아주 간단했습니다. 유산 중 일부를 제외한 모두를 아들인 모티머에게 상속한다는 내용이었죠."

코라가 말했다.

"불쌍한 모티머. 정말이지 소아마비는 끔찍해요."

"너무나도 갑작스럽고 비극적이었던 모티머의 죽음은 리처드에게 커다란 충격이었습니다. 그 충격에서 헤어나는 데만 몇 달이 걸렸죠. 저는 리처드에게 유언장을 새로 작성하는 게 좋겠다고 조언을 했습니다."

순간 모드 애버네티가 낮고 굵은 목소리로 물었다.

"만약 아주버님이 새 유언장을 만들지 않으셨다면 어떻게 되는 거죠? 그랬다면……. 티모시가 전부 물려받게 됐을까요? 티모시가 최근친자잖아요."

엔트휘슬 씨는 근친자에 대한 설명을 하려고 입을 열었지만, 그만두고 또렷또렷한 목소리로 말했다.

"리처드는 제 조언에 따라 새 유언장을 작성했습니다. 하지만 먼저 젊은 세대들을 만나보고 결정을 내리려 했죠."

수전이 느닷없이 깔깔거리며 말했다.

"큰아버지는 우리를 품평했죠. 처음엔 조지, 그 다음에는 그레그와 나, 그리고 로저먼드와 마이클."

그레고리 뱅크스는 여윈 얼굴을 붉게 물들이며 날카롭게 외쳤다.

"수전, 그렇게 말해서는 안 된다고 생각해. 품평이라니! 우리가 물건도 아니고."

"하지만 그게 그런 말이잖아, 안 그래요, 엔트휘슬 씨?"

"오빠가 나에게 뭘 좀 남겼어요?"

코라가 다시 말을 꺼냈다.

엔트휘슬 씨는 헛기침을 하고 다소 냉정하게 말을 이었다.

"제가 유언장의 복사본을 보내드릴 겁니다. 원하신다면 지금 유언장을 전부 읽어드릴 수 있지만 법률 용어 때문에 이해하기가 힘들 수도 있습니다. 간단하게 말씀드리죠. 먼저 랜스컴에게 연금을 받을 수 있는 유산 일정 부분을 주고, 영지의 대부분은…… 상당한 크기죠…… 균등하게 6등분을 합니다. 이중 네 부분은 상속세를 지불한 다음 리처드의 동생인 티모시와 조카인 조지 크로스필드, 조카딸인 수전 뱅크스와 로저먼드 셰인에게 돌아갑니다. 그리고 나머지 두 부분은 신탁 보관되며 그 소득은 동생 리오의 미망인인 헬렌 애버네티 부인과 여동생인 코라 랑스크네에게 평생 지급됩니다. 두 분이 돌아가신 후에는 다른 네 명의 상속자 또는 두 분의 자녀 분에게로 돌아가게 됩니다."

"그거 아주 좋네요! 소득이라니! 얼마나 되죠?"

코라 랑스크네는 정말로 고마운 듯 말했다.

"저는……. 음……. 현재로서는 정확히 말씀드릴 수가 없습니다. 유산 상속세도 물론 꽤 내야 할 테고……."

"대충만이라도 알려주실 수 없어요?"

엔트휘슬 씨는 코라의 호기심을 만족시켜 줘야 한다는 걸 깨달았다.

"아마도 일 년에 삼사천 파운드쯤 될 겁니다."

"굉장하네요! 카프리 섬에 갈 수 있겠어요."

코라가 말했다.

헬렌 애버네티는 조용히 입을 열었다.

"아주버님은 정말 관대하고 상냥한 분이세요. 제게 베풀어 주신 그분의 호의에 정말 감사드려요."

엔트휘슬 씨가 말했다.

"리처드는 당신을 많이 아꼈습니다. 리오는 리처드가 가장 아끼던 동생이었고, 리오가 죽은 후에도 당신이 이 집을 찾아주어 항상 고마워했죠."

헬렌은 후회스럽다는 듯 입을 열었다.

"아주버님이 얼마나 편찮으셨는지 알아챘어야 했는데……. 그분이 돌아가시기 얼마 전에 찾아 뵈었지만 그 정도인 줄은 몰랐어요. 심각하다고는 생각 못했죠."

엔트휘슬 씨가 말했다.

"상태가 심각했지요. 하지만 리처드는 그런 얘기 하는 걸 싫어했고, 아마 그 누구도 리처드가 그렇게 빨리 갈 줄은 몰랐을 겁니다. 의사 선생님도 꽤 놀랐을 정도니까요."

코라가 고개를 끄덕이며 말했다.

"'자택에서 갑자기 사망.' 신문에 이렇게 실렸던데요. 나도 그때 놀랐어요."

모드 애버네티가 말했다.

"우리 모두에게 충격이었죠. 그 때문에 불쌍한 티모시가 얼마나 슬퍼했는데요. 너무 갑작스럽다고, 계속 그 말만 했어요. 너무 갑작스럽다고."

"하지만 아주 잘 무마가 됐잖아요, 그렇지 않아요?"

코라가 말했다.

모두가 그녀를 뚫어져라 바라보자, 코라는 약간 당황한 듯했다. 그녀는 서둘러 말을 꺼냈다.

"여러분들 말이 다 맞는 것 같아요. 다 맞아요. 내 말은……. 그래 봐야 좋을 건 없다는 거죠……. 공공연히 그런 사실을 알려 봤자 말이에요. 다들 얼마나 불쾌해 하겠어요. 그러니 가족들 사이의 비밀로 지켜야죠."

그녀를 향한 얼굴들은 한층 더 얼빠진 표정이었다.

엔트휘슬 씨는 몸을 앞으로 숙였다.

"코라, 정말이지 무슨 말인지 모르겠군요."

코라 랑스크네는 놀란 듯 커다랗게 눈을 뜨고 가족들을 둘러보았다. 그녀는 마치 새처럼 고개를 한쪽으로 갸웃하고는 말했다.

"오빠는 살해당했잖아요, 안 그래요?"

3장

    일등석 칸 구석에 앉아 런던으로 향하는 엔트휘슬 씨는 코라 랑스크네의 이상한 발언이 마음에 걸렸다. 물론 코라는 좀 정서적으로 불안하고 멍청한 여자였으며, 어릴 적에도 달갑지 않은 진실을 불쑥불쑥 내뱉는 당혹스러운 아이였다. 아니, '진실'이라고 할 수는 없을 것이다. 난처한 말, 그게 훨씬 적절한 표현일 것이다.

    엔트휘슬 씨는 그 부적절한 발언으로 인한 반응을 되짚어 보았다. 코라를 지켜보던 눈길들이 경악과 비난으로 물들었다.

    모드는 이렇게 외쳤다.

    "세상에, 코라!"

    조지는 이렇게 말했다.

    "코라 이모!"

    또 누군가는 이렇게 말했다.

"그게 무슨 뜻이에요?"

터무니없다는 듯한 사람들의 반응에 당황한 코라 랑스크네는 더 듬거리며 변명을 쏟아놓았다.

"오, 미안해요……. 난 그저……. 오, 물론 내가 바보 같은 소릴 했지만 오빠 말로는……. 오, 물론 나도 잘 알지만 오빠는 너무 갑작스럽게 죽었잖아요……. 내가 한 말은 그냥 다 잊어 주세요……. 그렇게 바보 같은 소릴 하는 게 아니었는데……. 내가 원래 말도 안 되는 소릴 잘 하잖아요."

그러자 일시적으로 격앙되었던 분위기가 가라앉았고, 고(故) 리처드 애버네티의 소지품을 처리하는 것에 대한 실질적인 이야기가 오갔다. 이 저택과 엔트휘슬 씨의 물건들은 경매에 내놓기로 했다.

코라의 부절적한 실수는 잊혀졌다. 코라가 저능아는 아니라고 친다 해도, 언제나 당혹스러울 정도로 단순하지 않았던가. 그녀는 해야 할 말과 하지 말아야 할 말을 구분하지 못했다. 열아홉 살 시절엔 그게 큰 문제는 되지 않았을 것이다. 똑똑하지만 철이 없는 아이라고 치부할 수 있었으니. 하지만, 거의 쉰이 다 된 여자가 그렇게 구는 것은 확실히 당황스러웠다. 달갑지 않은 진실을 불쑥불쑥 내뱉는 …….

엔트휘슬 씨의 머릿속에서 꼬리에 꼬리를 물던 생각은 갑자기 퍼뜩 멈춰버렸다. 마음이 쓰이는 그 단어가 떠오른 게 두 번째였다. 진실. 그런데 왜 그 말이 이렇게 신경이 쓰이는 걸까? 코라의 거리낌 없는 말이 불러일으키는 당혹스러움의 근저에는 항상 진실이 있었다. 코라의 말이 사람들을 당혹스럽게 만든 것은 그녀의 말이 진실이거나 혹은 어느 정도의 진실을 담고 있기 때문이었다.

이제는 마흔아홉의 통통한 중년 아줌마가 되었지만, 그래도 코라에겐 어릴 적 맹한 소녀의 모습이 어느 정도 남아 있었다…… 특히 엉뚱한 발언을 할 때면 마치 새처럼 한쪽으로 고개를 갸우뚱 하는 것이나…… 즐거운 듯 무언가를 기대하는 듯한 분위기. 한번은 코라가 식모의 외모에 대해 이렇게 말한 적이 있었다.

"몰리는 배가 너무 나와서 식탁에 가까이 갈 수가 없어요. 지난 한두 달 사이에 그렇게 된 것 같은데. 왜 그렇게 살이 찌는 건지 궁금하네요."

다들 코라의 입을 재빨리 틀어막아야 했다. 애버네티가(家) 가솔들은 빅토리아 시대의 품격을 갖추고 있었다. 그 다음 날 식모는 모습을 감췄고, 탐문조사를 한 끝에 정원사에게 식모와 결혼하라는 명령을 내렸으며 함께 살 작은 집도 마련해 주었다.

먼 옛날의 기억…… 하지만 무언가가 마음에 걸렸다…….

엔트휘슬 씨는 불안한 마음을 좀 더 자세히 살펴보았다. 코라의 터무니없는 발언 중 뭐가 무의식중에 남아 이렇게 거슬리는 거지? 그는 두 가지 문장을 생각해 냈다. "오빠 말로는……." 그리고 "오빠는 너무 갑자기 죽었잖아요……."

엔트휘슬 씨는 먼저 두 번째 말을 생각해 보았다. 그래, 리처드의 죽음은 어떻게 보면 갑작스럽게 느껴질 수 있다. 엔트휘슬 씨는 리처드 본인 및 그의 주치의와 리처드의 건강에 대해 의논을 한 적이 있다. 주치의는 솔직하게 오래 살지는 못할 거라고 털어놓았다. 만약 애버네티 씨가 스스로 건강을 챙긴다면 2년 혹은 3년까지는 더 살 수도 있다고, 가능성이 희박하긴 하지만……. 어쩌면 그보다 더 오래 살 수도 있다고 했다. 어쨌든 주치의는 리처드가 단시일 내로 쓰러질 거라고는 보지 않았다.

뭐, 결국엔 주치의가 틀렸다……. 하지만 의사들 스스로도 인정하듯 의사라고 해서 환자의 병세를 손바닥 들여다 보듯 알 수는 없는 노릇이니까. 가망성이 없다고 포기한 환자들이 느닷없이 회복되기도 하고, 회복기에 접어들던 환자가 병이 재발해 죽기도 한다. 환자의 생명력에 달린 일이었다. 살고 싶다는 환자의 의지 말이다.

그리고 리처드 애버네티는 강하고 원기 왕성한 반면 삶에 대한 애착은 크지 않았다.

6개월 전에 유일하게 살아 있던 아들 모티머가 소아마비에 걸려 1주일만에 죽었기 때문이었다. 모티머는 본래 건강하고 활기 넘치는 젊은이였기 때문에 그 충격이 더 컸다. 모티머는 야외 활동을 좋아했으며 운동을 아주 잘했고, 소위 '평생 감기 한 번 걸리지 않는' 건강 체질이었다. 아주 매력적인 아가씨와 약혼을 하려던 참이었으며, 아버지인 리처드는 사랑스러운 아들의 미래가 행복하길 빌었다.

하지만 장밋빛 미래 대신 비극이 찾아왔다. 아들을 잃은 슬픔 외에 리처드 애버네티의 마음을 괴롭히는 것은 또 있었다. 첫째 아들은 갓난아기 때 죽고 둘째 아들은 자식을 남기지 않고 죽었다. 손자가 없었던 것이다. 사실상 애버네티란 성을 이을 후손이 아무도 없는 셈인데, 리처드 본인은 당시에도 일정 부분 경영을 하고 있는 대기업가였던 데다 엄청난 부를 소유하고 있었다. 누구에게 사업과 유산을 물려줘야 한단 말인가?

엔트휘슬은 리처드가 심각하게 염려하던 점이 바로 그 부분이었다는 걸 알고 있었다. 유일하게 살아 있는 리처드의 남동생 티모시는 환자나 다름없었다. 하지만 조카들이 남아 있었다. 리처드가 그렇게 말한 적은 없지만, 변호사인 엔트휘슬은 그가 젊은 세대들에게 어느 정도 유산을 남겨 주기도 할 테고 그중에서 후계자를 고를 마음도 있을 거라고 생각했다. 지난 6개월 동안 리처드 애버네티가 조카인 조지, 조카딸 수전과 그녀의 남편, 조카딸 로저먼드와 그녀의 남편, 제부인 리오 애버네티 부인을 차례로 저택에 초대했다는 건 엔트휘슬도 아는 사실이었다. 처음 셋 중 하나를 후계자로 선택할 작정이었을 거라고 변호사는 생각했다. 헬렌 애버네티를 부른 것은 개인적인 애정, 그리고 어쩌면 앞으로의 일에 대한 조언을 구하기 위해서였을 것이다. 리처드는 언제나 헬렌의 분별력과 현실적인 판단력을 높이 샀기 때문이다. 엔트휘슬 씨는 또한 지난 여섯 달 중 언젠가 리처드가 동생 티모시를 잠깐 방문한 적이 있다는 것도 기억했다.

최종 결과는 지금 변호사의 서류 가방 안에 들어 있는 유언장에 적혀 있었다. 결론은 재산의 동등한 분배. 따라서 유일하게 내릴 수 있는 결론은 리처드가 조카와 조카딸들 모두에게, 아니 어쩌면 조카딸들의 남편들에게도 실망했다는 것이었다.

엔트휘슬 씨가 아는 한, 리처드는 여동생인 코라 랑스크네를 저택에 와서 머물라고 초대한 적이 없으며……. 그 때문에 코라가 두서없이 무심코 흘린 첫 번째 발언이 다시 신경 쓰였다…….

"오빠 말로는……."

리처드 애버네티는 뭐라고 말했던 걸까? 언제 그런 말을 했던 걸일까? 만약 코라가 엔더비에 오지 않았다면, 리처드 애버네티가 여동생이 사는 버크셔의 예술가 동네로 방문했을 것이다. 아니면 리처드가 편지를 보냈던 것일까?

엔트휘슬 씨는 이맛살을 찌푸렸다. 물론 코라는 아주 멍청한 여자였다. 사람의 말을 잘못 해석해서 그 의미를 왜곡했을 가능성도 농후했다. 하지만 엔트휘슬은 그녀가 도대체 어떤 말을 들었던 것인지 정말 궁금했다…….

코라를 만나 한번 물어보고 싶을 정도로 마음 한 구석이 불편했다. 지금 당장은 아니다. 중요한 일인 것처럼 굴지 않는 편이 좋을 것이다. 하지만 도대체 리처드 애버네티가 코라에게 무슨 말을 했길래 그녀가 그렇게 뜬금없는 말을 던졌는지 알고 싶었다.

"하지만 오빠는 살해당했잖아요, 안 그래요?"

1등석과 멀찍이 떨어진 3등석 칸에서 그레고리 뱅크스가 아내에게 말했다.

"당신 고모는 완전히 정신이 나갔어!"

수전은 멍하게 대꾸했다.

"코라 고모? 오, 그래. 고모는 언제나 좀 단순하고 그랬던 것 같아."

꼿꼿하게 앉아 있던 조지 크로스필드가 날카롭게 쏘아붙였다.

"이모는 정말 입조심 좀 해야겠어. 괜히 사람 심란하게 만들기나 하고."

립스틱으로 입술의 곡선을 따라 그리려던 로저먼드 셰인은 멍하니 중얼거렸다.

"누가 그런 촌스러운 아줌마가 하는 말에 신경이나 쓰겠어? 그런 희한한 옷에 구슬 장식이나 주렁주렁 달고……."

"그건 그만 바르는 게 좋겠어."

조지가 말했다.

"알았어."

로저먼드는 깔깔거리며 립스틱을 치우고 거울 속의 자신의 모습을 만족스럽게 바라보았다.

"딱 좋네."

"조지 말이 맞는 것 같아. 쓸데없는 소문을 퍼트리는 건 아주 쉬운 일이지."

그녀의 남편이 뜬금없는 말을 던졌다.

"뭐, 그게 중요해? 좀 재미있을 수도 있잖아."

로저먼드는 이렇게 말하며 미소를 지었다. 입술 곡선의 양 끝이 올라갔다.

"재미라고?"

네 개의 목소리가 반문했다.

"가문 내에서 살인이 일어나다니, 스릴 넘치잖아!"

로저먼드가 말했다.

신경질적이고 우울한 젊은이 그레고리 뱅크스는 그 순간 매력적인 외모만 제외한다면 수전의 사촌인 로저먼드가 코라 이모와 어느 정도 닮은 구석이 있을지도 모른다는 생각이 들었다. 로저먼드의 그 다음 말은 이러한 인상을 더욱 더 확고히 해 주었다.

"만약 삼촌이 살해당한 거라면 범인은 누구라고 생각해?"

로저먼드가 물었다.

그녀의 눈길은 멍하니 생각에 잠긴 채 허공을 떠돌았다. 그녀는 생각에 잠긴 채 말을 이었다.

"확실히 그분이 돌아가신 건 우리 모두한테 행운이잖아. 마이클과 난 막다른 골목이었으니까. 마이클이 샌드번 쇼에서 아주 좋은 역할을 제안 받았는데 돈이 없어서 그때까지 버틸 수 있을지 막막했거든. 그런데 이제는 부유하게 살게 됐잖아. 뭐, 원한다면 쇼를 계속할 수도 있고. 사실 정말 근사한 역할이 있는 연극이 하나 있는데…….."

무아지경에 빠져 정신없이 떠드는 로저먼드의 이야기에 귀를 기울이는 사람은 아무도 없었다. 모두들 자신의 미래에 대한 생각에 빠져 들었다.

조지는 혼자 생각했다.

'아슬아슬했어. 이제 그 돈을 다시 돌려놓으면 아무도 모를 거야……. 하지만 정말 아슬아슬했지."

그레고리는 등받이에 기대며 눈을 감았다.

'이젠 노예 신세에서 벗어나게 됐군.'

수전은 또렷또렷하고 다소 큰 목소리로 입을 열었다.

"물론 나도 불쌍한 큰아버지 일은 너무 안타깝게 생각해. 하지만 큰아버지는 나이도 많으셨고 모티머도 죽었으니 더 이상 살 낙도 없으셨을 거야. 게다가 병으로 고생하시면서 한 해 한 해 사시는 것도 끔찍하셨을 테고. 이러저럴 것 없이 이렇게 갑자기 돌아가시는 편이 아저씨에게도 훨씬 나아."

젊고 강하고 자신만만한 그녀의 눈은 남편의 진지한 얼굴을 바라보며 부드러워졌다. 그녀는 그레그를 사랑했다. 그녀는 자신이 그레그를 사랑하는 것보다 그가 자신을 사랑하는 게 덜하다는 걸 어렴풋이 느끼고 있었다……. 하지만 그건 그녀의 사랑을 더욱 확고히 해 줄 뿐이었다. 그레그는 그녀의 것이었고 그를 위해서라면 뭐든 해 줄 것이다. 뭐든지…….

엔더비에서 저녁 식사를 하기 위해 옷을 갈아입던 모드 애버네티는(그녀는 하룻밤 머물기로 했다.) 며칠 더 남아 헬렌이 집 정리 하는 걸 도와 준다고 했어야 하나 고민했다. 리처드의 개인 물건들……. 편지도 있을 테고……. 중요한 서류들은 이미 엔트휘슬 씨의 수중에 들어갔을 거라고 그녀는 짐작했다. 그리고 그녀는 가능한 빨리 티모시의 곁으로 돌아가야 했다. 그녀가 옆에 없으면 티모시는 안절부절못했다. 그녀는 남편이 유언장 내용을 마음에 들어 하길, 짜증을 내지 않길 바랐다. 남편은 리처드의 재산 대부분이 자신에게 돌아오길 기대하고 있었다. 자신이 애버네티가 남자 중 유일하게 살아 있는 사람이었기 때문이었다. 리처드는 분명 그에게 젊은 세대들을 돌볼 책임을 맡길 수도 있었을 것이다. 그래, 모드는 남편이 화를 낼까 봐 걱정이 됐다……. 그리고 화를 내는 것은 위장에 아주 나쁘다. 또 남편은 화를 낼 때면 정말 터무니없는 행동들을 하곤 했다. 가끔씩은 균형 감각마저 잃을 때가 있었다……. 이 이야기를 바턴 박사에게 해야 할지 판단이 서지 않았다. 그 수면제들……. 티모시는 최근 들어 수면제를 지나치게 많이 먹었다. 하지만 수면제 병을 대신 맡아 두겠다고 말할라치면 벌컥 화를 냈다. 수면제를 과다 복용하는 건 위험할 수도 있다……. 바턴 박사도 그렇게 말했다. 수면제를 먹으면 머릿속이 멍해져 수면제를 먹었는지를 잊어버린 채 더 많이 먹게 된다고. 그럴 경우 큰 일이 벌어질 수 있다고! 약병 속의 알약들이 예상보다 많이 줄어든 건 분명했다……. 티모시는 약에 관한 한 다른 사람의 말은 조금도 듣지 않았다. 아내의 말도 듣지 않을 것이다……. 티모시는 가끔씩 정말 까다롭게 굴었다.

모드는 한숨을 쉬었다……. 하지만 곧 표정이 밝아졌다. 이제는 사는 게 훨씬 편해질 것이다. 이를 테면, 정원도 꾸밀 수 있을 테고…….

헬렌 애버네티는 초록색 응접실의 벽난로 옆에 앉아 모드가 저녁 식사하러 내려오길 기다리고 있었다.

그녀는 리오를 비롯한 다른 가족들과 함께 이곳에서 지내던 옛날을 추억하며 주변을 둘러봤다. 행복한 집이었다. 이런 저택에는 사람들이 있어야 했다. 아이들과 하인들, 풍성한 식사에 더해 겨울이면 활활 타오르는 벽난로들이 있어야 했다. 아들을 잃은 노인 홀로 살 때는 슬프고 우울한 저택에 불과했다…….

누가 이 저택을 사려 할까? 헬렌은 궁금했다. 호텔이나 학교, 아니 어쩌면 젊은 사람들을 위한 호스텔로 개조되지는 않을까? 요즘에는 이러한 대저택들을 개조하는 일이 흔했다. 들어와서 살기 위해 대저택을 살 사람은 아무도 없을 것이다. 어쩌면 건물을 헐어 새 건물을 지을지도 모른다. 생각만 해도 슬펐지만, 그녀는 단호하게 슬픈 마음을 밀어냈다. 과거에 매달려 봐야 좋을 건 하나도 없었다. 이 집과 이집에서 보냈던 행복한 나날들, 리처드와 리오. 하지만 모두 끝나버렸다. 그녀에게는 돈이 생겼다……. 그리고 리처드가 남겨준 돈이면 이제 키프로스의 별장에서 계속 살 수 있을 것이며, 그녀가 계획했던 일들을 모두 할 수 있을 것이다.

요즘에 돈 때문에 얼마나 걱정이 많았던가. 투자는 모조리 실패하고 세금은 또 어떻고. 이제 리처드의 돈 덕분에 모든 걱정은 끝났다…….

불쌍한 리처드. 22일에 그가 잠을 자다 갑작스럽게 죽은 것은 정말이지 대단한 은총이었다……. 아무래도 그 점 때문에 코라가 그런 생각을 한 건지도 모르겠다. 정말이지 코라는 별났다! 언제나 그랬다. 한 번은 코라가 피에르 랑스크네와 결혼을 한 직후 외국에서 그녀를 만난 적이 있었다. 그날따라 유난히 더 멍청하고 얼빠져 보이던 코라는 연신 고개를 갸우뚱하며 그림에 대한, 특히 남편의 그림에 대한 거창한 칭찬을 늘어놓았는데 필시 남편이 듣기에도 아주 거북했을 것이다. 그렇게 바보 같아 보이는 아내를 좋아할 남자는 없었다. 그리고 코라는 바보였다! 오, 불쌍한 것, 코라도 어쩔 수 없었을 것이다. 게다가 남편이라는 작자도 코라에게 그리 잘해 주지 않았으니.

헬렌의 눈길은 둥그런 공작석 테이블 위에 놓인 밀랍 꽃에 멍하니 머물렀다. 교회로 출발하기 전 이 응접실에서 모두가 앉아 기다리는 동안, 코라는 저 테이블 옆에 앉았었다. 추억에 잠겨 이것저것 만져 보면서 기쁨의 탄성을 지르던 그녀는 집으로 다시 돌아와 너무 기쁜 나머지 왜 이 집에 가족들이 다 모였는지 그 이유를 완전히 잊어버린 것 같았다.

'그래도 코라는 우리처럼 위선적이지는 않지…….'

헬렌은 생각했다.

코라는 사회적 관습 따위는 절대 신경 쓰지 않았다. 그랬다면 "하지만 오빠는 살해당했잖아요, 그렇지 않아요?"라는 질문은 하지 않았을 것이다.

놀라고 충격에 휩싸여 코라를 바라보던 얼굴들! 그 얼굴들에는 정말이지 다양한 표정들이 떠올랐었다…….

갑작스럽게 당시의 장면이 선명하게 떠오르자 헬렌은 이마를 찌푸렸다……. 그 장면의 무언가가 마음에 걸렸다…….

무언가……?

누군가……?

누군가의 얼굴에 떠오른 표정이었나? 그랬나? 무언가……. 어떻게 표현해야 하지……? 그 자리에 있지 말아야 할 무언가……?

헬렌은 그게 무엇인지 알 수가 없었다. 확실히 짚어낼 수가 없었다……. 하지만 어딘가, 무언가가…… 잘못되었다.

한편 스윈든의 한 식당에서는 상복 같지 않은 상복에 구슬 장식을 주렁주렁 단 한 숙녀가 바스 과자*를 먹고 차를 마시며 미래에 대한 기대에 가득 차 있었다. 그녀는 앞으로 닥칠 재앙을 조금도 예견하지 못한 채 그저 행복했다.

이런 횡단 열차 여행은 확실히 피곤하다. 런던을 경유해 리체트 세인트 메리로 돌아가는 게 더 편할 것이다……. 가격도 그다지 많이 차이나지 않을 테고. 아, 이제 경비는 문제가 되지 않지. 하지만 친척들과 함께 여행을 해야 할 것이다……. 어쩌면 가는 내내 이야기를 나누면서. 그건 너무 지치는 일이었다.

아니, 횡단 열차를 타고 집으로 돌아가는 편이 나으려나? 이 바스 과자는 정말 맛있네. 장례식이라는 게 이렇게 속을 허하게 만들다니 정말 희한하지. 엔더비에서 먹은 수프는 맛있었다……. 차가운 수플레도 마찬가지였다.

사람들은 얼마나 독선적이고…… 위선적이던가! 그녀가 살인에

---

* 둥근 빵 과자

대해 얘기할 때 보이던 그 얼굴들! 그녀를 바라보던 표정들!

뭐, 하지만 옳은 말이었다. 그녀는 스스로 만족스러워하며 고개를 끄덕였다. 그래, 옳은 일을 한 거야.

그녀는 시계를 흘끗 올려다보았다. 기차가 출발하기 5분 전이었다. 그녀는 남아 있는 차를 한꺼번에 들이켰다. 그리 맛있는 차는 아니었다. 그녀는 인상을 찌푸렸다.

잠시 그녀는 자리에 앉은 채로 꿈을 꿨다. 앞으로 펼쳐질 미래에 대한 꿈을……. 그녀는 마치 아이처럼 행복한 미소를 지었다.

이제야 만족스러운 인생을 살게 된 것이다. 그녀는 머릿속으로 열심히 계획을 짜며 플랫폼으로 나갔다…….

4장

엔트휘슬 씨는 밤새 뒤척였다. 아침이 되었는 데도 너무 피곤하고 온몸이 찌뿌드드해 자리에서 일어날 수가 없었다.

집안일을 돌봐주는 여동생이 쟁반에 아침 식사를 들고 들어와, 그 나이에 건강 상태도 좋지 않은데 영국 북부로 쏘다니냐며 잔소리를 해 댔다.

엔트휘슬 씨는 리처드 애버네티가 아주 오랜 친구라는 말로 변명을 했다.

"게다가 장례식이라뇨!"

여동생은 아주 못마땅한 듯 목소리를 높였다.

"장례식은 오라버니 나이 되는 사람한테 아주 치명적이라고요! 오라버니도 좀 더 자기 건강을 챙기지 않으면 그 오랜 친구라는 애버네티 씨처럼 어느 날 갑자기 어떻게 될지 몰라요."

'갑자기'라는 말에 엔트휘슬 씨는 움찔했다. 꿀 먹은 벙어리처럼 동생의 말에 아무런 대꾸도 하지 못했다.

엔트휘슬 씨는 왜 자신이 '갑자기'라는 말에 움찔했는지 잘 알고 있었다.

코라 랑스크네! 그녀가 한 말은 분명 말도 안 되는 소리였지만, 그럼에도 왜 그녀가 그런 말을 한 것인지 그 이유를 알아내고 싶었다. 그래, 리체트 세인트 메리로 내려가 그녀를 만나 봐야겠다. 유언장 관련 문제로 서류에 서명이 필요하다는 핑계를 댈 수 있을 것이다. 그녀의 바보 같은 말에 신경 쓰고 있다는 걸 알아차리게 할 필요는 없었다. 어쨌든 내려가서 그녀를 만나 볼 것이다…… 곧.

아침 식사를 마친 엔트휘슬 씨는 베개에 기대《타임스》를 읽었다. 《타임스》는 마음을 가라앉히는 데 특효약이었다.

그에게 전화 한 통이 걸려온 것은 그날 저녁 5시 45분 쯤이었다.

그는 수화기를 들었다. 저편에서 들려오는 목소리는 현재 '발러드, 엔트휘슬, 엔트휘슬 앤드 발러드'의 부사장 제임스 패럿 씨였다.

"여보게 엔트휘슬, 내가 방금 리체트 세인트 메리라는 곳의 경찰에게서 전화를 받았다네."

"리체트 세인트 메리?"

"그래. 그런데……."

패럿 씨는 말을 멈췄다. 당황한 것 같았다.

"코라 랑스크네 부인의 일이야. 그 사람이 애버네티 씨의 상속자 중 한 명이지?"

"그래, 맞아. 어제 장례식에서 봤지."

"그래? 그녀도 장례식에 참석했었나?"

"그래. 그런데 코라가 왜?"

패럿 씨는 난감한 목소리였다.

"그게…… 그녀가……. 정말 이상한 일인데……. 그녀가…… 살해당했다네."

패럿 씨는 아주 못마땅한 듯 마지막 말을 했다. 발러드, 엔트휘슬, 엔트휘슬 앤드 발러드와는 아무 관련 없는 일이 아니냐는 투였다.

"살해당했다고?"

"그래, 그래. 불행히도 그런 것 같아. 그러니까 내 말은, 확실한 사실이라는 거야."

"어쩌다 경찰이 우리에게 연락을 한 거야?"

"랑스크네 부인의 말벗인지 하녀인지 하는 길크리스트 양이라는 사람에게 경찰이 부인과 가까운 친척이나 변호사 이름을 물었다는 군. 그런데 이 길크리스트 양이 친척들 이름과 주소는 잘 모르는 것 같고 우리 회사는 알더라고. 그래서 바로 우리에게 연락을 한 거야."

"경찰에서는 왜 코라가 살해당했다고 하는 건가?"

엔트휘슬 씨가 물었다.

패럿 씨는 다시 난감한 목소리로 대꾸했다.

"아, 뭐, 의심의 여지가 없는 것 같아……. 그러니까 손도끼인지 뭐 그런 걸 사용한……. 아주 잔인한 범죄였던 것 같네."

"강도?"

"그럴 수도 있지. 어딘가를 세게 얻어맞았고, 자질구레한 것들이 몇 개 없어진 데다 서랍들이 다 빠져 있었으니까. 하지만 경찰에서는 뭔가 있다고 생각하는 것 같아……. 강도로 위장한 거라고 생각하는 게 아닐까."

"그게 몇 시에 일어난 일인가?"

"오늘 오후 2시에서 4시 30분 사이라네."

"하녀는 어디에 있었고?"

"책 빌리러 도서관에 갔었다지. 5시쯤 집에 돌아와 랑스크네 부인이 죽은 걸 발견했다더군. 경찰이 혹시 그녀를 노릴 만한 사람이 있는지 묻길래 난……."

패럿 씨는 격분한 듯 말을 이었다.

"정말 있을 수 없는 일이라고 생각한다고 말해 줬지."

"그래, 그렇지."

"정신 나간 놈의 짓이 분명해……. 무언가 훔칠 만한 게 없을까 하는 생각에 앞뒤 안 가리고 그녀를 공격한 거야. 그게 분명해……. 음, 자네는 어떻게 생각하나, 엔트휘슬?"

"그래, 그래……."

엔트휘슬 씨는 멍하니 중얼거렸다.

패럿의 말이 옳다, 엔트휘슬은 스스로에게 말했다. 그의 말대로일 것이다…….

하지만 불행히도 그의 귓가에는 코라의 밝은 목소리가 생생히 울려 퍼졌다.

"오빠는 살해당한 거잖아요, 안 그래요?"

바보 같은 코라. 언제나 그랬다. 하룻강아지 범 무서운 줄 모르고 달갑지 않은 진실을 불쑥불쑥 내뱉었다…….

진실!

그 저주받을 단어가 또 다시…….

엔트휘슬 씨와 모턴 경위는 평가하듯 서로를 바라보았다. 엔트휘슬 씨는 깔끔하고 정확하게 코라 랑스크네에 관한 사항들을 모두 알려 주었다. 그녀의 어린 시절, 결혼 생활, 과부 생활, 재정적인 상황, 친척들까지.

"티모시 애버네티 씨는 랑스크네 부인의 오빠 중 유일하게 살아 계신 가족이지만, 그분은 은둔자에 병자라 집 밖으로 나올 수가 없습니다. 그분께서 제게 모든 권한을 위임하셨고 필요한 조사에 모두 응하라고 하셨습니다."

경위는 고개를 끄덕였다. 이런 노련한 노변호사와 이야기를 하게 돼서 안심이었다. 나아가 이 변호사가 수수께끼 같은 이 사건을 해결하는 데 도움이 될지도 모른다는 희망을 품었다.

경위는 입을 열었다.

"길크리스트 양에게 들은 바로는 랑스크네 부인은 죽기 전날 오빠의 장례식에 참석하기 위해 북부로 가셨다던데요?"

"그렇습니다, 경위님. 저 또한 참석했었죠."

"랑스크네 부인의 태도에서 뭔가 평소와 다른 점…… 이상한 점을 발견하셨다거나, 혹은 뭔가 걱정하는 것 같지는 않았습니까?"

엔트휘슬 씨는 짐짓 놀랍다는 듯 눈썹을 치켜 올렸다.

"살해당하기 직전의 사람들은 태도에 반드시 이상한 점이 나타난다는 법칙이라도 있나 보죠?"

엔트휘슬 씨의 물음에 경위는 다소 애처로운 미소를 지었다.

"그분에게 '초자연적인 힘'이 있거나 그 일을 예견하셨을 거라는 생각은 하지 않습니다. 네, 저는 그저…… 그저 평소와 다른 점이 있었는지를 알아보려는 것뿐입니다."

"전 잘 이해가 안 되는군요, 경위님."

"이해하기가 그리 쉬운 사건은 아닙니다, 엔트휘슬 씨. 만약 누군가 길크리스트 씨가 2시에 집을 나서서 마을로 가는 버스 정류장에서는 걸 보았다고 해 보죠. 이 누군가는 그 후에 장작더미 옆에 놓아두었던 손도끼를 들고 그걸로 주방 창문을 깬 다음 집 안으로 들어 갔습니다. 그러고는 위층으로 올라가서 그 손도끼로 랑스크네 부인을 공격했지요……. 아주 잔인하게, 여섯 번 내지 여덟 번을 내리쳤습니다."

엔트휘슬 씨가 움찔했다.

"아, 네, 아주 잔인한 범죄였습니다. 그런 후, 이 침입자는 서랍을 몇 개 헤집어 놓고 10파운드 정도 가치나 있을까 싶은 몇 가지 잡동사니를 챙겨 집을 떠났습니다."

"랑스크네 부인은 침대에 누워 있었습니까?"

"네. 그 전날 밤 늦게 집에 돌아와 지치기도 했고 잔뜩 흥분했던 모양입니다. 유산을 좀 받게 됐다죠?"

"네."

"랑스크네 부인은 전날 밤 잠을 제대로 자지 못해 아침에 두통이 심했습니다. 차를 서너 잔 마시고 두통약을 먹은 다음, 길크리스트 양에게 점심 때까지 깨우지 말라고 했다지요. 두통이 나아지질 않자 수면제 두 알을 먹었고요. 그리고 도서관에 가서 책을 바꿔 오라면서 길크리스트 양을 내보냈습니다. 따라서 침입자가 들어왔을 당시 이미 잠들었거나, 혹은 머리가 멍한 상태였을 겁니다. 범인은 위협을 통해 충분히 원하는 것을 얻어낼 수 있었을 테고, 혹은 입에 재갈을 물릴 수도 있었을 겁니다. 그런데도 미리 밖에 숨겨 두었던 손도끼를 사용한 건 지나친 것 같습니다."

"어쩌면 손도끼로 위협만 하려던 건지도 모르죠. 그런데 코라가 반항을 했다면……."

엔트휘슬 씨가 말했다.

"부검 결과 별다른 반항의 흔적은 없었습니다. 공격을 당했을 당시 랑스크네 부인은 옆으로 누워 평화롭게 잠들어 있었던 것 같습니다."

엔트휘슬 씨는 불편한 듯 몸을 뒤척이며 대꾸했다.

"세상엔 그렇게 잔인하고 몰상식한 살인범들도 있나 봅니다."

"아, 네, 네. 아무래도 이번 사건이 그런 것 같습니다. 수상한 인물이 있는지 조사 중이지만, 이웃 주민들이 연루되지는 않은 것 같습니다. 모두들 알리바이가 확실한 걸 보면 그건 분명합니다. 그 시간이면 대부분 직장에 있을 시간이기도 하지요. 물론 랑스크네 부인의 집은 마을 바깥의 길 위쪽에 있기 때문에, 누구든 들키지 않고 쉽게 집에 들어갈 수 있긴 하지요. 마을 주변으로 길들이 복잡하게 얽혀 있거든요. 아침에 날씨가 맑았고 며칠 동안 비가 오지 않아 땅이 단단했기 때문에 눈에 띄는 바퀴 자국도 없었습니다……. 차를 타고 온 사람이 있었다면 말입니다."

"범인이 차를 타고 왔을 거라고 생각하십니까?"

엔트휘슬 씨가 날카롭게 물었다.

경위는 어깨를 으쓱했다.

"모르겠습니다. 제가 아는 거라고는 이 사건에 이상한 점이 있다는 겁니다. 이를 테면……."

그는 책상 앞으로 한 움큼의 잡동사니를 밀었다. 작은 진주들이 달린 이파리 모양의 브로치 세 개, 자수정이 달린 브로치 세트, 진주들이 달린 끈, 석류석 팔찌.

"랑스크네 부인의 보석 상자에 있던 것들입니다. 집 밖 덤불 사이에 감춰져 있던 걸 찾아냈습니다."

"네……. 네, 그것 참 이상하군요. 어쩌면 범인은 자신이 저지른 짓에 놀라서……."

"그럴 수도 있습니다. 하지만 그렇다면 위층의 랑스크네 부인 방에 두고 갔겠죠……. 물론 침실을 나와 1층으로 내려오는 길에 갑자기 겁이 났을 수도 있지만요."

엔트휘슬 씨는 조용히 입을 열었다.

"혹은 경위님 말씀대로, 눈속임일 수도 있겠죠."

"네, 여러 가지 가능성이 있습니다……. 이 길크리스트라는 여자의 짓일 수도 있고요. 두 여자만 함께 살았으니. 그 사이에 어떤 다툼이나 원한, 갈등이 있었는지 아무도 모를 일이지 않습니까. 그래서 저희 측에서도 그런 가능성을 충분히 검토해 보았습니다만, 가능성은 희박한 것 같습니다. 사람들의 증언에 따르면 둘은 꽤 사이가 좋았다는군요."

경위는 잠시 말을 멈추었다가 다시 이어나갔다.

"변호사님은 랑스크네 부인의 죽음으로 이득을 볼 사람이 아무도 없다고 보시죠?"

변호사는 불편한 듯 몸을 뒤척였다.

"그렇게 말하지는 않았습니다."

모턴 경위는 날카롭게 변호사를 올려다보았다.

"저는 랑스크네 부인의 수입원은 오빠에게서 받는 용돈이며, 변호사님께서 아는 한 부인 자신의 소유로 된 재산은 없다고 말씀하신 걸로 알고 있습니다만."

"그렇습니다. 랑스크네 부인의 남편은 무일푼으로 죽었고, 제가 어려서부터 지켜 본 랑스크네 부인의 성격으로 미루어 보아 돈을 저축한 적이라곤 없을 겁니다.

살던 집은 본인의 소유가 아니라 빌린 것이고, 집에 있는 가구 몇 점들은 오늘날에도 이렇다 할 가치가 없는 것들입니다. 인조 떡갈나무 가구와 형편없는 그림 몇 점이 전부거든요. 랑스크네 부인이 누구에게 유산을 남겼는지 몰라도 그리 많이 받진 못할 겁니다……. 만약 유언장을 썼을 경우에 말이죠."

엔트휘슬 씨는 고개를 저으며 말을 이었다.

"랑스크네 부인이 유언장을 썼는지 어쨌는지는 저도 모릅니다. 아주 오랫동안 그녀를 보지 못했으니까요."

"그렇다면 방금 하신 말씀은 어떤 뜻입니까? 뭔가 마음에 걸리는 게 있으신 모양인데요?"

"네. 네, 그렇습니다. 가능한 정확하게 말씀드리고 싶었으니까요."

"유산 말씀이십니까? 오빠가 남겼다는 유산요? 랑스크네 부인에게 유서를 써서 그 유산을 마음대로 처분할 권한이 있었습니까?"

"아니요, 그런 뜻은 아닙니다. 코라에게는 유산을 마음대로 처분할 권리가 없습니다. 이제 코라가 죽었으니 코라의 몫은 리처드 애버네티의 유산 상속자 다섯 명에게 골고루 나눠지게 될 겁니다. 제 말은 이런 뜻이었습니다. 나머지 상속자 다섯 명 모두가 코라의 죽음으로 인해 자동적으로 이득을 보게 된다는 거죠."

경위는 실망한 표정이었다.

"아, 뭔가 실마리를 잡을 줄 알았는데요. 뭐, 그 사람들이 이곳까지 찾아와 랑스크네 부인에게 도끼를 휘두를 만한 동기는 아닌 것 같습니다. 아무래도 정신병자…… 필시 풋내기 범죄자 중 한 명의 짓이 아닐까요……. 겁을 집어 먹고는 장신구들을 덤불에 쑤셔 넣고 달아난 겁니다. 네, 그런 게 분명해요. 평판 좋은 길크리스트 양이 범인이 아니라면 말입니다. 제가 보기에도 길크리스트 양은 분명 아닌 것 같습니다."

"길크리스트 양이 시신을 발견한 건 언제입니까?"

"오후 5시쯤이었습니다. 도서관에서 4시 50분 버스를 타고 집으로 돌아왔죠. 현관문을 들어선 뒤 주방으로 가서 찻주전자를 올려놓았습니다. 길크리스트 양은 랑스크네 부인의 방에서 아무런 소리도 들리지 않는 것을 보고 부인이 아직도 잠을 자는 모양이라고 생각했습니다. 그 후에 길크리스트 양은 주방 창문이 깨져 있는 걸 발견하죠. 바닥이 온통 유리조각 투성이었습니다. 그때까지도 길크리스트 양은 동네 아이들이 공을 던지거나 새총을 쏜 모양이라고만 생각했습니다. 그녀는 랑스크네 부인이 아직 자고 있는지, 아니면 차를 내와도 될지 알아보기 위해 위층으로 올라가 부인의 방을 아주 조용히 들여다 보았습니다. 물론 그녀는 깜짝 놀라 비명을 질렀고, 집 밖으로 뛰쳐나와 가장 가까운 이웃집으로 갔습니다. 길크리스트 양의 진술은 앞뒤가 명확하고, 그녀의 방이나 욕실 또는 옷에서는 핏자국이 전혀 발견되지 않았습니다. 그래서 저는 길크리스트 양은 이 일과 아무런 연관이 없다고 생각합니다. 의사가 그 집에 도착한 건 5시 30분이었습니다. 사망 시각은 적어도 3시 30분······. 어쩌면 2시에 가까울 거라고 추정할 수 있습니다. 따라서 누군지 알 수 없는 범인은 집 주변에서 길크리스트 양이 집을 나서길 기다렸을 가능성이 높다는 겁니다."

변호사의 얼굴이 살짝 일그러졌다. 모턴 경위는 말을 이었다.

"변호사님께서도 길크리스트 양을 만나보실 작정이십니까?"

"그럴까 생각 중입니다."

"그래 주신다면 감사하겠습니다. 길크리스트 양은 저희에게 할수 있는 말은 다 해 준 것 같지만 또 모르는 일이잖습니까. 대화를 나누다 보면 어떤 실마리가 튀어나올 수도 있고요. 나이 많고 깐깐하긴 하지만 꽤 생각도 있고 노련한 여잡니다……. 게다가 아주 유능합니다."

경위는 말을 멈추었다가 다시 입을 열었다.

"시신은 영안실에 있습니다. 혹시 보고 싶으시다면……."

엔트휘슬 씨는 마지못한 듯 고개를 끄덕였다.

잠시 후, 엔트휘슬 씨는 코라 랑스크네의 시신을 내려다보고 서있었다. 시신은 심하게 훼손되었으며 헤나로 염색한 앞머리는 피에 엉겨 딱딱하게 굳어 있었다. 엔트휘슬 씨는 메스꺼운 듯 입을 꾹 다물고 시선을 돌렸다.

불쌍한 코라. 엊그제만 해도 오빠가 자신에게 뭘 남겨 줬는지 얼마나 궁금해 했던가. 분명 장밋빛 인생을 꿈꾸었을 텐데. 그 돈이면 수많은 바보 같은 일들을 하면서 즐겁게 살 수 있었을 텐데.

불쌍한 코라……. 그러한 꿈마저 한순간에 끝나 버리다니.

코라의 죽음으로 인해 이득을 본 사람은 아무도 없다. 그 장신구들을 가지고 도망친 잔인한 침입자 또한 마찬가지이다. 다섯 명은 유산 몇 천 파운드를 더 받게 되겠지만……. 이미 받게 될 유산만 해도 충분할 것이다. 아니, 그 사람들에게 동기가 있을 리 없다.

코라가 본인이 살해당하기 바로 전날 살인에 대해 언급했다는 게 좀 이상하긴 했다.

"오빠는 살해당했잖아요, 안 그래요?"

정말로 터무니없는 소리였다. 터무니없다! 정말이지 터무니없다……! 모턴 경위에게 말하기에는 너무도 터무니없는 소리다.

먼저 길크리스트 양을 만나봐야 한다…….

물론 가능성은 희박할 것 같지만 어쩌면, 길크리스트 양이 리처드가 코라에게 어떤 말을 했는지 실마리를 던져줄 수도 있지 않은가.

"오빠 말로는…….."

리처드는 도대체 무슨 말을 했던 것일까?

"당장 길크리스트 양을 만나 봐야겠어."

엔트휘슬 씨는 혼잣말을 했다.

길크리스트 양은 앙상하고 시든 얼굴에 짧은 머리카락은 철회색이었다. 50세쯤 된 여성들이 종종 그렇듯 멍한 표정을 하고 있었다.

그녀는 엔트휘슬 씨를 다정하게 맞이했다.

"이렇게 와 주셔서 정말 감사합니다, 엔트휘슬 씨. 저는 랑스크네 부인의 가족들에 대해 아는 게 너무 없는 데다, 당연히 이전까지 살인 사건에 관계된 적이 한 번도, 단 한 번도 없어서요. 너무 끔찍해요!"

엔트휘슬 씨는 길크리스트 양이 살인 사건에 연루된 적이 한 번도 없었을 것임을 확신했다. 그도 그럴 것이, 그녀의 반응은 엔트휘슬 씨의 동업자와 너무나도 닮아 있었다.

"물론 책으로야 읽은 적이 있죠."

길크리스트 양이 범죄를 이야기하기에 적절한 분야를 찾았다.

"하지만 전 그런 책을 읽는 것도 그리 좋아하지 않아요. 대부분이 너무 천박하잖아요."

그녀를 따라 응접실로 들어간 엔트휘슬 씨는 주변을 날카롭게 둘러보았다. 강한 유성 페인트 냄새가 났다. 집 안은 정신없이 복잡했으며, 모턴 경위의 말대로 가구 때문이라기보다는 그림 때문이었다. 벽을 온통 벽을 뒤덮은 그림들의 대부분은 어둡고 지저분한 유화였다. 간간이 수채화가 몇 점, 정물화도 한두 개 있었다. 작은 그림들은 창가 밑의 긴 의자에 수북이 쌓여 있었다.

"랑스크네 부인이 벼룩시장에서 자주 사 오시곤 하셨어요."

길크리스트 양이 설명했다.

"그림 사는 걸 아주 좋아하셨지요, 불쌍한 분……. 벼룩시장이란 벼룩시장은 다 찾아다니셨어요. 요즘에는 그림이 아주 싸잖아요. 헐값이죠. 이 집에 있는 그림 중 1파운드 이상 낸 게 없어요. 개중에는 몇 실링밖에 안하는 것도 있고, 가치 있는 그림을 발견할 수 있는 기회도 있다고 항상 말씀하셨지요. 이건 이탈리아 원시파 작품인데 엄청난 돈이 될지도 모른다고 말씀하셨더랬죠."

엔트휘슬 씨는 의심스러운 눈길로 길크리스트 양이 가리킨 이탈리아 원시파 작품을 바라보았다. 그는 코라가 그림에 대해서는 아무것도 아는 게 없었으리라고, 생각했다. 이 물감 덩어리들 중에 단

하나라도 5파운드 이상의 가치가 있다면 손에 장을 지지리라!

엔트휘슬 씨의 표정을 보고 그의 생각을 재빠르게 알아차린 길크리스트 양이 입을 열었다.

"물론 전 그림에 대해서는 잘 몰라요. 아버지가 화가셨지만 불행히도 그리 성공한 화가는 아니셨거든요……. 하지만 어릴 적엔 저도 수채화를 그려 본 적이 있고 그림에 대한 이야기를 많이 주워 들었기 때문에, 랑스크네 부인께서도 그림에 대해 같이 이야기하고 자기를 이해해 줄 사람이 있어 다행이었을 거예요. 불쌍하신 분, 예술 작품에 그렇게나 관심이 많으셨는데."

"랑스크네 부인을 좋아하셨습니까?"

멍청한 질문이군. 엔트휘슬 씨는 생각했다. 길크리스트 양이 그 질문에 어떻게 '아니요.'라는 대답을 할 수 있겠는가? 코라는 분명 함께 살기에 성가신 사람이었을 것이다.

"오, 그럼요. 우린 아주 잘 지냈어요. 물론 어떤 면에서는 랑스크네 부인이 좀 아이 같긴 하지만요. 생각나는 대로 다 말해 버리시잖아요. 그분의 판단이 언제나 옳았는지는 모르겠어요……."

사람들은 망자를 나쁘게 말하지는 않지…….

엔트휘슬 씨가 말했다.

"천진난만했죠. 절대 지적인 여성이라고는 할 수 없었고요."

"네, 네……. 어쩌면요. 하지만 아주 예리한 분이셨어요, 엔트휘슬 씨. 정말 아주 예리하셨어요. 가끔씩은 제가 깜짝깜짝 놀라기도 했다니까요……. 어쩌면 그렇게 정곡을 찌르시는지."

엔트휘슬 씨는 한층 흥미로운 눈길로 길크리스트 양을 바라보았다. 이 여자는 절대 어리석지 않다.

"랑스크네 부인과 함께 산 지 몇 년 되셨죠?"

"3년 반이요."

"그렇다면. 음…… 말벗뿐 아니라……. 그러니까 저…… 집안일도 돌보셨나요?"

그가 예민한 부분을 건드린 모양이었다. 길크리스트 양의 얼굴이 살짝 달아올랐다.

"아, 네. 그럼요. 요리도 거의 제가 했어요……. 전 요리하는 걸 꽤 좋아한답니다……. 그리고 집안 청소며 간단한 일들을 했죠. 물론 거친 일은 하지 않았어요."

길크리스트 양의 목소리는 아주 단호했다. '거친 일'이 뭔지 전혀 감을 잡지 못한 엔트휘슬 씨는 그저 맞장구를 쳤다.

"거친 일은 일주일에 두 번씩 팬터 부인이 와서 했어요. 엔트휘슬 씨, 저는 하인이 될 생각은 전혀 없었어요. 제가 운영하던 작은 찻집이 망했을 때는…… 정말 재앙이었어요……. 아시다시피 그때는 전쟁 중이었잖아요. 그 찻집이 제 인생의 낙이었는데. 전 그곳을 윌로우 트리*라고 불렀는데, 찻잔을 비롯한 모든 식기에 푸른색 버드나무 문양이 새겨져 있었답니다……. 달콤하고 예뻤죠……. 케이크도 정말 맛있었고요……. 제가 케이크와 스콘 만드는 재주가 좀 있

----

* 버드나무.

거든요. 네, 전 아주 잘했는데 전쟁이 일어나고 물자가 부족해지면서 모든 게 다 무너졌어요……. 제가 항상 하는 말이지만 전 전쟁의 피해자예요. 그리고 그렇게 생각하려고 노력하고 있고요. 전 아버지에게서 물려받은 돈을 전부 가게에 투자했는데 그나마도 다 잃어서 일거리를 찾아야 했어요. 하지만 제가 뭘 배운 적이 있어야죠. 그래서 한 숙녀 분 댁에 갔지만 영 아니었어요. 얼마나 무례하고 거만하던지……. 그 후에는 사무실에서 일을 좀 했지만 그 일은 전혀 저와 안 맞았고, 그 후에 랑스크네 부인 댁으로 왔는데 처음부터 죽이 잘 맞았지 뭐예요……. 그분 남편이 예술가였던 것 하며 모두요."

길크리스트 양은 숨을 헐떡이며 말을 멈추었다가 애처롭게 덧붙였다.

"아, 제가 그 사랑스럽고 사랑스러운 그 찻집을 얼마나 아꼈는데요. 정말 근사한 분들이 오시곤 했답니다!"

길크리스트 양을 바라보던 엔트휘슬 씨의 뇌리에 갑작스러운 영상이 떠올랐다……. 월계수 나무, 다홍색 고양이, 파란 앵무새, 버드나무, 노란 옥수수가 여성의 모습을 한 채 각자 파란색 또는 분홍색, 또는 주황색 앞치마를 깔끔하게 두르고 차와 케이크 주문을 받는 모습……. 길크리스트 양이 운영했던 구시대풍의 숙녀다운 찻집, 점잖은 손님들이 찾는 그곳은 그녀에게 있어 마음의 고향이었던 것이다. 이 세상에는 수많은 길크리스트 양들이 있어, 모두들 온화한 얼굴에 고집스러운 윗입술을 가졌으며, 머리칼은 약간 숱이 적은 회색일 거라고 엔트휘슬 씨는 생각했다.

길크리스트 양은 이야기를 계속했다.

"하지만 이 이상 제 개인적인 얘기는 곤란하겠죠. 경찰 분들은 제게 아주 친절하게 대해 주고 여러 가지로 배려해 주셨어요. 정말 아주 친절한 분들이셨어요. 본부에서 모턴 경위님이 찾아오셨는데 어찌나 자상하시던지. 제가 저 아래쪽에 사는 레이크 부인 댁에서 하룻밤 묵을 수 있도록 주선까지 해 주셨지만 사양했답니다. 랑스크네 부인의 자취가 남아 있는 이 집에 머무는 게 제 의무라는 생각이 들어서요. 경찰이 그······. 그······."

길크리스트 양은 침을 삼켰다.

"시신을 옮기고 그 방도 폐쇄해 놓은 데다, 경위님 말씀으로는 경찰관이 밤새 주방을 지킬 거라고 하시더군요······. 깨진 창문 때문에 그렇다고요······. 다행히 오늘 아침에 유리창을 새로 갈았어요. 제가 어디까지 얘기했죠? 아, 네. 그래서 전 제 방에서 자도 괜찮다고 말했답니다. 물론 방문 앞에 서랍장을 끌어다 막아놓고 창턱에는 커다란 물병을 올려놓은 건 사실이지만요. 무슨 일이 생길지 아무도 모르는 일이잖아요······. 혹시라도 정신병자라도 쳐들어오는 일이 생기면 즉시 알 수 있게 말이죠······."

순간 태엽이 풀린 듯 길크리스트 양의 목소리가 줄어들었다. 엔트휘슬 씨는 재빨리 입을 열었다.

"그런 사실들은 모턴 경위에게 들어 전부 알고 있습니다. 길크리스트 양 본인의 생각을 말씀해 달라고 부탁드린다면 너무 실례가 될까요?"

"아니에요, 엔트휘슬 씨. 엔트휘슬 씨께서 어떤 기분인지는 저도 잘 알아요. 경찰들은 너무 공적인 질문만 하잖아요, 그렇죠? 그렇고 말고요, 그렇죠."

"랑스크네 부인께서는 그저께 밤에 장례식장에서 돌아오셨다죠?"

엔트휘슬 씨가 운을 띄웠다.

"네, 기차가 밤늦게 도착했거든요. 부인이 시킨 대로 제가 택시를 불러 드렸죠. 아주 피곤해 하셨어요, 불쌍한 분······. 피곤하신 것도 당연했죠······. 하지만 그것 빼고는 아주 기분이 좋아 보이셨어요."

"네, 네. 랑스크네 부인께서 장례식에 대한 얘기를 하셨습니까?"

"조금이요. 제가 부인께 따뜻한 우유를 한 잔 갖다드렸어요. 다른 건 필요 없다고 하셨지요······. 그러더니 교회가 사람들이며 어마어마한 꽃들로 가득했다고 하셨죠······. 오! 그리고 작은 오빠를 만나지 못해 유감이라고도 말씀하셨어요. 티모시던가요······. 맞나요?"

"네, 티모시가 맞습니다."

"그분을 뵌 지 20년이 넘었다면서 장례식장에 오셨으면 했지만, 그런 상황에서는 오지 않는 편이 낫다고 생각했을 거라고 하셨죠. 하지만 그분의 아내인 모드는 장례식에 참석했는데 참 뻔뻔스럽기도 하다고······. 오 이런, 정말 죄송해요, 엔트휘슬 씨. 말이 그냥 튀어나와서······. 절대로 일부러 그런 건 아니에요······."

"괜찮습니다, 괜찮아요. 저는 아무런 관계도 없으니까요. 그리고 저도 코라와 시누이 사이가 그리 원만하진 않았다고 생각합니다."

엔트휘슬 씨는 격려하듯 말했다.

"부인께서 그렇게 말씀하셨거든요. '난 진작부터 모드가 거만한 데다 남의 일에 쓸데없는 참견이나 하는 사람인줄 알았다니까.' 하고요. 그러더니 너무 피곤하시다며 바로 잠자리에 들겠다고 하셨죠……. 제가 미리 준비해 둔 뜨거운 물병을 드리자 위층으로 올라가셨고요."

"특별히 기억에 남는 말을 하진 않았습니까?"

"이런 일을 예견하진 못하셨답니다, 엔트휘슬 씨. 혹시 그런 말씀이시라면요. 그건 확실해요. 아시겠지만 부인께서는 놀라울 정도로 활기차시잖아요……. 피곤할 때와 슬플 때를 제외하면요. 부인께서는 제게 카프리*에 가는 걸 어떻게 생각하느냐고 물으셨어요. 카프리라니! 물론 저는 그렇다면야 너무 근사할 거라고 말씀드렸죠……. 제가 카프리에 갈 일이 있을 거라는 생각은 전혀 못 해 봤거든요……. 그랬더니 부인께서 '우린 카프리에 가게 될 거야!'라고 하시지 않겠어요. 그래서 전, (물론 부인이 실제로 말씀진 않으셨지만) 돌아가신 오빠 분께서 유산이나 뭐 그런 걸 남겨 준 모양이라고 생각했어요."

엔트휘슬 씨는 고개를 끄덕였다.

"불쌍한 분. 뭐, 그래도 부인께서 그런 상상으로 기분이 좋으셨으면 다행이라고 생각해요……."

길크리스트 양은 한숨을 쉬고는 애처롭게 중얼거렸다.

---

* 이탈리아 남부의 유명 관광지

"어쨌든 이제 카프리에 갈 일은 없을 것 같네요……."

"그리고 다음 날 아침에는요?"

길크리스트 양의 실망한 모습을 알아차리지 못한 엔트휘슬 씨가 다시 질문을 던졌다.

"다음 날 아침에도 랑스크네 부인은 몸이 좋지 않으셨어요. 정말 안 좋아 보이셨어요. 악몽 때문에 잠을 거의 자지 못했다고 하셨죠. 그래서 제가 어제 너무 피곤해서 그러셨을 거라고 했더니, 어쩌면 그런 건지도 모르겠다고 대답하셨어요. 부인은 침대에서 아침 식사를 하신 뒤 오전 내내 주무시다가 점심 때도 못 일어나겠다고 말씀하셨지요. '마음이 너무 싱숭생숭해. 이것저것 계속 생각이 나서 잠을 제대로 잘 수가 없어.'라면서 수면제를 먹고 오후에는 좀 푹 자야겠다고 말하셨고요. 그리고 전에 빌려 왔던 책 두 권은 기차 여행을 하는 동안 다 읽으셨다면서 저더러 버스를 타고 도서관에 가서 다른 책으로 바꿔 오라고 하시지 않겠어요. 보통 일주일에 두 권 정도 읽으시거든요. 그래서 저는 2시가 막 지났을 때 집을 나섰고 그때가……. 그때가……. 마지막이었어요……."

길크리스트 양은 훌쩍거리기 시작했다.

"부인께서는 분명 다시 잠드셨을 거예요. 아무 소리도 못 들으셨을 테죠. 경위님은 분명 고통 없이 가셨을 거라고 말씀하셨어요……. 첫 번째 공격에 돌아가셨을 거라고요. 오, 세상에, 생각만 해도 속이 메스꺼워요!"

"길크리스트 양. 그날 일을 굳이 떠올릴 필요는 없습니다. 제가

원하는 건 그저 그 비극이 있기 전의 랑스크네 부인에 대해서 말씀
해 주셨으면 하는 겁니다."

"평소와 다름 없으셨어요, 정말이에요. 그날 밤에 잘 못 주무신
것 빼고는 아주 행복하셨고 미래에 대한 꿈에 부풀어 계셨다고 친
척 분들께 전해 주세요."

엔트휘슬 씨는 잠시 침묵을 지키다가 다음 질문을 던졌다. 증언
을 특정 방향으로 유도하고 싶지 않았던 것이다.

"혹시 랑스크네 부인께서 특별히 친척들에 대해 언급하지는 않으
셨습니까?"

"아니요, 아니에요. 그러지는 않으셨던 것 같아요."

길크리스트 양은 잠시 생각에 잠겼다.

"티모시 오빠를 만나지 못해 유감이라는 말만 하셨어요."

"리처드 씨의 죽음에 대해서는 아무 말 없으셨습니까? 그러니까
음……. 죽음의 원인이라던가? 그런 말씀은요?"

"없었어요."

길크리스트 양의 얼굴에 경계하는 기색은 전혀 없었다. 만약 길
크리스트 양이 코라에게서 살인이라는 얘기를 들었다면 얼굴에 무
슨 변화가 떠올랐을 것이다. 길크리스트 양은 모호하게 말했다.

"그분은 한동안 아프셨다고 들었는데요. 하지만 돌아가셨다는 소
식을 들었을 때는 놀랐어요. 아주 건강해 보이셨거든요."

엔트휘슬 씨는 그 말에 재빨리 반응했다.

"리처드 씨를 보셨다고요……? 언제요?"

"그분이 랑스크네 부인을 만나러 이곳에 오셨을 때요. 어디 보자……. 대략 3주 전이었어요."

"이 집에서 묵으셨나요?"

"오, 아니요……. 그저 점심만 들고 가셨어요. 느닷없는 방문이었죠. 랑스크네 부인도 예상 못한 일이었지요. 옛날 가족 간의 다툼이 있었는지 아주 오랫동안 오빠를 보지 못했다고 하셨거든요."

"네, 맞습니다."

"그분을 다시 만나게 되자 부인께서는 꽤 당황하셨어요……. 어쩌면 그분의 건강이 그렇게나 안 좋은 걸 알고 그러셨던 것 같기도 하고요……."

"랑스크네 부인께서 오빠가 아프다는 걸 알았습니까?"

"오, 네. 똑똑히 기억해요. 왜냐하면 전…… 리처드 애버네티 씨가 노망이 나신 건 아닌가 생각했었거든요. 제 고모도……."

엔트휘슬 씨는 교묘하게 그 화제를 바꿨다.

"랑스크네 부인의 말씀을 듣고 노망이라고 생각하신 건가요?"

"네. 랑스크네 부인은 이렇게 말씀하셨어요. '불쌍한 리처드 오빠. 모티머가 죽은 것 때문에 한참은 더 늙은 것 같아. 노망이 난 건지. 누가 자기를 독살하려 한다느니 노리고 있다느니 말도 안 되는 소리만 늘어놓고 말이야. 노인네들이 원래 그렇지만.' 물론 저도 그 말이 맞을 거라고 생각했어요. 제가 말씀드리려던 고모도 하인들이 자기 음식에 독을 넣으려 한다면서 결국 삶은 달걀만 드시게 되었죠……. 삶은 계란에는 독약을 넣을 수 없지 않겠냐면서요. 저희는 고모 말씀이 맞다고 맞장구를 쳐 췄지만 요즘이라면 어떻게 해야 할지 몰랐을 거예요. 요즘에는 달걀이 너무 귀한 데다 대부분은 외국에서 들여오기 때문에 삶는 건 너무 위험하거든요."

엔트휘슬 씨는 길크리스트 부인의 귀가 먼 고모 이야기를 잠자코 들었다. 그는 마음이 산란스러웠다.

길크리스트 양의 흥분한 목소리가 잦아들자, 마침내 그는 입을 열었다.

"랑스크네 부인은 오빠의 말을 그리 심각하게 받아들이지는 않았 겠죠?"

"오, 네, 엔트휘슬 씨. 랑스크네 부인은 충분히 이해하셨어요."

물론 길크리스트 양이 뜻한 의미는 다른 것이었지만, 엔트휘슬 씨는 그 또한 마음에 걸렸다.

코라가 이해했을까? 그 당시에는 아니었을 것이다. 아마도 한참 후에야 이해했을 것이다. 하지만 코라가 너무 제대로 이해한 것은 아닐까?

엔트휘슬 씨는 리처드 애버네티에게 노망기는 조금도 없었다는 걸 알고 있었다. 그의 지력은 그대로였다. 어떤 식으로든 헛된 망상을 하는 사람이 결코 아니었다. 항상 그래 왔듯 그는 냉철한 사업가 였고……. 투병 중에도 그 점에서는 아무런 변화도 없었다.

여동생에게 그런 말을 했다는 건 이상한 일이었다. 하지만 어쩌면 어린아이처럼 예리한 구석이 있는 코라가 리처드의 말에서 그런 낌새를 알아차리고는, 마치 리처드 애버네티가 그렇게 말한 것처럼 부풀려 말했을지도 모르는 일이었다.

일반적인 기준에서 코라는 완전히 바보였다. 제대로 된 판단을 할 줄 모르고 어린 아이같이 미숙했지만, 동시에 가끔씩은 어린 아이처럼 초인적인 예리함으로 정곡을 찔러 주변 사람들을 깜짝 놀라게 만들기도 했다.

엔트휘슬 씨는 이 정도에서 그만두기로 했다. 길크리스트 양은 이미 말한 내용 이외에는 별달리 아는 것이 없어 보였다. 그는 혹시 코라 랑스크네가 유언장을 남긴 게 있는지 물어 보았다. 그 즉시 랑스크네 부인의 유언장이 은행에 보관되어 있다는 대답이 돌아왔다.

몇 가지 사항을 더 협의한 후 엔트휘슬 씨는 자리를 떴다. 그는 길크리스트 양에게 당장 필요한 생활비라며 약간의 현금을 (거의 강제로) 쥐여 주었으며, 다시 한 번 연락을 취하겠다고, 새 집을 찾을 때까지 이곳에 머물러 주면 고맙겠다고 말했다. 길크리스트 양은 그럴 수 있다면 정말 좋겠다고, 그리고 이 집에 머무는 게 조금도 불안하지 않다고 대답했다.

엔트휘슬 씨는 길크리스트 양에게 이끌려 꼼짝 없이 집 안을 구경해야 했다. 그리고 작은 식당에 가득한 피에르 랑스크네의 그림들을 보고서 엔트휘슬 씨는 기겁했던 것이다……. 대부분이 화가 정신이 부족한 누드화였지만 굉장히 세밀했다. 게다가 코라가 직접 유화로 그렸다는 낚시터 그림들에 대한 칭찬의 말도 해야 했다.

"폴페로예요. 작년에 랑스크네 부인과 함께 갔었는데, 부인께서 풍경이 그림 같다며 마음에 들어 하셨어요."

길크리스트 양은 자랑스럽게 말했다.

남서쪽, 그리고 북서쪽을 비롯한 다양한 각도에서 폴페로를 바라본 엔트휘슬 씨는 랑스크네 부인이 그림에 열정적이었다는 사실에 동의했다.

"랑스크네 부인께서는 제게 그림을 물려주겠다고 약속하셨어요. 전 부인의 그림을 정말 좋아한답니다. 여기 이 그림에선 파도가 부서지는 것까지 자세히 보이잖아요, 그렇죠? 혹시 부인께서 그 약속을 잊으셨더라도, 제가 하나 정도는 기념으로 가져도 되겠죠, 어떻게 생각하세요?"

길크리스트 양은 애처롭게 말했다.

"그건 가능할 겁니다."

엔트휘슬 씨는 상냥하게 말했다.

그는 몇 가지를 더 상의한 후, 은행 지점장 및 모턴 경위를 만나기 위해 자리를 떴다.

5장

엔트휘슬 양은 헌신적인 누이들이 함께 사는 오빠들에게 그러듯 성을 내며 비난하는 목소리로 쏘아붙였다.

"기진맥진, 오라버니가 지금 바로 딱 그 꼴이에요. 오라버니 나이에 그러면 안 되잖아요. 오라버니가 그 일이랑 도대체 무슨 상관인지 정말 궁금하네요. 오라버니는 퇴직했잖아요, 아니에요?"

리처드 애버네티는 오랜 친구라고 엔트휘슬 씨가 달래듯이 항변했다.

"어련하시겠어요. 하지만 리처드 애버네티는 죽었잖아요, 안 그래요? 그런데 왜 오라버니가 관련도 없는 일이 굳이 끼어들어서 외풍이 센 열차를 타고 돌아다니다 지독한 감기에 걸리는 건지 그 이유를 통 모르겠네요. 거기다 살인 사건이라뇨! 그런 일에 왜 오라버니를 찾는 건지 그 이유를 통 모르겠어요."

"내가 코라에게 장례식 준비 문제로 보낸 편지가 그 집에서 발견됐기 때문이야."

"그놈의 장례식! 하나가 끝나면 또 하나가 생기고……. 그러고 보니 생각이 나네요. 그 잘난 애버네티 집안 사람 중 한 명이 오라버니에게 전화를 했었어요……. 티모시라던가? 요크셔 어디라던데……. 이번에도 역시 장례식 때문이래요! 나중에 다시 연락하겠다던데요."

그날 저녁 엔트휘슬 씨에게 전화가 왔다. 수화기를 들자 저편에서 모드 애버네티의 목소리가 들렸다.

"하느님 감사합니다, 이제야 연결이 됐네요! 티모시의 상태가 아주 안 좋아요. 코라 일 때문에 아주 상심했거든요."

"충분히 이해합니다."

엔트휘슬 씨가 대꾸했다.

"뭐라고 하셨어요?"

"충분히 이해한다고 말했습니다."

"그러시겠죠."

모드의 목소리는 굉장히 의심스러운 듯했다.

"설마 코라가 정말로 살해된 거라고 생각하세요?"

('살해당했잖아요, 안 그래요?' 코라는 예전에 이렇게 말했다. 하지만 이번에는 대답하는 데 있어 조금도 망설이지 않았다.)

"네, 살인입니다."

엔트휘슬 씨가 대답했다.

"신문에 나온 대로 손도끼로 말이죠?"

"네."

"전 정말 믿어지지가 않아요. 티모시의 여동생이……. 그이의 친여동생이……. 손도끼로 살해당하다니!"

엔트휘슬 씨 역시 믿어지지가 않았다. 티모시의 인생은 폭력과는 너무나도 동떨어져 있었으며, 그의 가족들 또한 마찬가지여야 한다는 생각이었다.

"현실과 직면한다는 건 힘든 일이죠."

엔트휘슬 씨는 상냥하게 말했다.

"전 정말이지 티모시가 걱정이에요. 그이 건강이 정말 걱정이지요! 지금은 침대에 눕혀 놓긴 했지만, 계속해서 저더러 변호사님을 이리로 모시라고 야단이에요. 궁금한 게 한두 가지가 아니라나요……. 심리가 열리는지, 누가 참석하는지, 장례식을 치른 후 얼마나 빨리 열리는지, 예금은 어디에 얼마나 있는지, 혹시 코라가 화장해 달라는 뜻은 비치지 않았는지, 혹 유서는 남겼는지……."

엔트휘슬 씨는 목록이 너무 길어지기 전에 끼어들었다.

"유서는 남겼습니다. 티모시를 유언 집행자로 임명했죠."

"오, 이런. 티모시가 그런 일을 할 수 있을까요……."

"필요한 일은 저희 회사에서 모두 처리할 겁니다. 유서는 아주 간단합니다. 본인이 그린 그림들과 자수정 브로치는 말벗인 길크리스트 양에게, 그리고 나머지 전부는 수전에게 남겼습니다."

"수전요? 왜 수전이래요? 코라는 수전을 본 적도 없을 텐데요…… 아기 때 빼고요."

"아무래도 수전의 결혼이 가족들의 전적인 환영을 받지 못해서인 것 같습니다."

모드는 콧방귀를 뀌었다.

"그레고리가 아무리 변변치 못하다 해도 피에르 랑스크네보다야 훨씬 낫죠! 물론 가게에서 카운터나 보던 남자랑 결혼한다는 건 우리 세대에서는 생각도 못한 일이지만, 잡화상보다는 약국이 훨씬 낫잖아요……. 그리고 적어도 그레고리는 남부끄럽지 않은 사람인 것 같아요."

그녀는 말을 멈추었다가 이렇게 덧붙였다.

"그렇다면 아주버님이 코라에게 남겨준 유산까지 수전이 받게 되는 건가요?"

"아닙니다. 그건 리처드의 유서에 적힌 지시대로 골고루 나눠지게 될 겁니다. 네, 불쌍한 코라의 재산은 고작해야 몇 백 파운드와 집에 있던 가구가 전부였습니다. 미불 채무를 처리하고 가구를 팔고 나면 전부 합쳐 봐야 500파운드는 될까 의심스럽군요."

그는 말을 이었다.

"물론 심리는 열릴 겁니다. 다음 주 목요일로 예정이 되어 있습니다. 만약 티모시가 허락한다면 가족을 대신해 로이드를 내려 보내 상황을 지켜보게 할까 합니다."

그는 조심스럽게 덧붙였다.

"이번…… 음…… 이번 일로 인해 주위의 평판이 나빠질까 걱정입니다."

"정말 불쾌하네요! 그 짓을 저지른 몹쓸 놈은 잡았대요?"

"아직 못 잡았습니다."

"시골을 어슬렁거리면서 살인을 저지르고 다니는 못된 젊은 녀석 중 하나겠죠. 경찰이 이렇게 무능하다니!"

"아니요, 아니요. 경찰은 절대 무능하지 않습니다. 한순간이라도 그런 생각은 말아요."

"글쎄요, 모든 일이 제겐 너무 당황스러워요. 티모시에게도 아주 안 좋고요. 아무래도 엔트휘슬 씨께서 이리로 오시진 못하시겠죠? 와 주신다면 정말 감사하겠어요. 엔트휘슬 씨가 이리 와서 티모시를 안심시켜 주신다면 그이 마음이 안정될 것 같은데요."

엔트휘슬 씨는 잠시 침묵했다. 별로 달갑지 않은 초대였다.

엔트휘슬 씨는 인정했다.

"부인 말씀에도 일리는 있습니다. 그리고 유언 집행자인 티모시의 서명을 받아야 하는 일도 있으니까요. 네, 제가 가는 게 좋을 것 같군요."

"그래 주신다면야 더할 나위 없이 고맙죠. 정말 다행이에요. 내일 어때요? 하룻밤 주무시겠어요? 세인트 팽크라스에서 11시 20분에 출발하는 기차가 있어요."

"아무래도 오후 기차를 타고 가야 할 것 같습니다. 오전에는 다른 일이 있어서요……."

조지 크로스필드는 엔트휘슬 씨를 따뜻하게 맞이했지만, 그의 얼굴엔 약간 놀라는 기색이 엿보였다.

엔트휘슬 씨는 해명하듯 말했지만, 사실 아무것도 설명해주지는 못했다.

"지금 막 리체트 세인트 메리에서 오는 길이라네."

"그렇다면 그게 정말 코라 이모예요? 신문에서 보고서도 믿을 수가 없었어요. 그저 동명이인이려니 생각했죠."

"랑스크네는 흔한 이름이 아니지."

"네, 물론 그렇죠. 그저 가족이 살해당했다는 걸 믿기 싫었나 봐요. 헌데 지난 달 다트무어에서 일어난 사건과 좀 비슷한 구석이 있는 것 같습니다."

"그런가?"

"네. 정황이 똑같아요. 외딴 곳에 있는 집에 나이 많은 두 여자가 함께 살았죠. 그리고 누가 생각해도 불쌍할 정도로 정말 터무니없이 적은 돈을 훔쳐 갔고요."

"돈의 가치는 상대적인 걸세. 얼마가 필요하느냐에 따라 다르지."

엔트휘슬 씨가 말했다.

"네……. 네. 변호사님 말씀이 옳은 것 같네요."

"만약 10파운드가 절실히 필요하다면……. 15파운드도 너무 많아. 그 반대도 마찬가지라네. 필요한 돈이 100파운드라면 45파운드는 있으나 마나 한 돈이야. 1000파운드가 필요하다면 100파운드로는 부족하고 말일세."

조지는 갑자기 눈을 빛냈다.

"요즘에야 돈이라면 얼마든 있으면 좋은 거죠. 다들 힘들게 살잖아요."

"하지만 절실하지는 않을 걸세."

엔트휘슬 씨가 지적했다.

"중요한 건 절실함이야."

"마음에 걸리는 거라도 있으세요?"

"아, 아니, 전혀."

그는 말을 멈추었다가 다시 이었다.

"조금 있으면 상황이 정리될 걸세. 미리 돈을 받는 게 편하겠나?"

"사실 안 그래도 그 얘기를 꺼내려던 참이었습니다. 하지만 오늘 아침에 은행에 가서 변호사님 이름을 대며 신용 조회를 해 보라고 했더니 선선히 당좌대월을 해 주더군요."

다시 한 번 조지의 눈이 빛났고, 엔트휘슬 씨는 풍부한 경험으로 그 의미를 알아차렸다. 조지는 절실한 정도는 아닐지 몰라도 돈이 꽤나 궁한 게 분명했다. 엔트휘슬 씨는 계속해서 무의식적으로 느끼고 있던 것, 즉 돈 문제만큼은 조지를 믿을 수 없다는 점을 다시금 깨달았다. 사람 보는 눈이 정확했던 리처드 애버네티 역시 그러한 점을 알아차렸을까? 모티머가 죽은 후 리처드는 분명 조지를 후계자로 삼을 뜻이 있었을 것이다. 조지는 애버네티 집안 사람은 아니었지만, 젊은 세대 중 유일한 남자였다. 따라서 리처드 애버네티는 자연스럽게 조지를 불러들여 며칠 묵게 했다. 그러나 한동안 지

커본 결과 리처드는 조지가 썩 마음에 들지 않았던 모양이었다. 엔트휘슬과 마찬가지로 조지가 정직하지 않다는 걸 본능적으로 느꼈던 걸까? 집안 사람들은 뭔가 수상쩍은 주식중개인이었던 조지의 아버지 렉스를 탐탁지 않게 여겼다. 조지는 애버네티가의 혈통보다는 그 아버지의 혈통을 더 많이 물려받았다.

늙은 변호사의 침묵을 오해한 것인지 조지는 어색하게 웃으며 입을 열었다.

"사실은 최근에 투자한 게 운이 별로 좋지 않았거든요. 모험을 해봤지만 결과가 좋지 않아 돈을 좀 잃었죠. 하지만 이젠 만회할 수 있을 겁니다. 그저 약간의 돈만 있으면 되니까요. 아든스 사(社) 주식도 꽤 괜찮죠, 그렇게 생각하지 않으세요?"

엔트휘슬 씨는 긍정도 부정도 하지 않았다. 혹시 조지가 자신의 돈이 아닌 고객의 돈에 손을 댄 게 아닐까? 그로 인해 고소를 당할 위험에 처해 있었다면……

엔트휘슬 씨는 분명한 목소리로 입을 열었다.

"장례식 다음 날 자네에게 연락을 하려 했지만, 사무실에 없던 것 같더군."

"그러셨어요? 아무 얘기 못 들었는데. 사실, 좋은 소식을 들었으니 하루 쉴 권리는 있다고 생각했죠!"

"좋은 소식?"

조지는 얼굴을 붉혔다.

"아, 리처드 삼촌이 돌아가신 게 좋은 소식이라는 건 아닙니다.

하지만 돈이 들어올 거라는 걸 알면 기분이 좀 들뜨기 마련이잖아요. 자축하고 싶은 기분이었죠. 사실 전 허스트 파크 경마장에 갔었어요. 제가 돈을 건 말이 두 마리나 우승했지 뭐예요. 엎친 데 덮친다지 않습니까! 운도 마찬가지라 한 번 트이면 계속 트이는 겁니다! 그래봐야 고작 50파운드 벌었지만 돈은 돈이죠."

"아, 그래. 돈은 돈이지. 게다가 이제는 자네 이모인 코라의 죽음으로 더 많은 돈을 받게 되었네."

조지는 걱정스러운 표정을 지었다.

"불쌍한 이모. 정말 불행한 일이에요, 그렇지 않아요? 하필이면 앞길이 훤히 트였을 때 그런 일이 생기다니."

"경찰이 범인을 찾아내길 바라는 수밖에."

"경찰이라면 분명히 찾아낼 거예요. 영국 경찰은 노련하잖아요. 주변 사람들 중에서 조금이라도 수상한 사람들은 죄다 검거해서 참빗으로 싹싹 훑어내지요……. 사건 당시에 뭘 했는지 낱낱이 불게 만들고요."

"시간이 어느 정도 지난 후라면 그리 쉬운 일이 아니지."

엔트휘슬 씨가 대꾸했다. 그는 곧 농담을 던질 거라는 걸 암시하듯 냉담한 미소를 던졌다.

"나는 문제의 그날 3시 30분에 헤처스 서점에 있었다네. 만약 내가 열흘 뒤에 경찰의 조사를 받게 된다면 내가 그때도 그 사실을 기억하고 있을까? 그렇지는 않을 걸세. 그리고 조지, 자네는 허스트 파크에 있었다지. 만약…… 한 달 후라면 자네가 며칠에 경마장에 갔는지 기억하겠나?"

"아, 장례식…… 다음 날이니까 기억할 수 있습니다."

"그렇지, 그렇지. 그리고 자네는 우승마 두 마리에 돈을 걸었고. 허나 사람들은 승리한 말의 이름을 금세 잊어버리곤 한다네. 그나 저나 어떤 말이었나?"

"어디 보자. 게마르크하고 프로그 2였어요. 네, 벌써 잊었을 리는 없죠."

엔트휘슬 씨는 건조하게 웃고는 자리를 떠났다.

"다시 만나 뵙게 돼서 반가워요. 하지만 너무 이른 시간이네요."

로저먼드는 눈에 띄게 반가워하는 기색도 없이 말했다.

그녀는 입이 찢어져라 하품을 했다.

"지금은 11시란다."

엔트휘슬 씨가 대꾸했다.

로저먼드는 다시 하품을 하고는 미안하다는 듯 말했다.

"어젯밤에 요란한 파티가 있었거든요. 술을 너무 많이 마셨어요. 마이클은 아직도 숙취 때문에 정신이 없고요."

그 순간 마이클이 역시 하품을 하며 모습을 드러냈다. 손에 블랙커피 잔을 든 그는 아주 세련된 가운을 입고 있었다. 초췌하지만 매력적인 얼굴이었다……. 언제나 그렇듯 매력적인 미소가 떠올라 있었다. 로저먼드는 검은색 스커트에 다소 지저분한 노란색 앞치마를 두르고 있었지만, 엔트휘슬 씨가 보기에는 별다를 게 없었다.

꼼꼼하고 까다로운 이 노변호사에겐 젊은 세인 부부의 사는 방식이 마땅치 않았다. 첼시 하우스의 1층에 있는 허술한 아파트, 온 사방에 널려 있는 술병과 잔, 널부러진 담배 꽁초……. 퀴퀴한 냄새와 먼지투성이 속 어수선한 분위기.

이렇게 실망스러운 무대 한가운데 로저먼드와 마이클의 빼어난 외모만이 빛을 발했다. 둘은 분명 아주 매력적인 부부였으며, 서로를 깊이 사랑하는 것 같았다. 그리고 로저먼드는 마이클에게 푹 빠져 있는 게 분명했다.

로저먼드가 말했다.

"여보, 간단하게 샴페인 한 잔 할래? 정신 좀 차리고 미래를 축하해야지. 오, 엔트휘슬 씨, 리처드 삼촌이 우리에게 유산을 남겨 주신 건 정말이지 근사한 일이었어요……."

엔트휘슬 씨의 눈에 순간 마이클이 인상을 잔뜩 찌푸리는 게 보였지만, 로저먼드는 다시금 조용히 말을 이었다.

"정말 근사한 연극이 하나 있거든요. 마이클에게 기회가 온 거예요. 이이가 가장 근사한 역할을 맡고, 저도 작은 역할이지만 맡게 됐지요. 젊은 범죄자들에 대한 이야기인데, 정말 물건이에요……. 아주 현대적인 감각으로 가득해요."

"그럴 것 같구나."

엔트휘슬 씨는 딱딱하게 대꾸했다.

"훔치고, 살인하고, 경찰과 세상에 쫓기죠……. 그러다 결국엔 성인(聖人)처럼 기적을 행한답니다."

엔트휘슬 씨는 꿍 하고 입을 다문 채 앉아 있었다. 젊은 바보 녀석들이 하는 말이나 쓰는 글들은 도무지 사악하기 이를 데 없군!

마이클 셰인은 별 말이 없었다. 그의 얼굴에는 희미하긴 하지만 찌푸린 표정이 여전히 남아 있었다.

"로저먼드, 엔트휘슬 씨는 그런 이야기는 듣고 싶지 않으실 거야. 잠시 입 좀 다물고 엔트휘슬 씨가 왜 우리를 찾아오셨는지 그 이유를 들어 보자고."

"몇 가지 확인할 게 있다네. 난 막 리체트 세인트 메리에서 돌아오는 길이야."

엔트휘슬 씨가 말했다.

"그렇다면 살해당한 게 정말 코라 이모예요? 신문에서 기사를 봤어요. 흔한 이름은 아니라서 분명 이모일 거라고 생각하긴 했지만……. 불쌍한 코라 이모! 그날 장례식에서 보고는 어찌나 촌스러운지 저렇게 사느니 차라리 죽는 게 낫겠다고까지 생각했는데……. 정말로 죽어 버리시다니. 어젯밤 사람들한테 신문에 실린 도끼 살인 사건 피해자가 제 이모라니까 아무도 안 믿지 뭐예요! 그냥 웃어넘기더라고요. 그랬지, 마이클?"

마이클 셰인은 아무런 대꾸도 하지 않았고, 어느 모로 보나 즐거운 기색이 역력한 로저먼드가 다시 입을 열었다.

"두 개의 살인이 연달이 일어나다니. 너무 심하지 않아요?"

"바보 같은 소리 하지 마, 로저먼드. 당신 삼촌은 살해당한 게 아니잖아."

"뭐, 코라 이모가 그랬잖아."

엔트휘슬 씨가 끼어들어 질문을 던졌다.

"장례식이 끝난 후 바로 런던으로 돌아왔지?"

"네, 변호사님과 같은 기차를 타고 왔잖아요."

"그렇지……. 그렇지. 내가 질문을 한 이유는 내가 그날 자네들에게 연락을 했었기 때문이라네."

엔트휘슬 씨는 전화기를 흘끗 바라보았다.

"그 다음 날……. 사실 서너 번 정도 전화를 했었는데 받질 않더구나."

"오, 이런……. 정말 죄송해요. 우리가 그날 뭘 하고 있었더라? 엊그제 말이야, 여보. 12시쯤까지는 여기 있었잖아, 안 그래? 그러고 나서 당신은 로젠하임에게 전화를 건 후에 오스카와 점심을 먹으러 나갔고, 난 나일론을 좀 살까 해서 가게를 돌아다녔고. 재닛을 만나기로 했었지만 서로 엇갈려 버렸어. 맞아요, 오후에는 근사한 쇼핑을 했죠……. 그런 후에 마이클과 카스티야에서 저녁 식사를 했고요. 집에 들어온 건 10시쯤이었을 거예요."

"그쯤 될 거야."

마이클이 대답했다. 그는 가만히 엔트휘슬 씨를 바라보았다.

"무슨 일로 저희에게 연락을 하셨던 거죠?"

"아! 리처드 애버네티의 유산 문제로 몇 가지 상의할 게 있어서 말일세……. 서류에 서명도 해야 하고."

"지금 돈을 받을 수 있나요? 아니면 한참 기다려야 하나요?"

로저먼드가 물었다.

"안타깝게도 법은 꾸물대는 경향이 있지."

엔트휘슬 씨가 말했다.

깜짝 놀란 표정으로 로저먼드가 물었다.

"그러면 미리 받을 수 없는 거예요? 마이클은 그럴 수 있다고 하던데요. 사실 정말 다급해요. 연극 때문에요."

마이클이 유쾌한 목소리로 끼어들었다.

"아, 실은 그렇게 서두를 건 없습니다. 그저 승낙을 하느냐 마냐에 달린 문제니까요."

"어느 정도 미리 주는 건 가능하다네. 필요한 만큼은 말이야."

엔트휘슬 씨가 말했다.

"그렇다면 다행이네요."

로저먼드는 안도의 한숨을 쉬었다. 그녀는 뒤늦게 덧붙였다.

"코라 이모가 유산을 남겼나요?"

"약간. 네 사촌인 수전에게 남겼단다."

"수전이라니, 말도 안 돼! 많아요?"

"몇 백 파운드하고 가구 약간이야."

"근사한 가구예요?"

"아니."

엔트휘슬 씨가 대답했다.

로저먼드는 금세 흥미를 잃었다. 그녀가 말했다.

"정말 너무 이상한 일이죠? 장례식이 끝난 후에 코라 이모가 느닷없이 '오빠는 살해당했잖아요!'라고 말하고서 바로 그 다음 날 자기도 살해하다니. 이상하죠, 안 그래요?"

잠시 불편한 침묵이 흐른 후, 엔트휘슬 씨가 조용히 입을 열었다.

"그래, 정말이지 아주 이상한 일이야……."

엔트휘슬 씨는 활기차게 이야기를 하며 테이블 앞으로 몸을 숙이는 수전 뱅크스를 유심히 살펴보았다.

로저먼드처럼 아름답지는 않았다. 하지만 매력적인 얼굴이었으며, 엔트휘슬 씨는 그 매력의 근원은 생동감에 있다고 결론을 내렸다. 입술의 곡선은 선명하고 풍만했다. 그녀의 입이 천상 여인의 입이라고 할 만했다면, 몸 또한 완연한 여인의 몸이었다……. 실로 그랬다. 하지만 여러 가지 면에서 수전은 삼촌인 리처드 애버네티를 연상시켰다. 머리 모양과 턱선, 깊고 사색적인 눈동자. 거기에 강한 성격, 열정적인 에너지, 선견지명에 솔직함까지. 집안의 젊은 세대 세 명 중 그녀만이 애버네티가의 막대한 부를 쌓아 올린 본성을 지니고 있는 것 같았다. 리처드는 이 조카딸이 자신과 같은 영혼이라는 걸 알아차렸을까? 분명 그랬을 거라고 엔트휘슬 씨는 생각했다. 리처드는 언제나 사람 보는 눈이 정확했다. 눈앞에 있는 수전이야말로 바로 리처드가 찾던 자질을 갖춘 사람이었다. 하지만 리처드 애버네티의 유언장에 수전에 대한 특별한 언급은 없었다. 조지는 눈 밖에 났을 게 분명하고 사랑스럽지만 멍청한 로저먼드는 논외로 친다면…… 수전에게서도 그가 찾던, 그의 기개를 닮은 후계자의 자질을 발견하지 못한 것일까?

만일 그게 아니라면, 원인은 분명…… 그래, 당연히 그 남편 때문일 것이다…….

엔트휘슬 씨의 눈은 수전의 어깨 너머 멍하니 서서 연필을 깎는 그레고리 뱅크스에게 향했다.

붉은 기가 도는 갈색 머리카락을 가진, 마르고 창백하며 특징 없이 평범한 젊은이. 수전의 다채로운 성격에 완전히 가려져, 그 젊은이의 본모습이 어떤지 알아내기가 힘들었다. 이렇다 할 특징이 전혀 보이지 않았다. 유순하고 순종적인, 시쳇말로 '예스맨'일 것이다. 하지만 그렇게만 보기에는 어딘가 미심쩍었다. 그레고리 뱅크스의 조용함에는 어딘가 모르게 불안한 면이 엿보였다. 정말이지 어울리지 않는 짝이었지만 수전은 그와 결혼하겠다고 고집을 부리며 모든 반대를 물리쳤다. 왜일까? 수전은 그에게서 무엇을 본 것일까?

그리고 이제 그들은 결혼 6개월 차를 맞고 있었다…….

'수전이 저 친구에게 푹 빠졌나 보지.'

엔트휘슬 씨는 생각했다. 그는 부부 관계라면 척척 박사였다. 결혼 문제로 고민하는 수많은 아내들이 그의 변호사 사무실을 거쳐 갔던 것이다. 형편 없고 무뚝뚝한 남편에게 지독히 헌신적인 아내들, 겉으로 보기에는 매력적이고 흠 잡을 데 없는 남편들을 지루해 하고 경멸하는 아내들……. 남편에 대한 여자들의 태도는 보통의 지적인 남성들의 이해를 뛰어넘는 것이었다. 그렇다. 세상의 모든 것에 지적인 여자가 특정한 남자에게 있어서만큼은 완전한 바보가 되어 버리는 것이다. 수전 또한 그런 여자 중 하나라고 엔트휘슬 씨는 생각했다. 그녀에게 있어 세상은 그레그를 중심으로 돌아갔다. 그리고 그것에는 수많은 위험이 도사리고 있었다.

수전은 분노해서 힘 주어 이야기를 하고 있었다.

"……그건 너무 원통하잖아요. 작년에 요크셔에서 살해당한 그 여자 기억하세요? 아무도 체포되지 않았지요. 그리고 과자 가게에서 쇠지레로 살해당한 노부인도요. 한 남자를 잡아들이긴 했는데 결국 다시 내보냈잖아요!"

"증거가 없었으니까."

엔트휘슬 씨가 말했다.

수전은 그의 말에 전혀 신경 쓰지 않았다.

"그리고 그 사건도……. 은퇴한 간호사 사건요. 손도끼였던가 그냥 도끼였던가……. 코라 고모와 똑같았어요."

"이런. 범죄에 대해 꽤 많은 연구를 했나 보구나, 수전."

엔트휘슬 씨는 부드럽게 말했다.

"그런 일은 당연히 기억에 남죠. 게다가 아주 비슷한 방식으로 가족이 살해당할 경우엔……. 글쎄요, 온 나라를 돌아다니며 남의 집에 침입해 외로운 여자들을 공격하는 사람들이 많다는 증거일지도 모르죠……. 경찰이 신경도 안 쓰는 새에 말예요!"

엔트휘슬 씨는 고개를 저었다.

"경찰을 과소평가해서는 안 된다, 수전. 경찰들은 아주 예리하고 끈질긴 사람들이니까. 신문에 실리지 않았다고 해서 사건을 종결한 건 아니란다. 그와 정반대지."

"하지만 매년 미해결 사건들이 수백 건은 되잖아요."

엔트휘슬 씨는 의심스러운 듯한 표정이었다.

"수백 건? 꽤 많긴 하겠지, 그래. 하지만 경찰이 누가 범인인지 알아내고서도 증거 불충분 때문에 기소하지 못하는 경우도 아주 많아."

"전 그렇게 생각하지 않아요. 누가 범행을 저질렀는지 확실히 안다면, 당연히 증거도 발견할 수 있어야 하잖아요."

수전이 말했다.

"이젠 잘 모르겠구나. 정말이지 모르겠어……."

엔트휘슬 씨는 생각에 잠긴 듯한 목소리로 말했다.

"경찰들은 코라 고모 사건에서 뭐 좀 알아냈대요? 누가 그랬는지라든가?"

"그건 나도 모르니 말해 줄 수가 없구나. 경찰들이 나에게 털어놓을 리도 없지……. 아직 수사 초기잖니. 사건은 겨우 엊그제 일어났다는 걸 잊지 말거라."

수전이 생각에 잠긴 채 말했다.

"어떤 범인인지는 분명해요. 잔인하고, 어쩌면 약간 정신이 나간 유형일 거예요……. 해고된 군인이나 전과자요. 그런 손도끼를 사용할 정도니."

엔트휘슬 씨가 약간 기묘한 표정으로 눈썹을 들어 올리더니 무언가를 중얼거렸다.

도끼를 든 리지 보든
아버지를 50번 내리쳤네.
자신이 저지른 짓을 본 그녀는
어머니를 51번 내리쳤네.

수전이 화가 난 듯 얼굴이 빨개졌다.

"오, 코라 고모와 같이 살고 있던 가족은 아무도 없잖아요…….
혹시 말벗을 말씀하시는 게 아니라면요. 그리고 그 리지 보든이란
여자는 무죄로 석방됐고요. 그 여자가 정말로 아버지와 새어머니를
죽였는지는 아무도 모른다고요."

"확실히 중상모략성이 짙은 노래야."

엔트휘슬 씨도 고개를 끄덕였다.

"그렇다면 말벗이 그랬다는 말씀이세요? 코라 고모가 말벗에게
유산을 남겼나요?"

"별 가치 없는 자수정 브로치와 감정적인 가치밖에 없는 어촌 풍
경화 몇 장."

"미치광이의 짓이 아니라면 적어도 살인에 대한 동기가 있어야
하잖아요……."

엔트휘슬은 껄껄 웃었다.

"내가 보기에, 동기가 있는 유일한 사람은 바로 너란다, 수전."

"그게 무슨 말씀이십니까?"

갑자기 그레그가 앞으로 불쑥 튀어나왔다. 한동안 잠에 빠져 있

다 잠에서 깬 것 같았다. 눈에 사나운 빛이 떠올랐다. 그는 더 이상 배경에 묻혀 있던 하찮은 인물이 아니었다.

"수가 그 일과 무슨 상관입니까? 도대체 무슨 뜻으로 그런 말씀을 하시는 겁니까?"

순간 수전이 날카롭게 쏘아붙였다.

"입 다물어, 그레그. 엔트휘슬 씨는 그냥 아무 뜻 없이 하신 말씀이라고……."

엔트휘슬 씨는 사과했다.

"그저 농담이었다네. 아무래도 내 농담의 질이 좋지 못했던 모양이군. 코라는 바로 너, 수전에게 유산을 남겼어. 하지만 바로 얼마 전 유산으로 수백, 수천 파운드를 물려받은 젊은 숙녀가 고작 몇 백 파운드의 추가적인 유산 때문에 살인을 했다고 보긴 힘들지."

수전은 놀란 목소리로 물었다.

"고모가 제게 유산을 물려 줬다고요? 정말 신기하네요. 절 본 적도 없잖아요! 왜 그랬을까요?

"아무래도 음……. 그러니까 네 결혼에 약간의 어려움이 있었다는 이야기를 들은 것 같아."

그레그는 인상을 찌푸린 채 다시 연필을 깎기 시작했다.

"네 결혼에 어려움이 있었기 때문에…… 공감을 느낀 것 같구나."

수전은 호기심 어린 목소리로 물었다.

"고모는 모든 가족들의 반대 속에 화가와 결혼했다면서요? 훌륭한 화가였나요?"

엔트휘슬 씨는 아주 단호하게 고개를 저었다.

"고모 집에 그분의 그림이 있나요?"

"그래."

"그렇다면 제가 직접 판단하죠."

수전이 말했다.

엔트휘슬 씨는 수전의 단호한 턱선을 보며 미소를 지었다.

"그렇게 하려무나. 다만 내가 구닥다리이고 예술에 있어 구세대라는 건 분명해도, 너 역시 내 의견에 찬성하게 될걸."

"어쨌든 제가 내려가 봐야겠죠? 뭐가 있는지도 보고 싶어요. 지금 그 집에 누가 있나요?"

"따로 알리기 전까진 길크리스트 양에게 남아 달라고 부탁해 두었단다."

그레그가 입을 열었다.

"그 여잔 꽤 용기 있는 여자인가 보네요. 살인 사건이 일어난 집에 머물다니."

"길크리스트 양은 꽤 분별 있는 여자라네. 게다가……."

변호사는 냉담하게 덧붙였다.

"다른 일자리를 찾을 때까지 달리 갈 곳이 있을 것 같지도 않고 말이야."

"그렇다면 그분은 코라 고모가 죽어서 갈 곳 없는 처지가 된 거예요? 코라 고모와는 친밀한 사이였대요?"

엔트휘슬 씨는 수전이 정확히 무슨 생각을 하고 있는지 궁금해

하며, 다소 신기한 듯 그녀를 바라보았다.

"그렇게 말할 수 있겠지. 코라는 절대 길크리스트 양을 하인 취급하지 않았어."

"하인보다 못하게 대했겠죠."

수전이 대꾸했다.

"요즘 소위 '숙녀'라는 비열한 인간들은 말벗들을 아주 말려 죽이잖아요. 제가 적당한 집이 있는지 알아볼게요. 어렵진 않을 거예요. 집안일과 요리를 할 요령이 있는 사람이라면 못 구해서 안달이니까요……. 요리는 하죠, 그렇죠?"

"아, 그래. '거친 일'이란 건 안 하겠다고 하던데. 난 '거친 일'이 뭔지 도통 모르겠구나."

수전은 꽤 즐거워 보이는 표정이었다.

엔트휘슬 씨는 손목시계를 흘끗 보고 입을 열었다.

"네 고모가 티모시를 유언 집행자로 임명했단다."

"셋째 아버지 말씀이시군요. 셋째 아버지는 그야말로 신화 같은 존재죠. 아무도 직접 본 적은 없는."

수전은 경멸을 담아 말했다.

"그렇지."

엔트휘슬 씨는 손목시계를 다시 흘끗 바라보았다.

"오늘 오후에 티모시를 만나러 갈 작정이란다. 네가 코라의 집에 내려간다는 말을 전해 주마."

"하루이틀이면 될 거예요. 런던에서 오래 떨어져 있는 건 싫어요.

지금 당장 처리해야 할 일들이 많거든요. 제 사업을 시작할 거예요.”

엔트휘슬 씨는 작은 아파트의 비좁은 응접실을 둘러보았다. 그레그와 수전은 힘들게 사는 게 분명했다. 수전의 아버지가 돈을 다 탕진해 버렸다는 걸 그도 알고 있었다. 딸인 수전에게 물려준 것이라곤 아무것도 없었다.

“미래 계획이 뭔지 물어봐도 되겠니?”

“카디건 가에 있는 가게를 몇 개 알아 보고 있어요. 혹시 필요하다면 돈을 어느 정도만 미리 받을 수 있을까요? 보증금을 내야 할지도 모르거든요.”

엔트휘슬 씨가 말했다.

“그건 가능하지. 그런데 내가 장례식 다음 날 네게 서너 번 전화를 걸었는데…… 받지 않더구나. 어쩌면 네가 유산을 미리 받고 싶어 할지도 모른다고 생각했거든. 시외로 나간 게 아닌가 싶었다.”

수전이 재빨리 대답했다.

“오, 아니에요. 우린 하루 종일 집 안에 있었는 걸요. 저희 둘 다요. 밖에는 전혀 나가지 않았어요.”

그레그가 상냥하게 입을 열었다.

“수전, 그날은 아무래도 우리 집 전화기가 고장났던 것 같아. 내가 그날 오후에 ‘하드 앤드 코’에 전화하려고 했었는데 연결이 안 됐잖아, 기억 나? 내가 전화국에 고장 신고를 하려다가 다음 날 아침이 되니까 멀쩡했고.”

엔트휘슬 씨가 말했다.

"전화란 건 가끔 알 수가 없지."

그때 수전이 뜬금없는 말을 던졌다.

"코라 고모가 우리 결혼에 대해서 어떻게 알았대요? 결혼식은 호적 등기소에서 올렸고, 식이 끝나기 전까진 아무에게도 말하지 않았는데요."

"어쩌면 리처드가 얘기했는지도 모르지. 코라가 약 3주 전에 유언장을 고쳐 썼더구나. 전에는 신지학 협회* 앞으로 되어 있었지……. 리처드가 코라를 만나러 내려갔을 때야."

수전은 깜짝 놀란 표정을 지었다.

"큰아버지가 고모를 만나러 내려갔었다고요? 전혀 몰랐어요."

"나도 전혀 몰랐단다."

엔트휘슬 씨가 말했다.

"그래서 그때……."

"그때?"

"아무것도 아니에요."

수전이 말했다.

---

* 신비주의적 특징을 가진 국제 종교 단체.

6장

"이렇게 와 줘서 정말 감사해요. 티모시와 저 모두 정말 감사드리고 있어요. 물론 리처드의 죽음이 티모시에게 정말 충격이었던 건 사실이지만요."

모드는 베이햄 콤프턴 역의 플랫폼에서 엔트휘슬 씨를 맞이하며 쉰 목소리로 말했다.

엔트휘슬 씨는 친구의 죽음을 그런 각도에서 바라본 적이 없었다. 그건 티모시 애버네티의 부인만이 바라볼 만한 각도였다.

출구를 향해 나가면서 모드가 이야기를 꺼냈다.

"솔직히 정말 충격이었어요……. 티모시는 아주버님에 대한 애정이 정말 컸거든요. 불행히도 그 이후 티모시 머릿속엔 죽음이 깊게 자리 잡았어요. 그렇게 몸이 아프다 보니 자기 건강에 좀 예민하거든요. 자기가 형제들 중에 유일하게 살아 있는 사람이란 걸 깨닫고

는 다음 차례는 자기라는 말을 하기 시작했어요……. 그리고 자기
도 머지않았다면서……. 그이한테도 말했지만 늘 무시무시한 말뿐
이에요."

역을 빠져 나오면서 모드는 거의 골동품 같은 낡아빠진 차로 안
내했다.

"오래된 고물 자동차라 죄송해요. 몇 년 동안 새 차를 사고 싶었
지만 그럴 만한 여유가 없었어요. 이 차만 해도 엔진을 두 번이나
갈았죠……. 오래된 차들은 아주 힘든 고생에도 잘 견딘다니까요."

그리고 그녀는 이렇게 덧붙였다.

"시동이 걸렸으면 좋겠네요. 가끔씩은 엔진을 강제로 돌려 줘야
해요."

모드가 시동기를 서너 번 눌렀지만 그저 윙윙 소리만 날뿐이었
다. 평생에 단 한 번도 엔진을 강제로 돌려본 적이 없는 엔트휘슬
씨는 걱정스러운 마음이 들었지만, 모드가 차에서 내려 엔진에 시
동핸들을 끼우고 힘차게 몇 번 돌리자 시동이 걸렸다. 모드가 힘이
좋고 튼튼한 여자라 다행이라고 엔트휘슬 씨는 생각했다.

"이제 됐어요. 이 늙은 녀석이 요새 자꾸 절 골탕 먹이네요. 장례
식장에서 돌아올 때도 그랬어요. 가까운 정비소까지 한 3킬로미터
는 걸어갔는데 조그만 동네 정비소라 별로 좋지도 않더라고요…….
어설프게 차를 고치는 동안 전 동네 여관에서 묵을 수밖에 없었어
요. 물론 덕분에 티모시도 화가 잔뜩 났고요. 티모시에게 전화를 걸
어 그 다음 날에나 집에 도착하겠다고 말했거든요. 그이는 아주 안

절부절못했죠. 전 그이에게는 가능한 아무것도 알리지 않으려고 노력한답니다……. 하지만 숨길 수 없는 것도 있죠. 이를 테면 코라가 살해당한 일 같은 것 말이에요. 바턴 박사를 불러 그이에게 진정제를 주라고 부탁드렸지요. 티모시같이 건강이 좋지 않은 사람에게 살인 사건은 너무 충격이 크잖아요. 제가 보기에 코라는 언제나 바보였어요."

엔트휘슬 씨는 조용히 그 말을 곱씹어 보았다. 그 의미가 분명히 와 닿지 않았다.

"전 결혼한 이후로는 코라를 본 적이 없어요. 티모시에게 '당신 막내 동생은 머리가 이상해요.'라고 말할 수는 없었지만 제 생각은 그래요. 정말이지 터무니없는 말들을 해대잖아요! 그 말에 화를 내야 할지 웃어야 할지 모르겠더라구요. 아무래도 코라는 혼자만의 세계에서 살았던 것 같아요……. 다른 사람들에 대한 환상으로 가득한 상상의 세계 말이죠. 뭐, 불쌍하긴 하죠. 이제 그에 대한 대가를 치른 셈이네요. 코라에게 피후견인은 없었나요?"

"피후견인이라니요? 무슨 말씀이십니까?"

"그냥 생각해 봤어요. 젊고 가난한 예술가나 음악가……. 뭐 그런 사람이요. 어쩌면 코라가 그날 그런 사람을 집에 들였는데, 그 사람이 푼돈을 노리고 코라를 죽였을지도 모르잖아요. 어쩌면 한창 때인 청년일 수도 있죠. 젊은 나이엔 가끔 이상한 짓을 하기도 하니까요……. 특히 신경질적인 예술가 타입은 더 그렇고요. 그러니까 제 말은 한낮에 집에 들어가 코라를 살해한 게 너무 이상하다는 얘기예요. 남에 집에 들어가려면 밤에 하는 게 보통 아닌가요?"

"밤이면 집에 사람이 둘이니까요."

"아, 맞아요. 그 말벗이 있었군요. 하지만 치밀하게 말벗이 집을 나가길 기다렸다가 숨어 들어가 코라를 공격했다는 게 너무 이상해요. 도대체 왜 그러겠어요? 훔칠 만한 돈이나 물건이 있는지도 확실치 않고, 둘 다 집을 나가 집이 빌 때를 노리는 게 더 낫지요. 그때가 훨씬 안전할 거 아니에요? 꼭 그럴 필요도 없는데 남의 집에 쳐들어가 살인을 저지른다는 건 너무 어리석은 짓 같아요."

"그렇다면 코라를 살해한 것이 불필요했다고 생각하십니까?"

"너무 바보 같은 짓이에요."

엔트휘슬 씨는 궁금했다. 살인이라는 게 꼭 이치에 닿아야 하는 것일까? 이론적으로 보자면 그렇다. 하지만 무의미한 범죄 사건은 수없이 많다. 그건 살인자의 정신 상태에 달려 있는 거라고 엔트휘슬 씨는 생각했다.

그렇다면 자신은 살인자들과 살인자들의 정신세계에 대해 얼마나 알고 있는가? 거의 모른다. 그의 사무소에서는 범죄 사건을 다룬 적이 한 번도 없었다. 그는 범죄학을 공부한 적도 없었다. 그가 판단할 수 있는 바로는, 어떤 종류의 인간들도 살인자가 될 수 있을 것 같았다. 어떤 살인자들은 자부심이 지나쳤고, 또 어떤 살인자들은 권력에 대한 욕구가 강했다. 세든은 비열하고 탐욕스러웠으며, 스미스와 로즈는 여자에 푹 빠져 있었고, 암스트롱은 유쾌한 친구였다. 이디스 톰슨은 폭력적이고 비현실적인 세계에 살았으며, 와딩턴 간호사는 민첩하고 냉정하게 나이 많은 환자들을 제거했다.

생각에 잠겨 있던 그에게 모드의 목소리가 들려왔다.

"티모시가 신문을 못 보게 할 수 있다면 좋을 텐데! 하지만 그이는 꼭 신문을 읽겠다고 고집을 부릴 거예요.. 그러고 나면 분명히 심란해 할 테고요. 엔트휘슬 씨, 티모시가 심리에 참석하지 않아도 될까요? 혹시 필요하다면 바턴 박사님께 진단서나 그런 걸 써 달라고 할게요."

"그 점은 마음을 놓으셔도 됩니다."

"다행이네요, 감사합니다!"

둘은 스탠스필드 그레인지의 정문을 들어서서 현관문에 이르는 황량한 길을 달렸다. 한때는 작고 매력적인 곳이었지만…… 지금은 황량하고 음울했다. 모드가 한숨을 쉬며 입을 열었다.

"전쟁 중에 정원사 둘이 모두 징집되면서 이렇게 황폐해져 버렸어요. 이제 혼자 남은 나이 많은 정원사 한 명은 실력도 그리 좋지 않아요. 임금만 끔찍할 정도로 높아졌고요. 이제 집에 돈이 좀 생겼다는 건 정말 축복이에요. 우리 둘 다 너무 기뻤답니다. 이 집을 팔아야 할지도 모른다는 생각에 걱정이 많았거든요……. 물론 티모시에게 그런 얘기를 하지는 않았어요. 그랬더라면 남편은 끔찍하게…… 걱정했을 테니까요."

모드는 페인트칠이 심각하게 필요해 보이는 아주 오래된 조지 왕조풍 저택의 현관 앞에 차를 세웠다. 모드가 집 안으로 안내하며 씁쓸하게 말했다.

"하인은 없어요. 가끔 집안일을 도와주러 오는 여자가 두어 명 있을 뿐이죠. 한 달 전만 해도 입주 가정부가 있었는데……. 약간 허리가 굽은 데다 아데노이드 비대증*이 심했고 여러 면에서 그리 영리하지도 않았지만 집에 있을 때는 정말 편했어요……. 간단한 음식들도 아주 잘 만들었고요. 그런데 세상에, 자기가 '작은 강아지들을 너무 좋아한다.'면서 페키니즈 여섯 마리를 기르는 멍청한 여자에게 가겠다지 뭐예요.(여기보다 집도 더 크고 할 일도 더 많은데.) 개라니! 툭하면 빌빌대고 사방에 사고나 치고 다니는 녀석들이잖아요! 정말이지 가정부들은 제정신이 아니라니까요! 그래서 이 집은 우리 둘밖에 없어요. 만약 제가 오후에 외출이라도 해야 한다면 티모시는 집에 혼자 남을 테고, 그러다 만약 그이에게 무슨 일이라도 일어나면 어떡해요? 티모시가 앉는 의자 옆에 전화기를 놓아서 언제라도 몸이 안 좋을 때 즉시 바턴 박사에게 전화할 수 있도록 해 놓긴 했지만요."

모드는 엔트휘슬 씨를 벽난로 옆에 차가 준비되어 있는 응접실로 안내하더니 어딘가로 사라졌다. 잠시 후 그녀는 은색 주전자를 가지고 돌아와 엔트휘슬 씨에게 차를 따라 주었다. 집에서 만든 케이크와 갓 구운 빵을 곁들인 맛있는 차였다. 엔트휘슬 씨가 우물거리며 물었다.

"티모시는요?"

---

* 코 주변의 조직이 부어 호흡장애를 유발하는 질환.

모드는 역에 마중 나가기 전에 티모시가 이미 점심을 들었다고 경쾌한 목소리로 설명했다.

"그리고 지금은 잠깐 낮잠을 잘 테니까 그이 컨디션이 딱 좋을 거예요. 그이가 흥분할 만한 말씀은 하지 말아 주세요."

엔트휘슬 씨는 특별히 조심하겠다는 말로 모드를 안심시켰다.

꺼질 듯 깜빡거리는 난롯불에 비친 그녀의 모습을 유심히 들여다보던 엔트휘슬 씨의 마음에 동정심이 물밀듯 밀려왔다. 체구가 커다랗고 튼튼하며 평범한 여자. 이 여자는 너무나도 건강하고 너무나도 활기차며, 너무나도 사리 분별이 깊지만, 너무나도 이상한, 아니 거의 불쌍할 정도의 약점을 한 가지 가지고 있었다. 남편에 대한 그녀의 사랑은 모성애일 거라고 엔트휘슬 씨는 단정을 내렸다. 모드 애버네티는 아이가 없었지만 모성애가 강했다. 따라서 병약한 남편이 곧 그녀가 지키고 보호하고 돌봐야 할 아이가 된 것이다. 그리고 어쩌면 둘 중에 더 강한 그녀가 무의식적으로 남편에게 원래 상태보다 더 병약하다는 생각을 심어준 것인지도 모른다.

'불쌍한 팀 부인.'

엔트휘슬은 속으로 생각했다.

"이렇게 와 줘서 다행이군요, 엔트휘슬."

티모시는 한 손을 내밀며 의자에서 몸을 일으켰다. 티모시는 형 리처드와 꼭 닮아 체구가 커다란 남자였다. 하지만 리처드가 강했다면 티모시는 약했다. 입매는 유약했고 아래턱은 아주 약간 들어

갔으며, 눈은 그리 깊지 않았다. 이마에는 까다롭고 짜증스러운 주름이 져 있었다.

무릎에 덮은 담요와 그의 오른쪽 테이블 위에 놓인 작은 병, 그리고 상자에 담긴 약이 그의 병약한 상태를 한층 돋보이게 해 주었다.

티모시가 경고하듯 말했다.

"난 몸을 피곤하게 하면 안 됩니다. 의사가 절대 몸을 혹사시키지 말라더군요. 계속 나보고는 걱정하지 말라고 말하면서 말이죠! 걱정을 하지 말라니! 그 사람도 자기 가족 중에 누군가 살해를 당한다면 안절부절못할 게 분명해요! 이건 인간이 감당하기에 너무 버거워요……. 처음에는 리처드 형이 죽고, 그 다음에는 형 장례식장에 참석해서 유언장 발표를 듣고……. 참 내, 유언장 내용하고는……! 거기다 불쌍한 우리 코라가 손도끼로 살해를 당했잖습니까. 손도끼라! 허! 요즘 이 나라엔 깡패들이 득실거려요……. 전쟁이 남긴 폭력배들! 무방비한 여자들을 죽이고 돌아다니니. 이런 일들을 뿌리 뽑을 만한, 강압적으로라도 뿌리 뽑을 만한 배짱 있는 사람들이 없어요. 도대체 이 나라 꼴이 어떻게 되가는 겁니까? 이 빌어먹을 나라 꼴이 어떻게 돌아가는 거냐고요?"

엔트휘슬 씨는 이런 이야기에 익숙해져 있었다. 지난 20년 간 늘 고객들에게서 들어왔던 이 말에 그는 항상 똑같은 대꾸를 했다. 달래는 듯 대충 얼버무리는 것이다.

티모시가 다시 말했다.

"이게 다 그 빌어먹을 노동당 때문입니다. 온 나라를 불구덩이로 만들어 버렸어요. 지금 정권이라고 나을 건 없어요. 말만 번지르르한 맥 빠진 사회주의자들 같으니라고! 지금 우리 꼴을 보세요! 적당한 정원사와 하인도 구할 수가 없단 말입니다……. 불쌍한 모드가 주방에서 귀찮은 일을 죄다 도맡아 해야 하죠.(그나저나 오늘밤에는 커스터드 푸딩이 좋을 것 같아, 여보. 그리고 처음엔 맑은 수프가 나오는 게 어떨까?) 난 기운을 내야 해요……. 바턴 박사도 그렇게 말했죠. 어디 보자, 내가 어디까지 했더라? 아, 그래. 코라. 내 여동생이, 친여동생이……. 살해당했다는 소식을 듣는 건 정말이지 끔찍한 일입니다! 20분 동안 심장이 어찌나 두근거리던지! 엔트휘슬 씨, 당신이 날 대신해 모든 걸 다 해 주세요. 난 심리에도 참석할 수 없고, 코라의 유산과 관련한 그 어떤 일에도 신경 쓰고 싶지 않습니다. 그저 모든 걸 다 잊고 싶을 뿐이에요. 그나저나 코라 몫이었던 리처드 형의 유산은 어떻게 되는 겁니까? 나에게 돌아오는 게 맞겠죠?"

찻잔을 치우며 뭔가를 웅얼거리던 모드는 응접실을 나갔다.

티모시는 의자에 기대어 입을 열었다.

"여자가 없으니 좋군요. 이제 쓸데없는 간섭 받지 않고 사업 얘기를 해 볼 수 있겠습니다."

"코라의 몫은 자네와 조카들에게 동등하게 돌아갈 걸세."

엔트휘슬 씨가 말했다.

"하지만 이봐요. 내가 코라의 최근친자가 아닙니까? 유일하게 살아 있는 오빠라구요."

티모시의 뺨이 붉으락푸르락했다.

엔트휘슬 씨는 리처드 애버네티의 유언장 조항을 정확하고도 조심스럽게 설명하며, 티모시에게 유언장 사본을 보내 준 사실을 부드럽게 상기시켰다.

티모시가 불쾌한 듯 쏘아붙였다.

"내가 그 법률 용어들을 어떻게 다 이해하겠습니까? 변호사들이란! 사실 모드가 집에 돌아와 유언장 이야기를 했을 때 난 내 귀를 의심했어요. 모드가 잘못 알아들은 모양이라고 생각했죠. 여자들은 이해력이 딸리잖습니까. 물론 모드는 세상에서 가장 훌륭한 여자지만……. 여자들은 돈 문제를 이해 못해요. 모드는 리처드가 때맞춰 죽지 않았다면 우리가 이 집에서 쫓겨나게 될 거라는 사실도 몰랐을 게 분명합니다!"

"리처드에게 도움을 청했다면……."

티모시는 코웃음을 쳤다.

"그건 내 스타일이 아닙니다. 우리 아버지는 자식 모두에게 상당한 유산을 남겨주셨죠……. 그러니까 우리가 가족 사업에 참여하지 않는 조건으로 말입니다. 난 참여하지 않았어요. 난 티눈반창고 사업이 마땅치가 않았습니다. 리처드 형은 그런 내 태도를 좀 못마땅해 했고요. 뭐, 세금이 늘고, 수입은 줄고, 계속 그렇다 보니 상황이 여의치 않게 되던군요. 돈이 꽤 많이 필요했습니다. 요즘은 다들 그렇죠. 한번은 리처드 형에게 이 집을 감당하기가 점점 힘들어진다고 넌지시 운을 뗄 때 보자니, 집을 줄여서 이사 가는 게 낫겠다지 뭡니까. 그러면 일도 줄 테니 모드도 더 편할 거라고 하더군요, 일이 준다니, 무슨 말이 그런지! 아, 그런 반응이 나올 줄 알았다면 난 절대 형에게 도움을 청하지 않았을 겁니다. 하지만 이거 하나는 확실해요, 엔트휘슬. 돈 걱정 때문에 내 건강이 아주 안 좋아졌다는 겁니다. 나처럼 건강이 안 좋은 사람은 걱정을 하면 안 됩니다. 물론 리처드 형이 죽고 난 후에는 그런 걱정을 덜게 됐죠……. 형에 대한 고민이나 이런 저런 일들을 말입니다. 미래에 대한 걱정도 덜었어요. 그래요, 이제부터는 모든 게 다 순조로울 겁니다……. 정말 다행이죠. 집에 페인트칠도 새로 하고, 정말 훌륭한 정원사 두어 명 고용하고……. 물론 돈을 꽤 줘야 하겠지만. 장미 정원도 완벽하게 새로 꾸미고 등등. 가만 있자, 내가 어디까지 했더라……."

"자네의 미래 계획."

"아, 그렇죠……. 하지만 그런 이야기로 엔트휘슬 씨를 괴롭혀서는 안 될 일이죠. 내가 기분이 나쁜 건…… 정말이지 지독하게 기분이 나쁜 건…… 리처드 형의 유언장 때문입니다."

"정말인가? 그 유언장이 자네가 기대했던 것과 달랐나?"

엔트휘슬 씨는 미심쩍은 표정이었다.

"물론입니다! 모티머가 죽었으니 당연히 리처드 형은 모든 걸 나에게 물려 줄 거라고 생각했지요."

"아……. 리처드가 한 번이라도 자네에게 그런 암시를 준 적이 있었던 겐가?"

"그렇게는 한 번도 말하지는 않았어요……. 뭐, 형은 워낙에 말을 잘 하지 않는 편이잖습니까. 하지만 전반적인 가족 문제를 상의

하고 싶다면서 형이 직접 이곳에 찾아 온 적이 있었죠……. 모티머가 죽은 지 얼마 안 됐을 때였어요. 우린 조지와 조카딸들, 그리고 그 아이들의 남편들에 대해 이야기를 나눴죠. 형은 내 의견을 듣고 싶어 했지만 난 해 줄 말이 별로 없었습니다. 이런 식으로 환자인데다 밖에 나가질 않으니, 모드와 함께 속세와 인연을 끊고 사는 셈이니까요. 뭐, 조카딸들은 멍청한 결혼을 한 거죠. 엔트휘슬, 내가 방금 그런 말을 한 건 형이 날 가문의 다음 수장으로 생각했다는 것, 그러니 앞으로 집안의 재산은 내가 관리하게 될 거라고 생각했다는 뜻이에요. 리처드 형은 제가 조카들을 위해 옳은 일을 할 거라 믿었을 테죠. 그리고 불쌍한 코라도 보살펴 주고 말입니다. 젠장, 엔트휘슬, 난 애버네티라는 성(姓)을 물려받았어요……. 마지막 남은 애버네티라고요. 당연히 모든 통제권이 나에게 돌아왔어야죠."

티모시는 흥분한 나머지 담요를 옆으로 차 버리고 의자에서 벌떡 일어섰다. 허약하다거나 비실거리는 모습은 전혀 보이지 않았다. 약간 흥분하긴 했지만 지극히 건강한 모습이었다. 늙은 변호사는 티모시 애버네티가 남몰래 형 리처드를 질투했다는 사실을 분명히 깨달았다. 티모시라면 형의 강한 성격과 형이 가진 회사 경영권을 탐낼 만도 했다. 형이 죽자 티모시는 늦게라도 다른 사람들의 운명을 통제할 권한이 자기 손에 쥐어지리라는 생각으로 들떴던 것이다.

하지만 리처드 애버네티는 동생에게 그런 권한을 주지 않았다. 그렇게 하려고 생각했다가 다시 결정을 뒤집은 걸까?

순간 갑작스럽게 정원에서 고양이들의 울음소리가 들리자 티모시는 의자에서 벌떡 일어났다. 창가로 달려간 그는 유리창을 들어 올리고 고함을 질렀다.

"당장 멈추지 못해!"

그리고 커다란 책을 한 권 들어 짐승들에게 집어 던졌다. 그는 으르렁대며 제자리로 돌아왔다.

"지긋지긋한 고양이들. 화단을 엉망으로 만들어놓는 저놈들의 울음 소리를 참을 수가 없어요."

그는 다시 자리에 앉아 질문을 던졌다.

"술 한 잔 하겠습니까, 엔트휘슬?"

"이렇게 일찍은 곤란하지. 게다가 모드에게서 방금 아주 훌륭한 차를 대접받았다네."

티모시는 툴툴거리며 입을 열었다.

"모드는 유능한 여잡니다. 하지만 맡은 일이 너무 많죠. 그 낡은 차 수리까지 해야 하니까……. 그래 봬도 기계를 꽤 잘 다뤄요."

"장례식에서 돌아오는 길에 차가 고장 났었다면서?"

"그래요. 엔진이 나갔었답니다. 모드는 내가 걱정할까 봐 용의주도하게 전화로 미리 알렸지만, 빌어먹을 파출부가 메모를 엉망으로 해 놨지 뭡니까. 신선한 공기를 마시러 좀 나가 볼까 했는데……. 아, 의사가 기분이 내키면 운동을 하는 게 좋다고 했거든요. 산책을 하고 돌아와 보니 메모지에 '마담의 차 고장, 하룻밤 묵어야 함.'이라고 쓰여 있는 거예요. 당연히 난 모드가 아직 엔더비에 있겠구나 생각했죠. 그래서 전화를 걸어보니 모드는 그날 아침에 떠났다는군요. 어딘가에서 차가 주저앉은 거죠! 이거야 원! 그 바보 같은 파출부가 저녁이랍시고 해 놓은 게 잔뜩 덩어리진 마카로니 치즈밖에 없었어요. 내가 직접 주방으로 내려가 데워 먹어야 했다니까요. 차도 손수 끓여 마시고 말입니다…… 불까지 직접 붙인 건 말할 나위도 없죠. 하마터면 심장 마비가 올 뻔했어요……. 하지만 그 여자가 신경이나 쓸까요? 천만에! 경우 있는 여자라면 그날 저녁 다시 돌아와 날 제대로 돌봐 줬겠죠. 요즘 하층 계급 사람들에게서는 더 이상 충성심을 찾아 볼 수가 없습니다……."

말을 마친 티모시는 우울한 표정을 지었다.

엔트휘슬 씨가 말했다.

"모드가 자네에게 장례식과 친척들에 대해 얼마나 말해 줬는지 모르겠군. 코라가 좀 이상한 소리를 했다네. 천연덕스러운 표정으로 리처드가 살해당한 게 아니냐고 하더군. 모드에게서 들었겠지?"

티모시는 킬킬 웃었다.

"아, 그럼요. 그 얘긴 들었죠. 다들 어이없어 했다면서요? 코라라면 그런 말을 하고도 남아요! 그 애는 어릴 때부터 툭하면 이상한 말을 했다는 거 잘 아시지 않습니까. 우리 결혼식 때도 이상한 말을 해서 모드의 기분을 상하게 했었죠, 기억납니다. 모드는 그 애를 그리 좋아하지 않았어요. 모드는 장례식이 있었던 그날 저녁 내게 전화를 해서 내가 괜찮은지, 존스 부인이 와서 내 저녁을 차려 줬는지 묻고는 장례식은 잘 치렀다고 하더군요. 그런데 내가 '유언장은 어떻게 됐어?'라고 물으니까 머뭇거리면서 제대로 대답을 못하지 뭐니까. 물론 결국 실토하긴 했지만 말입니다. 난 믿을 수가 없어서 당신이 잘못 알아들은 게 틀림없다고 했지만, 모드는 맞다고 우기는 거예요. 난 상처받았습니다, 엔트휘슬……. 정말로 상처 받았어요. 내 말이 무슨 뜻인지 압니까? 내가 보기엔 리처드 형이 심술을 부린 게 분명해요. 죽은 사람을 나쁘게 말해선 안 된다는 거 알지만 이거 참……."

티모시는 이 이야기를 한동안 계속했다.

그런 후 모드가 응접실로 들어와 단호하게 말했다.

"여보, 엔트휘슬 씨와 너무 오래 이야기를 나눈 것 같아요. 이제 쉬셔야죠. 이야기가 다 끝났으면……."

"아, 우리 이야기는 다 끝났어. 엔트휘슬, 당신에게 모든 걸 다 맡기겠습니다. 경찰이 그놈을 잡으면 내게 알려 주세요……. 혹시라도 잡는다면 말입니다. 요즘 경찰들을 믿을 수가 있어야지. 서장이라는 사람도 시덥지 않은 사람일 겁니다. 당신은 그, 어……. 매장하는 데 갈 거죠? 아무래도 우린 못 갈 것 같습니다. 하지만 값비싼 화환을 주문했어요. 그리고 때가 오면 적당한 비석도 세워야죠……. 코라는 그 동네에다가 묻겠죠? 굳이 북쪽으로 시신을 가져올 이유도 없고 피에르 랑스크네가 묻힌 곳은 어딘지도 모르니까. 프랑스 어디였겠죠. 살해당한 사람의 비석에는 뭐라고 적어야 할지 모르겠군요……. '영원의 안식에 들어가다.'라든지 뭐 그런 문구는 쓸 수가 없잖습니까. 적당한 문구를 골라야 할 텐데……. '돌아가신 이에게 명복이 있을 지어다.'는 어떨까요? 안 되겠네, 이건 가톨릭에서만 쓰는 문구니까요."

"오, 주여. 주께서 저의 죄를 보셨으니 절 심판해 주소서."

엔트휘슬 씨가 중얼거렸다.

티모시의 깜짝 놀란 듯한 눈길에 엔트휘슬 씨는 희미한 미소를 지으며 말했다.

"예레미야 애가에 나오는 구절일세. 극적인 효과를 주기에는 적당한 것 같아서. 하지만 비석 문구를 결정하기까지는 시간이 넉넉할 거야. 땅이 굳어야 하니까. 이제 아무것도 걱정 말게. 우리가 다 알아서 처리하고 자네에게 알려 주겠네."

엔트휘슬 씨는 다음 날 아침 기차를 타고 런던으로 떠났다. 집에 도착한 그는 잠시 망설이다 친구에게 전화를 걸었다.

7장

"자네가 날 초대해 주어 얼마나 고마운지 모르겠네."

엔트휘슬 씨는 친구의 손을 따뜻하게 잡았다.

에르퀼 푸아로는 상냥하게 벽난로 옆의 의자에 앉으라고 손짓했다. 엔트휘슬 씨는 한숨을 쉬며 자리에 앉았다. 방의 한쪽 구석에는 테이블이 놓여 있었다. 엔트휘슬 씨가 말했다.

"오늘 아침 시골에서 돌아오는 길일세."

"그리고 나에게 조언을 구할 만한 일이 있는 게지?"

"그렇다네. 아무래도 길고 두서없는 이야기가 될 것 같아."

"그렇다면 만찬을 한 다음에 시작하세. 조르주?"

유능한 조르주는 냅킨에 싼 따끈한 토스트와 푸아그라를 들고 모습을 드러냈다.

"푸아그라는 벽난로 옆에서 먹겠네. 그 후에는 테이블로 자리를 옮길 거야."

푸아로가 말했다.

엔트휘슬 씨가 의자에 편히 앉아 만족스러운 한숨을 쉰 것은 그로부터 1시간 반이 지난 후였다.

"자넨 제대로 음식을 즐길 줄 아는군, 푸아로. 역시 프랑스 사람다워."

"난 벨기에 사람일세. 하지만 그것 빼고는 자네 말이 맞아. 내 나이가 되면 가장 큰 즐거움, 아니 유일한 즐거움은 먹는 즐거움이라네. 내 위가 튼튼하다는 게 정말 축복이지."

"아."

엔트휘슬 씨가 중얼거렸다.

둘은 솔 베로니크*로 식사를 하고, 뒤이어 나온 에스칼로프 드 보 밀라네즈**와 아이스크림과 곁들인 푸아르 플랑베***로 옮겨갔다.

다음으로 코르통과 푸이이 퓌세****를 마시고 나니, 이제 엔트휘슬 씨의 팔꿈치께에는 아주 훌륭한 포트와인이 놓여졌다. 포트와인을 좋아하지 않는 푸아로는 크렘 드 카카오*****를 홀짝였다.

"그렇게 훌륭한 에스칼로프******를 어디서 구한 겐가? 입에서 살살

---

* 청포도 소스를 얹은 가자미 요리.

** 밀라노식 송아지고기 커틀릿.

*** 배를 시럽에 넣어 졸이다가 브랜디나 럼 따위를 넣고 순간적으로 불을 붙여 익히는 요리.

**** 둘 다 부르고뉴 산 와인의 일종.

***** 코코아와 바닐라 열매를 넣어 만든 리큐어.

****** 송아지 고기.

녹던데!"

엔트휘슬 씨는 감상에 잠겨 중얼거렸다.

"유럽 대륙에서 푸줏간을 운영하는 친구가 한 명 있다네. 내가 그 친구의 작은 집안 문제를 해결해 줬거든. 그게 몹시 고마웠는지 그때 이후로 내 취향에 딱 맞는 선물을 보내준다네."

엔트휘슬 씨는 한숨을 쉬었다.

"집안 문제라. 자네가 그 얘기를 꺼내지 않았으면 좋았을 걸. 정말이지 지금 내 처지와 똑같아……."

"나중에 하세, 친구. 이제 커피 한 잔과 근사한 브랜디가 나올 테고, 뱃속이 편안하게 소화가 되고 나서 왜 내 조언이 필요한지 그 이유를 말해 보게."

시계가 9시 30분을 알린 후, 엔트휘슬 씨가 의자에서 몸을 뒤척였다. 적당한 순간이 온 것이다. 그는 난처한 문제를 꺼내기를 더 이상 주저하고 싶지 않았다……. 오히려 빨리 꺼내고 싶은 마음이었다.

"내가 바보 같은 생각을 하고 있는 건 아닌지 나도 잘 모르겠어. 현실적으로 도무지 말이 안 되니까. 하지만 사건의 정황에 대한 자네의 생각이 듣고 싶네."

엔트휘슬 씨는 잠시 곰곰이 생각하다 항상 그렇듯 정확하고 꼼꼼하게 이야기를 풀어나갔다. 변호사로서 훈련 받은 그의 두뇌는 사족 없이 사실을 그대로, 아무것도 빼놓지 않고 정확하게 이야기했다. 정확하고 간결한 이야기였으며, 가만히 앉아 그의 이야기에 귀를 기울이는 달걀 모양 대머리의 작은 노신사는 그 설명의 간결함과 정확성을 높이 평가했다.

엔트휘슬 씨가 말을 멈추자 침묵이 이어졌다. 엔트휘슬 씨는 어떤 질문에도 대답할 준비가 되어 있었지만, 한동안 아무런 질문도 들리지 않았다. 에르퀼 푸아로는 정황을 되짚어보는 중이었다.

마침내 푸아로가 입을 열었다.

"잘 알겠네. 자네는 자네 친구인 리처드 애버네티가 살해당했을지도 모른다는 의심을 품고 있는 게지? 그 의심, 또는 추정은 단 한 가지, 리처드 애버네티의 장례식에서 코라 랑스크네가 한 말에 근거를 두고 있고 말이야. 그것을 제외하면 아무런 근거도 없지……. 그 다음 날 코라 랑스크네가 살해당했다는 사실은 순전히 우연일 수도 있네. 리처드 애버네티가 갑작스럽게 죽은 건 사실이지만, 그를 돌보던 명망 높은 주치의는 사인에 대해 조금도 의심하지 않았으니까. 시신은 매장했나, 아니면 화장했나?"

"화장했네……. 본인의 요청에 따라."

"그래, 법률상 그렇지. 그렇다면 두 번째 의사가 사망진단서에 사인을 했다는 뜻인데……. 뭐 그것 또한 이상 없이 절차대로였겠지. 따라서 본질적인 점, 즉 코라 랑스크네가 한 말을 살펴봐야 해. 자네는 그곳에서 그녀가 하는 말을 들었지. '하지만 오빠는 살해된 거잖아요, 안 그래요?'라고 말했다고?"

"그렇다네."

"그리고 가장 중요한 점……. 자네가 그녀의 말을 진실이라고 생각한다는 거지."

변호사는 잠시 망설이다 입을 열었다.

"그래, 그렇게 생각하네."

"이유가 뭔가?"

"이유가 뭐냐고?"

엔트휘슬 씨는 푸아로의 말을 되풀이하며 약간 당황한 표정을 지었다.

"그래, 이유가 뭔가? 그건 자네가 이미 리처드의 죽음에 대해 뭔가 미심쩍은 구석이 있다는 생각을 하고 있었기 때문이 아닌가?"

변호사는 고개를 저었다.

"아니, 아니야. 전혀 아닐세."

"그렇다면 그녀…… 코라 때문이겠군. 자넨 그녀를 잘 아나?"

"글쎄. 한…… 20년 동안 보질 못 했지."

"길거리에서 그녀를 만났다면 알아 봤겠나?"

엔트휘슬은 곰곰이 생각해 보았다.

"아마 길거리에서 마주쳤다면 알아보지 못하고 그냥 지나쳤을 거야. 마지막으로 그녀를 봤을 때는 가냘프고 호리호리한 소녀였는데 이젠 뚱뚱하고 초라한 중년 여성이 되어 나타났더군. 하지만 코라와 이야기를 나누는 순간 옛날 모습을 발견했다네. 예전과 똑같이 앞머리를 내린 머리 모양, 마치 겁먹은 동물처럼 앞머리 사이로 상대방을 쳐다보는 습관, 머리를 한쪽으로 기울이며 아주 엉뚱한 말을 불쑥불쑥 내뱉는 특이한 버릇이 남아 있었어. 그 특이한 성격만은 그대로였지.

"자네가 수십 년 전 알던 바로 그 코라였군. 아주 엉뚱한 말을 불쑥불쑥 내뱉는 것도 여전했고! 그녀가 그렇게 툭툭 내뱉었던 엉뚱한 말들은 대개…… 사실로 판명 났나?"

"그래서 언제나 난처했었지. 차라리 말하지 않는 편이 나은 진실까지도 코라는 거침없이 말했으니까."

"그리고 그러한 성격은 변하지 않았네. 리처드 애버네티는 살해당했고……. 따라서 코라는 즉시 그 사실을 입에 올린 거야."

엔트휘슬 씨는 몸을 뒤척였다.

"푸아로, 자네는 그가 살해당했다고 생각하나?"

"오, 아니야, 아닐세. 친구. 그렇게 속단할 순 없지. 우리가 동의한 사실은 이걸세……. 코라는 리처드가 살해당했다고 생각했다, 그녀는 리처드가 살해당했다고 확신했다, 즉 그녀에게는 단순한 추측이상의 확실한 사실이었다. 그래서 우리는 이런 결론에 이르렀네. 코라의 그러한 믿음에는 분명 어떠한 근거가 있을 것이다. 우린 자네가 그녀에 대해 아는 바를 토대로 그녀의 말이 단순한 헛소리는 아니라는 데 동의한 걸세. 이제 말해 보게. 코라가 그런 말을 했을 때, 그 즉시, 항의의 말들이 쏟아졌겠지……. 그렇지?"

"맞네."

"그러자 코라는 당황하고 겸연쩍어 하면서 얼버무렸다지. 자네가 기억하는 바에 따르면 '하지만 오빠 말로는…….'이라고 말하면서……."

변호사는 고개를 끄덕였다.

"내가 좀 더 확실히 기억할 수 있었다면 좋겠네만, 그 말은 비교적 확실하네. 코라는 '오빠 말로는' 또는 '오빠 이야기로는'이라고 했어."

"그렇게 그 일은 대충 얼버무려지고 다들 다른 이야기를 하게 됐지. 당시 사람들의 표정에서 특별한 표정을 발견하지는 않았나? 자네의 기억에 특별히 남은 표정이라고 할까, 그런 표정이 있나?"

"없다네."

"그리고 바로 그 다음 날 코라는 살해당했다……. 그리고 자네는 생각해 봤네. '코라는 그 말 때문에 살해된 게 아닐까?'"

변호사는 몸을 뒤척였다.

"자네가 보기에는 터무니없는 생각 같겠지?"

"전혀 그렇지 않아. 원래의 가정이 맞다고 치면, 논리적인 생각일세. 리처드 애버네티를 완벽하게 살해하고 모든 일이 잘 무마되었는데……. 갑자기 그 사실을 알고 있는 사람이 나타난 거야! 그러니 가능한 빨리 그 사람 입을 막아야 했겠지."

"그렇다면 자네는…… 살인이라고 생각하나?"

푸아로는 진지한 표정으로 입을 열었다.

"몽 셰르(친구), 나도 자네와 같은 생각이네……. 조사해 볼 만한 사건이라고 생각해. 자네 무슨 조치를 취했나? 그 사실을 경찰에게 얘기했나?"

엔트휘슬 씨는 고개를 저었다.

"아닐세. 그래봐야 소용없는 것 같아서. 난 그 애버네티가(家)를 대표하고 있네. 만약 리처드 애버네티가 살해당했다면, 살해 방법은 하나뿐일 거야."

"독살?"

"그렇다네. 하지만 시신은 화장되었지. 이젠 아무런 증거도 남아 있지 않아. 하지만 난 꼭 확인해 보고 싶다는 생각에 푸아로 자네를 찾아온 걸세."

"리처드 애버네티가 살해당할 당시 그 집엔 누가 있었나?"

"수십 년 동안 그 집에서 일한 나이 많은 집사와 요리사 한 명, 가정부 한 명이 있었지. 아무래도 그중의 한 명이 아닐까……."

"아! 날 속이려고 하지 말게. 이 코라라는 여자는 리처드 애버네티가 살해당한 걸 알고도 그걸 비밀로 하는 데 동참했어. '여러분들 말이 맞는 것 같아요.'라고 했잖나. 따라서 범행에 관련된 사람은 가족 중 한 명, 희생된 코라 본인조차도 드러내고 싶지 않았던 사람임이 분명해. 그렇지 않다면 그녀가 오빠를 죽인 살인자를 그냥 내버려 두는 데 동의하진 않았을 테니까. 자네도 이 의견에 동의하지, 그렇지?"

엔트휘슬 씨가 털어놓았다.

"그래……. 나도 그렇게 생각했네. 하지만 가족 중엔 누구도 그럴 만한 사람이……."

푸아로가 그의 말을 가로챘다.

"독살이라면 가능성은 여러 가지지. 만약 리처드 애버네티가 자다가 죽었고 의심스러운 증상이 보이지 않았다면 마취제를 쓴 걸 거야. 어쩌면 이미 마취제를 맞고 있었는지도 모르지."

"어쨌든 방법은 그리 중요하지 않아. 우린 아무것도 증명할 수가 없을 테니까."

엔트휘슬 씨가 말했다.

"물론 리처드 애버네티에 관해서는 무리겠지. 하지만 코라 랑스크네 사건은 달라. 일단 '범인'을 알아내면 증거를 확보할 수 있을 테니까."

푸아로는 날카로운 눈길을 보내며 이렇게 덧붙였다.

"혹시 자네 벌써 조사를 해 본 것이 아닌가?"

"알아낸 건 거의 없다네. 주 목적은 가능성이 없는 사람들을 제외하기 위한 것이었으니까. 애버네티가 사람 중 한 명이 범인이라는 생각만 해도 불쾌해. 별 의미 없는 몇 가지 질문을 던져서 가족들 중 혐의가 없는 사람을 제외하려는 시도는 해 봤네. 어쩌면 가족 모두를 제외하고 싶었던 건지도 몰라. 그럴 경우 코라의 생각이 틀렸다고, 코라는 우연히 집에 침입한 강도에게 살해당한 것으로 몰 수 있으니까. 문제는 간단하네. 애버네티가 사람들이 코라 랑스크네가 살해당하던 그날 오후 무엇을 하고 있었냐 하는 걸세."

푸아로가 입을 열었다.

"에 비엥(그렇다면) 가족들은 그때 무얼 하고 있었나?"

"조지 크로스필드는 허스트 파크 경마장에 있었네. 로저먼드 셰인은 런던에서 쇼핑을 하고 있었고. 그 애 남편은…… 남편들도 포함을 시켜야 하니까……."

"물론이네."

"그 애 남편은 연극 문제로 협상을 하고 있었지. 수전과 그레고리 뱅크스는 하루 종일 집에 있었으며, 환자인 티모시 애버네티는 요크셔에 있는 그의 집에, 그의 아내는 엔더비에서 차를 몰고 집으로 가는 중이었다네."

엔트휘슬은 말을 멈추었다.

에르퀼 푸아로는 그를 바라보며 알겠다는 듯 고개를 끄덕였다.

"그래, 그 사람들이 그렇게 말했다는 거군. 그렇다면 그게 모두 사실인가?"

"난 모르겠다네, 푸아로. 사실을 입증할 수 있는 진술도 있고, 그렇지 않은 진술도 있지……. 하지만 속속들이 다 파헤치지 않는다면 사실을 입증하기가 어려울 거야. 사실 그렇게 하는 건 범인으로 모는 거나 마찬가지네만. 내 나름의 추측을 자네에게 말해 보겠네. 조지가 정말로 허스트 파크 경마장에 갔을 수도 있겠지만, 난 그렇게 생각하지 않는다네. 그는 자기가 우승마 두 마리에 돈을 걸었다며 성급하게 자랑을 늘어놓았지. 내 경험상 범법자들은 대개 말을 너무 많이 해서 도리어 자신에게 불리한 상황을 자초한다네. 내가 우승마 이름을 물어봤더니 조지는 조금도 망설이지 않고 말 두 마리의 이름을 대더군. 내가 찾아보니 두 마리 다 우승 후보에 올랐고 한 마리는 이겼지만, 다른 한 마리는 우승 확률이 높았음에도 결국 3위 안에도 들지 못했다네."

"흥미롭군. 이 조지라는 청년은 삼촌이 돌아가셨을 당시 급전이 필요했었나?"

"아주 필사적이고 다급한 것 같았다네. 증거는 전혀 없어도, 그 친구가 고객들의 돈을 빼돌려 기소당할 위기에 처한 게 분명한 것 같아. 물론 내 생각일 뿐이지만 내가 그런 문제에는 경험이 꽤 있으니까. 유감스럽게도 세상엔 비리를 저지르는 변호사들이 드물지 않다네. 내가 자네에게 할 수 있는 말은, 나라면 내 돈을 절대 조지에게 맡기지 않을 것이며, 판단력이 아주 예리한 리처드 애버네티는 조카를 조금도 신뢰하지 않았을 거라는 점이네."

엔트휘슬은 말을 이었다.

"조지의 모친은 아름답지만 좀 바보 같은 여자여서 어딘가 수상쩍은 녀석과 결혼을 했지."

그는 한숨을 쉬었다.

"애버네티가 아가씨들은 죄다 남자 보는 눈이 없어."

그는 잠시 말을 멈추었다가 계속 했다.

"로저먼드는 아름답지만 바보라네. 그 아이가 손도끼로 코라의 머리를 내리치는 건 상상도 할 수 없어. 또한 그 남편 마이클 셰인은 속을 알 수 없는 남자야……. 야심도 있고 허세가 지나치지. 그리고 난 그 친구에 대해 아는 게 거의 없어. 그 친구가 잔인한 범죄를 저지르거나 교묘한 독살을 자행했다고 의심할 만한 근거는 전혀 없지만, 그가 당시에 실제로 무얼 하고 있었는지 알기 전까진 의심을 거둘 수 없다네."

"그렇다면 그 아내에 대한 의심은 조금도 하지 않는 거지?"

"그래······. 좀 당황스러울 정도로 무심한 구석이 있긴 하지만······. 아니야. 손도끼는 말도 안 돼. 로저먼드는 아주 연약한 아가씨라고."

"게다가 아름답고 말이지!"

푸아로는 약간 빈정대는 미소를 지으며 말했다.

"그리고 다른 조카딸은?"

"수전? 그 애는 로저먼드와는 전혀 다른 유형이야······. 아주 똑똑한 아가씨라네. 수전 부부는 그날 함께 집에 있었다고 하더군. 내가 (거짓말로) 그날 오후에 집으로 전화를 몇 번 했었다고 했지. 그랬더니 그레그는 그 즉시 전화가 그날 하루 종일 고장이 났었다고 하더군. 자신도 누군가에게 전화를 걸려고 했었는데 연결이 되지 않았다면서."

"그것 역시 확실하지 않군······. 자네가 바라던 대로 확실한 알리바이가 있는 사람은 없었군그래······. 남편 쪽은 어떻던가?"

"뭐라고 단정 짓기가 어렵더군. 어딘지 모르게 기분 나쁜 구석이 있는데 정확히 무엇 때문에 그런 인상을 받는 건지 알 수가 없으니 말이야. 수전은······."

"응?"

"수전은 제 삼촌을 쏙 빼닮았어. 리처드 애버네티의 열정과 추진력, 두뇌를 그대로 물려 받았지. 다만 내 망상인지 몰라도 수전에게는 내 오랜 친구의 다정함과 따뜻함은 결여되어 있는 것 같더군."

푸아로가 한마디 했다.

"여자들은 절대 다정한 법이 없지. 가끔은 부드러워지기도 하지만 말이야. 수전은 남편을 사랑하나?"

"헌신적으로. 하지만 푸아로, 난 상상이 안 된다네……. 단 한순간이라도 수전이 그랬다고는 생각할 수가 없어……."

푸아로가 말했다.

"자네는 조지 쪽이 더 의심스러운 거로군? 하기사 자연스러운 일이지! 하지만 자네와 달리 나는 아름다운 숙녀 분들에게 그렇게 무르지 않다네. 자, 이제 티모시 부부를 만난 이야기를 해 보겠나?"

엔트휘슬 씨는 티모시와 모드를 만난 이야기를 아주 상세하게 설명했다. 푸아로는 결과를 종합해 보았다.

"그렇다면 애버네티 부인이 기계를 잘 다루는군. 차 내부에 대해 속속들이 알고 있어. 그리고 애버네티 씨는 본인이 생각하는 만큼 몸이 약하진 않고. 산책을 나가기도 하고, 자네 말에 따르면 격렬한 운동도 할 수 있을 정도지. 병적으로 자기중심적인 면모도 있고. 형의 성공과 인격을 시기했다고?"

"코라에 대해서는 아주 깊은 애정을 갖고 있는 것 같았다네."

"그리고 장례식이 끝난 후에 코라가 말한 어리석은 발언을 비웃었지. 여섯 번째 상속자는 어떤가?"

"헬렌? 리오 부인? 난 한순간도 그녀를 의심한 적이 없다네. 게다가 그녀가 결백한 건 분명하니까. 그녀는 엔더비 저택에 남아 있었어. 거기 있는 세 명의 하인들과 함께."

"에 비엥(자), 친구. 솔직하게 말해 보세. 자네는 내가 어떻게 해 주길 원하나?"

"진실을 알고 싶네, 푸아로."

"그래. 그래, 내가 자네 입장이었다면 나도 그랬겠지."

"그리고 자네라면 진실을 알아낼 수 있잖나. 자네가 더 이상 사건 의뢰를 받지 않는다는 건 알지만, 이것만은 받아 주게. 중요한 일일 세. 자네 수임료는 내가 책임지지. 자자, 돈이란 건 많으면 많을수록 좋지 않나."

푸아로는 씩 웃었다.

"전부 세금으로 빠져나가지만 않는다면 말이지! 하지만 자네가 들고 온 사건에 흥미가 있다는 건 인정하겠네! 간단하지가 않으니까. 모든 게 아주 모호해……. 이보게 친구, 한 가지는 자네가 처리하는 게 나을 거야. 그 후에 내가 모든 걸 다 해결하도록 하지. 리처드 애버네티 씨의 주치의를 찾아 주게. 자네 그 주치의가 누구인지 알지?"

"조금은."

"어떤 사람인가?"

"중년의 개업의라네. 아주 유능한 사람이야. 리처드와도 아주 사이가 좋았고. 정말 괜찮은 친구라네."

"그렇다면 그 친구를 찾아가 보게. 나보다는 자네와 이야기하는 게 더 편할 테니까. 그 친구에게 애버네티 씨의 병세에 대해 묻고, 애버네티 씨가 사망할 당시를 전후해서 어떤 약을 먹고 있었는지도 알아내게. 만약 리처드 애버네티가 주치의에게 자신이 독살당할 거라는 이야기는 한 적이 있는지도 말일세. 그런데 길크리스트 양은 리처드 애버네티가 여동생에게 '독살'이란 말을 한 게 분명하다고 하던가?"

엔트휘슬 씨는 곰곰이 생각해 보았다.

"길크리스트 양이 그렇게 말했네……. 하지만 자신이 말을 확실히 이해했다고 생각한 나머지 실제로 있었던 말을 바꿔서 말하기도 하는 그런 타입이야. 만약 리처드가 누군가 자신을 죽이려 하는 것 같다고 말했다면, 길크리스트 양은 그걸 자기 친고모와 연결지어 (이 고모라는 사람은 자기 음식에 독이 들어 있다고 믿었다더군.) 독살이라고 추정했을 수도 있지. 그 부분은 길크리스트 양에게 조만간 다시 한 번 확인해 보겠네."

"그래. 아니면 내가 해 보던지."

푸아로는 말을 멈췄다가 목소리를 바꾸어 다른 질문을 던졌다.

"이보게, 친구. 혹시 길크리스트 양이 어쩌면 위험에 처할지도 모른다는 생각은 해 보지 않았나?"

엔트휘슬 씨는 놀란 표정이었다.

"그런 생각은 하지 않았는데."

"하지만 그렇잖나. 코라는 장례식 날 자신의 의혹을 입 밖에 냈어. 문제의 범인은 코라가 리처드가 살해되었다는 이야기를 또 다른 누군가에게 하지 않았을까 의심하진 않았을까? 그리고 코라가 그런 이야기를 했을 가능성이 가장 높은 사람은 길크리스트 양이 되겠지. 몽 셰르(친애하는 친구), 아무래도 길크리스트 양이 그 집에 혼자 남아 있는 게 불안해."

"수전이 그 집으로 내려간다고 했는데."

"아, 뱅크스 부인이 그 집에 내려간다고?"

"코라의 유품들을 둘러보고 싶다더군."

"그렇군. 그래……. 자, 친구. 자네는 내가 부탁한 일을 해 주게. 내가 그 저택에 찾아갈지도 모른다고 애버네티 부인, 그러니까 리오 애버네티 부인에게 전해 주게. 그 다음부터는 내가 모든 걸 다 맡아 해결하겠네."

그리고 푸아로는 엄청난 에너지를 뿜어내며 손가락으로 콧수염을 빙빙 돌렸다.

8장

엔트휘슬 씨는 생각에 잠긴 채 래러비 박사를 바라보았다.

그는 그 동안 쌓아 온 연륜으로 사람들을 판단하는 데는 도가 터 있었다. 변호사 일을 하다 보면 골치 아픈 상황을 일부러 만들거나 민감한 주제를 꺼내야 할 때가 종종 있다. 엔트휘슬 씨는 그런 적절한 접근법에 통달한 사람이었다. 아주 까다로운 주제일 것이 분명하며, 상대의 의사로서의 자질을 의심하는, 그래서 분노를 부를 것이 아주 뻔한 주제를 어떻게 꺼내는 게 최선의 방법일까?

엔트휘슬 씨는 솔직함이 최선이라고 생각했다⋯⋯. 또는 약간의 조작을 가미한 솔직함. 멍청한 여자가 한 한마디 말 때문에 사인에 의심이 생겼다고 말하는 것은 경솔한 짓이다. 게다가 래러비 박사는 코라를 만난 적도 없었다.

엔트휘슬 씨는 목을 가다듬고 용감하게 뛰어들었다.

"박사님께 아주 미묘한 문제를 논의 드리러 왔습니다. 어쩌면 박사님께서 불쾌해 하실지 모르겠으나 그러지 않으셨으면 합니다. 박사님은 합리적인 분이시고, 그러니만큼 그…… 불합리한 이야기라며 덮어놓고 비난만 할 게 아니라 합리적인 해결책을 찾고자 하는 제 생각을 이해해 주시리라 믿습니다. 제 고객 고(故) 애버네티 씨와 관련 있는 일입니다. 솔직히 말씀드리죠. 애버네티 씨가 자연사했다고 확신, 정말로 확신하십니까?"

혈색이 좋고 상냥한 래러비 박사의 얼굴이 놀란 표정으로 바뀌었다.

"그게 도대체 무슨……. 물론 그렇습니다. 제가 사망 진단서를 드렸지 않습니까? 만약 사인에 뭔가 문제가 있다면 전 절대……."

엔트휘슬 씨는 재빨리 끼어들었다.

"물론입니다, 물론입니다. 박사님의 의견이 틀렸다는 건 절대 아닙니다. 하지만 박사님께서…… 그러니까 그…… 떠도는 소문들을 확실히 가라앉혀 주신다면 감사하겠습니다."

"소문이라니요? 무슨 소문요?"

엔트휘슬 씨는 능란하게 거짓말을 시작했다.

"이런 소문들이 어떻게 시작되는지는 아무도 알 수가 없습니다. 하지만 아무래도 소문들을 가라앉혀야 할 것 같습니다……. 가능하다면 공신력 있는 사람이 발표를 해서 말입니다."

"애버네티 씨는 환자였습니다. 빠르면 2년밖에 살지 못하는 병으로 고생하셨죠. 어쩌면 그보다 훨씬 빠를 수도 있었습니다. 아드님의 죽음으로 인해 그분은 살고자 하는 의지와 질병에 대한 저항력이 약해지셨습니다. 제가 그분이 그렇게 빨리, 그렇게 갑자기 돌아가실 거란 예상을 못한 건 사실이지만 그러한 경우는 많습니다……. 아주 많죠. 환자가 정확히 언제 죽는지, 혹은 정확히 얼마나 오래 살지 예측하는 의사들은 바보가 되기 십상입니다. 인간은 예측할 수 없는 존재니까요. 약해 보이는 환자들이 의외로 질병에 굳세게 버티기도 하고, 건강해 보이는 사람들이 예기치 못하게 쓰러지기도 합니다."

"박사님의 말씀 충분히 이해합니다. 저는 박사님의 진단을 의심하는 게 아닙니다. 애버네티 씨는(좀 신파조일 것 같지만) 사망 선고를 받았죠. 제가 박사님께 묻고 싶은 것은 자신의 운명을 알거나 예상하고 있는 남자가 그 짧은 인생마저 단축시키려 할 가능성이 있느냐 하는 겁니다. 아니면 다른 누군가 대신 해 주던가요."

래러비 박사는 얼굴을 찌푸렸다.

"자살…… 말씀이십니까? 애버네티 씨께서는 자살할 분이 아니었습니다."

"알겠습니다. 박사님은 의학적 용어를 통해 그런 일이 불가능하다고 말씀하실 수 있겠죠."

박사는 불편한 듯 몸을 뒤척였다.

"불가능하다는 표현은 쓰지 않았습니다. 아드님이 돌아가신 후, 애버네티 씨께서는 이 세상에 아무런 미련이 남아 있지 않았습니다. 저는 분명 자살은 아닐 거라 생각하지만……. 자살이 불가능하다고 말씀드릴 수도 없습니다."

"지금 박사님께서는 심리적인 측면에서 말씀해 주셨는데요. 제가 의학적인 설명이라고 말한 것은 이런 겁니다. 애버네티 씨가 사망하게 된 정황으로 보아 자살일 가능성도 있느냐 하는 거죠."

"아, 아니요. 아닙니다. 그렇지는 않습니다. 애버네티 씨께서는 다른 환자 분들이 그렇듯 주무시다가 돌아가셨습니다. 자살을 의심할 근거도 전혀 없고, 그분의 정신 상태로 보아도 절대 있을 수 없는 일입니다. 만약 심각한 병에 걸린 채로 자다가 죽은 사람이 나올 때마다 부검을 해야 한다면……."

박사의 얼굴은 붉어지고 또 붉어졌다. 엔트휘슬 씨가 재빨리 나섰다.

"물론, 물론입니다. 하지만 만약 증거가 있다면……. 박사님 본인께서는 알아차리지 못한 증거가 있다면요? 이를 테면, 애버네티 씨가 다른 누군가에게 말한……."

"그분이 자살을 생각하고 있다는 걸 암시하는 말을요? 그분이 그러셨습니까? 정말 놀랍다는 말밖에는 할 수가 없군요."

"만약의 경우입니다……. 순전히 가설에 불과하죠. 만약 그렇다고 해도 박사님께서는 자살의 가능성은 없다고 보십니까?"

래러비 박사는 천천히 입을 열었다.

"아니……. 그렇지 않습니다. 다시 한 번 말씀드리겠지만 그렇다면 굉장히 놀랐을 겁니다."

엔트휘슬 씨는 이 틈을 타 재빨리 말을 꺼냈다.

"만약 그렇다면, 즉 애버네티 씨의 죽음이 자연사가 아니라고 가정한다면(이건 순전한 가설에 불과합니다.) 사인이 뭘까요? 그러니까 약물 같은 걸까요?"

"그런 약이 몇 가지 있습니다. 마취제 중에도 그런 게 있긴 합니다만. 애버네티 씨에게서는 치아노제 증상*이 나타나지 않았고, 자세도 아주 편안했습니다."

"애버네티 씨가 수면제를 복용했습니까? 아니면 그 비슷한 종류라도?"

"네. 제가 슬럼베릴을 처방해 드렸습니다……. 아주 안전한 수면 젭니다. 매일 밤 드시진 않았습니다. 한 번에 작은 병 하나를 처방해 드렸을 뿐이니까요. 서너 번 정도 처방해 드렸는데 그 정도 양으로는 사망하지 않습니다. 참, 그분이 돌아가신 후에 세면대 위에 거의 가득 차 있는 약병을 본 기억이 납니다."

"애버네티 씨에게 수면제 외에 어떤 약을 처방해 주셨습니까?"

"여러 가지요……. 통증이 올 때 복용하시라고 약간의 모르핀을 함유한 약, 비타민 캡슐 몇 가지와 소화제를 처방해 드렸습니다."

엔트휘슬 씨가 끼어들었다.

"비타민 캡슐요? 저도 한 번 그 약을 처방받은 적이 있습니다. 젤라틴으로 만든 작고 동그란 캡슐이지요."

"네. 아데솔린이 들어 있습니다."

---

* 산소 결핍으로 혈액이 검푸르게 되는 상태.

"그 캡슐 중 하나에…… 이를 테면, 다른 무언가를 넣을 수도 있 겠죠?"

박사의 얼굴은 점점 더 놀란 표정이었다.

"치명적인 독약, 말씀이십니까? 하지만 도대체 누가 그런……. 이 보십시오, 엔트휘슬 씨. 지금 무슨 말씀을 하시려는 겁니까? 세상 에, 지금 살인에 대해 이야기하고 계신 겁니까?"

"저도 제가 무슨 말을 하려는 건지 모르겠습니다……. 그저 가능 성을 알고 싶을 뿐입니다."

"하지만 그런 말씀까지 하시는 데는 무슨 근거가 있으실 거 아닙 니까?"

엔트휘슬 씨는 지친 목소리로 대답했다.

"근거는 전혀 없습니다. 애버네티 씨는 죽었고……. 그와 이야기 를 나눈 사람 또한 죽었지요. 모든 게 다 소문, 모호하고 불쾌한 소 문뿐입니다. 할 수만 있다면 그런 소문들을 없애 버리고 싶습니다. 만약 박사님께서 애버네티를 독살하는 게 불가능하다고 말씀해 주 신다면 전 더 없이 기쁠 겁니다! 제 마음의 커다란 짐을 덜어버릴 수 있겠죠."

래러비 박사는 자리에서 일어나 서성였다. 그가 마침내 입을 열 었다.

"전 엔트휘슬 씨께서 원하시는 말씀을 해 드릴 수가 없습니다. 저 도 그렇게 말씀드릴 수 있었으면 좋겠습니다. 하지만 가능성 있는 이야기입니다. 누구라도 캡슐을 하나 꺼내 그 안의 내용물을 뽑아내고…… 이를 테면 순수한 니코틴이나 수십 가지의 다른 약물을 넣었을 수 있습니다. 아니면 음식이나 음료수에 넣었을 수도 있겠죠? 그게 더 그럴듯하지 않습니까?"

"그럴 수도 있을 것 같군요. 하지만 애버네티가 사망할 당시 저택에는 하인들밖에 없었고…… 하인들 중 하나라고는 생각하지 않습니다……. 실은 하인들은 절대 아닐 거라고 확신하지요. 그래서 약효가 서서히 도는 건 없을까 생각해 보던 참이었습니다. 혹시 사람에게 주입하면 몇 주 후에 죽는 그런 약은 없습니까?"

박사는 냉담하게 대꾸했다.

"그것 참 편리하겠군요……. 하지만 말도 안 되는 일입니다. 엔트휘슬 씨는 이성적인 분이라고 알고 있습니다. 그런 분이 왜 그런 말씀을 하시는 겁니까? 제가 듣기에는 너무 억지스러운 주장이군요."

"애버네티는 박사님에게 아무런 말도 하지 않았습니까? 친척들 중 누군가가 자신을 해치려 한다는 암시를 준 적도 없습니까?"

박사는 엔트휘슬 씨를 흥미로운 듯 바라보았다.

"아니요, 제게는 아무 말도 없으셨습니다. 엔트휘슬 씨, 누군가가……. 글쎄요, 괜한 소문을 만들어낸 건 아닐까요? 그런 소문들은 꽤 그럴싸하게 들릴 때도 있으니까요."

"저도 그랬으면 좋겠습니다. 그랬으면 좋겠어요."

"다시 한 번 확인하겠습니다. 누군가 애버네티 씨께서 그런 말씀을 하시는 걸 들었다고 주장하는 거죠……. 그 누군가는 여자 분이겠죠?"

"아, 네. 여자 분이었습니다."

"……그리고 애버네티 씨는 누군가 자신을 죽이려 한다고 그녀에게 말했다고요?"

궁지에 몰린 엔트휘슬 씨는 마지못한 듯 장례식 때 코라가 한 이야기를 들려주었다. 래러비 박사의 얼굴이 환해졌다.

"이런, 이런. 그런 건 귓등으로 흘리셨어야죠! 그렇다면 아주 간단한 일 아닙니까. 나이가 든 여자들은 본래 관심 받고 싶어 안달인데다, 정서가 불안정한 여자들은 더더욱…… 무슨 말이라도 할 수 있습니다. 실제로 그러잖습니까!"

엔트휘슬 씨는 박사가 그 일을 그렇게 간단히 치부해 버리는 것을 보고 화가 났다. 엔트휘슬 씨 또한 관심을 받고 싶어서 안달이 난 신경질적인 여자들을 수도 없이 다뤄 본 터였다.

엔트휘슬 씨는 자리에서 일어나며 말했다.

"박사님 말씀이 옳을 수도 있겠죠. 불행히도 그 문제에 관해 그녀에게 물어볼 수가 없습니다. 살해당했으니까요."

"그게 무슨 말씀이십니까……. 살해당했다니요?"

래러비 박사는 엔트휘슬 씨의 정신 상태를 진지하게 의심하는 듯한 표정이었다.

"어쩌면 신문에서 읽으셨을지도 모르겠습니다. 버크셔 주 리체트 세인트 메리의 랑스크네 부인 사건입니다."

"물론 읽었습니다……. 하지만 그분이 리처드 애버네티 씨의 가족인 줄은 전혀 몰랐습니다!"

래러비 박사는 꽤 동요한 눈치였다.

엔트휘슬 씨는 박사에게 복수했다는 통쾌함과 이번 방문으로 아무런 소득도 얻지 못했다는 우울함을 동시에 품고 자리를 떴다.

엔더비로 돌아온 엔트휘슬 씨는 랜스컴과 이야기를 나눠 보기로 결심했다.

그는 먼저 이 나이든 집사에게 앞으로의 계획을 묻는 걸로 말문을 텄다.

"리오 부인께서 이 저택이 팔릴 때까지 이곳에 머물러 달라고 부탁하셨고, 저 또한 기쁜 마음으로 그분의 부탁을 따를 생각입니다. 저희들 모두 리오 부인을 아주 좋아하지요."

그는 한숨을 쉬었다.

"제가 이런 말을 해도 될지 모르겠지만, 이 저택이 팔린다니 기분이 아주 이상합니다. 저는 오랫동안 이 집에 살면서 어린 숙녀 분들과 신사 분들이 자라는 걸 지켜봤습니다. 전 언제나 모티머 씨가 아버지의 뒤를 이어 이 저택에 들어와 가족을 꾸릴 거라고 생각했습니다. 제가 더 이상 이곳에서 일을 하지 못하게 되는 날에는 노스로지에 가기로 되어 있었죠. 작지만 아주 근사한 곳입니다, 그곳을 새로 단장할 날을 손꼽아 기다렸어요. 하지만 그런 기대도 모두 끝난 것 같습니다."

"아무래도 그런 것 같군, 랜스컴. 영지는 모두 팔아야 할 테니까. 하지만 자네가 받은 유산이면……."

"오, 저는 불평하는 게 아닙니다. 애버네티 씨가 얼마나 관대한 분인지도 잘 알고 있습니다. 실제로 저는 꽤 많은 유산을 받았지요. 그래도 요즘에는 적당한 장소를 찾기가 쉽지가 않아요. 결혼한 제 조카딸이 저더러 함께 살자고는 하지만 글쎄요, 이곳에 살던 때와는 다를 겁니다."

"나도 알지. 우리 같은 늙은이들은 새로운 세상에 적응하기가 힘들어. 그 친구가 떠나기 전에 좀 더 자주 만났더라면 좋았을걸 그랬어. 리처드가 마지막 몇 달 동안 어땠나?"

"글쎄요. 모티머 씨께서 돌아가신 후로는 확실히 예전같지 않으셨습니다."

"그래, 그 일로 그 친구가 무너졌지. 그런 후에 병에 걸렸고 말이야······. 병에 걸린 사람들이 간혹 망상에 빠지곤 하는 것처럼 리처드 애버네티도 죽기 전에 그러지 않았을까? 어쩌면 자신을 해치길 바라는 적이 있다는 얘기도 하고 말이야. 누가 자기 음식에 독약을 탔다는 생각을 했을 수도 있겠지?"

늙은 랜스컴은 놀란 표정이었다······. 놀라고 불쾌한 표정이었다.

"그런 말씀을 들은 기억은 없습니다."

엔트휘슬은 다정하게 그를 바라보았다.

"자네는 정말 충직한 하인이야, 랜스컴. 내가 그건 잘 알지. 하지만 애버네티의 그러한 망상도 그······ 질병으로 인한 자연스러운 증상이라네."

"그렇습니까? 하지만 애버네티 씨께서는 절대 제게 그런 말씀을 하신 적이 없고, 그런 말씀을 하시는 걸 들은 적도 없습니다."

엔트휘슬 씨는 매끄럽게 다른 주제로 넘어갔다.

"애버네티는 죽기 전에 가족들을 만나러 갔었다지? 조카와 조카딸 두 명, 그리고 그 남편들까지?"

"네, 그렇습니다."

"그 친구가 그 아이들 모습을 마음에 들어 하던가? 아니면 실망했던가?"

랜스컴의 눈이 차가워졌으며 구부정한 등은 꼿꼿이 펴졌다.

"전 드릴 말씀이 없습니다."

엔트휘슬 씨는 부드럽게 말했다.

"자네라면 말할 수 있을 것 같은데. 자네 입장에서는 그런 말을 하는 게 거북할 수 있지……. 이해가 가네. 하지만 환자들은 평소와 다른 행동을 보이기도 하지. 난 자네 주인의 오랜 친구였다네. 그 친구를 많이 좋아했어. 자네도 그랬을 테고. 바로 그 때문에 나는 지금 자네에게 집사로서가 아닌 남자로서의 의견을 묻는 것일세."

랜스컴은 잠시 침묵하다 무미건조한 목소리로 입을 열었다.

"뭔가…… 잘못되었습니까?"

엔트휘슬 씨는 진심으로 대답했다.

"나도 모르겠다네. 차라리 아니었으면 좋겠어. 그래서 확실히 하고 싶다네. 자네는 뭔가…… 잘못되었다는 생각을 했나?"

"장례식이 끝난 후에만 그랬습니다. 하지만 정확히 뭔지는 모르겠습니다. 리오 부인과 티모시 부인 역시 친척들이 다 떠난 그날 저녁엔 예전과 다른 모습인 것 같았습니다."

"자네는 유언장의 내용을 알고 있나?"

"네. 제가 궁금해 할 거라 생각하셨는지 리오 부인께서 알려 주셨습니다. 제가 이런 말을 해도 될지 모르겠습니다만, 제가 생각엔 아주 공정한 유언장인 것 같습니다."

"그래, 아주 공정한 유언장이었지. 동등한 분배. 하지만 그건 아들이 죽은 후 그 친구가 원래 만들려 했던 유언장은 아닌 것 같네. 이제 내가 방금 전에 한 질문에 대답해 주겠나?"

"개인적인 의견이라면……."

"그래, 그래. 그걸로 좋아."

"주인님께서는 조지 씨가 다녀간 후에 많이 실망하셨습니다……. 제 생각에 그분은 조지 씨가 모티머 씨와 닮았길 바라셨던 것 같습니다. 하지만 조지 씨는 유감스럽게도 기준 미달이었습니다. 로라양의 남편 분 역시 가족들의 눈에 차지 않는 사람이었는데, 아무래도 조지 씨는 아버지 쪽을 닮은 것 같습니다."

랜스컴은 잠시 말을 멈췄다가 다시 이어나갔다.

"그 후에 젊은 숙녀 분들이 남편들과 함께 이곳에 찾아왔습니다. 주인님은 수전 양을 보는 즉시 마음에 들어 하셨습니다……. 아주 활기 차고 잘생긴 숙녀 분이었죠. 다만 주인님께서는 그 남편 쪽을 영 못마땅해 하셨던 것 같습니다. 요즘 젊은 숙녀 분들은 남자 보는 눈이 특이하시죠."

"그리고 다른 조카딸 부부는?"

"그 부분은 제가 드릴 말씀이 별로 없습니다. 아주 유쾌하고 아름다운 젊은 부부였죠. 주인님께서는 그분들과 함께 있는 동안 꽤 즐거워하시는 것 같았습니다……. 하지만 제가 보기에……."

랜스컴은 말끝을 흐렸다.

"뭐지, 랜스컴?"

"글쎄요, 주인님께서는 연극을 그리 좋아하지 않으셨습니다. 한번은 제게 이렇게 말씀하신 적이 있습니다. '사람들이 연극에 열광하는 이유를 통 모르겠단 말이야. 그건 어리석은 짓이야. 사람들에게서 그나마 있던 분별력마저 앗아가 버리는 것 같아. 그게 도대체 도덕관념과 무슨 상관인지 모르겠어. 괜히 있던 교양마저 없어질 게 분명해.' 물론 주인님께선 그 부부에게 이런 의견을 직접적으로 언급하시진 않았습니다……."

"그래, 그래, 나도 충분히 이해해. 그런 후에 애버네티 씨는 직접 가족들을 만나러 갔지……. 처음에는 남동생 집에, 그 다음에는 여동생인 랑스크네 부인의 집에."

"그건 저도 몰랐습니다. 주인님은 티모시 씨의 집을 방문한 다음 세인트 메리 뭐라는 곳에 간다고만 하셨거든요."

"맞아. 그 친구가 집으로 돌아와서 뭐라고 했는지 기억나나?"

랜스컴은 곰곰이 생각해 보았다.

"전 정말 모르겠습니다……. 제게 직접 하신 말씀은 없습니다. 집에 돌아와서 기뻐하시던데요. 여행을 다니면서 남의 집에서 묵는게 많이 피곤하다고 말씀하신 건 기억합니다."

"다른 말은 없었나? 두 동생에 관한 이야기는?"

랜스컴은 이마를 찌푸렸다.

"주인님께서는 종종 중얼거리곤 하셨습니다. 무슨 뜻인지 아실런지. 제게 하는 말씀보다는 혼잣말에 가까웠습니다. 제가 옆에 있다는 것도 거의 신경 쓰지 않으셨죠……. 주인님께서 절 너무 잘 아셨기 때문인 것 같습니다."

"그래, 자네를 잘 알았고 자네를 신뢰했지."

"하지만 주인님께서 하신 말씀은 잘 기억이 나지 않습니다……. 돈을 가지고 무엇을 해야 될지도 모른다는 그런 말씀을 하셨는데……. 그건 제가 이해하기로, 티모시 씨를 가리키는 것 같았습니다. 그리고 나서 '여자들은 아흔아홉 번 바보짓을 해도 백 번째에는 꽤 날카롭다.'는 말씀을 하셨습니다. 아, 그리고 이렇게도 말씀하셨군요. '내 진짜 속마음은 같은 또래 사람한테나 이야기해야 해. 그 사람들은 젊은 사람들처럼 내 생각을 헛된 망상으로 치부하지 않으니까.' 그리고 나중에 또 이렇게 말씀하셨는데, 무슨 연관성이 있는지는 저도 모르겠습니다. '사람들에게 함정을 놓는 건 그리 좋은 일이 아니지만 내가 달리 어쩌겠어.' 혹시 정원사를 두고 하신 말씀은 아닐까요? 최근 복숭아가 없어지는 일이 있었거든요."

하지만 엔트휘슬 씨는 리처드 애버네티의 머릿속에 있었던 게 정원사였다고 생각하지 않았다. 몇 가지 질문을 더 던진 후 그는 랜스컴을 보내고 새로 알게 된 사실들을 곰곰이 생각해 보았다. 그가 전에 생각해 보지 않은 것은 아무것도, 아무것도…… 없었다. 하지만 생각해 볼 만한 거리는 있었다. 리처드가 여자들은 어리석지만 동시에 예리하다는 발언을 했을 때 그는 제수인 모드가 아니라 여동생 코라를 생각하고 있었을 것이다. 그리고 그가 자신의 '망상'을 털어놓은 사람은 코라였다. 또한 그는 함정을 놓는다고 말했다. 도대체 누구에게?

엔트휘슬 씨는 헬렌에게 어디까지 이야기해야 할지 한참을 망설이다가 결국 그녀에게 솔직하게 털어 놓기로 결심했다.

먼저 그는 헬렌에게 리처드의 유품을 정리하고 집 안 정리를 해주어 고맙다는 말을 했다. 이 저택의 판매 공고가 나붙은 후로 조만간 집을 보러 오겠다며 관심을 표하는 사람들도 한두 명 있었다.

"개인 구매자예요?"

"아무래도 아닌 것 같습니다. YWCA에서 매입을 고려하고 있다네요. 젊은이들을 위한 클럽에서도 연락이 왔고 제퍼슨 기금에서도 소장품을 보관할 적당한 장소를 찾고 있답니다."

"이 저택이 주거용으로 쓰이지 않는다는 건 슬픈 일이지만 요즘 세상에 이런 저택에 사는 건 실용적이지 않죠."

"이 저택이 팔릴 때까지 계속 머물러 주실 수 있는지 물어보려고 하던 참이었습니다. 제 부탁이 너무 폐가 될까요?"

"아니에요……. 사실 저야 고맙죠. 전 5월 이후에나 키프로스에 갈 테고, 처음 계획했던 대로 런던에 있는 것보다 이곳에 있는 게 훨씬 좋아요. 저는 이 저택을 사랑한답니다. 리오도 이 저택을 좋아했고, 그이와 함께 이곳에 있을 때는 언제나 행복했죠."

"이곳에 남아 주길 바라는 또 다른 이유도 있습니다. 제 친구 중한 명인 에르퀼 푸아로가……."

순간 헬렌이 날카롭게 물었다.

"에르퀼 푸아로요? 그렇다면 엔트휘슬 씨는……."

"그 친구를 아십니까?"

"네. 제 친구들 몇몇과 아는 사이라……. 하지만 그 사람은 오래전에 죽었는 줄 알았는데요."

"아직 팔팔합니다. 물론 이팔청춘은 아니지만 말입니다."

"네, 이팔청춘은 아니겠죠."

헬렌은 기계적으로 대꾸했다. 하얗게 질린 그녀의 얼굴엔 긴장감이 역력했다. 그녀는 어렵사리 말을 꺼냈다.

"엔트휘슬 씨는…… 코라 말이 맞다고 생각하세요? 아주버님이…… 살해당했다고요?"

엔트휘슬 씨는 속내를 털어놓았다. 차분하고 이성적인 헬렌에게 속내를 털어놓을 수 있어 기뻤다.

그가 말을 마치자 헬렌이 입을 열었다.

"그런 이야기를 들으면 사람들은 터무니없다고 생각하겠죠……. 하지만 저는 아니에요. 모드와 저는 장례식이 끝난 그날 밤에 둘 다 그런 생각을 했답니다. 코라는 정말 어리석은 여자라고 스스로 납득하고 넘어갔지만, 동시에 마음 한구석이 불편했어요. 그런데 그다음 날 코라가 살해당했죠……. 전 그냥 우연일 뿐이라고 스스로를 위안했지만요. 물론 우연일지 몰라도……. 오! 전 확실히 알고 싶어요. 모든 게 너무 어려워요."

"네, 너무 어렵죠. 하지만 푸아로는 천재적인 재능의 소유자이며, 체계적인 접근법을 아는 사람입니다. 그 친구는 우리가 무엇을 원하는지 완벽하게 알고 있어요……. 그리고 이 모든 게 별 것 아니라고 확신하더군요."

"만약 쉽지 않다면요?"

"왜 그런 말씀을 하시는 거죠?"

엔트휘슬 씨는 날카롭게 물었다.

"모르겠어요. 전 계속 마음이 불편했어요……. 그날 코라가 한 말 때문만은 아니에요……. 뭔가 다른 게 걸려요. 그 당시에 뭔가 잘못되었다고 느꼈어요."

"잘못되었다고요? 어떤 게 말입니까?"

"그것뿐이에요. 저도 모르겠어요."

"그 당시 방에 있든 사람들 중 누군가가 말입니까?"

"네……. 그 비슷한 거예요. 하지만 누가 잘못되었는지, 아니면 무엇이 잘못되었는지는 모르겠어요. 오, 제가 이상한 말을 하고 있군요……."

"천만의 말씀입니다. 흥미롭군요……. 아주 흥미로워요. 당신은 어리석은 여자가 아닙니다, 헬렌. 당신이 뭔가를 눈치 챘다면, 그 무언가는 중요한 부분일 겁니다."

"네, 하지만 그게 뭐였는지 기억나지가 않아요. 생각하면 할수록……."

"생각하지 마세요. 그래봐야 떠오르지 않을 겁니다. 그냥 내버려 두세요. 그러다 보면 머지않아 저절로 떠오르게 되겠죠. 그리고 그게 떠올랐을 땐 제게 알려 주세요……. 즉시."

"그럴게요."

9장

길크리스트 양은 검은색 모자를 단단히 내려 쓰고 밑으로 내려온 회색 머리카락 한줌을 모자 안으로 밀어 넣었다. 심리는 12시에 열릴 예정이었으나 아직 11시 20분도 채 안 된 시각이었다. 그녀의 회색 재킷과 스커트는 썩 잘 어울려 보였다. 또한 그녀는 검은색 블라우스도 사 둔 터였다. 머리끝부터 발끝까지 검은색 의상을 입고 싶었지만 그러기엔 주머니 사정이 여의치 않았다. 그녀는 기세 좋게 작고 깔끔한 침실을 둘러보고, 코라 랑스크네라는 서명이 들어가 있는 브릭섬 항구, 콕킹턴 포지, 앤스테이스 코브, 카이언스 코브, 폴플레션 항구, 베버콤 만 등을 그린 그림을 훑어보았다. 그녀의 눈길은 특별히 아끼는 폴플레션 항구에 머물렀다. 서랍장의 위에는 월로우 트리 찻집을 연상시키는 액자에 끼워진 빛바랜 사진이 놓여 있었다. 길크리스트 양은 애정 어린 눈길로 그 사진을 바라보다 한숨을 쉬었다.

아래층에서 울리는 초인종 소리에 그녀는 망상에서 깨어났다.

"이런. 도대체 누구지?"

길크리스트 양은 중얼거렸다.

그녀는 방을 나가 삐걱거리는 계단을 따라 내려갔다. 다시 한 번 초인종이 울렸고, 날카로운 노크 소리가 들렸다.

길크리스트 양은 왠지 모를 불안함을 느꼈다. 그녀는 바보같이 굴지 말자고 스스로를 다잡으며 한두 걸음 머뭇거리다 마지못한 듯 현관문으로 다가갔다.

세련된 검은색 의상에 작은 수트케이스를 든 젊은 여자가 계단에 서 있었다. 그녀는 길크리스트 양의 얼굴에 놀란 표정이 떠오르는 걸 알아차리고 재빨리 입을 열었다.

"길크리스트 양? 저는 랑스크네 부인의 조카예요……. 수전 뱅크스요."

"오, 이런. 네, 물론 알아요. 오실 줄 몰랐어요. 어서 들어오세요, 뱅크스 부인. 옷걸이 조심하세요……. 모서리가 조금 튀어나왔거든요. 여기요, 네. 심리에 참석하러 오실 줄은 몰랐네요. 커피나 뭐 간단한 것 좀 준비해 드릴게요."

수전 뱅크스는 활기차게 대답했다.

"아무것도 필요 없어요. 놀라게 해 드렸다면 정말 죄송하네요."

"글쎄요, 어느 면에서 놀란 건 사실이에요. 저 너무 바보 같죠. 보통 때는 불안해하지 않는데. 변호사님께도 불안하지 않다고, 이곳에 혼자 있어도 무섭지 않다고 말씀드렸는데. 실제로도 불안하진 않아요. 그냥…… 심리가 열릴 때가 된 때인지, 또 이것저것 생각하다 보니 오늘 아침 내내 신경이 예민해 있었어요. 30분 전쯤에도 초인종이 울리는데 현관문을 열 수가 없더라고요……. 살인범이 다시 돌아올지도 모른다니 정말 바보 같은 생각이죠……. 살인범이 왜 그러겠어요? 아까 찾아온 사람은 고아들을 위해 모금을 하는 수녀님이더라고요. 전 너무 안심한 나머지 2실링을 드렸어요. 물론 전 가톨릭 신자도 아니고, 평소 성당이며 수사, 수녀들에게는 조금의 호감도 없지만 빈민 구호 수녀회는 정말 훌륭한 일을 한다고 생각하거든요. 참, 어서 자리에 앉으세요, 그러니까…… 그…….”

“뱅크스예요.”

“네, 그렇지요. 뱅크스 부인. 기차를 타고 오셨어요?”

“아니요, 차를 몰고 왔어요. 길이 너무 좁길래 조금 더 가서 오래된 채석장 같은 곳에다가 주차해 뒀어요.”

“이 앞 골목길이 아주 좁긴 하죠. 하긴 차가 거의 다니지 않으니까요. 인적이 드문 길이에요.”

길크리스트 양은 마지막 말을 하며 몸을 살짝 떨었다.

수전 뱅크스는 방안을 둘러보았다.

“불쌍한 코라 고모. 고모께서 제게 유산을 남겨 주셨더라고요.”

“네, 저도 알고 있어요. 엔트휘슬 씨가 말씀해 주셨지요. 이곳 가구들은 뱅크스 부인도 마음에 들어하실 거예요. 새 것인 데다가 요즘에는 가구가 아주 비싸잖아요. 랑스크네 부인께서는 아주 근사한 물건들을 사곤 하셨어요."

수전은 그 말에 수긍할 수 없었다. 코라는 골동품에 대한 취향이 최악이었다. 현대적인 것도, 예술적인 가구도 아닌, 이도 저도 아닌 것들이 대부분이었다.

"전 가구는 아무것도 필요 없어요."

수전 뱅크스가 말했다.

"이미 집에 있는 게 있으니까요. 경매에 내놓죠 뭐. 혹시 이중 길크리스트 양 마음에 드는 게 있으세요? 그러시다면 기꺼이……."

그녀는 약간 난처한 듯 말을 멈추었다. 하지만 길크리스트 양은 조금도 난처해 하지 않고 오히려 환하게 미소를 지었다.

"세상에, 정말 친절하세요, 뱅크스 부인……. 정말로요. 정말 감사드려요. 하지만 저도 제 물건이 있으니까요. 만약을 대비해서 창고에 보관해 뒀더랬죠. 언젠가는 필요할 테니까요. 제 아버지가 남겨주신 그림들도 좀 있어요. 전 한때 작은 찻집을 운영하기도 했지만, 전쟁이 일어나는 바람에 그만……. 정말 불행한 일이었죠. 하지만 물건을 전부 팔아버리진 않았어요. 언젠가는 제 소유의 작은 집을 다시 갖게 되길 바라면서 아버지 그림이랑 옛날 집에 있던 물건들 몇 가지, 가게에 있던 가장 좋은 물건들을 보관해 뒀답니다. 하지만 부인께서 정말 괜찮으시다면, 친애하는 랑스크네 부인의 작은 티테이블을 제가 가졌으면 좋겠네요. 그 예쁜 테이블에서 랑스크네 부인과 늘 같이 차를 마셨거든요."

수전은 커다란 보라색 클라마티스가 그려진 그 작은 녹색 테이블을 바라보고 살짝 몸서리를 쳤다. 그녀는 재빨리 길크리스트 양이 그 테이블을 가지면 기쁘겠다고 대꾸했다.

"너무 감사해요, 뱅크스 부인. 제가 좀 욕심을 부린 것 같네요. 랑스크네 부인이 그리신 아름다운 그림들이며 사랑스러운 자수정 브로치도 제가 다 받았는데, 아무래도 그건 뱅크스 부인께 돌려드려야 할 것 같아요."

"아니요, 아니에요, 정말이에요."

"랑스크네 부인의 유품들을 둘러 보고 싶으시죠? 심리가 끝난 후에요?"

"이곳에서 며칠 머무르면서 정리해 볼 생각이에요."

"여기서 묵으시겠다고요?"

"네. 뭐 곤란하신 점이라도 있으세요?"

"오, 천만에요. 물론 그런 건 없어요. 제 침대에 새로 시트를 깔아둘게요. 전 이 아래 소파에서 자도 충분해요."

"하지만 코라 고모 방도 있잖아요. 제가 거기서 잘게요."

"정말…… 정말 괜찮으시겠어요?"

"고모가 살해된 방이라서요? 오, 전 괜찮아요. 전 아주 강하답니다, 길크리스트 양. 이제는, 그러니까…… 문제없겠죠?"

길크리스트 양은 그 질문의 뜻을 알아차렸다.

"오, 그럼요, 뱅크스 부인. 이불은 전부 세탁소에 맡겼고, 팬터 부인과 제가 온 방을 싹싹 닦아냈는걸요. 그리고 여분의 이불도 많이 있어요. 올라가서 직접 한번 보세요."

길크리스트 양이 앞장서서 계단을 올랐고 수전은 그녀의 뒤를 따랐다.

코라 랑스크네가 죽은 방은 깨끗하고 상쾌했다. 이상하게도 불길한 기운은 조금도 느껴지지 않았다. 응접실과 마찬가지로 현대적인 가구들과 정교하게 페인트칠이 된 오래된 가구들이 뒤섞여 있었다. 코라의 방정맞고 품위 없는 성격을 그대로 보여 주는 듯했다. 벽난로 위에는 통통하고 귀여운 젊은 여자가 막 목욕을 하려는 장면이 담긴 유화가 한 점 걸려 있었다.

수전이 그 그림을 보고 약간 몸서리를 치자 길크리스트 양이 말했다.

"저건 랑스크네 부인의 남편 분께서 그리신 거예요. 아래층 식당에는 그분의 그림이 훨씬 많답니다."

"정말 끔찍하네요."

"뭐, 저도 이런 그림 스타일을 그리 좋아하진 않지만…… 랑스크네 부인께서는 남편을 화가로서 아주 자랑스러워하셨죠. 그분의 작품이 인정받지 못해 늘 안타까워 하셨고요."

"코라 고모가 그린 그림들은 어디에 있죠?"

"제 방에요. 보시겠어요?"

길크리스트 양은 자신의 보물들을 자랑스럽게 전시해 두었다. 수전은 코라 고모가 바다와 해변을 좋아한 모양이라는 평을 던졌다.

"오, 네. 아시다시피 랑스크네 부인께서는 남편 분과 함께 브르타뉴에 있는 작은 어촌에서 오래 사셨잖아요. 고깃배는 언제 봐도 근사하죠, 안 그러세요?"

"그러네요."

수전은 중얼거렸다. 코라 랑스크네의 그림은 세밀한 묘사가 충실하고 색감이 풍부했다. 그림엽서를 만들어도 될 것 같았다. 혹시 그림엽서를 보고 그린 것은 아닌가 하는 의심이 솟아났다.

그녀가 과감히 그런 의견을 꺼내자 길크리스트 양은 즉시 분개했다. 랑스크네 부인은 언제나 자연을 보고 그리셨다는 둥, 한번은 햇빛이 자연을 적당한 방향에서 비출 때까지 기다리느라 일사병에 걸린 적도 있다는 둥.

"랑스크네 부인은 진정한 예술가셨어요."

길크리스트 양의 목소리는 책망하는 듯했다.

그녀가 흘끗 시계를 바라보자 수전은 재빨리 말을 꺼냈다.

"네, 심리에 참석하러 가야겠네요. 여기서 먼가요? 차를 가져오는 게 좋을까요?"

걸어서 5분밖에 걸리지 않는다는 길크리스트 양의 대답에 둘은 함께 집을 나섰다. 기차를 타고 내려온 엔트휘슬 씨가 둘을 만나 빌리지 홀로 안내했다.

낯선 사람들도 꽤 많이 참석한 것 같았다. 심리는 시시했다. 피해자의 신원 확인, 사망의 원인이 된 상처에 대한 의학적 증거. 저항의 흔적은 없었다. 피해자는 아마도 공격 받을 당시 마취제를 먹었을 것이며, 의식이 전혀 없었을 것이다. 사망 시각은 늦어도 4시 30분보다는 전일 것이다. 2시와 4시 30분이 가장 근접한 추정이었다. 길크리스트 양은 시신을 발견하게 된 경위를 진술했다. 경찰관 한 명과 모턴 경위 또한 조사 결과를 진술했다. 그 후 검시관이 간단하게 총정리를 했다. 배심원들은 '알 수 없는 범인, 혹은 범인들에 의한 살인'이라는 평결에 모두 동의했다.

심리가 끝나고 모두들 다시 햇살 속으로 나왔다. 대여섯 개의 카메라가 찰칵거렸다. 엔트휘슬 씨는 수전과 길크리스트 양을 데리고 미리 점심 식사를 예약한 킹스 암스라는 술집으로 향했다.

"음식이 썩 맛있지는 않구나."

그는 미안한 듯 말했다.

하지만 점심 식사는 꽤 괜찮았다. 길크리스트 양은 약간 코를 훌쩍이며 '모든 게 너무 끔찍했어요.'라고 중얼거렸지만, 엔트휘슬 씨가 극구 권한 셰리주 한 잔을 마신 후에는 왕성한 식욕을 발휘해 아이리시 스튜를 먹어 치웠다. 엔트휘슬 씨는 수전에게 말했다.

"네가 오늘 심리에 참석할 줄은 몰랐다, 수전. 같이 내려올 걸 그랬어."

"전에는 안 가겠다고 말씀드리긴 했었죠. 하지만 가족 중 아무도 참석하지 않는다는 건 좀 너무한 것 같아서요. 조지에게 전화를 걸어봤지만 바빠서 올 수 없다고 하고, 로저먼드는 오디션이 있다고 하고. 셋째 아버지는 물론 움직일 생각이 아예 없으셨죠. 그러니 제가 올 수밖에요."

"남편은 같이 오지 않았니?"

"그레그는 그 지긋지긋한 가게에 붙잡힌 신세잖아요."

길크리스트 양의 눈에서 놀란 기색을 발견한 수전은 이렇게 설명했다.

"제 남편은 약국에서 일해요."

영리해 보이는 수전과 가게에서 카운터를 보는 남편은 전혀 어울리지 않는 것 같았지만, 그녀는 씩씩하게 대꾸했다.

"오, 네. 키츠*처럼 말이죠."

"그레그는 시인이 아니에요."

수전이 말했다. 그러더니 그녀는 이렇게 덧붙였다.

"우리는 원대한 미래 계획을 가지고 있어요……. 두 가지 연계된 사업을 시작할 예정이에요……. 뷰티샵과 미용 의학을 위한 연구실이요."

"그러면 훨씬 근사하겠네요. 진짜 백작 부인이었던 엘리자베스 아덴처럼 말이죠, 전 그렇게 들었는데……. 아니면 헬레나 루빈스타인이었던가요? 어쨌든."

길크리스트 양은 만족스러운 듯 말하고는 다정하게 덧붙였다.

"약국은 일반 가게와는 전혀 다르잖아요……. 이를테면 포목점이나 식료품점 같은 것들 하고는."

"찻집을 운영하셨다고 했었죠, 그렇죠?"

"네, 맞아요."

길크리스트 양의 얼굴이 환해졌다. 그녀는 윌로우 트리에서 자신

---

* 존 키츠. 병원에서 근무하며 의사 면허 시험에 합격하기도 한 영국의 시인.

이 했던 일이 '장사'라고는 전혀 생각하지 않았다. 그녀에게 있어 찻집을 운영한다는 것은 상류 사회의 핵심에 들어가는 것이었다.

찻집에 대한 이야기를 이미 들은 바 있는 엔트휘슬 씨는 다른 생각에 빠져들었다. 수전이 같은 질문을 두 번 반복하자 그는 서둘러 사과했다.

"미안하다, 애야. 사실은 내가 다른 생각을 좀 하느라. 네 셋째 아버지인 티모시 말이야. 좀 걱정되는구나."

"셋째 삼촌요? 저라면 그러지 않겠어요. 전 셋째 삼촌이 진짜로 편찮으시다고는 생각하지 않아요. 그저 심기증일 뿐이죠."

"그래……. 그래, 네 말이 맞을지도 모르겠구나. 사실 내가 걱정하는 건 티모시의 건강이 아니라 티모시 부인이란다. 티모시 부인이 계단에서 넘어져 발목을 삐었다는데. 그대로 앓아누워서 네 삼촌이 안절부절못한다는구나."

"부인의 보살핌을 받는 게 아니라 이제는 자기가 부인을 보살펴야 해서요? 차라리 셋째 삼촌에게는 잘된 일이네요."

수전이 말했다.

"그래……. 그래, 그렇겠지. 하지만 네 불쌍한 작은 어머니가 제대로 간호를 받을 수 있을지 그게 문제야. 그 집엔 하인도 없지?"

"나이든 분들에게는 인생이 정말 지옥이겠어요. 조지 왕조풍 저택에 사신다면서요, 그렇죠?"

수전이 말했다. 엔트휘슬 씨는 고개를 끄덕였다.

셋은 조심스럽게 주위를 살피며 킹스 암스를 나섰지만 기자들은 이미 사라진 뒤였다.

집에 도착하니 기자 두어 명이 문 앞에 죽치고 앉아 수전을 기다리고 있었다. 수전은 엔트휘슬 씨의 안내를 받으며 꼭 필요한 말 몇 마디만 섞어 애매하게 답변했다. 그리고 난 뒤 수전과 길크리스트 양은 집 안으로 들어갔으며, 엔트휘슬 씨는 룸을 예약해 놓은 킹스 암스로 되돌아갔다. 장례식은 다음 날 열릴 예정이었다.

"제 차가 아직 채석장에 있어요."

수전이 말했다.

"차를 깜빡했네요. 나중에 마을로 끌고 나가야겠어요. 너무 늦게 나가면 안 돼요. 해가 진 다음에 나가진 않으실 거죠?"

길크리스트 양은 초조한 표정으로 입을 열었다.

수전은 그녀를 바라보며 웃음을 터뜨렸다.

"설마 살인범이 아직도 이 주변을 배회하고 있다고 생각하시는 거예요?"

"아니요……. 아니에요, 그런 건 아니에요."

길크리스트 양은 당황한 표정이었다.

'아니, 분명 그렇게 생각하고 있을 거야. 정말 신기한 사고 방식이라니까.'

수전은 생각했다.

길크리스트 양은 주방 쪽으로 모습을 감췄다.

"뱅크스 부인, 차는 일찍 마시는 게 좋겠죠? 30분쯤 후에 준비할까요?"

수전은 3시 30분에 차를 마시는 건 좀 지나치다고 생각했지만, '근사한 차 한 잔'은 신경을 가라앉히기 위한 길크리스트 양의 아이디어라는 걸 알아차릴 정도로 충분히 자비로웠으며, 길크리스트 양을 기쁘게 해 주고 싶은 나름의 이유가 있었다. 따라서 수전은 이렇게 말했다.

"전 언제든지 좋아요, 길크리스트 양."

주방에서는 행복하게 그릇을 딸그락거리는 소리가 들리기 시작했고 수전은 응접실로 들어갔다. 얼마 지나지 않아 초인종이 울리더니 작지만 아주 분명한 똑, 똑, 똑 소리가 이어졌다.

수전은 홀로 나갔고 길크리스트 양은 앞치마에 가루 묻은 손을 훔치며 주방문을 열고 모습을 드러냈다.

"오, 이런. 누굴까요?"

"기자겠죠, 아마도."

수전이 대답했다.

"오, 이런. 정말 신경 쓰이시겠어요, 뱅크스 부인."

"뭐, 괜찮아요. 제가 나가 볼게요."

"전 차와 곁들일 스콘 과자를 좀 만들던 중이었어요."

수전은 현관문으로 향했고, 길크리스트 양은 불안한 듯 서성였다. 수전은 길크리스트 양이 혹시 손도끼를 든 남자가 밖에서 기다리고 있을 거라고 생각하는 건 아닌지 궁금했다.

하지만 수전이 문을 열었을 때 서 있었던 건 나이 지긋한 신사 분으로, 모자를 들고 환하게 미소 지으며 다정하게 인사를 건넸다.

"뱅크스 부인이시죠?"

"네."

"제 이름은 거스리…… 알렉산더 거스리라고 합니다. 랑스크네 부인의 아주 오랜 친구였죠. 부인께서는 랑스크네 부인의 조카인 수전 애버네티 양이시죠?"

"맞아요."

"그렇다면 이제 서로 통성명을 했으니 안으로 들어가도 될까요?"

"물론이죠."

거스리 씨는 조심스럽게 매트에 신발의 흙을 떨어내고 안으로 들어섰다. 그가 외투를 벗고 작은 오크 상자 위에 모자를 올려놓은 다음 수전을 따라 응접실로 들어섰다.

"이것 참 슬픈 일입니다."

거스리 씨는 우울한 표정이 어울리지 않는, 천성이 밝고 낙천적인 사람이었다.

"네, 아주 슬픈 일입니다. 저도 영국에 살고 있으니 적어도 심리에는 참석하는 게 제 도리라고 생각했지요. 물론 장례식에도요. 불쌍한 코라……. 불쌍하고 어리석은 코라. 친애하는 뱅크스 부인, 저는 코라가 결혼한 초기부터 알고 지낸 사이입니다. 아주 활기찬 아가씨였죠……. 그리고 예술을 아주 사랑했어요……. 피에르 랑스크네와 마찬가지로 예술가로서 말입니다. 좀 빗나간 구석은 있어도 전체적으로 보면 그 남자도 그리 나쁜 남편은 아니었습니다. 제 말이 무슨 뜻인지 아시겠죠? 네, 그 친구가 빗나가긴 했지만……. 다행히도 코라는 그걸 예술적인 기질 때문이라고 받아들였지요. 예술가들은 때로 방탕할 수밖에 없다고! 코라의 생각이 어땠는지는 잘 모르겠습니다. 어쩌면 그는 방탕하니 따라서 예술가여야 한다고 생각했을 수도 있죠! 그녀는 예술적인 문제에 있어서는 분별력이 전혀 없었어요, 불쌍한 코라……. 하지만 그 외의 면에서는 대단한 예리함을 발휘했지요……. 네, 놀라울 정도였습니다."

"다들 그렇게 말하더군요. 하지만 전 고모에 대해 잘 몰라요."

수전이 말했다.

"네, 네. 소중한 피에르를 박대한다고 가족들과 인연을 끊고 살았다죠. 코라는 절대 예쁜 아가씨는 아니었지만, 뭔가 매력이 있었어요. 재미있는 친구였죠! 그녀가 다음에 무슨 말을 할지, 그녀의 순진한 말이 아무것도 모르고 하는 말인지 아니면 일부러 그런 척 하는 건지는 아무도 몰랐죠. 정말이지 그녀와 함께 있으면 웃음이 끊이지 않았습니다. 만년 어린애 같았죠……. 우리 모두 그렇게 생각했어요. 그리고 제가 마지막으로 그녀를 봤을 때도(피에르가 죽은 후에도 이따금씩 그녀를 만났습니다.) 여전히 아이처럼 굴더군요."

수전은 거스리 씨에게 담배를 권했지만, 이 노신사는 고개를 저었다.

"고맙지만 사양하겠습니다. 전 담배를 피우지 않아요. 제가 왜 여길 찾아왔는지 궁금하시겠죠? 사실은 양심의 가책 때문입니다. 저는 몇 주 전 코라에게 집으로 찾아가겠다고 약속했었죠. 1년에 한 번은 찾아왔고, 최근 코라가 벼룩시장에서 그림을 사는 취미가 생겼다면서 제게 그 그림들을 봐 달라고 한 적이 있었습니다. 제 직업이 예술 비평가거든요. 물론 코라가 구입한 그림들 대부분은 조잡한 쓰레기들이긴 했지만, 전반적으로 볼 때 그리 나쁜 선택은 아니었습니다. 이런 시골 벼룩시장에서는 그림 값은 거의 공짜나 마찬가지라 오히려 액자가 그림 값보다 더 비싸죠. 중요한 그림들은 업자들이 다 차지하니 일반인들은 걸작을 손에 넣을 가능성이 극히 낮거든요. 하지만 한번은 코이프*의 작은 작품 한 점이 농장 창고 벼룩시장에서 고작 몇 파운드에 낙찰된 적도 있습니다. 그 뒷얘기가 아주 재밌죠. 한 나이든 간호사가 오랫동안 충직하게 일해 온 집에서 받은 것인데……. 그 간호사는 그 가치를 전혀 몰랐던 겁니다. 간호사는 그 그림 안에 그려진 말이 마음에 든다고 한 농사짓는 조카에게 주었지만, 그 조카 또한 그게 지저분하고 오래된 물건이라고만 생각했답니다! 네, 네, 그런 일이 가끔은 일어나죠. 그리고 코라는 자기가 그림 보는 눈이 있다고 생각했어요. 물론 사실과는 전혀 거리가 멀지만 말입니다. 코라가 한번은 작년에 렘브란트 그림을 샀다고 와서 봐 달라고 했습니다. 렘브란트는 무슨! 모조품 중에서도 질이 확연히 떨어지는 거였죠! 하지만 꽤 근사한 바르톨로치의 판화를 손에 넣은 적도 있긴 합니다……. 불행히도 습기로 얼룩이 져 있긴 했지만요. 전 코라를 대신해 그 그림을 30파운드에 팔아주었고 그로 인해 코라의 그림에 대한 의욕이 더 커졌죠. 코라는 아

---

* 풍경화로 유명한 네덜란드의 화가.

주 자신만만하게 이탈리아 원시파 작품을 샀다면서 꼭 와서 봐 달라는 편지를 보냈더군요."

"저쪽에 있는 그림인 것 같네요."

수전은 노신사가 등지고 있는 벽을 가리키며 말했다.

거스리 씨는 자리에서 일어나 안경을 쓰고 그림을 보러 갔다.

"불쌍한 코라."

마침내 그가 말했다.

"이것 말고도 많아요."

수전이 말했다.

거스리 씨는 잔뜩 기대에 부푼 랑스크네 부인이 사들인 보물들을 찬찬히 둘러보았다. 그는 이따금씩 "쯧, 쯧." 하고 혀를 찼으며, 이따금씩은 한숨을 쉬기도 했다.

마침내 그가 안경을 벗었다.

"먼지란 건 정말이지 훌륭한 존재입니다, 뱅크스 부인! 이 세상에서 가장 끔찍한 작가의 그림에도 고색창연한 분위기를 더해 주니까요. 아무래도 바르톨로치 사건은 그저 초심자의 운이었나 봅니다. 불쌍한 코라. 하지만 덕분에 활기차게 살 수 있었죠. 코라가 환상에서 깨어나게 할 필요가 없어 정말 다행입니다."

"식당에도 그림이 좀 있어요. 전부 고모부의 작품 같긴 하지만."

수전이 말했다.

거스리 씨는 살짝 몸서리를 치며 손을 저었다.

"그걸 또 보고 싶지는 않습니다. 도대체 미술 수업에서 뭘 배운 건지! 전 언제나 코라의 기분을 존중해 주려 했죠. 코라는 헌신적인…… 아주 헌신적인 아내였으니까요. 자, 친애하는 뱅크스 부인, 더 이상 부인의 시간을 뺏으면 안 될 것 같군요."

"오, 더 계시면서 차 좀 들고 가세요. 아마 거의 다 준비가 됐을 거예요."

"그것 참 친절하시군요."

거스리 씨는 즉시 자리에 앉았다.

"가서 준비가 됐는지 보지요."

주방에서는 길크리스트 양이 오븐에서 마지막 스콘을 막 꺼내고 있었다. 차 쟁반이 준비되어 있었고 주전자는 막 끓기 시작하면서 뚜껑이 조용히 덜컹거리고 있었다.

"거스리 씨에게도 차를 들고 가시라고 했어요."

"거스리 씨요? 오, 네. 그분은 랑스크네 부인과 아주 친한 친구분이셨어요. 유명한 예술 비평가시죠. 정말 다행이네요. 제가 스콘을 많이 만든 데다 집에서 만든 딸기잼도 있고, 막 쿠키도 구워 놨거든요. 금방 차를 준비할게요……. 찻주전자도 데워 놨어요. 오, 뱅크스 부인, 쟁반이 무거운데 그냥 두세요. 제가 할게요."

하지만 수전은 쟁반을 들었고, 길크리스트 양은 찻주전자와 주전자를 들고 따라 나가 거스리 씨를 대접했다.

"갓 구운 스콘이라, 정말 근사하군요."

거스리 씨가 말했다.

"게다가 맛있는 잼까지! 정말이지, 이 정도 솜씨라면 내다 팔아도 되겠습니다."

길크리스트 양은 얼굴이 빨개지며 기쁜 표정을 감추지 못했다. 작은 쿠키들은 아주 근사했고 스콘도 마찬가지였으며 모두들 마음껏 그 맛을 음미했다. 응접실에는 윌로우 트리의 환영이 드리워졌다. 길크리스트 양은 과거 윌로우 트리의 환영에 푹 빠져 있는 게 분명했다.

거스리 씨는 길크리스트 양이 건네준 마지막 쿠키를 받아들며 말했다.

"아, 고맙습니다. 그런데 왠지 미안한 마음이 드는군요……. 불쌍한 코라가 잔인하게 살해당한 곳에서 차를 즐기다니요."

길크리스트 양은 예기치 못하게 빅토리아 시대 사람 같은 반응을 보였다.

"오, 하지만 랑스크네 부인께서는 거스리 씨께서 근사한 차를 즐기길 바라실 거예요. 기운을 내셔야죠."

"네, 네. 어쩌면 길크리스트 양 말씀이 옳을 지도 모르겠습니다. 그래도 역시 내가 아는 누군가가…… 살해당했다는 사실을 믿기가 어렵네요!"

"저도 그래요. 정말이지…… 비현실적인 것 같아요."

수전이 말했다.

"지나가던 건달이 우연히 그녀의 집에 들어와 그녀를 공격한 건 분명 아닐 겁니다. 왜 코라가 살해당했는지 그 이유가 충분히 상상이 가요……."

수전이 재빨리 질문을 던졌다.

"정말이세요? 어떤 이유요?"

"글쎄요, 코라는 신중하지 못했습니다. 절대 그렇지 않았죠. 그리고 코라는…… 어떻게 표현해야 할지……. 자신이 얼마나 예리한지를 자랑했다고 할까요? 다른 사람의 비밀을 알아낸 어린 아이처럼 말입니다. 코라는 무언가 비밀을 알게 되면 입이 근질거려 참질 못합니다. 절대 얘기하지 않겠다고 약속을 하고서도 다른 사람에게 말해 버리죠. 자기도 모르게 말이에요."

수전은 아무 말 하지 않았다. 길크리스트 양 역시 마찬가지였다. 길크리스트 양은 걱정스러운 표정이었다. 거스리 씨는 말을 이었다.

"네, 누군가 앙심을 품고 코라의 찻잔에 비소를 조금 넣었다고 해도 전 놀라지 않을 겁니다. 혹은 초콜릿 상자에 넣어 우편으로 보냈다 해도 말입니다. 하지만 야비한 강도짓에 잔인한 폭행이라니……. 그건 앞뒤가 맞지 않는 것 같습니다. 제 생각이 틀릴 수도 있지만 그녀에게 강도가 가져갈 만큼 값비싼 물건은 거의 없는 걸로 알고 있는데요. 게다가 집 안에 현금이 많지도 않았을 겁니다, 그렇죠?"

길크리스트 양이 대답했다.

"아주 조금만 갖고 계셨어요."

거스리 씨는 한숨을 쉬며 자리에서 일어섰다.

"아! 전쟁이 끝난 후로 이 나라는 무법지대가 되었죠. 시대가 변했어요."

그는 차를 대접해 주어 감사하다는 말과 함께 두 여자에게 정중

한 작별 인사를 고했다. 길크리스트 양은 그를 배웅하며 외투 입는 것을 도와주었다. 수전은 응접실의 창문을 통해 활기찬 걸음걸이로 정문을 향해 걸어가는 그를 지켜보았다.

길크리스트 양은 손에 작은 소포를 들고 응접실로 되돌아왔다.

"심리에 참석하는 사이에 우체부가 갖다 났나 봐요. 우편물 투입구에 억지로 밀어 넣었는지 문 뒤쪽 구석에 떨어져 있더라고요. 이게 뭘까…… 아, 웨딩 케이크가 분명해요."

길크리스트 양은 행복한 표정으로 포장지를 잡아 뜯었다. 안에 들은 건 은색 리본으로 묶인 작고 하얀 상자였다.

"거 봐요!"

리본을 풀었더니 흰색 바탕에 아몬드가 박힌 화려한 케이크 한 조각이 들어 있었다.

"어머나 예뻐라! 그런데 누가……."

그녀는 상자에 붙어 있던 카드를 열어 보았다.

"존과 메리. 도대체 누구지? 바보 같이 이름만 써 놓다니."

생각에 잠겨 있다 정신이 든 수전은 멍하니 대꾸를 했다.

"사람들이 세례명만 쓸 때는 정말 난감하죠. 한번은 엽서를 받았는데 조앤이라고 사인이 되어 있던 적이 있어요. 떠올려 보니 제가 아는 사람 중에서 조앤이라는 이름이 여덟 명이나 되더군요……. 그리고 전화만 많이 하다 보니 누구 필체인지 알 수도 없었고요."

길크리스트 양은 들뜬 표정으로 아는 사람 중 존과 메리가 있는지 떠올려 보았다.

"어쩌면 도로시의 딸일지도 몰라요. 그 애 이름이 메리거든요. 하지만 약혼 소식도 그렇고 더더군다나 결혼 소식은 못 들었는데. 그리고 어린 존 밴필드도 있고……. 그 애는 다 자라서 이제 결혼할 나이가 됐을 거예요. 아니면 엔필드네 딸인가? 아니, 그 애 이름은 마거릿이었지. 주소도 없고 아무것도 적혀 있지 않으니 원. 뭐, 저한테 온 거겠죠……."

그녀는 쟁반을 들고 주방으로 갔다.

수전은 자리에서 일어서며 입을 열었다.

"자…… 전 이제 나가서 차를 다른 곳에 주차해 둬야겠어요."

10장

수전은 차를 주차해 두었던 채석장에서 차를 빼 마을로 몰고 갔다. 주유소는 있었으나 차고는 보이지 않았고, 지나가는 사람의 조언으로 킹스 암스로 갔다. 그곳에 차고가 있길래 수전은 막 출발할 준비를 하는 커다란 다임러 옆에 차를 세웠다. 다임러의 운전석에는 운전수가 앉아 있었고, 뒷좌석에는 커다란 콧수염에 머플러를 칭칭 감은 나이 지긋한 외국인 신사가 앉아 있었다.

수전이 한 청년에게 차에 대해 물어보았지만, 그 청년은 아주 넋을 잃고 그녀를 바라보느라 무슨 말을 하는지는 거의 듣지 못한 모양이었다.

마침내 청년은 경외심에 사로잡힌 듯한 목소리로 물었다.

"그분의 조카 되시죠, 그렇죠?"

"뭐라고요?"

"그 희생자분의 조카시잖아요."

청년은 즐거운 듯 되풀이했다.

"오, 네……. 그래요."

"아! 어쩐지. 분명히 어디서 본 얼굴이다 했어요."

'잔인한 사람이군.'

수전은 집으로 발걸음을 돌리며 생각했다.

길크리스트 양이 그녀를 맞이하며 이렇게 말했다.

"오, 무사히 돌아오셨네요."

안심했다는 듯한 목소리 때문에 수전은 한층 더 짜증이 났다. 길크리스트 양은 초조한 듯 덧붙였다.

"스파게티 드시죠? 오늘 저녁을 스파게티로 할까 생각하던……."

"아, 네. 아무 거나 좋아요. 그리 배가 고프진 않으니까요."

"제 자랑인 건 같지만 스파게티 그라탱을 아주 잘 만들어요."

괜한 자랑은 아니었다. 길크리스트 양은 요리를 아주 잘했다. 수전은 설거지를 도와주겠다고 나섰지만, 길크리스트 양은 그 제안에 아주 기뻐하면서도 설거지 거리가 얼마 없다며 마다했다.

잠시 후, 길크리스트 양은 커피를 들고 응접실로 들어갔다. 커피는 너무 연해 그다지 훌륭하지 않았다. 길크리스트 양은 수전에게 웨딩 케이크 한 조각을 권했지만 수전은 거절했다.

"정말 맛있는 케이크예요."

길크리스트 양은 케이크의 맛을 보며 계속 강조했다. 그녀는 '이름은 기억나지 않지만 결혼한다는 소식을 들은 적 있는 엘런의 딸'

이 보낸 게 틀림없다며 흡족해 했다.

수전은 본론을 꺼내기 전에 길크리스트 양이 제풀에 입을 다물도록 내버려 두었다. 지금 이 순간, 저녁 식사를 마친 후 벽난로 앞에 앉아 있는 이 순간은 기분이 좋았다.

마침내 수전은 입을 열었다.

"큰아버지가 돌아가시기 전에 이 집에 찾아왔었다죠?"

"네, 그러셨어요."

"그게 정확히 언제예요?"

"어디 보자……. 그분이 돌아가시기……. 1, 2……. 거의 3주 전이었을 거예요."

"큰아버지가…… 아파 보였나요?"

"글쎄요, 그렇진 않았어요. 아주 원기 왕성하고 기운이 넘쳐 보이셨거든요. 그분이 찾아온 걸 보고 랑스크네 부인은 깜짝 놀라 이렇게 말씀하셨죠. '세상에, 리처드 오빠. 이게 도대체 몇 년만이에요!' 그랬더니 그분은 이렇게 말씀하셨어요. '네가 어떻게 지내는지 직접 보러 왔지.' 랑스크네 부인께서는 '전 잘 지내요.'라고 대답하셨고요. 제가 보기에는 애버네티 씨께서 그렇게 느닷없이 불쑥 나타나서 오히려 좀 불쾌해하시는 것 같았어요……. 그렇게 오랫동안 연락을 끊고 지냈으니까요. 어쨌든 애버네티 씨께서는 '과거의 일로 계속 반목해 봐야 무슨 소용이겠니. 이젠 너와 나, 티모시밖에 남지 않았는데……. 그리고 티모시에겐 그 애의 건강에 대한 거 빼고는 다른 이야기를 할 수가 없고.' 그리고 또 이렇게 말씀하셨어요.

'피에르와 살면서 아주 행복했던 것 같구나. 그리고 내 판단이 틀렸던 것 같아. 자, 이 정도면 되겠니?' 그리고 아주 다정하게 말씀하셨어요. 아주 잘생긴 신사분이시던데요. 물론 나이는 많으시지만요."

"큰아버지가 이곳에 얼마나 계셨어요?"

"점심만 하고 가셨어요. 제가 올리브를 넣은 쇠고기 스튜를 만들었거든요. 운 좋게 그날 푸줏간에서 고기를 갖다 줘서요."

길크리스트 양의 머릿속에는 온갖 요리의 조리법이 다 들어 있는 모양이었다.

"두 분 사이가 괜찮아 보였어요?"

"오, 그럼요."

수전은 잠시 침묵하다가 다시 입을 열었다.

"코라 고모는 놀라셨나요? 그러니까…… 큰아버지가 돌아가셨을 때요."

"오, 그럼요. 정말 갑작스러운 일이었잖아요, 그렇죠?"

"네, 갑작스러웠죠……. 제 말은 큰아버지께서 병세가 얼마나 심각한지 고모에게 아무 말씀도 안 하셨다면 말이에요."

"오…… 무슨 말씀이신지 알겠어요."

길크리스트 양은 잠시 침묵했다.

"네, 네, 부인 말씀이 맞는 것 같아요. 랑스크네 부인께서는 애버네티 씨께서 아주 늙었다고 말씀하셨고…… 노망이 났다고도 하셨……."

"하지만 길크리스트 양이 보기에는 그렇지 않았죠?"

"글쎄요, 보기에는 멀쩡하셨어요. 하지만 저는 그분과 말을 해 보지 않아서……. 두 분이서 이야기를 나누시도록 자리를 비켜 드렸으니까요."

수전은 가만히 길크리스트 양을 바라보았다. 길크리스트 양이 문 앞에서 남의 말을 엿듣는 그런 타입일까? 길크리스트 양은 정직한 사람일 것이다. 수전은 그녀가 좀도둑질을 하거나 하녀에게 사기를 치거나 편지를 몰래 열어 보지는 않을 거라고 확신했다. 하지만 정직함이란 망토 아래 호기심이 모습을 감추고 있을 수도 있는 일이다. 길크리스트 양은 정원 바깥의 열린 창문 가까이에서 해야 할 일이 있었을 수도, 아니면 홀에서 먼지를 털고 있었을 수도 있다……. 분명 안에서의 말소리가 들릴 만한 위치였을 것이다. 그랬다면 어쩔 수 없이 무언가를 들었을 것이다…….

"혹시 두 분이 하시는 말씀 중에 들은 건 없으세요?"

수전이 물었다.

너무 갑작스럽게 꺼낸 것인지, 길크리스트 양의 얼굴이 화가 난 듯 벌게졌다.

"아니요, 정말이에요, 뱅크스 부인. 전 방문 앞에서 몰래 남의 말을 엿듣는 짓은 절대 하지 않아요!"

그건 들었다는 뜻이었다. 듣지 않았다면 그저 '아니요.'라고만 대답했을 거라고, 수전은 생각했다.

수전은 다시 입을 열었다.

"정말 죄송해요, 길크리스트 양. 전 그런 뜻으로 드린 말씀이 아니었어요. 이렇게 작고 허술한 집에서는 집 안에서 나는 소리가 그냥 들리기 마련인 데다, 이젠 두 분 다 돌아가셨으니 두 분이 만나서 서로 무슨 이야기를 하셨는지 가족으로서 알고 싶은 마음이 들었을 뿐이에요."

이 집은 절대 허술하게 지어진 집이 아니었다……. 건축물이 아주 튼튼하던 시대에 지어진 것이었지만 미끼를 덥석 문 길크리스트 양은 이야기를 꺼냈다.

"물론 뱅크스 부인 말씀이 맞아요……. 이 집이 아주 작은 건 사실이고, 부인께서 두 분 사이에 어떤 말씀이 오갔는지 알고 싶어 하시는 것도 충분히 이해하지만 별 도움을 드릴 순 없을 것 같네요. 두 분은 애버네티 씨의 건강에 대해 이야기를 나누셨던 것 같아요……. 그분이 품었던 망상에 대해서도요. 그렇게 보이진 않으셨지만 환자들에게는 그런 경우가 많잖아요. 자신의 병을 외부 요인 탓으로 돌리고 싶으신 거예요. 흔한 증상이랍니다. 제 고모도……."

길크리스트 양은 자신의 고모 이야기를 늘어놓기 시작했다.

수전은 엔트휘슬 씨가 그랬던 것처럼 화제를 돌렸다.

"그렇군요. 우리도 그렇게 생각해요. 큰아버지 댁에 있는 하인들은 다들 큰아버지에 대한 애정이 깊었고, 당연히 큰아버지의 헛된 의심 때문에 속이 상했겠죠……."

수전은 말을 멈췄다.

"오, 물론이에요! 하인들은 그런 문제에 아주 예민하니까요. 제 고모가 한번은……."

다시 한 번 수전이 그녀의 말을 제지했다.

"삼촌이 의심했던 건 하인들이었겠죠? 자기를 독살하려 한다고요."

"전 모르겠어요……. 저도 잘……."

수전은 그녀가 당황스러워한다는 걸 알아차렸다.

"하인이 아니라면, 다른 사람이었을까요?"

"저는 모르겠어요, 뱅크스 부인. 정말 모르겠어요……."

하지만 그녀의 눈은 수전을 피했다. 수전은 길크리스트 양이 본인이 인정하는 것보다 더 많은 걸 알고 있을 거라 생각했다. 어쩌면 상당히 많이 알고 있을 가능성도…….

수전은 당장 그 문제로 그녀를 압박하지는 않기로 결심하고 다시 입을 열었다.

"앞으로 어떻게 하실 계획이세요, 길크리스트 양?"

"글쎄요, 안 그래도 그 문제로 뱅크스 부인께 의논을 드리려 했어요. 엔트휘슬 씨께는 이 집이 정리될 때까지는 남아 있겠다고 말씀드렸거든요."

"저도 알고 있어요. 정말 감사드려요."

"그래서 집 정리가 얼마나 걸릴지 부인께 여쭈어 보고 싶었어요. 다른 집을 알아봐야 하니까요."

수전은 생각해 보았다.

"이 집을 정리하는 일이 그리 오래 걸릴 것 같진 않아요. 이삼 일이면 물건을 정리하고 경매인에게 통고할 수 있을 테니까."

"그렇다면 전부 다 팔아 버리기로 결정하신 거예요?"

"네. 이 집을 내놓는 데 어려움은 없겠죠?"

"오, 그럼요……. 사람들이 줄을 설 게 분명해요. 세를 놓는 집이 별로 없으니. 어쩔 수 없이 사야 하는 경우가 태반이에요."

"그렇다면 모든 게 다 간단하네요."

수전은 잠시 망설이다 덧붙였다.

"그리고 말씀드릴 게 있는데……. 석 달치 봉급을 받아 주셨으면 해요."

"정말 너그러우시군요, 뱅크스 부인. 정말 감사드려요. 그리고 혹시…… 제가 이런 부탁을 드려도 될지 모르겠지만…… 괜찮으시다면 제, 제게 추천서를 좀 써 주실 수 있을까요? 제가 부인의 친척집에 있었고…… 제가…… 만족스러우셨다고요."

"오, 물론이죠."

"제가 이런 부탁을 드려도 될지 모르겠네요."

길크리스트 양의 손은 떨리기 시작했다. 그녀는 목소리를 가라앉히려 애썼다.

"그리고 제가 처한 상황이나 이름은 언급하지 말아 주셨으면 감사하겠어요."

수전은 길크리스트 양을 빤히 쳐다보았다.

"무슨 말씀이신지 모르겠네요."

"뱅크스 부인께서는 제 입장을 잘 모르실 거예요. 살인 사건이라고요. 온갖 신문에 살인 사건 기사가 실리고 온 국민이 그 기사를 읽었을 거예요. 모르시겠어요? 사람들은 이렇게 생각하겠죠. '두 여자가 함께 살고 있었는데 그중 한 명이 살해당했어. 어쩌면 말벗의 소행일지도 몰라.' 모르시겠어요, 뱅크스 부인? 만약 제가 누군가를 고용해야 한다면, 저라면……. 절 고용하기 전에 다시 한 번 생각해 볼 거예요……. 제 말이 무슨 뜻인지 아시죠? 아무도 모르는 일이잖 아요! 그것 때문에 너무 걱정스러워요, 뱅크스 부인. 다신 이런 일 자리를 구하지 못할지도 모른다는 생각에 밤에도 잠을 잘 수가 없 어요……. 이런 일이 아니면 제가 달리 뭘 할 수 있겠어요?"

마지막 질문에는 무의식적인 절망이 담겨 있었다. 순간 수전은 마음이 아팠다. 고용주의 변덕과 까다로운 성격에 이리저리 뒤흔들 리며 살아온 이 활기차고 평범한 여자의 절망감을 깨달은 것이다. 그리고 길크리스트 양이 한 말은 사실이었다. 아무리 결백하더라도 살인 사건에 연루되었던 여자를 선뜻 집 안에 들일 사람은 없을 것 이다.

수전이 입을 열었다.

"하지만 경찰이 범인을 찾아낸다면……."

"오, 물론 그렇게 된다면 걱정 없을 거예요. 하지만 경찰들이 과 연 범인을 찾아낼까요? 제가 보기에 경찰은 아무 단서도 찾아내지 못한 것 같은데요. 그리고 만약 범인이 잡히지 않는다면……. 그렇 게 되면 전 유력한 용의자는 아니더라도 의심스러운 용의자가 되어 버리겠죠."

수전은 생각에 잠긴 채 고개를 끄덕였다. 길크리스트 양이 코라 랑스크네의 죽음으로 아무 득을 보지 못했다는 건 사실이었다…….

하지만 누가 알겠는가? 게다가 같이 사는 여자들 사이에 생겨나는 증오와 추악한 일들은 또 얼마나 많은가……. 기이하고 병적인 이유로 갑작스런 폭력 사태가 벌어지기도 한다. 코라 랑스크네와 길크리스트 양을 모르는 이들은 둘 사이에 뭔가가 있었으리라 추측할 수도 있다…….

수전은 평소처럼 단호하고 쾌활하게 이야기했다.

"걱정 마세요, 길크리스트 양. 내 친구들 중에서도 일자리를 알아봐 드릴 수 있어요. 조금도 어렵지 않을 거예요."

평소의 태도를 어느 정도 되찾은 길크리스트 양이 입을 뗐다.

"전 아무래도 거친 일은 할 수 없어요. 간단한 요리와 집안일 정도나……."

순간 전화벨이 울리자 길크리스트 양은 순간 자리에서 튕기듯 일어섰다.

"세상에, 도대체 누구지?"

수전은 자리에서 벌떡 일어서며 말했다.

"아마 제 남편일 거예요. 오늘밤에 전화한다고 했거든요."

수전이 전화기를 집어들었다.

"네? ……네, 제가 뱅크스 부인인데요……."

잠시 침묵이 이어지더니 그녀의 목소리가 변했다. 따뜻하고 부드러운 목소리였다.

"여보세요, 여보? 응, 나야……. 오, 아주 잘 있어. 알 수 없는 누군가가 저지른 살인이라더군……. 형식적이었지, 뭐. 엔트휘슬 씨만……. 응? 뭐라고 말하긴 힘들지만 난 그렇게 생각해……. 응, 우리가 생각했던 대로야……. 계획과 딱 맞아떨어지지……. 물건들은 팔아야지. 우리가 쓸 만한 것들은 없어. 하루나 이틀 정도……. 너무 불쾌해……. 괜한 법석 떨지 말아. 내가 알아서 할 테니까. 그레그, 당신 설마……. 당신은 조심해서……. 아니야, 아무것도 아니야. 아무것도. 잘 자, 여보."

수전은 수화기를 내려놓았다. 길크리스트 양과 거리가 너무 가까워 부담스러웠다. 길크리스트 양은 수전이 전화를 받는 걸 보고 주방으로 피했지만 거기서도 대화의 내용은 다 들릴 것이다. 수전은 그레그에게 묻고 싶은 말이 있었지만 그러지 않았다.

그녀는 전화기 옆에 서서 멍하니 인상을 찌푸렸다. 그러다 한 가지 생각이 떠올랐다.

"그래, 그러면 되겠어."

수전이 중얼거렸다.

수화기를 든 수전은 장거리 전화를 부탁했다.

15분쯤 지나자 교환원의 지친 목소리가 들려왔다.

"응답이 없습니다."

"계속해 주세요."

수전은 멍하니 대꾸했다. 그녀는 멀리서 들려오는 전화벨 소리를 들었다. 그러다 갑자기 퉁명스럽고 짜증이 난 듯한 남자 목소리가 들렸다.

"네, 네. 무슨 일입니까?"

"삼촌?"

"뭐라고요? 안 들립니다."

"삼촌이세요? 저 수전 뱅크스예요."

"수전 누구?"

"뱅크스요. 전에는 애버네티였죠. 조카 수전이라고요."

"오, 수전이구나. 무슨 일이니? 한밤중에 네가 전화를 다 하고?"

"아직 초저녁인걸요."

"그렇지 않아. 지금 침대에 누웠으니까."

"삼촌은 원래 아주 일찍 잠자리에 드시니까요. 작은어머니는 좀 어떠세요?"

"그걸 물어보려고 전화를 한 게냐? 네 작은 엄마는 통증이 아주 심해서 꼼짝도 못 한단다. 속수무책이야. 집 안이 아주 엉망이지. 그 머저리 같은 의사는 간호사도 못 보내 준다는구나. 모드를 병원에 입원시키자고 하지 뭐니. 내가 절대 안 된다고 했지. 의사가 돌봐줄 사람을 보내 준다고 하긴 했는데. 난 아무것도 할 수가 없어……. 해 보고 싶지도 않고. 마을에서 온 멍청한 여자 하나가 오늘 밤에 우리 집에서 머물고 있는데……. 계속 남편에게 돌아가야 한다는 말만 중얼거리고 있으니 원. 이제 어떻게 해야 할지 도통 모르겠구나."

"그래서 제가 전화를 드린 거예요. 길크리스트 양은 어떠세요?"

"그게 누구냐? 처음 들어보는데."

"코라 고모의 말벗이에요. 아주 착하고 유능해요."

"요리는 하니?"

"네, 아주 잘해요. 그리고 숙모님도 보살펴 드릴 수 있어요."

"그거 참 잘 됐구나. 그런데 언제 올 수 있다니? 이 집에서 나 혼자 그 바보 같은 파출부들이 아무 때나 들락날락하는 걸 보자니 못 참겠구나. 내 심장에 안 좋아."

"가능한 빨리 보내드리도록 할게요. 내일 모레는 어떠세요?"

그는 마지못한 목소리로 말했다.

"그래, 정말 고맙다. 정말 착하구나, 수전. 음……. 고맙다."

수전은 전화를 끊고 주방으로 갔다.

"길크리스트 양, 요크셔에 가서서 제 셋째 어머니를 돌봐주실 수 있으세요? 넘어져서 발목을 다치셨는데 제 셋째 아버지는 할 줄 아는 게 아무것도 없어요. 셋째 아버지가 좀 성가시겠지만 셋째 어머니는 정말 좋은 분이세요. 마을에서 파출부들이 오니까, 길크리스트 양은 요리와 간호만 해 주시면 돼요."

길크리스트 양은 당황해서 커피 주전자를 떨어뜨렸다.

"오, 감사해요, 정말 감사해요……. 정말 친절하세요. 전 환자들 돌보는 데 능숙하고, 부인의 작은 아버님에게도 맛있는 요리를 해 드릴 수 있어요. 정말 친절하시군요, 뱅크스 부인. 정말이지 감사드려요."

11장

수전은 침대에 누워 잠이 들길 기다렸다. 긴 하루였고, 매우 피곤했다. 눕는 즉시 잠에 빠질 거라 확신했다. 한 번도 잠을 못 이뤄 고생한 적은 없었다. 하지만 그녀는 지금 침대에 누워 한 시간, 또 한 시간을 뜬눈으로 보내고 있었다. 머릿속이 어지러웠다.

그녀는 이 방, 이 침대에서 자도 상관없다고 말했었다. 하지만 이 침대에서 코라 애버네티가…….

아니, 아니다. 그런 생각들은 지워 버려야 한다. 그녀는 쓸데없는 걱정에 매달리지 않는 자기 성격에 자부심을 갖고 있었다. 왜 1주일이나 된 그날 오후의 일을 생각하는 거야? 앞일, 미래를 생각하자. 그녀와 그레그의 미래를. 카디건 가의 그 건물들이야말로 그들이 원하던 장소였다. 1층에서 장사를 하고, 위층은 매력적인 아파트, 뒤쪽으로 딸린 공간은 그레그를 위한 연구실. 임대료를 아끼기에는 완벽한 조건이었다. 그레그는 다시 한 번 마음의 평화와 건강을 되찾게 될 것이다. 다시는 정신착란 증세가 나타나지 않을 것이다. 그레그는 전혀 모르는 타인을 보는 표정으로 그녀를 바라볼 때가 있었다. 한두 번은 겁이 날 정도였다……. 나이 지긋한 콜 씨는 넌지시 귀띔을 하며 겁을 주기도 했다. "만약 이런 일이 다시 일어난다면……." 다시 일어날 수 있는 일이었고, 다시 일어날 일이었다. 만약 큰아버지가 그때 돌아가시지 않았다면…….

큰아버지……. 하지만 그게 왜 이렇게 신경이 쓰이지? 큰아버지는 삶에 낙이 전혀 없었다. 늙고 병든 데다 지칠 대로 지쳤다. 아들의 죽음 때문이었다. 정말이지 다행이었다. 그렇게 평온하게 자다가 돌아가시다니. 평온하게, 자다가…….

잠을 좀 잤으면 좋겠는데. 눈을 뜬 채로 시간만 보내고 있잖아. 가구가 삐걱거리는 소리, 나뭇가지와 창밖의 덤불이 바람에 스치는 소리, 이따금씩 들리는 기이하고 구슬픈 울음소리……. 부엉이일 거라고 그녀는 짐작했다……. 이런 소리들을 멍하니 듣고 있자니 너무 바보 같았다. 시골이란 얼마나 불길한 곳인가. 널따랗고 시끄러운 도시와는 너무나도 다르다. 도시에서는 안전했다……. 사람들에 둘러싸여 결코 혼자 있을 일이 없다. 하지만 이곳은…….

살인이 일어난 집에서는 이따금씩 귀신이 나온다고 하던데 어쩌면 이 집도 귀신이 나오는 흉가로 유명해질지 모른다. 코라 랑스크네……. 코라 고모의 유령이 나오는 집. 이 집에 도착한 이래로 코라 고모가 아주 가까이에, 손을 뻗으면 닿을 듯한 곳에 있는 것 같다는 느낌이 들었다. 정말이지 이상했다. 괜히 신경이 곤두서서 쓸데없는 망상을 하는 것일 뿐이다. 코라 랑스크네는 죽었고 내일이면 땅에 묻힐 텐데. 이 집에 있는 사람은 수전 자신과 길크리스트 양 뿐이다. 그런데 왜 이 방에 누군가가, 그녀 가까이에 누군가가 있는 것 같은 느낌이 드는 것일까……

코라 고모는 손도끼가 내리칠 때 이 침대에 누워 있었다. 손도끼가 내리치는 그 순간까지 아무것도 모른 채……. 그리고 이제 그녀는 수전이 잠들지 못하게 방해하고 있다…….

다시 가구에서 삐걱거리는 소리가 났다. 누군가 몰래 계단을 올라오는 걸까? 수전은 불을 켰다. 아무 소리도 들리지 않았다. 그저 신경이 과민한 탓이다, 그런 것일 뿐이다. 진정하고 눈을 감자…….

분명히 신음 소리가 들렸다. 희미한 신음 소리가……. 누군가 고통스러워한다……. 누군가 죽어가고 있다…….

"쓸데없는 생각은 하지 마, 절대, 절대."

수전은 스스로에게 다짐하듯 말했다.

죽으면 그걸로 끝이다. 죽음 후에는 아무것도 남지 않는다. 죽은 사람이 다시 돌아오는 건 불가능하다. 자신은 과거의 한 장면을 떠올리고 있었던 것일까……? 죽어가는 여자의 신음 소리…….

다시 그 소리다……. 점점 커지고 있다……. 누군가 날카로운 통증으로 신음하고 있다…….

그 소린 진짜였다! 다시 한 번 수전은 불을 켜고 침대에 앉아 가만히 귀를 기울였다. 진짜가 분명한 그 신음 소리는 벽 너머에서 들려오고 있었다. 옆방에서 나는 소리였다.

수전은 침대에서 뛰어나와 가운을 걸치고 문으로 다가갔다. 층계참으로 나가 잠시 길크리스트 양의 방문을 두드린 후 문을 열고 안으로 들어섰다. 길크리스트 양의 방에 불이 켜져 있었다. 그녀는 침대 위에 앉아 있었다. 얼굴이 고통으로 일그러지고 송장처럼 파랗게 질려 있었다.

"길크리스트 양, 무슨 일이에요? 어디 아파요?"

"네. 왜 이러는지 모르겠어요……. 저는…….."

그녀는 침대 밖으로 나오려 했지만 구토감이 밀려오는지 다시 베개 위로 쓰러졌다.

그녀는 중얼거렸다.

"제발……. 의사를 불러 주세요. 제가 뭘 잘못 먹었나 봐요…….."

"중탄산염을 가져다줄게요. 그래도 나아지지 않는다면 아침에 의사를 불러도 되잖아요."

길크리스트 양은 고개를 저었다.

"아니에요, 지금 당장 의사를 좀 불러 주세요……. 너무…… 너무 아파요."

"의사 번호를 알아요? 아니면 전화번호부를 찾아볼까요?"

길크리스트 양은 의사 전화번호를 불러주었다. 다시 헛구역질이 나는 바람에 말을 잇지 못했다.

수전이 전화를 걸자 목소리에 졸음이 가득한 남자가 받았다.

"누구시죠? 길크리스트요? 주소는 미즈 레인이고요. 네, 압니다.

지금 바로 가죠."

의사는 약속을 지켰다. 10분쯤 지나자 바깥에 차가 서는 소리가 들렸고, 수전은 내려가 문을 열어 주었다.

수전은 증세를 설명하며 의사를 위층으로 안내했다.

"제가 보기에는 뭔가를 잘못 먹은 것 같은데, 상태가 많이 안 좋아요."

의사는 한밤중에 허탕을 친 경험이 좀 있는지 화를 꾹 참는 듯한 표정이었다. 하지만 신음하는 여자를 진찰하자마자 태도가 바뀌었다. 그는 무뚝뚝한 어조로 수전에게 여러 가지 지시를 내리고는 아래층으로 내려와 전화를 걸었다. 그 다음 응접실에 있던 수전에게 갔다.

"구급차를 불렀습니다. 병원으로 데려가야겠어요."

"그렇다면 상태가 많이 안 좋은가요?"

"네. 통증을 완화시키기 위해 모르핀 주사를 한 대 놓았습니다. 하지만 아무래도……."

의사는 갑자기 말을 멈췄다.

"길크리스트 양이 뭘 먹었죠?"

"저녁으로 마카로니 그라탱하고 커스터드 푸딩을 먹었고, 후에 커피를 마셨어요."

"부인께서도 같은 걸 드셨습니까?"

"네."

"부인께서는 괜찮으십니까? 통증이 있다거나 속이 불편하지 않습니까?"

"네."

"길크리스트 양이 뭐 다른 걸 먹진 않았습니까? 생선 통조림이나 소시지는요?"

"아니요. 점심은 킹스 암스에서 먹었어요……. 심리가 끝난 후에요."

"네, 그렇군요. 부인께서 랑스크네 부인의 조카십니까?"

"네."

"정말 끔찍한 사건이었죠. 경찰들이 범인을 꼭 잡았으면 좋겠습니다."

"네, 그래요."

앰뷸런스가 도착했다. 길크리스트 양이 들것에 실려 나갔고 의사도 함께 나섰다. 그는 수전에게 아침에 전화를 하겠다고 했다. 의사가 떠나자 수전은 위층으로 올라갔다.

이번에는 베개에 머리를 누이자마자 잠에 빠져들 수 있었다.

코라 랑스크네의 장례식에는 많은 사람들이 참석했다. 마을 사람 대부분이 모습을 드러냈다. 상주는 수전과 엔트휘슬 씨뿐이었지만, 가족들이 많은 화환을 보내왔다. 엔트휘슬 씨가 길크리스트 양이 어디 있느냐고 묻자, 수전은 목소리를 낮추어 상황을 설명해 주었다. 엔트휘슬 씨는 눈썹을 들어올렸다.

"좀 이상한 일이구나."

"네, 오늘 아침에는 상태가 좋아졌다고 병원에서 전화가 왔어요. 소화 불량은 흔하잖아요. 단지 남들보다 좀 더 요란한 사람들이 있을 뿐이죠."

엔트휘슬 씨는 더 이상 아무 말 하지 않았다. 그는 장례식이 끝난 후 즉시 런던으로 돌아갔다.

수전은 코라의 집으로 돌아갔다. 그녀는 달걀 몇 개로 오믈렛을 만들어 먹은 후 코라의 방으로 올라가 유품을 정리하기 시작했다.

한참 정리하는 와중에 의사가 찾아왔다.

의사는 걱정스러운 표정이었다. 그는 수전의 질문에 길크리스트 양의 상태가 아주 많이 호전되었다고 대답했다.

"병원에는 며칠 더 입원해 있어야 할 겁니다."

의사는 말했다.

"하지만 절 즉시 불러 정말 다행이었습니다. 그렇지 않았더라면…… 목숨이 위험했을 거예요."

수전은 의사를 뚫어지게 바라보았다.

"그렇게 상태가 안 좋았어요?"

"뱅크스 부인, 어제 길크리스트 양이 무얼 먹고 마셨는지 다시 한 번 정확하게 말씀해 주시겠습니까? 전부요."

수전은 잠시 생각해 보고 자세하게 설명했다. 의사는 만족스럽지 않은 듯 고개를 저었다.

"분명 길크리스트 양이 혼자 먹은 게 있을 텐데요."

"그렇진 않았던 것 같아요……. 쿠키와 스콘, 잼, 차……. 그러고 나서 저녁을 먹었죠. 아니요, 다른 건 없는 것 같은데요."

의사는 코를 문질렀다. 그는 응접실 안을 왔다갔다 서성였다.

"뭘 잘못 먹은 건가요? 식중독이에요?"

의사는 수전을 날카롭게 바라보았다. 잠시 후 결심을 한 것처럼 그가 입을 열었다.

"비소였습니다."

수전은 깜짝 놀랐다.

"비소요? 그렇다면 누가 길크리스트 양에게 비소를 먹였다는 말씀이세요?"

"그런 것 같습니다."

"본인이 먹은 건 아닐까요? 그러니까 일부러요."

"자살이라고요? 길크리스트 양 본인은 아니라고 했습니다. 게다가 자살을 하고 싶었다면 비소를 택하지 않았겠죠. 이 집에는 수면제도 있으니까, 수면제를 과다복용할 수도 있었을 겁니다."

"사고로 음식에 비소가 들어갈 수도 있을까요?"

"그게 제가 고민하는 부분입니다. 가능성은 희박하지만 그런 일도 있으니까요. 하지만 부인과 길크리스트 양은 같은 음식을 드셨으니……."

수전은 고개를 끄덕였다.

"네, 불가능한 일일 것 같네요……."

그러다 수전은 갑자기 숨을 헉 들이마셨다.

"이런, 세상에. 웨딩 케이크예요!"

"그게 뭡니까? 웨딩 케이크라니요?"

수전은 설명했다. 의사는 주의 깊게 그녀의 말에 귀를 기울였다.

"이상하군요. 그리고 길크리스트 양은 케이크를 누가 보낸 건지도 몰랐다고 하셨죠? 혹시 그 케이크가 남아 있습니까? 아니면 케이크 상자는요?"

"모르겠어요. 찾아볼게요."

둘은 함께 집 안을 뒤졌고, 마침내 주방 테이블 위에 케이크 부스러기가 붙어 있는 흰색 상자를 발견했다. 의사는 조심스럽게 상자를 포장했다.

"제가 가져가도록 하죠. 혹시 이 상자를 쌌던 포장지는 어디 있는지 아십니까?"

결국 포장지는 찾지 못했다. 수전은 어쩌면 아궁이에 넣었는지도 모르겠다고 말했다.

"당분간은 이 집에 계실 거죠, 뱅크스 부인?"

의사의 목소리는 다정했지만 왠지 수전은 마음이 불편했다.

"네, 고모 물건을 정리해야 하니까요. 며칠 더 머물 생각이에요."

"좋습니다. 경찰이 와서 질문을 할 수도 있으니까 이해해 주세요. 누가…… 길크리스트 양을 해치려 했는지 짐작 가는 데는 없으십니까?"

수전은 고개를 저었다.

"전 길크리스트 양에 대해 아는 게 없어요. 제 이모와 몇 년 동안 함께 살았다는 것, 그게 제가 아는 전부예요."

"물론입니다, 그렇죠. 언제나 유쾌하고 점잖고…… 아주 평범한

여자 같았는데 말입니다. 다른 사람과 다투거나 감정적인 행동을
할 타입은 전혀 아니죠. 우체부를 통해 웨딩 케이크를 보냈다…….
왠지 질투심에 눈 먼 여자의 소행 같군요……. 하지만 누가 길크리
스트 양을 질투하겠습니까? 도무지 이해가 안 되는군요."

"네."

"자, 저는 이만 가 봐야겠습니다. 도대체 이 리체트 세인트 메리
같은 조용하고 작은 마을에서 이게 다 무슨 일인지 모르겠습니다.
처음에는 잔인한 살인 사건이 일어나더니, 이제는 독이 든 우편물
이라니요. 이렇게 일이 연이어 터지다니 이상하군요."

의사는 집을 나가 차로 걸어갔다. 왠지 집 안이 답답하고 숨 막히
게 느껴져 수전은 현관문을 연 다음 하던 일을 마저 하기 위해 천천
히 위층으로 올라갔다.

코라 랑스크네는 정리를 좋아하는 깔끔한 여자가 아니었다. 그녀
의 서랍장 속에는 옷 장신구와 편지, 낡은 손수건들, 그림붓을 비롯
하여 온갖 잡동사니가 뒤섞여 있었다. 오래된 편지 몇 통과 영수증
들은 터질 듯 가득 찬 속옷 서랍 안에 쑤셔 박혀 있었다. 또 다른 서
랍의 양모 스웨터 아래에는 앞머리 가발 두 개가 담긴 마분지 상자
가 있었다. 또 다른 서랍에는 오래된 사전들과 스케치북이 가득했
다. 수전의 눈길은 오래 전 프랑스에서 찍은 게 분명한 단체 사진에
머물렀다. 더 젊고 더 날씬했던 시절의 코라가 헝클어진 턱수염에
무명 벨벳 재킷 옷을 입은 호리호리한 남자의 팔에 매달려 있었다.
수전은 그 남자가 고(故) 피에르 랑스크네일 거라고 생각했다.

수전은 사진을 더 보고 싶었지만 일단 옆으로 밀어 놓은 다음, 잡동사니 속에 섞여 있는 서류들을 모두 체계적으로 정리하기 시작했다. 4분의 1쯤 정리하다 보니 편지 한 통이 나왔다. 수전은 그 편지를 두 번 되풀이 해서 읽었고, 뒤에서 나는 목소리에 깜짝 놀라 비명을 질렀을 때도 여전히 그 편지를 들여다보고 있었다.

"뭘 보고 있는 거야, 수전? 뭔데?"

수전은 화가 나 얼굴이 빨개졌다. 자신도 모르게 비명을 지른 것이 창피해서 변명을 하고 싶은 마음이 굴뚝같았다.

"조지? 놀랐잖아!"

수전의 사촌은 나른하게 미소를 지었다.

"그래 보여."

"여긴 어떻게 온 거야?"

"뭐, 아래층 현관문이 열려 있길래 그냥 들어 왔지. 1층에 아무도 없는 것 같아서 계단을 올라왔고 말이야. 이 마을엔 웬일이냐고 묻는 거였다면, 장례식에 참석하려고 오늘 아침 출발했다고 해 두지."

"장례식장에서는 못 봤는데?"

"낡은 자동차가 골치를 좀 썩여서. 연료 공급기가 막힌 것 같더라고. 한동안 손을 보니까 그제서야 뚫리지 뭐야. 그 덕에 장례식에는 늦었지만 어차피 내려온 김에 코라 이모 댁에나 찾아가 볼까 했어. 네가 여기 머물고 있는 건 알고 있었으니까."

그는 말을 멈추었다가 다시 이어나갔다.

"사실 너한테 전화를 했었는데 그레그가 받아서 네가 코라 이모 댁에 물건을 정리하러 내려갔다고 하잖아. 혹시나 내가 좀 도와줄까 해서 왔어."

"넌 사무실에서 필요 없는 존재니? 아니면 언제든 마음대로 휴가를 낼 수 있는 거야?"

"장례식은 언제나 휴가 내기 좋은 핑계잖아. 그리고 이번 장례식은 핑계가 아닌 사실인 데다 살인 사건엔 뭔가 특별한 게 있지. 어쨌든 앞으로는 사무실에 출근할 일도 없을 테니까……. 지금 당장은 아니지만, 앞으로는 더 나은 일을 할 수 있을 거야."

그는 말을 멈추고 씩 웃으며 말했다.

"그레그도 마찬가지지."

수전은 조지를 가만히 바라보았다. 수전은 이 사촌을 그리 자주 만나진 못했지만, 만날 때마다 도무지 속을 알 수 없는 사람이라는 생각이었다.

수전이 물었다.

"여기에 온 진짜 이유가 뭐야, 조지?"

"조사를 좀 해 봐야 할 것 같아서 말이야. 지난 장례식 이후로 많이 생각해 봤어. 코라 이모가 그날 분위기를 어수선하게 만든 건 사실이잖아. 난 그게 그저 이모가 관심을 끌어 보려고 한 허튼 소리인지, 아니면 정말 뭔가를 알고 한 말인지가 궁금했어. 그나저나 내가 들어온 것도 모르고 정신없이 읽던 그 편지에는 무슨 내용이 적혀 있는 거야?"

수전은 천천히 입을 열었다.

"큰아버지가 이곳에 내려와 코라 고모를 만나고 돌아간 후에 고모에게 보낸 편지야."

조지의 눈이 아주 까매 보였다. 평소 갈색이라고 생각했던 두 눈은 까맸고, 기이하게도 깊은 암흑 같은 느낌을 주었다. 그 뒤에 무언가가 감춰져 있었다. 조지가 느릿느릿하게 말을 꺼냈다.

"뭐 흥미로운 거라도 있어?"

"아니, 그렇진 않아……."

"내가 봐도 될까?"

수전은 잠시 망설이다 조지가 내민 손에 편지를 건네주었다.

그는 낮고 무미건조한 목소리로 편지 내용을 중얼거리며 읽었다.

"오랜만에 널 다시 봐서 반가웠다……. 아주 좋아 보이더구나……. 여행길이 편안해서인지 집에 돌아왔는데도 그리 피곤하진 않구나……."

갑자기 그의 목소리가 날카로워졌다.

"내가 한 말은 부디 아무에게도 하지 말거라. 어쩌면 내가 잘못 안 걸 수도 있으니까. 사랑하는 오빠, 리처드가."

그는 수전을 올려다보았다.

"이게 무슨 뜻일까?"

"여러 가지로 해석할 수 있어……. 큰아버지의 건강에 대한 이야기일 수도 있고. 아니면 고모와 큰아버지 모두 알고 있는 누군가에 대한 소문일 수도 있고."

"그래, 여러 가지로 해석할 수 있겠어. 딱 부러지는 말은 아니지

만 뭔가 있어……. 삼촌이 코라 이모에게 무슨 말을 한 걸까? 삼촌
이 코라 이모에게 무슨 말을 했는지 아는 사람은 없어?"

"길크리스트 양이 알지도 몰라. 그 여자가 뭔가 들었을 것 같아."

수전은 곰곰이 생각해 보며 대꾸했다.

"아, 그래, 그 말벗 말이지. 그런데 그 여잔 지금 어디 있어?"

"병원에. 비소를 먹었어."

조지는 놀란 표정으로 수전을 바라보았다.

"그게 진짜야?"

"그래, 진짜야. 누군가 독이 든 웨딩 케이크를 길크리스트 양에게
보냈어."

조지가 침실에 있는 의자 중 하나에 앉아 휘파람을 불었다.

"아무래도 리처드 삼촌이 잘못 안 게 아닌 것 같아."

다음 날 아침 모턴 경위가 코라의 집을 방문했다.

그는 과묵한 중년 남자로, 억양에서 시골 사투리가 약간 배어나
왔다. 태도는 조용하고 침착했지만 눈만은 날카로웠다.

"뱅크스 부인, 무슨 상황인지 알고 계시겠죠? 프록터 박사님에게
서 이미 길크리스트 양에 대한 이야기를 들으셨겠고요. 여기서 가
져간 웨딩 케이크 부스러기를 분석해 본 결과 비소의 흔적이 발견
되었습니다."

"그렇다면 누군가 일부러 길크리스트 양을 독살하려 했단 말씀이
세요?"

"그런 것 같습니다. 현재 길크리스트 양은 아무 도움이 되지 않는 상태입니다. 그런 짓을 할 사람은 없다는 말만 계속 반복하니 말입니다. 하지만 누군가가 그런 짓을 저지른 건 확실합니다! 부인께서는 혹시라도 짐작 가는 바가 있으십니까?"

수전은 고개를 저었다.

"저도 정말 놀랐어요. 우체국 소인에서 알아 낸 게 없나요? 아니면 글씨체에서라도요?"

"잊으신 모양이군요……. 포장지는 아무래도 태워 버린 것 같다고 하셨죠. 그리고 그 상자가 우편으로 온 게 맞는지도 의문입니다. 우편 배달차를 운전하는 청년 앤드류스의 말로는 그런 상자를 배달한 기억이 나지 않는다고 했습니다. 워낙 많이 배달하다 보니 확실히 기억하긴 어려울 겁니다. 하지만…… 과연 우편으로 배달된 건지는 의심스럽습니다."

"그렇다면…… 어떻게 된 걸까요?"

"아마도 이미 길크리스트 양의 이름과 주소, 소인이 미리 찍힌 갈색 종이로 포장한 다음, 우편으로 배달된 것처럼 보이게 하려고 우편함에 집어넣거나 문 안쪽에 들여 놨겠죠."

그는 냉정하게 이렇게 덧붙였다.

"웨딩 케이크를 이용한 것은 아주 영리한 수법입니다. 혼자 사는 중년 여성들은 웨딩 케이크에 대한 향수가 있고, 누군가 자기를 기억하고 보내줬다는 사실에 기뻐하기 마련이죠. 과자나 사탕 상자였다면 의심을 불러일으킬 수 있지만 말입니다."

수전은 천천히 입을 열었다.

"길크리스트 양은 누가 보냈는지 이리 저리 궁리를 해 보는 것 같았지만, 조금도 의심은 하지 않았어요……. 물론 경사님 말씀대로 기뻐하긴 했네요. 네, 우쭐해 보이던데요."

그리고 수전은 이렇게 덧붙였다.

"그 안에 들은 독약이…… 사람을 죽일 정도의 양이었나요?"

"정량 분석을 해 보기 전까지는 뭐라 말씀드릴 수가 없습니다. 길크리스트 양이 케이크 전부를 먹었느냐가 관건이겠죠. 본인은 다 먹지 않았다고 생각하는 것 같더군요. 부인께서는 기억나십니까?"

"아니요……. 잘 모르겠어요. 길크리스트 양이 제게도 권했지만 전 거절했고, 그 후에 케이크가 아주 맛있다는 말을 들었지만 다 먹었는지 어쨌는지는 기억나지 않아요."

"괜찮으시다면 위층에 올라가 보고 싶습니다만."

"물론 괜찮지요."

수전은 그를 따라 길크리스트 양의 방으로 올라갔다. 그녀는 미안한 듯 말했다.

"방 안이 좀 지저분할 거예요. 고모 장례식이며 이런 저런 일로 정리할 시간도 없었던 데다, 프록터 박사님도 그대로 두는 게 나을 거라고 말씀하셔서요."

"아주 잘 하셨습니다, 뱅크스 부인. 그렇게 현명한 판단을 할 수 있는 사람은 드물죠."

그는 침대로 다가가 베개 밑으로 손을 넣더니 베개를 조심스럽게 들어올렸다. 천천히 그의 얼굴 위로 미소가 퍼졌다. 침대 시트 위에는 뭉개진 웨딩 케이크 한 조각이 놓여 있었다.

"여기 있었군."

"정말 이상하네요."

"오, 아니요. 그렇지 않습니다. 부인께서는 이것의 의미를 모르시겠죠. 요즘 젊은 숙녀 분들은 결혼에 그렇게 목을 매지 않으니까요. 이건 오래된 미신입니다. 웨딩 케이크 한 조각을 베개 밑에 넣고 자면 미래의 남편 꿈을 꾸게 된다는 설이 있답니다."

"하지만 길크리스트 양은……."

"그 나이에 이런 행동을 했다는 게 민망해서 감췄던 겁니다. 하지만 전 그럴지도 모른다고 생각하고 있었습니다."

그의 얼굴이 진지했다.

"그리고 만약 이런 바보 같은 짓을 하지 않았더라면, 지금쯤 길크리스트 양은 살아 있지 않았을 겁니다."

"하지만 도대체 누가 길크리스트 양을 죽이려 한 걸까요?"

경위는 그녀의 눈을 마주보았다. 호기심과 생각에 잠긴 듯한 눈빛에 수전은 마음이 불편했다.

"부인께선 모르십니까?"

그가 물었다.

"네……. 물론 저야 모르죠."

"그렇다면 저희가 찾아내야 하겠군요."

모턴 경위가 말했다.

12장

지극히 현대적인 가구들이 있는 방 안에 나이 지긋한 두 남자가
앉아 있었다. 그 방 안에 곡선이라고는 존재하지 않았다. 모든 것이
사각형이었다. 단 하나의 예외가 있다면 온몸이 곡선인 푸아로 본
인뿐이었다. 그의 배는 유쾌하게 불룩 나왔고, 그의 머리는 달걀 모
양이었으며, 그의 콧수염은 화려하고 과장되게 위로 말려 올라가
있었다.

그는 고비 씨를 가만히 바라보며 시로(시럽) 한 잔을 홀짝이고 있
었다.

고비 씨는 작은 체구에 마르고 초췌했다. 언제나 눈에 띄지 않는
평범한 외모의 그는 지금도 너무나 평범해 아무런 존재감도 느껴지
지 않았다. 그는 절대 사람을 똑바로 쳐다보는 법이 없었으며, 지금
역시 푸아로를 똑바로 쳐다보고 있지 않았다.

이제 그는 크롬으로 마감 된 벽난로의 왼쪽 모서리를 바라보며
이야기를 시작했다.

고비 씨는 정보 수집가로 유명했다. 그에 대해 아는 사람은 극히
적었으며, 그를 고용하는 사람도 극히 적었다⋯⋯. 하지만 그 극소
수의 사람들은 어마어마한 부자들이 대부분이었다. 고비 씨의 수임
료가 아주 비싸기 때문에 그럴 수밖에 없었다. 그의 전문 분야는 신
속한 정보수집이었다. 고비 씨가 손가락 하나만 까딱하면, 각계 각
층의 여자와 남자, 노인과 젊은이들로 이루어진 끈기 있는 조사원
들이 흩어져 질문을 던지고 파헤치고 목적을 달성했다.

고비 씨는 이제 사실상 사업에서 손을 뗀 것이나 다름없었지만,
이따금씩 오랜 단골 고객 몇 명에 한해 '호의'를 보였다. 에르퀼 푸
아로도 그중의 한 명이었다.

고비 씨는 벽난로 모서리에 대고 부드럽고 은밀하게 속삭였다.

"무슈 푸아로가 원하시는 걸 가져왔습니다. 제가 아이들을 풀었
죠. 일을 잘 하는 녀석들로요⋯⋯. 다들 훌륭한 녀석들이죠. 하지만
옛날과는 다릅니다. 요즘 젊은이들은 옛날과 달라요. 배우려는 의지
가 없으니까요. 고작 1~2년 일하고는 자기가 모든 걸 다 안다는 착
각에 빠지죠. 게다가 근무 시간이 끝나면 일에서 손을 아주 놔 버리
지 뭡니까. 정말이지 기가 막힙니다."

그는 애처롭게 고개를 저으며 이번엔 전기 코드를 꽂는 소켓을
멍하니 응시했다.

"모든 게 정부 탓입니다. 엉터리 교육 때문이에요. 아이들 머릿속

에 쓸데없는 것만 집어넣어서 꼬박꼬박 말대꾸나 하게 만든 겁니다. 자기 생각을 말하는 것도 아니에요. 그저 책에서 읽은 걸 줄줄 외는 것 뿐이죠. 하지만 그런 건 우리 사업에서 아무 짝에 쓸모가 없습니다. 해답을 찾아내는 것, 우리 사업에서 필요한 건 그것뿐입니다……. 쓸데없는 생각을 하는 게 아니라."

고비 씨는 의자 등받이에 털썩 기대어 램프 갓을 보고 눈을 깜빡였다.

"그래도 정부를 깎아내릴 수만도 없죠! 정부가 없다면 우리가 뭘 할 수 있겠습니까. 요즘에는 옷을 제대로 차려 입고 수첩과 연필을 든 채로 아무 데나 찾아가서 BBC에서 나왔다고 하면, 자신들의 세세한 일상생활이며 출신 배경, 11월 23일(매달 23일은 중산층 월급날이죠.)에 저녁으로 무얼 먹었는지부터 시작해 뭐든 다 털어놓습니다……. 입에 발린 말로 살살 구슬려서 점수를 따면 말입니다. 그 어떤 무례한 질문이라도 던져 보세요. 그래도 십중팔구는 순순히 대답할 테고, 어쩌면 한 사람 정도는 성을 낼지도 모르지만 상대방이 정부에서 나왔고, 어떤 심오한 목적으로 이뤄지는 조사라는 걸 조금도 의심하지 않을 겁니다! 무슈 푸아로."

고비 씨는 여전히 램프 갓에게 이야기를 하고 있었다.

"그거야말로 가장 좋은 방법입니다. 전기 계량기를 확인하러 왔다거나 전화선 연결을 보러 왔다고 둘러대는 것보다 훨씬 낫죠……. 네, 기부금을 부탁하는 수녀나 소녀단원, 보이스카우트라고 둘러대는 것보다 훨씬요……. 물론 그런 방법들도 사용하고 있지만 말입니다. 네, 정부 조사원을 사칭하는 건 조사원들에게 내린 신의 선물입니다. 영원히 써 먹을 수 있기를!"

푸아로는 아무 말 하지 않았다. 고비 씨가 나이를 먹으며 좀 수다스러워지긴 했지만, 적당한 때가 오면 알아서 본론을 꺼낼 것이다.

"아."

고비 씨는 이렇게 말하며 아주 너덜너덜한 작은 수첩을 꺼냈다. 그는 손가락에 침을 묻혀 페이지를 넘겼다.

"여기 있군요. 조지 크로스필드 씨. 먼저 이 사람을 살펴보죠. 확실한 사실들만 알아왔습니다. 제가 이 정보를 어떻게 알아냈는지까지는 알고 싶지 않으시겠죠. 이 친구는 꽤 오랫동안 퀴어 가(街)에 살았습니다. 경마와 도박에 푹 빠져 있지만 여자한테는 별 관심이 없습니다. 이따금씩 프랑스와 몬테카를로에 가서 카지노에 틀어박히기도 하고요. 딴 칩을 현금을 바꿀 때도 있고 그냥 갈 때도 있지만, 출장비보다 훨씬 많은 돈을 쓰고 다닙니다. 그 부분은 무슈 푸아로께서 알고 싶어 하는 게 아니라 깊이 알아보지 않았습니다. 법망을 피하는 것에 아무런 양심의 가책도 없을 테고…… 변호사니 방법도 알고 있겠죠. 그 친구가 투자 용도의 신탁 자금을 유용한다는 증거도 포착됐습니다. 최근에도 주식과 경마로 크게 한 판 벌였었죠! 하지만 이번엔 예상이 빗나갔고 운도 나빴습니다. 세 달 동안 죽상을 하고 있었다네요. 사무실에서도 늘 초조한 채 툭하면 화를 내고 짜증을 부렸답니다. 하지만 그 친구 삼촌이 돌아가신 뒤에는 모든 게 변했습니다. 마치 구름에 가려졌던 해가 다시 나온 것처럼 화창합니다!

자, 이제 무슈 푸아로가 특별히 부탁하신 정보를 말씀드릴 차례네요. 문제의 그날 조지 크로스필드가 허스트 파크 경마 대회에 참가했다는 진술은 분명 거짓입니다. 거의 항상 정해진 마권 업자 두 명에게서 마권을 샀지만, 그날은 둘 다 조지 크로스필드를 보지 못했다고 했습니다. 그가 패딩턴 역에서 기차를 타고 어디로 간 게 아닌가 싶어, 패딩턴 역까지 갔던 택시 운전수에게 사진을 보여 줬지만 기억하지 못하더군요. 하지만 그러는 것도 당연합니다. 조지 크로스필드는 아주 흔한 인상이니까요……. 특별나게 두드러지는 점이 없죠. 패딩턴 역의 짐꾼들에게서도 아무것도 알아내지 못했습니다. 리체트 세인트 메리에서 가장 가까운 출시 역에서 내리지 않은 건 확실합니다. 작은 역이라 낯선 사람은 금방 눈에 띄기 마련이니까요. 리딩에서 내려 버스를 탔을 수도 있겠죠. 그곳에는 버스가 많이, 자주 다니는 데다 1.5킬로미터 반경 지역 노선이 서너 개 있고, 리체트 세인트 메리의 경우 마을까지 직행으로 가는 버스도 있습니다. 그러나 살인을 계획하고 있었다면 그 친구는 그 버스를 타지 않았을 겁니다……. 전반적으로 보면 만만치 않은 친구입니다. 리체트 세인트 메리에서도 그를 본 사람은 없었지만 이상할 건 없지요. 마을로 가는 길 말고도 다른 길이 있으니까요.

그 친구는 옥스퍼드 드라마 학교를 나왔습니다. 만약 그 친구가 그날 그 집에 갔다면 배운 걸 살려서 변장을 하고 있었을 수도 있지요. 제가 그 친구를 계속 조사해 봐도 되겠습니까? 암거래 쪽으로 알아보고 싶습니다만."

"계속 조사해도 좋습니다."

에르퀼 푸아로가 말했다.

고비 씨는 손가락에 침을 묻혀 수첩 한 페이지를 더 넘겼다.

"이번엔 마이클 셰인 씨. 자신의 직업에 애착이 아주 큽니다. 다른 사람들의 생각보다 자기 자신을 더 높이 평가하고 있습니다. 스타가 되길 원하고, 그것도 아주 빨리 스타가 되길 원하죠. 돈을 좋아하고 자신에게 많이 투자하고 있습니다. 여자들의 마음을 확 잡아 끌죠. 여자들은 그 친구에게 푹 빠졌다가 떠나곤 했습니다. 그 사람 본인도 여자를 유달리 좋아하고요……. 하지만 일이 먼저죠. 지금은 지난 번 그가 출연했던 연극의 주연을 맡았던 소렐 데인턴과 사귀고 있습니다. 단역을 맡았지만 지난번 연극 덕분에 꽤 인기를 끌게 된 여자죠. 데인턴 양은 이름과는 달리 실은 유부녀로, 그 여자 남편은 그 친구를 좋아하지 않습니다. 마이클 셰인의 아내 로저먼드 또한 남편과 데인턴 양의 관계에 대해 전혀 모르고요. 그것 말고도 아는 게 별로 없는 것 같긴 합니다만. 셰인 부인은 여배우로서의 재능은 별로 없는 것 같아도 눈은 즐겁죠. 남편에게 푹 빠져 있습니다. 얼마 전에 이혼한다는 소문이 돌았나 본데 이제는 사그라든 것 같습니다. 리처드 애버네티 씨가 돌아가신 후부터요."

고비 씨는 소파 위의 쿠션을 향해 고개를 끄덕이며 마지막 말을 강조했다.

"문제의 그날, 셰인 씨는 연극 문제를 결말짓기 위해 로젠하임 씨

및 오스카 씨와 만날 거라고 했습니다. 하지만 그들과 만나지 않았죠. 그들에게 전화를 걸어 약속을 지키지 못해 아주 미안하다고 한 다음 에메랄도 렌터카에 가서 자동차를 한 대 빌렸습니다. 그때가 12시쯤이었는데, 그 차를 타고 어딘가로 갔다죠. 차를 돌려 준 건 그날 저녁 6시쯤이었습니다. 주행기록계로 보아 우리가 찾던 딱 그 거리를 운전했더군요. 하지만 리체트 세인트 메리에서 그를 봤다는 사람은 없습니다. 그곳에서 그날 낯선 차를 봤다는 사람도 아무도 없고요. 하지만 잘 보이지 않는 구석진 곳이 많으니 그런 데다 차를 세워 뒀을 수도, 코라 랑스크네 부인의 집에서 이삼백 미터 떨어진 곳에 있는 버려진 채석장에 주차했을 수도 있습니다. 인근에 걸어서 갈 만한 마켓 타운이 세 군데나 되니 경찰의 눈을 피해 인근 마켓 타운의 골목길 어딘가에 주차해 두는 것도 가능합니다. 자, 그럼 셰인 씨도 계속 조사해 볼까요?"

"당연히 그래야죠."

"이번에는 셰인 부인입니다."

고비 씨는 코를 문지르고는 자신의 왼쪽 소맷자락에게 셰인 부인에 대한 이야기를 했다.

"셰인 부인은 쇼핑을 하고 있었답니다. '쇼핑' 말입니다……."

고비 씨는 눈을 들어 천장을 바라보았다.

"쇼핑하는 여자들은 멍청한 여자들이죠. 하긴 그 전날 떼돈이 들어올 거란 소식을 들었으니 당연히 거리낄 게 없었을 겁니다. 외상 계좌가 한두 군데 있고 이미 한도를 넘어서서 지불하라는 압력을 받고 있었지만, 조금도 망설이는 기색이 없었습니다. 이곳저곳 온 사방을 다 돌아다니면서 옷을 입어 보고, 보석을 구경하고, 이것저것 가격을 물어보고……. 분명 아무것도 사지는 않았을 겁니다! 셰인 부인은 접근하기 쉬운 여자입니다……. 그건 장담합니다. 전 연극에 조예가 깊은 젊은 숙녀 두 분을 보내 접근하게 했습니다. 식당에 앉아 있는 셰인 부인의 옆 테이블에 멈춰 서서 오랜만에 만난 척 연기를 하게 한 거죠. '세상에, 「웨이 다운 언더」 이후에 처음 보는구나. 너 그 연극에서 정말 근사했는데! 최근에 허버트 봤니?' 이렇게 말입니다. 허버트는 실은 연극 연출자이고, 셰인 부인은 그 연극에서 형편없는 연기를 하긴 했지만……. 그런 이야기를 하면 상황이 술술 풀리기 마련이거든요. 그 숙녀 분들은 연극 이야기를 조잘거리며 적절한 이름들을 꺼내다가 이렇게 말하는 겁니다. '어디 어디에서 분명 널 봤어.' 그러면 대부분의 여자들은 걸려들어 '오, 아니야, 난…….' 이라며 말을 꺼내죠. 그게 뭐가 됐든 말입니다. 하지만 셰인 부인은 예외더군요. 그저 멍한 표정으로 '오, 그랬을 거야.' 라고 했습니다. 그런 숙녀를 상대로 뭘 할 수 있겠습니까?"

고비 씨는 라디에이터를 보며 고개를 절레절레 흔들었다.

에르퀼 푸아로는 다정하게 대꾸했다.

"아무것도 할 수가 없겠지요. 내가 그걸 왜 모르겠습니까? 에지웨어 경 사건*은 절대 잊지 못할 겁니다. 하마터면 내가 패할 뻔했

* 애거서 크리스티의 또다른 소설, 『에지웨어 경의 죽음』에 대한 언급이다.

지……. 그래, 이 에르퀼 푸아로가 멍청한 척 연기하는 간단하고 교활한 속임수에 넘어갈 뻔했다는 겁니다. 아주 어리석은 사람들은 종종 단순한 범죄를 저지르고는 그냥 내버려 두곤 하지요. 만약 이 사건에 살인범이 존재한다면 우리의 살인범이 지적이고 우월감에 가득 찬 데다 본인의 수법에 너무나도 만족한 나머지 백합을 그리지 않고는 배기지 못하길 빌어야 할 겁니다. 앙펭(결국엔)……. 뭐, 계속하시죠."

다시 한 번 고비 씨는 작은 수첩을 펼쳤다.

"뱅크스 부부……. 이들은 그날 하루 종일 집 안에 있었다고 했죠. 하지만 뱅크스 부인은 아니었습니다! 그녀는 1시쯤 차고에서 차를 꺼내 몰고 나갔습니다. 알 수 없는 곳으로요. 집에 돌아온 건 5시쯤이었습니다. 하지만 뱅크스 부인은 그 후로도 매일 차를 가지고 나간 데다 아무도 확인한 사람이 없으니 그날의 주행 거리까지 확인하지는 못했습니다.

하지만 뱅크스 씨에 관해 흥미로운 사실을 하나 알아냈습니다. 시작하기 전에 문제의 그날 뱅크스 씨가 무엇을 했는지는 모른다는 점을 말씀드리겠습니다. 직장에는 출근하지 않았죠. 장례식 때문에 미리 며칠 휴가를 얻어둔 것 같습니다. 그 후로는 직장 일과는 아무런 연관이 없는 다른 일에 여념이 없었습니다……. 근무한다는 약국은 아주 근사한 곳이더군요. 약국 주인들은 뱅크스 씨를 탐탁지 않아 했습니다. 가끔 이상하게 흥분하는 버릇이 있거든요.

뭐, 말씀드렸듯이 랑스크네 부인이 죽은 그날 뱅크스 씨가 무얼 했는지는 알지 못합니다. 부인과 함께 나가지는 않았는데, 하루 종일 그 작은 아파트에 틀어박혀 있었을 가능성도 충분합니다. 그 아파트에는 수위도 없고, 입주자들이 들어오는지 나가는지 아무도 모르니까 확신할 순 없지만요. 참, 그 친구의 뒷조사를 하다가 흥미로운 점을 발견했습니다. 약 넉 달 전까지…… 그러니까 부인과 만나기 얼마 전까지 그는 정신병원에 있었습니다. 정신이상자여서가 아니라 소위 말하는 신경 쇠약 때문이었답니다. 약을 조제하다가 실수를 저질렀던 모양입니다. (당시에는 메이페어 약국에서 일했습니다.) 그 여성 환자가 곧 회복된 데다 약국 주인들이 환자에게 고개 숙여 용서를 구한 덕에 고소당하지는 않았습니다. 하지만 이런 사고는 계속 일어났고, 너그럽기만 한 주인들은 실수를 저지른 불쌍한 젊은 친구를 안타까워했습니다…… 심각한 손해를 끼친 적은 없었으니까요. 약국 측에서는 그를 해고하지 않았지만, 본인이 사표를 냈습니다…… 일 때문에 신경 쇠약에 걸렸다나요. 하지만 그 후에 상태가 아주 나빠진 모양입니다. 그건 일부러 저지른 짓이었다, 그래서 죄책감에 사로잡혀 있다고 의사에게 털어 놓았더군요…… 그 여자가 가게에 왔을 때 자기에게 무례하게 굴면서 지난번에 조제해 준 약이 형편없었다고 불평했답니다…… 그래서 화가 나 일부러 특정 약을 치명적인 용량에 가깝게 넣었다는 말이었죠. 뱅크스 씨는 이렇게 말했다고 합니다. '나에게 감히 그 따위로 말하다니, 그 여자는 벌을 받아 마땅해요!' 그러고는 훌쩍거리며 자긴 너무 사악한 인간이네 어쩌네 하면서 중얼거렸답니다. 의사는 그런 문제에 대해 길게 설명해 주었습니다. 죄책감 증후군인지 뭔지……. 아무튼 절대 일부러 한 짓은 아닐 거라며 그를 달랬습니다. 그저 부주의한 실수였던 것을 본인이 중요하고 심각하게 받아들이려는 것뿐이라고요."

"싸 쓰 프(있을 수 있는 일이죠)."

에르퀼 푸아로가 말했다.

"네? 어쨌든 뱅크스 씨는 정신병원에 입원했고 정신병원에서는 다 치료가 되었다며 그를 내보냈습니다. 그 후에 애버네티 양을 만난 겁니다. 그리고 훌륭하지만 다소 후미진 작은 약국에 취직을 했고요. 주인들에게는 1년 반 동안 영국에 나가 있었다고 말하면서, 이스트본에 있는 어떤 가게의 추천서를 주었답니다. 그 가게에서는 뱅크스 씨에게 별다른 불평이 없었지만, 동료 조제사 말로는 그는 성격이 아주 괴팍해서 가끔 이상한 행동을 하곤 했죠. 이런 이야기도 있더군요. 한번은 손님이 농담으로 '내 아내를 독살시킬 약을 좀 줬으면 좋겠네요, 하하!'라고 했더니 뱅크스 씨가 아주 부드럽고 조용한 목소리로 '물론 드릴 수 있습니다……. 200파운드 정도 들 겁니다.'라고 대답했다는 거예요. 그러자 그 남자 손님은 어색한 표정으로 농담이라며 웃어 넘겼답니다. 물론 농담일 수도 있겠지만, 제가 보기에 뱅크스는 농담을 할 부류가 아닙니다."

에르퀼 푸아로가 말했다.

"몬 아미(친구). 당신의 정보 수집력은 정말이지 놀랍습니다! 의료 기록은 물론이고 가장 알아내기 힘든 기밀 사항들까지 알아내다니!"

고비 씨의 눈길이 방을 한 번 돌았다. 그는 우쭐한 눈길로 방 문을 바라보며 "방법이 다 있죠……."라고 중얼거렸다.

"자, 이젠 시골 쪽을 살펴보겠습니다. 티모시 애버네티 부부. 아주 근사한 저택에 살고 있지만 불쌍하게도 저택을 유지할 만한 돈은 없죠. 돈이 아주, 아주 궁한 것 같습니다. 세금이 어마어마한 데다 투자 실패가 겹쳤거든요. 애버네티 씨는 몸이 아픈 걸 즐기는 사람이고 그런 즐거움을 가장 중요하게 생각하고 있습니다. 툭하면 불평을 쏟아내고, 자신은 꼼짝도 하지 않으면서 주변 사람에서 이거 해라 저거 해라 시키기만 하죠. 식사도 잘 하고, 그럴 마음만 있다면 충분히 건강하게 지낼 수 있을 것 같습니다. 파출부가 퇴근한 후엔 집에는 아무도 없고, 애버네티 씨가 벨을 울리지 않는 한 그의 방에 들어갈 수 없습니다. 장례식이 끝난 다음 날 아침에는 성질이 극에 달해 존스 부인에게 욕설을 퍼부었다고 합니다. 아침 식사는 제대로 하지도 않았고 점심은 아예 먹지 않겠다고 했다는군요……. 저녁 때도 마찬가지였습니다. 준비해 놓고 간 저녁 식사가 입에 맞지 않는다 어쩐다 불평을 계속 늘어놓았습니다. 그는 저택에 혼자 있었다지만 밤 9시 반부터 다음 날 아침까지 그의 모습을 본 사람은 없었습니다."

"모드 애버네티 부인은?"

"부인은 무슈 푸아로가 언급하신 그 시간에 차를 몰고 엔더비를 출발했습니다. 그 후 캐스스톤이라는 마을에 있는 작은 정비소로 걸어 와서는 3~4킬로미터 떨어진 곳에서 차가 고장 났다고 말했죠.

정비공은 차가 있는 곳까지 데려가 차를 살펴보고는 정비소까지 견인하는 데 시간이 오래 걸릴 거라고 했습니다……. 그날 중으로는 끝낼 수 없다고 했죠. 그러자 부인은 아주 난처해 하면서 작은 여인숙으로 가 하룻밤 묵으면서 시골 풍경을 보고 싶다고 했답니다……. 여인숙은 황량한 시골 마을 끝에 있죠. 그렇게 나가서 그날 밤 아주 늦게까지 여인숙으로 돌아오지 않았다는데, 제 정보원 말로는 당연한 일이라더군요. 그 여인숙이 아주 비좁고 지저분하답니다!"

"그리고 시간은?"

"애버네티 부인이 샌드위치를 싸 간 게 11시였습니다. 만약 1.5킬로미터 떨어져 있는 주도로까지 걸어갔다면 지나가는 차를 얻어 타서 윌캐스터까지 갈 수 있었을 테고, 그곳에서 리딩 웨스트 역으로 가는 사우스코스트 특급 열차를 탈 수 있었을 겁니다. 버스 노선 얘기는 자세히 하지 않겠습니다. 어쨌든 그날 오후 늦게 그…… 공격을 감행하기에는 충분한 시간이죠."

"의사가 사망 추정 시각을 3시 30분으로 잡았다고 알고 있습니다만."

"물론 전 단정적인 말은 하지 않았습니다. 애버네티 부인은 아주 상냥한 숙녀분인 것 같고, 모두들 그녀를 좋아하니까요. 남편에게도 헌신적이어서, 남편을 꼭 아이처럼 대하죠."

"그래, 맞아요. 모성애 콤플렉스죠."

"애버네티 부인은 건강하고 힘이 셉니다. 장작을 패고 장작이 담긴 커다란 바구니도 운반하곤 하죠. 차 수리도 아주 잘 하고요."

"안 그래도 물어보려 했습니다. 정확히 차의 어떤 부분이 고장 났던 겁니까?"

"정확한 세부사항을 원하십니까, 무슈 푸아로?"

"그럴 리가 있나요. 난 기계에 대한 지식이 전혀 없어요."

"그건 정확히 그리고 제대로 알아내기가 힘듭니다. 누군가 간단한 조작으로 일부러 고장을 냈을 수도 있습니다. 차의 구조를 잘 아는 누군가가 말입니다."

"쎄 마니피크(굉장하군)!"

푸아로는 신랄하게 내뱉었다.

"모든 게 너무나 간단하고, 모든 게 다 가능하군요. 몬 디외(이런), 알리바이가 확실한 사람이 과연 있긴 한 걸까요? 그럼 리오 애버네티 부인은 어떻습니까?"

"역시 아주 상냥한 숙녀 분이십니다. 돌아가신 애버네티 씨는 그분을 아주 아꼈습니다. 부인은 애버네티 씨가 돌아가시기 2주 전에 엔더비 저택을 방문했었죠."

"리처드 애버네티 씨가 여동생을 보러 리체트 세인트 메리에 다녀온 후에 말입니까?"

"아니요, 바로 그 전이었습니다. 전쟁 이후로 리오 애버네티 부인의 수입은 급격히 줄었습니다. 그래서 영국에 있는 집을 팔고 런던의 작은 아파트로 이사했죠. 키프로스에 별장이 있어 1년의 절반은 그곳에서 보내고요. 어린 조카에게 교육비를 대 주고 있으며, 이따금씩 젊은 예술가 한두 명에게 재정적인 지원을 하는 것 같습니다.”

“오점 하나 없는 성(聖) 헬렌이군.”

푸아로는 이렇게 말하며 눈을 감았다.

“그녀가 하인들도 모르게 당일 엔더비를 떠났을 가능성은 아예 없겠죠? 제발 그렇다고 말해 주세요!”

그 말에 고비 씨는 그나마 상대방과 가장 가까이에 있는 푸아로의 반질반질한 에나멜 구두를 송구스럽다는 눈길로 바라보며 중얼거렸다.

“아무래도 그렇게는 말씀드리지 못할 것 같습니다, 무슈 푸아로. 애버네티 부인은 저택에 더 머물러 달라는 엔트휘슬 씨의 요청을 받아들이고 옷과 소지품들을 챙기러 런던으로 가셨습니다.”

“일 느 망케 싸(그런 일이)!”

푸아로는 격하게 외쳤다.

13장

버크셔 카운티 경찰서의 모턴 경위라고 적힌 명함을 전해 받고 에르퀼 푸아로는 눈썹을 치켜 올렸다.

"안으로 들여보내게, 조르주. 안으로 들여보내. 그리고…… 경찰들은 뭘 좋아하지?"

"맥주가 좋을 것 같습니다, 주인님."

"끔찍하구먼! 하지만 영국인다워. 그렇다면 맥주를 내오게."

모턴 경위는 단도직입적으로 본론을 꺼냈다.

"런던에서 볼일을 보고 다녀오는 길에, 무슈 푸아로의 주소를 알아냈습니다. 목요일 심리 때 찾아오신 걸 보고 흥미가 생겼거든요."

"그곳에서 절 보셨다고요?"

"네. 놀랐습니다……. 그리고 방금 말씀드린대로 흥미도 좀 생겼죠. 무슈 푸아로께서는 절 기억하지 못하시겠지만 전 무슈 푸아로를 아주 잘 기억하고 있습니다. 팡본 사건 때 뵌 적이 있거든요."

"아, 그 사건을 담당하셨나요?"

"그때는 풋내기에 불과했습니다. 아주 오래 전 일이지만 그 이후로 무슈 푸아로를 한 번도 잊은 적이 없습니다."

"그날 절 보고 단번에 알아보셨다고요?"

모턴 경위는 슬며시 떠오르는 미소를 억누르며 말했다.

"그건 어렵지 않습니다. 무슈 푸아로는 외모가…… 다소 특이하시니까요. 시골에서는 눈에 띄기 마련이죠."

그의 눈길은 푸아로의 완벽하게 갖춰진 옷차림을 잠시 스쳤다가, 마침내 위로 휘어진 콧수염에 안착했다.

"그렇죠. 그렇죠."

푸아로는 만족스러운 듯 대꾸했다.

"왜 무슈 푸아로께서 그곳에 오셨는지가 궁금했습니다. 그런 종류의 범죄…… 강도나 폭행에는 보통 관심을 갖지 않으시는 걸로 알고 있습니다만."

"이게 평범하고 일반적인 종류의 강력 범죄라고 보십니까?"

"제가 고민하는 것도 그 부분입니다."

"경위님께서는 처음부터 그 부분을 고민하셨겠죠, 그렇지 않으십니까?"

"맞습니다, 무슈 푸아로. 이 사건엔 특이한 요소가 몇 가지 있습니다. 그 다음부터는 일반적인 절차에 따라 조사를 진행했습니다. 전과자 한둘을 불러 심문을 해 보았지만, 다들 그날 오후의 알리바이가 뚜렷하더군요. 무슈 푸아로의 말씀대로 '평범'한 사건은 아닙니다……. 그건 확실합니다. 서장님께서도 그렇게 생각하시죠. 누군가 평범한 사건으로 보이게 조작한 겁니다. 범인이 길크리스트 양일 수도 있지만, 그녀에겐 범행을 저지를 만한 동기는 전혀 없는 것 같습니다……. 감정적인 원인도 없는 것 같고요. 랑스크네 부인은 정신이 나갔거나…… 아니면 '단순'한 여자였던 것 같습니다만, 여자들 사이의 유별난 우정 같은 것도 전혀 없는 단순한 여주인과 하녀 사이였습니다. 길크리스트 양 같은 여자들은 수도 없이 많은 데다, 그런 여자들은 보통 살인을 저지를 만한 타입이 아니죠."

경위는 잠시 말을 멈췄다.

"그래서 더 조사를 해 봐야 할 것 같습니다. 제가 이곳에 찾아온 것은 혹시 무슈 푸아로께서 저희에게 도움을 주실 수 있을까 여쭈어 보기 위해섭니다. 무슈 푸아로께서 심리에 참석하신 데는 뭔가 이유가 있는 게 분명하니까요."

"그래요, 그래요, 이유가 있었죠. 근사한 다임러를 타고 돌아다니고 싶었으니까요. 하지만 그 때문만은 아닙니다."

"정보가…… 있으십니까?"

"경위님이 말하는 정보라곤 할 수 없죠. 증거로 쓸 수 있는 게 없으니까요."

"하지만 저희 수사에 도움이 되는 건 맞겠죠?"

"그래요."

"저희 수사에도 몇 가지의 진전이 있었습니다, 무슈 푸아로."

경위는 독이 든 웨딩 케이크에 대해 세세하고 꼼꼼하게 설명했다. 푸아로는 깊게 숨을 들이마셨다.

"천재적이군요……. 네, 천재적이에요……. 제가 엔트휘슬 씨에게 길크리스트 양을 잘 보살피라고 주의를 줬었죠. 범인이 그녀를 노릴 가능성이 다분하니까요. 하지만 고백하건대 독약을 쓸 줄은 저도 예상치 못했습니다. 다시 한 번 손도끼를 쓰리라 생각했답니다. 그저 길크리스트 양이 밤중에 인적이 드문 길을 혼자 다니지 않는 게 좋겠다고만 생각한 겁니다."

"하지만 왜 그녀가 습격을 당할 거라고 예상하셨습니까? 무슈 푸아로, 그 이유를 말씀해 주십시오."

푸아로는 천천히 고개를 끄덕였다.

"네, 말해 드리죠. 엔트휘슬 씨가 경위님에게는 말하지 않을 겁니다. 그 친구는 변호사이고, 변호사들은 죽은 여자의 성격이나 몇 가지 대수롭지 않은 발언들을 가지고 섣부른 추측이나 의심을 하고 있다는 사실을 인정하려 하지 않으니까요. 하지만 제가 경위님께 말씀드리는 것에는 반대하지 않을 겁니다……. 네, 오히려 안심하겠죠. 그 친구는 바보 같거나 망상에 빠진 사람처럼 보이는 건 원치 않지만, 경위님께 만약에…… 그저 만약일 뿐입니다……. 만약에 진실일지도 모르는 것을 알려드리고 싶었을 거예요."

조지가 긴 잔에 담긴 맥주를 들고 들어오자 푸아로는 말을 멈췄다.

"자, 한 잔 하시죠, 경위님. 아니요, 아니요, 어서 드세요."

"무슈 푸아로께서는 안 드십니까?"

"저는 맥주를 마시지 않아요. 난 시로 드 카시스*나 한 잔 하겠습니다……. 영국인들은 그걸 좋아하지 않는 것 같더군요."

모턴 경위는 다행스러운 눈길로 맥주잔을 바라보았다.

푸아로는 검은 보랏빛의 액체가 든 잔을 우아하게 홀짝이며 입을 열었다.

"이 모든 건 장례식에서 비롯된 겁니다. 아니, 정확하게 말하자면 장례식이 끝난 후죠."

푸아로는 엔트휘슬 씨에게서 들은 이야기를 시작했다. 화려한 제스처와 입담으로 윤색되어 마치 에르퀼 푸아로 본인이 그 장면을 목격한 것은 아닐까 하는 생각마저 들 정도였다.

모턴 경위는 우수하고 날카로운 두뇌의 소유자였다. 그는 즉시 그 이야기의 요점을 잡아냈다.

"애버네티 씨가 독살 당했을 가능성이 있다는 말씀이십니까?"

"가능성은 있지요."

"그런데 시신은 화장되어 아무런 증거도 없고요?"

"그렇죠."

모턴 경위는 생각에 잠겼다.

"흥미롭습니다. 하지만 우리에게 도움이 될 만한 건 전혀 없군요. 리처드 애버네티 씨의 죽음에 대한 조사를 시작할 명분이 전혀 없습니다. 괜한 시간 낭비가 될 겁니다."

------

* 까막까치밥나무열매 시럽.

"그렇죠."

"하지만 사람들은 남아 있죠……. 당시 그 곳에 있었던 사람들, 그러니까 코라 랑스크네가 한 말을 들은 사람들 중 한 명은 그녀가 그 이야기를 다시 한 번, 더 자세하게 할 거라 생각했을 수도 있습니다."

"코라 랑스크네라면 그랬을 겁니다. 자, 경위님 말씀대로 사람들이 있어요. 이제 제가 왜 심리에 참석했던 건지, 왜 이 사건에 관심을 가지고 있는 건지 아시겠지요? 저는 언제나 사람들에게 관심이 많으니까요."

"그리고 길크리스트 양이 살해될 뻔 했습니다……."

"그것 또한 중요한 점이죠. 리처드 애버네티는 코라 랑스크네의 집에 내려간 적이 있습니다. 코라와 무언가 이야기를 나눴죠. 어쩌면 어떤 이름을 언급했을 수도 있습니다. 어쩌면 무언가를 알고 있거나 무언가를 엿들은 사람이 길크리스트 양 뿐일지도 몰라요. 코라의 입을 막은 살인범은 그 때문에 초조했을 수도 있습니다. 이 여자도 무언가를 알고 있는 건 아닐까? 물론 살인범이 영리했다면 길크리스트 양을 그냥 내버려 뒀겠죠. 하지만 경위, 살인범들이 영리한 경우는 드물답니다. 우리에게는 다행이죠. 그들은 걱정하고 불안해하며, 확실히 마무리를 짓고자 하는……. 아주 확실히 해 두고자 하는 욕구에 사로잡힙니다. 그리고 자신의 영리함을 과신하죠. 그러다 결국엔 경위님이 말씀하신 대로 목을 내밀게 되는 겁니다."

모턴 경위는 희미하게 미소 지었다.

푸아로는 이야기를 이어나갔다.

"길크리스트 양의 입을 막으려는 이 시도 자체가 실수였습니다. 이제 조사해야 할 내용이 두 가지로 늘어났으니까요. 웨딩 케이크의 카드에 쓰인 손 글씨도 증거가 될 테고. 포장지를 태워 버렸다는 게 못내 아쉽네요."

"네, 포장지가 있었더라면 우편으로 배달된 것인지 그렇지 않은 것인지 확실히 알 수 있었을 겁니다."

"후자라고 생각할 만한 근거가 있으신가요?"

"그저 우편 배달부의 말뿐이죠……. 그 친구도 확신하지는 못했습니다. 만약 소포가 마을 우체국을 통해 왔더라면 우체국장도 십중팔구 알고 있었을 테지만, 요즘에는 마켓 케인스에서 온 배달차가 바로 배달하는 데다 그 젊은 친구는 동네 구석구석을 돌면서 하루 종일 배달을 하느라 일일이 화물을 기억할 겨를이 없거든요. 그 친구는 그날 배달한 건 편지 뿐이고 소포를 배달하지는 않은 것 같다고 했지만……. 확실하지는 않다고 했습니다. 실은 그 친구가 요새 여자 문제로 고민이 많아 다른 생각을 할 여력이 없다는군요. 어쨌든 제가 그 친구 기억력을 테스트해 봤는데 그리 믿을 만하지 않았습니다. 하지만 그 친구가 그 소포를 배달했다 하더라도, 그…… 이름이 뭐더라…… 아, 거스리 씨가 다녀간 후에야 소포를 발견했다는 게 좀 이상한 것 같습니다."

"아, 거스리 씨."

모턴 경위가 미소를 지으며 설명했다.

"네, 무슈 푸아로. 그 사람도 조사해 봤습니다. 랑스크네 부인의 친구였다며 찾아와서 그럴싸한 이야기를 늘어놓는 건 아주 간단합니다. 뱅크스 부인은 그 사람이 진짜 이모의 친구인지 아닌지도 모를 테니까요. 들어오면서 작은 소포를 문 앞에 떨어뜨려 놨을 수도 있지요. 그렇다면 간단히 우편 배달로 온 것처럼 보이게 할 수 있었을 겁니다. 우표 위에 검은색 물감을 약간 번지게 해 두면 소인이 찍힌 것처럼 보이기에 충분합니다."

경위는 말을 멈추었다가 이렇게 덧붙였다.

"또 다른 가능성도 있습니다."

푸아로는 고개를 끄덕였다.

"뭐죠?"

"조지 크로스필드 씨가 저희 마을에 내려왔습니다……. 하지만 사건이 발생한 다음 날이었죠. 장례식에 참석하려 했지만, 오는 길에 엔진 문제가 있어 늦은 거랍니다. 그 사람에 대해서 뭐 좀 아십니까, 무슈 푸아로?"

"약간은요. 하지만 경위님께 말씀드릴 정도는 아닙니다."

"그렇습니까? 저도 몇 명이 고(故) 애버네티 씨의 유언에 따라 유산을 상속받게 되었다고 들었습니다. 그 상속자들 모두를 조사하는 일은 없길 바랍니다."

"제 나름대로 수집한 정보가 좀 있는데, 이건 경위님 처분에 맡기죠. 전 이 사람들에게 질문을 할 권한이 없으니까 말입니다. 사실 제가 그러는 건 현명하지 못한 일이 되겠죠.

저는 조심스럽게 나아갈 생각입니다. 괜한 소란을 피워 새를 놓쳐버릴 순 없죠. 소란을 피우려면 적절한 시기를 잡아 제대로 피워야 합니다. 아주 섬세한 기술이 필요하죠. 그 동안 경위님은 모든 수단을 다 동원해, 절차를 밟은 수사를 해 주시면 됩니다. 천천히…….

하지만 확실하게요. 저는…….

"네, 무슈 푸아로?"

"저는 북쪽으로 갈 겁니다. 아까 말씀드렸듯이 제 관심을 끄는 건 사람들이니까요. 네……. 약간의 위장이 필요할 겁니다……. 그래서 북쪽으로 가야죠."

그리고 에르퀼 푸아로는 이렇게 덧붙였다.

"외국 난민들을 위해 시골의 맨션을 구입할 작정입니다. 유엔 난원협을 대표해서요."

"난원협이 뭡니까?"

"유엔 난민 원조 협회랍니다. 꽤 그럴싸해 보이지 않을까요?"

모턴 경위는 씩 웃었다.

14장

에르퀼 푸아로는 험상궂은 얼굴을 한 재닛에게 말했다.

"정말 감사드립니다. 정말 친절한 분이시군요."

여전히 입술을 앙 다문 재닛은 방을 나섰다. 외국인들이란! 그런 질문을 하다니 무례하기도 하지! 그 사람이 애버네티가 겪은 심장 질환에 관심 있는 전문의라는 건 아무래도 좋다. 주인님께서 그렇게 갑자기 돌아가셨으니 의사가 놀란 것도 당연한 일이었다. 하지만 군이 외국인 의사가 찾아와 여기 저기 들쑤시고 다닐 건 또 뭐람?

리오 부인이 '무슈 퐁타를리에의 질문에 모두 대답해 주세요. 질문을 할 만한 이유가 있으니까요.'라고 말한 것도 아무래도 좋다.

질문, 언제나 질문들이 문제였다. 때로는 애써 시간을 투자해 질문지를 작성해야 할 때도 있었다……. 도대체 정부나 다른 기관에서 타인의 사생활을 알아야 할 필요가 뭐란 말인가! 인구 조사를 나온 사람들은 나이까지 물어 왔다. 정말이지 무례한 질문이라고 생각한 그녀는 제대로 답변해 주지 않고 다섯 살을 깎아 버렸다. 안 될 게 뭐 있겠는가. 만약 그녀가 쉰네 살은 먹은 것 같은 기분이었다면 쉰네 살이라고 대답했을 것이다!

어쨌든 무슈 퐁타를리에는 나이는 묻지 않았다. 그래도 어느 정도 품위가 있는 사람이었다. 그저 주인님이 먹었던 약들과 그 약들을 어디에 보관했는지, 그리고 주인님이 상태가 안 좋을 때 약을 너무 많이 드시진 않았는지…… 혹은 약을 잊고 안 드시지는 않았는지에 대한 질문뿐이었다. 마치 그녀가 마땅히 사소한 일들을 모두 기억하고 있어야 한다는 듯이……. 주인님 일은 주인님이 알아서 처신하셨다! 그리고 그 사람은 주인님이 드셨던 약 중에서 아직 남아 있는 게 있는지도 물었다. 물론 남은 약들은 다 버렸다. 심장병 뒤에 긴 단어가 붙는 병명이었는데. 의사들이란 항상 자기들이 새로운 걸 발견했다고 생각하는 모양이었다. 의사들은 나이 든 로저스에게 척추인지 어딘지에 디스크가 생겼다고 했다. 하지만 로저스의 병은 흔한 요통일 뿐이었다. 정원사였던 그녀의 아버지 또한 요통으로 고생을 했다. 의사들이란!

방 안에 남은 자칭 의사 선생은 한숨을 쉬며 랜스컴을 찾으러 아래층으로 내려갔다. 재닛에게서는 별다른 소득을 올리지 못했지만, 애초에 기대도 하지 않은 터였다. 그가 원한 것은 헬렌 애버네티의 마지못한 듯한 진술이 사실인지 확인해 보는 것이었다……. 재닛은 리오 부인이 그런 부탁을 할 권리가 있다고 인정했으며, 본인은 주인님이 돌아가시기 몇 주 간의 생활을 즐겼기 때문에 선선히 질문에 답해 주었다. 그녀에게 있어 병과 죽음은 즐거운 일이었다.

그렇다면 헬렌의 진술을 신뢰할 수도 있겠다고 푸아로는 생각했다. 물론 그는 헬렌의 말을 믿었다. 하지만 본성과 오랜 습관 때문에 직접 사실을 입증하기 전까지는 그 누구의 말도 믿을 수는 없었다.

어찌 됐든 그 증거는 미약하고 보잘 것 없었다. 리처드 애버네티가 비타민 오일 캡슐을 복용했다는 사실을 알아낸 것뿐이었다. 그 비타민 캡슐은 커다란 병에 담겨 있었다는데, 그가 사망할 당시에는 거의 비어 있었다. 누구라도 그럴 의향만 있다면 캡슐 중 한두 개에 주사기를 꽂아 약물을 주입한 다음, 병 속에 밀어 넣어 자신이 저택을 떠나고 몇 주 후에 그 캡슐을 먹도록 조작했을 수 있는 일이었다. 아니면 누군가 리처드 애버네티가 죽기 전날 몰래 저택으로 들어와 그 캡슐을 먹였을 수도 있고, 혹은 더 가능성이 높은 방법으로 침대 옆에 놓인 작은 병에 든 수면제를 다른 무언가로 바꿔치기했을 수도 있다. 혹은 간단하게 그의 음식이나 음료수에 약을 타는 방법도 있다.

에르퀼 푸아로는 이 가능성들을 실험해 보았다. 현관문은 잠겨 있었지만 정원으로 이어지는 옆문은 저녁때까지 열려 있었다. 1시 15분쯤, 정원사들이 점심을 먹으러 가고 하녀들이 식당에 있을 때 푸아로는 뜰 안으로 들어와 옆문을 통과해 리처드 애버네티의 침실까지 올라갔다. 가는 동안 아무와도 마주치지 않았다. 푸아로는 더 나아가 커튼을 친 문을 지나 식료품실로 숨어들었다. 복도 끝에 있는 주방에서 목소리들이 들렸지만 그를 본 사람은 아무도 없었다.

그래, 이런 방법도 가능하겠군. 하지만 범인이 과연 이렇게 했을까? 사실을 알려 주는 것은 아무것도 없었다. 하지만 푸아로 역시 증거를 찾고 있는 건 아니었다. 그저 여러 가지 가능성들을 만족스럽게 확인해 보고 싶을 뿐이었다. 리처드 애버네티를 살해한 범인의 존재는 가설에 불과할 수도 있었다. 증거가 필요한 것은 코라 랑스크네의 살인 사건이었다. 그는 장례식 당일 이곳에 모였던 사람들을 조사하고, 그들에 대한 자신만의 결론을 내릴 수 있기를 원했다. 그는 이미 계획을 세워 두었지만, 먼저 랜스컴에게 몇 가지 물어볼 게 있었다.

랜스컴은 정중했지만 어느 정도 거리를 두었다. 재닛만큼 분개하지는 않았지만, 느닷없이 나타난 이 건방진 외국인을 임박한 재앙의 징조로 생각하는 눈치였다. 이 세상은 재앙을 향해 가고 있었다!

그는 조지 왕조풍의 찻주전자를 사랑스럽게 닦던 가죽 조각을 내려놓고 등을 꼿꼿이 폈다.

"네, 선생님?"

그는 정중하게 말했다.

푸아로는 식료품 저장실에 놓여 있던 스툴에 조심스럽게 앉았다.

"애버네티 부인 말씀이 당신은 은퇴하면 노스 게이트 옆에 있는 로지에 살길 희망하셨다고요?"

"그렇습니다, 선생님. 물론 이제는 상황이 변했지만요. 영지가 팔리면……."

푸아로는 솜씨 좋게 끼어들었다.

"아직 가능한 일일 수도 있습니다. 정원사들을 위한 별장이 있지 않습니까. 로지에는 손님이나 시종 드는 사람들이 필요하지 않죠. 그쪽으로 주선을 해 드리는 것도 가능할 겁니다."

"그렇게 말씀해 주셔서 감사합니다, 선생님. 하지만 전 그럴 생각은 없습니다……. 아마도 손님 중 대부분이 외국인들이겠죠?"

"네, 외국인들일 겁니다. 유럽에서 영국으로 날아온 외국인들 중 일부는 늙고 허약한 사람들이죠. 그런 사람들은 아시겠지만 고향의 가족들이 죽고 아무도 없어, 고국으로 돌아가 봐야 앞날이 깜깜한 신세입니다. 건강한 사람들처럼 이곳에서 돈을 벌 수도 없죠. 따라서 제가 속한 기관에서 기금을 모아 그들에게 다양한 시골집을 마련해 주는 겁니다. 제 생각에는 이 집이 딱 좋은 것 같습니다. 거의 결정된 거나 마찬가지죠."

랜스컴은 한숨을 쉬었다.

"저로서는 이 저택이 더 이상 개인의 주거 용도로 쓰이지 않을 거라는 게 생각만 해도 슬프다는 점을 이해해 주십시오, 선생님. 하지만 저도 요즘 시대가 어떤지 잘 알고 있습니다. 이 커다란 저택을 구입해서 살 만한 가족은 없겠죠……. 젊은 세대의 숙녀 분들과 신사 분들은 그걸 원치 않으실 겁니다. 요즘에는 집안일을 도와줄 사람을 구하기 힘든 데다, 구한다고 해도 임금이 비싸고 만족스럽지 못하죠. 이 훌륭한 저택이 다른 용도에 더 유용하게 쓰일 수 있으리라는 점은 저도 잘 알고 있습니다."

랜스컴은 다시 한숨을 쉬었다.

"만약 그래야 한다면, 어떤 시설로 사용되어야 한다면, 선생님께서 말씀하신 용도로 쓰이는 게 기쁠 것 같습니다. 저희는 이 나라에 큰 신세를 졌으니까요, 우리의 해군과 공군, 용감한 젊은이들, 그리고 섬나라라는 행운 덕택이죠. 만약 히틀러가 기어이 이 땅에 쳐들어왔어도 우리 모두가 힘을 합쳐 단숨에 무찔렀을 겁니다. 제가 사격을 할 정도로 시력이 좋진 않지만 쇠갈퀴는 사용할 수 있거든요, 선생님. 전 필요하다면 그렇게 할 의향이 있습니다. 우리 영국 국민들은 언제나 나라에 닥친 불행에 맞섰고, 그건 우리의 자랑입니다, 선생님. 앞으로도 그렇게 할 테고요."

"고맙습니다, 랜스컴. 주인어른의 죽음은 당신에게도 큰 충격이었겠지요."

푸아로는 상냥하게 말했다.

"그랬습니다. 전 주인님께서 아주 어릴 때부터 그분을 모셨죠. 전 아주 운이 좋았습니다, 선생님. 그분만큼 좋은 주인님은 어디에도 없었을 겁니다."

"전 제 친구이자 음…… 동료인 래러비 박사와 의논을 해 봤습니다. 혹시나 이 집 주인님께서 다른 걱정은 없으셨는지…… 돌아가시기 전날 만난 누군가 때문에 불쾌해 하시진 않았는지 궁금해지더라고요. 혹시 그날 이 저택에 찾아온 방문자는 없었나요?"

"그렇지는 않습니다, 선생님. 누군가 찾아온 기억은 없습니다."

"그 당시에 아무도 찾아오지 않았다고요?"

"전날 차를 드시러 교구 목사님께서 이곳에 오셨습니다. 그 이외에는 기부금을 요청하는 수녀님들이 몇 명 찾아왔습지요……. 그리고 한 젊은이가 뒷문으로 와 마저리에게 솥과 냄비 닦는 세제를 팔려 했습니다. 아주 끈질긴 젊은이였죠. 그 외에는 없습니다."

랜스컴의 얼굴에는 걱정스러운 표정이 떠올랐다. 푸아로는 더 이상 그를 압박하지 않았다. 랜스컴은 이미 엔트휘슬 씨에게 속내를 털어놓았다. 에르퀼 푸아로에게는 그런 말을 하려 하지 않을 것이다.

반면에 마저리에게서는 즉각적인 성공을 거두었다. 마저리는 '훌륭한 하인'이 되어야 한다는 인습에 매여 있지 않았다. 그녀는 요리에 온 정성을 쏟는 일류 요리사였다. 푸아로는 주방에 있는 그녀를 찾아가 높은 안목으로 몇 가지 요리를 칭찬했고, 상대가 요리에 조예가 깊다는 것을 깨달은 마저리는 기분 좋게 그를 받아들였다. 푸아로는 리처드 애버네티가 죽기 전날 밤에 어떤 음식을 먹었는지 손쉽게 알아냈다. 마저리는 모든 상황을 음식과 견주어 바라보았다.

"주인님께서 돌아가시던 날은 제가 초콜릿 수플레를 만들었던 날이었어요. 그걸 만들려고 달걀 여섯 개를 모았죠. 낙농장 주인과 친구 사이거든요. 크림도 좀 얻었고요. 어떻게 얻어냈는지는 묻지 않으시는 게 좋아요. 주인님처럼 그냥 맛있게 드시면 되는 거죠."

다른 음식들에 대해서도 마찬가지로 상세한 설명이 이어졌다. 식당으로 내가는 음식들은 모두 주방에서 만들었다고 했다. 마저리는 기꺼이 모든 걸 말할 태세였지만, 푸아로는 그녀에게서 중요한 것은 아무것도 알아내지 못했다.

푸아로는 옷걸이에 걸려 있던 외투를 입고 스카프 두어 개를 두른 다음 북부 지방의 차가운 공기를 헤치며 테라스로 나가, 시든 장미꽃을 잘라내고 있던 헬렌 애버네티의 곁으로 다가갔다.

"뭘 좀 알아내셨어요?"

그녀가 물었다.

"전혀요. 그러리라고 기대하지도 않았습니다."

"네. 엔트휘슬 씨에게서 무슈 푸아로가 오실 거라는 말을 듣고 저 또한 이것저것 알아보았지만 특별한 게 없더군요."

그녀는 말을 멈추었다가 희망찬 목소리로 덧붙였다.

"복잡해 보이지만 간단한 사건일 수도 있겠죠?"

"손도끼 살인이 말인가요?"

"코라 이야기가 아니었어요."

"하지만 제가 생각하고 있던 건 코라였습니다. 왜 범인은 그녀를 죽여야 했을까요? 엔트휘슬 씨 말씀이 그날 코라가 갑작스럽게 말실수를 내뱉은 순간, 부인께서 뭔가 잘못되었다는 느낌을 받으셨다던데요. 그런가요?"

"뭐……. 네, 하지만 뭔지는 모르겠어요……."

푸아로가 얼른 끼어들었다.

"얼마나 '잘못된' 것이었지요? 예기치 못한 것? 놀라운 것? 아니면 뭐라고 할까요…… 불편한 것? 불길한 것?"

"오, 아니에요. 불길한 건 아니었어요. 그저 다른 무언가가…… 모르겠어요. 기억 나지도 않고 중요한 것도 아닐 거예요."

"하지만 부인께서는 왜 기억을 못하실까요……. 다른 것이…… 더 중요한 것이 머릿속을 차지했기 때문인가요?"

"네, 네. 무슈 푸아로의 말씀이 맞는 것 같아요. 코라가 살인에 대해 언급했죠. 그 때문에 다른 생각은 다 잊어버렸어요."

"혹시 '살인'이라는 단어에 대한 특정인의 반응이었나요?"

"어쩌면요……. 하지만 특별히 누군가를 쳐다보았던 기억은 없어요. 우린 모두 코라를 뚫어져라 쳐다보고 있었으니까요."

"어쩌면 소리일 수도 있겠군요. 무언가가 떨어지거나…… 혹은 부러지는 소리요."

헬렌은 기억해 내려 애쓰며 얼굴을 찌푸렸다.

"아니요. 그런 것 같진 않아요……."

"아, 뭐. 언젠가는 기억이 나겠죠. 전혀 중요하지 않은 것일 수도 있고요. 자, 마담, 이곳에 있는 사람 중에 코라를 가장 잘 아는 사람이 누굴까요?"

헬렌은 생각해 보았다.

"랜스컴일 거예요. 어릴 때부터 코라를 봤으니까요. 가정부인 재닛은 코라가 결혼해서 이 집을 떠난 직후에 들어왔어요."

"그리고 랜스컴 다음으로는요?"

헬렌은 곰곰이 생각하며 입을 열었다.

"그 다음은…… 저일 거예요. 모드는 코라를 전혀 모르죠."

"그렇다면 마담께서 그녀를 가장 잘 안다고 친다면, 왜 그녀가 그런 말을 했다고 생각하시나요?"

헬렌은 미소를 지었다.

"코라는 원래 성격이 그래요!"

"제 말 뜻은 코라가 그저 어리석고 순진하고 단순했던 것이냐 하는 겁니다. 코라가 아무 생각 없이 마음 속의 말을 불쑥 꺼낸 건가요? 아니면 일부러…… 다른 사람들의 심기를 불편하게 만드는 걸 즐겼던 건가요?"

헬렌은 곰곰이 생각해 보았다.

"남의 속을 확실히 알 순 없는 거잖아요, 안 그런가요? 코라가 그저 순진하기만 한 건지, 아니면 유치하게 어떤 효과를 노린 건지는 저로서는 모르겠어요. 무슈 푸아로의 말씀은 그런 뜻이겠죠?"

"그렇습니다. 전 이런 생각을 해 봤습니다. 만약 코라 부인이 '리처드 오빠가 살해된 게 아니냐고 물어 보면 다들 어떤 표정을 지을까? 재미있을 거야!'라고 생각했다면, 그분다운 행동일까요?"

헬렌은 의심스러운 표정이었다.

"그럴 수도 있어요. 분명 어린아이처럼 장난스러운 구석이 있으니까요. 하지만 그렇다고 해서 뭐가 달라지죠?"

"그렇다면 살인에 대한 농담을 하는 건 현명하지 못하다는 결론이 나오죠."

푸아로는 냉담하게 대꾸했다. 헬렌은 몸서리를 쳤다.

"불쌍한 코라."

푸아로는 화제를 돌렸다.

"티모시 애버네티 부인께서는 장례식날 밤에 이곳에서 묵으셨습니까?"

"네."

"그분은 마담께 코라가 한 말에 대해 별 소리 없으시던가요?"

"했죠. 정말 엉뚱한 말이라고, 딱 코라답다고 했어요!"

"심각하게 받아들이진 않으셨고요?"

"오, 아니요. 아니에요. 분명히 그렇지는 않았을 거예요."

두 번째의 '아니에요.'란 말에서 갑자기 그녀의 확신이 흔들린 것 같다고 푸아로는 생각했다. 하지만 지나간 일을 돌이켜 볼 때면 누구나 그렇지 않은가.

"그리고 마담께서는 그 말을 심각하게 받아들이셨나요?"

헬렌 애버네티는 흘러내린 회색 곱슬 머리 사이로 기이하게도 아주 파랗고 생생한 눈을 빛냈다. 그녀의 말투는 진지했다.

"네, 무슈 푸아로. 그랬던 것 같아요."

"무언가가 잘못되었다는 느낌 때문이었나요?"

"아마도요."

푸아로는 기다렸다……. 하지만 그녀가 더 이상 아무 말 하지 않자 그는 다시 말을 이었다.

"지난 수십 년 동안 랑스크네 부인과 가족들 사이에서는 오랜 불화가 이어졌다죠?"

"네. 우리가 다들 그 애 남편을 마땅치 않아 하는 바람에 코라는 화가 났었죠. 그러다 보니 골이 점점 깊어졌고요."

"그러다 갑자기 마담의 아주버님께서 코라를 만나러 갔죠. 그 이유가 뭘까요?"

"전 모르겠어요……. 그저 추측에 불과하지만 살 날이 얼마 남지 않은 걸 아시고 여동생과 화해하고 싶으셨던 거라고 생각해요……. 하지만 저는 정말 모르겠어요."

"리처드 애버네티 씨가 마담께는 아무런 말도 하지 않으셨나요?"

"제게요?"

"네. 마담께서는 리처드 애버네티 씨가 여동생을 만나러 내려가기 직전에 이 저택에서 그분과 함께 머물고 계셨죠. 마담께 자신의 뜻을 전혀 내비치지 않으셨나요?"

푸아로는 그녀가 무언가를 감추려 한다고 생각했다.

"아주버님은 제게 동생인 티모시를 만나러 갈 거라고 말씀하셨어요……. 그렇게만요. 코라 얘기는 전혀 하지 않으셨어요. 그만 안으로 들어갈까요? 점심 시간이 다 됐을 거예요."

그녀는 꺾은 꽃을 들고 푸아로와 나란히 걸었다. 옆문으로 들어서면서 푸아로가 입을 열었다.

"마담께서 이 저택에 머무시는 동안 애버네티가 가족 중 누구에 대해서도 전혀 말씀이 없으셨다는 게 확실, 아주 확실한가요?"

헬렌의 얼굴에 희미하게 분노가 떠올랐다.

"마치 경찰처럼 말씀하시는군요."

"저도 한때는 경찰이었죠. 물론 지금은 경찰이 아니니 마담께 이런 질문을 드릴 권한도 없습니다. 하지만 마담께서는 진실을 원하시죠……. 아니면 그건 그저 제 생각일 뿐인가요?"

둘은 녹색 응접실로 들어섰다. 헬렌은 한숨을 쉬며 입을 열었다.

"아주버님은 조카들에게 실망했어요. 나이든 사람들은 보통 그렇잖아요. 조카아이들에 대한 험담을 늘어놓으신 건 맞지만, 살인 동기를 암시하는 그런 내용은 전혀…… 전혀 없었어요."

"아."

푸아로는 대꾸했다. 그녀는 화병을 끌어 당겨 그 안에 장미꽃을 꽂기 시작했다. 만족스럽게 꽃이 꽂히자 그녀는 꽃을 둘 만한 곳이 있나 주위를 둘러보았다.

푸아로가 말했다.

"꽃꽂이가 정말 근사합니다, 마담. 마담께서는 뭐든지 완벽하게 해내시는 분 같군요."

"고마워요. 전 꽃을 좋아한답니다. 아무래도 이 꽃은 녹색 공작석 테이블 위에 놓으면 잘 어울릴 것 같네요."

공작석 테이블 위 유리 화병에 밀랍 꽃 한 다발이 놓여 있었다. 그녀가 그 화병을 들어 올리자 푸아로는 무심코 입을 열었다.

"혹시…… 애버네티 씨께선 조카딸 수전의 남편이 약을 잘못 조제해 고객을 독살할 뻔했다는 걸 알고 계셨나요? 아, 이런, 죄송합니다!"

푸아로가 자리에서 벌떡 일어섰다.

빅토리아 풍의 화병이 헬렌의 손가락 사이로 빠져나갔다. 푸아로가 벌떡 일어나 앞으로 다가갔지만 이미 때는 늦었다. 화병은 바닥으로 떨어져 깨져 버렸다. 헬렌은 난처한 표정을 지었다.

"이렇게 바보 같은 짓을 하다니. 하지만 꽃은 상하지 않았어요. 새 화병을 가져와 꽂으면 되죠. 이건 계단 뒤쪽에 있는 커다란 찬장에 치워 둬야겠네요."

푸아로는 그녀가 어두운 색 찬장의 선반에 화병을 올려놓도록 도운 다음, 다시 그녀의 뒤를 따라 응접실로 돌아왔다.

"제 잘못입니다. 제가 괜한 소리를 해서."

"아까 제게 무슨 질문을 하셨죠? 잊어버렸네요."

"오, 중요한 건 아니었습니다. 사실…… 저도 무슨 질문이었는지 잊어버리고 말았네요."

헬렌은 그에게 다가갔다. 그의 팔에 손을 얹었다.

"무슈 푸아로, 굳이 누군가의 인생을 일일이 캘 필요가 있을까요? 이런 상황에서는 주변 사람들의 삶까지 모두 휘말리기 마련이죠. 그…… 아무런 연관이 없는 사람들까지 말이에요."

"코라 랑스크네의 죽음과 말인가요? 하지만 모든 걸 다 살펴보아야 하니까요. 아! 그 오래된 격언은 정말 옳은 말이죠……. '누구에게나 비밀은 있다.' 우리 모두에게 해당되는 말이죠. 어쩌면 마담께도 해당될 수 있습니다. 분명히 말씀드리지만 그 어떤 것도 그냥 지나칠 수는 없습니다. 바로 그게 마담의 친구분이기도 한 엔트휘슬 씨께서 절 찾아오신 이유지요. 전 경찰이 아니기 때문입니다. 전 신중한 사람이고, 알게 된 사실을 절대 발설하지 않습니다. 하지만 우선은 알아야 하지요. 그리고 이 사건에서 사람만큼 중요한 증거는 없습니다……. 제가 조사해야 하는 것도 바로 사람입니다. 마담, 전 장례식 당일 날 이곳에 모였던 사람들을 전부 만나 보아야 합니다. 이곳에서 그 사람들을 만날 수 있다면 아주 편리할 겁니다……. 네, 전략적으로 만족스러울 거라는 얘기지요."

헬렌은 천천히 입을 열었다.

"아무래도. 그건 좀 힘들 것 같은데요……."

"마담께서 생각하시는 것처럼 힘든 일은 아닙니다. 제가 이미 방법을 생각해 뒀으니까요. 엔트휘슬 씨는 이렇게 선언할 겁니다. 이 저택이 팔렸다. (앙탕뒤(좋아요), 부동산 거래가 파기되는 경우는 종종 있으니까요!) 그리고 적절한 주말을 잡아 가족들을 이곳으로 초대한 다음, 경매에 내놓기 전에 가지고 싶은 가구들이 있는지 고르라고 할 겁니다."

푸아로는 말을 멈추었다가 다시 이렇게 말했다.

"아주 쉽죠?"

헬렌은 그를 바라보았다. 그녀의 푸른 눈은 차가웠다……. 얼어붙을 것처럼 차가웠다.

"누군가에게 덫을 놓으시려는 건가요, 무슈 푸아로?"

"아아! 그 정도로 확실한 무언가를 알고 있다면 좋겠군요. 아닙니다, 아직까지는 가능성을 열어두고 있죠. 어쩌면……."

에르퀼 푸아로는 곰곰이 생각이 잠긴 채 덧붙였다.

"일종의 테스트를 해 볼지도 모르겠습니다……."

"테스트라니요? 어떤 테스트요?"

"아직은 저도 구체적으로 생각해 보지 않았습니다. 하지만 어찌

되었든 마담께서는 모르셔야 합니다."

"그렇다면 저 역시 테스트 대상에 포함되는군요?"

"마담께서는 무대 뒤에 계셨죠. 이제 한 가지 난관이 남아 있습니다. 젊은 친구들은 기꺼이 오려 하겠지만, 이곳에 티모시 애버네티 씨를 모시는 것은 역시 어렵겠죠, 그렇지 않나요? 절대 집을 떠나지 않으신다고 들었습니다."

헬렌은 갑자기 미소를 지었다.

"무슈 푸아로께서 운이 좋으시네요. 어제 모드가 제게 전화를 했어요. 일꾼들이 집을 페인트칠하고 있는데 서방님이 그 냄새를 못견뎌 한다고요. 그 냄새가 자기 건강에 심각한 악영향을 미친다면서요. 제 생각에는 서방님과 모드 둘 다 기꺼이 이리로 올 것 같아요……. 1주일이나 2주일쯤. 모드는 여전히 거동이 불편하다네요. 모드가 발목을 삔 건 알고 계시죠?"

"그 얘긴 못 들었습니다. 정말 안되셨네요."

"다행히 코라의 말벗인 길크리스트 양이 그곳에서 일하게 됐죠. 일을 아주 잘 한다나 봐요."

푸아로는 헬렌에게 고개를 획 돌렸다.

"그게 무슨 말씀이십니까? 길크리스트 양에게 그 집으로 와 달라고 부탁하신 겁니까? 누가 그런 제안을 했죠?"

"제 생각에는 수전이 연결시켜 준 것 같아요. 수전 뱅크스요."

푸아로는 호기심 어린 목소리로 말했다.

"아하. 그런 제안을 한 게 수전이었군요. 이리저리 나서서 일 처리하는 걸 좋아하는 모양입니다."

"수전은 아주 유능한 아가씨 같아요."

"네. 유능하죠. 혹시 길크리스트 양이 독약이 든 웨딩 케이크를 먹고 죽을 뻔했다는 소식을 들으셨습니까?"

헬렌은 깜짝 놀랐다.

"아니요! 이제 생각해 보니 모드가 길크리스트 양이 병원에서 막 퇴원했다는 얘기를 한 게 기억나네요. 하지만 왜 병원에 입원했었는지는 전혀 몰랐어요. 독약이라고요? 하지만 무슈 푸아로……. 도대체 왜……."

"정말 그게 궁금하신가요?"

푸아로의 말에 헬렌은 갑자기 격렬하게 외쳤다.

"오! 다들 이리로 오라고 하세요! 진실을 알아내세요! 더 이상 살인이 일어나서는 안 돼요."

"그렇다면 마담께서 협조해 주시는 건가요?"

"네……. 협조하겠어요."

15장

"마룻바닥이 아주 근사해요, 존스 부인. 이렇게 깔끔한 걸 보니 솜씨가 정말 대단하시네요. 주방 테이블 위에 찻주전자를 올려놨으니까 가서 드세요. 전 애버네티 씨께 오전 다과를 가져다 드리고 바로 갈게요."

길크리스트 양은 우아하게 차려진 쟁반을 들고 계단을 종종걸음으로 올랐다. 티모시의 방문을 두드리자 들어오라는 뜻의 신음소리가 들렸고, 그녀는 경쾌하게 안으로 들어섰다.

"모닝커피와 비스킷을 가져왔어요, 애버네티 씨. 오늘은 기분이 더 나아지셨으면 좋겠네요. 날씨가 아주 화창하답니다."

티모시는 툴툴거리며 의심스러운 듯 입을 열었다.

"그 우유에 막이 낀 거 아닌가?"

"오, 아니에요, 애버네티 씨. 제가 조심스럽게 걷어 냈는걸요. 그리고 혹시나 다시 막이 생길 경우를 대비해서 작은 거름망도 가져왔어요. 어떤 사람들은 그 막을 크림이라고 부르면서 좋아하기도 하던데…… 정말 크림 같지 않나요?"

"멍청한 것들! 그건 무슨 비스킷인가?"

티모시가 말했다.

"다이제스티브 비스킷*인데 아주 맛있어요."

"다이제스티브는 무슨 헛소리. 먹을 만한 비스킷은 진저 넛츠뿐이야."

"아무래도 식료품점에서 이번 주에는 준비를 못 했나 봐요. 하지만 이것도 아주 맛있어요. 한번 드셔 보세요."

"식료품점이 다 그렇지 뭐. 고맙네. 저 커튼은 그냥 내버려 두겠나?"

"햇볕을 조금이라도 쐬는 게 좋으실 것 같은데요. 날씨가 아주 화창해요."

"난 어두컴컴한 게 좋아. 게다가 머리가 지끈거린다고. 그 빌어먹을 페인트 냄새 때문에. 난 페인트에 민감하지. 페인트는 나한테 독이야."

길크리스트 양은 코를 킁킁거리더니 쾌활하게 말했다.

"여기서는 냄새가 많이 나지 않는데요. 일꾼들이 작업하는 곳은 저 반대쪽이거든요."

"자넨 나처럼 예민하지가 않잖아. 그리고 내가 읽던 책들을 저렇

---

* 초기에는 재료에 중탄산염이 들어가 소화에 도움이 되었다는 속설이 있어 다이제스티브 비스킷, 즉 소화가 잘 되는 비스킷이라는 이름이 붙게 되었다

게 멀리 치워두면 어쩌라는 겐가?"

"정말 죄송해요, 애버네티 씨. 그 책들을 다 읽으시는 줄은 몰랐
어요."

"내 아내는 어디 있나? 한 시간이 넘도록 모습이 보이지 않잖아."

"애버네티 부인께서는 소파에 앉아 쉬고 계세요."

"여기 올라와서 쉬라고 전해."

"그럴게요, 애버네티 씨. 하지만 어쩌면 잠드셨을지도 모르겠어
요. 15분 뒤쯤 올라오시라고 할까요?"

"아니, 당장 이리로 오라고 전해. 그 카펫은 함부로 건드리지 마.
내가 마음에 드는 식으로 놓은 거니까."

"정말 죄송해요. 너무 한쪽으로 치우쳐 있는 것 같아서요."

"난 한쪽으로 치우쳐 있는 게 좋아. 가서 모드를 불러 오게. 난 아
내가 필요하다고."

길크리스트 양은 아래층으로 내려갔다. 그녀는 살금살금 응접실
로 들어가서 소파에 다리를 올리고 앉아 소설책을 읽던 모드 애버
네티에게 다가갔다. 그녀는 송구스러운 듯 말했다.

"정말 죄송해요, 애버네티 부인. 애버네티 씨께서 부인을 찾으세요."

모드는 죄책감이 어린 표정으로 읽고 있던 소설책을 치웠다.

"오, 이런. 당장 갈게요."

모드는 지팡이에 손을 뻗었다.

그녀가 방으로 들어서자마자 티모시는 분통을 터뜨렸다.

"이제야 등장하시는군!"

"너무 미안해요, 여보. 당신이 날 찾는 줄 몰랐어요."

"당신이 집 안으로 들인 그 여자 때문에 미칠 지경이야. 미친 암탉처럼 조잘조잘 지껄이며 수선을 떨어 댄다고. 그야말로 전형적인 늙은 하녀더군!"

"길크리스트 양 때문에 짜증이 났다니 미안해요. 하지만 길크리스트 양도 잘하려고 노력하는 것뿐이에요."

"누가 나한테 잘해 주는 건 필요 없어. 난 지긋지긋한 늙은 하녀들이 내 앞에서 쫑알쫑알거리는 건 못 참아. 게다가 오지랖은 넓어서……."

"아주 약간은 그럴지도 모르죠."

"날 아무것도 모르는 어린아이 취급하더라니까! 미칠 노릇이지."

"물론 당신 말이 맞을 거예요. 하지만 티모시, 제발, 제발 그녀에게 무례하게 굴지 말아요. 난 아직 제대로 움직이지도 못하는 데다…… 길크리스트 양은 요리를 잘한다고 당신도 그랬잖아요."

애버네티 씨는 마지못한 듯 인정했다.

"요리는 괜찮아. 그래, 요리는 제대로 하지. 하지만 주방 바깥으로는 나오지 못하게 해. 그게 내가 바라는 전부야. 그 여자가 내 주위에 와서 알짱거리게 하지 말라구."

"오, 여보, 그래야죠. 오늘은 기분이 좀 어때요?"

"최악이야. 바턴을 불러 내 상태 좀 살펴보라고 하는 게 좋겠어. 이 페인트 냄새 때문에 심장이 안 좋아지는 것 같아. 심장이…… 불규칙하게 뛰는 게 느껴져."

모드는 아무 말 없이 남편의 심장에 손을 갖다 댔다.

"여보, 페인트칠이 다 끝날 때까지 호텔에 묵을까요?"

"그건 쓸데없는 돈 낭비야."

"하지만 이제는…… 그렇게 못할 것도 없잖아요."

"당신도 다른 여자들이랑 다를 게 없군……. 사치스럽기 짝이 없어! 어이없을 정도로 적은 유산을 받아 놓고서, 무한정 리츠 호텔에 머물 수 있다고 생각하는 거야?"

"그런 말은 아니었어요, 여보."

"분명히 말하지만 형의 유산을 받는다고 해서 눈에 띄게 달라지는 건 없을 거야. 국민들 피를 다 빨아먹는 그 빌어먹을 정부가 가만 두지 않을 게 분명해. 내 말 명심해 둬, 전부 다 세금으로 나가고 말 테니까."

애버네티 부인은 우울하게 고개를 저었다.

병자는 아직 입도 대지 않은 커피잔을 혐오스러운 듯 쳐다보며 말했다.

"커피가 식었어. 뜨거운 커피를 제대로 마셔 본 적이 없다니까!"

"내가 가지고 내려가서 데워 올게요."

아래층 주방에서는 길크리스트 양이 차를 마시며 다정하게, 하지만 약간은 겸손하게 존스 부인과 이야기를 나누고 있었다.

"애버네티 부인을 대신해서 뭐라도 다 해 드리고 싶어요. 계단을 오르내리는 것도 힘겨워하시잖아요."

존스 부인은 잔에 넣은 설탕을 휘저으며 대꾸했다.

"남편의 손발처럼 시중을 드시니까요."

"주인님께서 그렇게 몸이 허약하시다니 너무 안타까워요."

존스 부인이 은밀히 말했다.

"사실은 그렇게 허약하지도 않아요. 침대에 드러누워서 벨을 울리기만 하면 쟁반을 날라 가고 내오니까 주인님은 편하시겠죠. 실은 충분히 자리에서 일어나서 돌아다니실 수 있을 정도로 건강하신데도. 부인께서 집에 없을 때는 마을에 나가 있는 것도 제가 봤다니까요. 어찌나 씩씩하게 걸어 다니던지. 그분은 담배나 우표 같이 원하는 건 뭐든 나가서 사 오실 수 있어요. 그런데도 부인께서 장례식에 갔다가 집에 늦으신다니까 날더러 그날 밤 하루 더 묵고 가라지 뭐겠어요. 물론 거절했죠. '죄송하지만 남편 때문에 안 되겠어요. 오전에 일찍 오는 건 상관없지만 집에 돌아가서 남편이 퇴근했는지 봐야 해서요.' 라는 식으로 완강하게 거절했답니다. 한 번쯤은 집 안을 돌아다니며 스스로를 돌보는 것도 좋은 일인데. 어쩌면 자기 하나 돌보는 데 얼마나 손이 많이 가는 지 깨달을 수 있는 기회기도 하잖아요. 그래서 난 꿋꿋이 의견을 굽히지 않았죠. 어찌나 투덜거리시던지."

존스 부인은 숨을 깊이 들이마시며 달콤한 홍차를 쭉 들이마시고 만족스러운 탄성을 질렀다.

"아."

존스 부인은 비록 길크리스트 양을 그저 잔걱정이 많고 '괜한 법석을 피우는 늙은 하녀'쯤으로 탐탁지 않게 생각했지만, 집주인의 차와 설탕을 아끼지 않는 점은 마음에 들었다.

그녀는 찻잔을 내려놓고 다정하게 말했다.

"이제 주방 바닥을 깨끗하게 닦고 집에 가야겠어요. 그리고 이봐요, 감자는 껍질을 다 벗겨서 싱크대 옆에 뒀어요."

길크리스트 양은 '이봐요'라는 말에 조금 기분이 상하긴 했지만, 존스 부인이 친절하게도 어마어마한 양의 감자 껍질 벗기기를 도와준 것이 고마웠다.

길크리스트 양이 뭐라고 말을 꺼내기 전에 전화벨이 울렸고, 그녀는 서둘러 홀로 나가 전화를 받았다. 50년은 된 것 같은 구석 전화기는 계단 뒤쪽의 좁은 공간에 있어 불편했다.

길크리스트 양이 전화를 받는 동안 모드 애버네티가 계단 꼭대기에 모습을 드러냈다. 길크리스트 양은 위를 올려다보며 말했다.

"리오 부인……이세요? 네, 애버네티입니다."

"금방 내려간다고 해요."

모드는 천천히 고통스럽게 계단을 내려왔다.

길크리스트 양이 안타까운 듯 중얼거렸다.

"힘들게 다시 내려 오셔서 어떡해요, 애버네티 부인? 애버네티 씨께서는 다과를 다 드셨어요? 제가 금방 올라가서 치울게요."

애버네티 부인에게 수화기를 넘겨준 길크리스트 양은 계단을 총총거리며 올라갔다.

"형님? 모드예요."

환자는 악의에 찬 눈길로 길크리스트 양을 맞이했다. 그녀가 쟁반을 들자 그는 안달이 난 듯 물었다.

"전화한 건 누군가?"

"리오 애버네티 부인이세요."

"아? 한 시간은 수다를 떨겠군. 여자들은 전화통만 붙잡았다하면 시간 개념이 없어지니 원. 전화비 아까운 것도 모르고."

길크리스트 양이 명랑하게 전화비는 전화를 건 리오 부인이 내는 거라고 말하자 티모시는 으르렁거렸다.

"저 커튼 좀 한쪽으로 밀어 주겠나? 아니, 그쪽 말고 반대쪽. 난 빛이 눈에 들어오는 게 싫어. 이제 좀 낫군. 내가 환자라고 해서 하루 종일 어두컴컴한 데만 앉아 있을 필요는 없지."

그는 말을 이었다.

"그리고 저쪽에 있는 책장에서 녹색 책을 찾아보겠나……? 이번 엔 또 무슨 일이야? 왜 서둘러 나가는 건가?"

"누가 찾아왔어요, 애버네티 씨."

"난 아무 소리도 못 들었어. 아래층에 그 여자가 있잖아, 안 그래? 그 여자가 나가보게 놔 둬."

"네, 애버네티 씨. 어떤 책을 찾아드릴까요?"

환자는 눈을 감았다.

"지금은 기억이 안 나. 자네 때문에 잊어버렸잖아. 이만 나가 봐."

길크리스트 양은 쟁반을 들고 허둥지둥 방을 나왔다. 그녀는 식료품 저장실의 테이블 위에 쟁반을 내려놓고 여전히 전화 통화를 하고 있는 애버네티 부인을 지나 서둘러 현관문으로 다가갔다.

그녀는 잠시 후 돌아와 조용한 목소리로 물었다.

"전화 통화하시는데 방해해서 정말 죄송해요. 수녀님이 오셔서. 기부금을 부탁하네요. '성모성심회'라고 하는 곳 같아요. 책을 가져왔는데 다른 사람들한테서는 보통 반 크라운이나 5실링을 받았다나 봐요."

"잠시만요, 형님."

모드는 양해를 구하고 길크리스트 양에게 말했다.

"난 로마 가톨릭에 기부하지 않아요. 따로 기부하는 교회 자선 단체가 있어요."

길크리스트 양은 다시 서둘러 돌아갔다.

모드는 잠시 후 "남편에게 그렇게 전할게요."라는 말을 끝으로 통화를 마쳤다.

그녀는 수화기를 내려놓고 현관 홀로 갔다. 길크리스트 양이 응접실 문 옆에 미동도 없이 서 있었다. 골머리를 앓는 것처럼 이맛살을 찌푸리고 있던 길크리스트 양은 모드 애버네티가 말을 걸자 화들짝 놀랐다.

"무슨 문제라도 있는 건 아니죠, 길크리스트 양?"

"오, 아니에요, 애버네티 부인. 그저 멍하니 생각에 잠겨 있었어요. 해야 할 일이 산더미인데 저도 참 바보 같죠."

길크리스트 양은 곧 평소의 부지런한 개미 같은 모습으로 돌아왔고 모드 애버네티는 남편의 방으로 가기 위해 천천히 그리고 고통스럽게 계단을 하나씩 올랐다.

"전화 건 사람은 형님이었어요. 아무래도 그 집이 팔렸나 봐요……. 무슨 외국인 난민을 위한 협회라던데……."

티모시가 자신이 태어나 자란 집 문제는 제쳐두고 외국인 난민이라는 주제에 뭔가 말하려 애쓰는 동안 그녀는 잠자코 입을 다물고 있었다.

"이 나라에는 제대로 된 기준이 없어. 내 고향집! 내 고향집이 팔리다니 생각하기도 싫어."

모드는 다시 입을 열었다.

"당신이…… 아니 우리가 그렇게 생각하는 줄 알면 형님도 아주 고마워할 거예요. 형님 말이 그 집이 나가기 전에 우리더러 잠시 그곳에 와서 지내는 게 어떠냐고 하네요. 당신 건강이 페인트 냄새 때문에 더 악화되는 건 아닌지 아주 걱정하더라고요. 호텔보다는 엔더비에 묵는 게 나을 것 같다면서요. 아직 하인들도 있으니까 당신도 편안하게 쉴 수 있을 거예요."

짜증스럽게 불만을 토로하기 위해 반쯤 입을 벌렸던 티모시가 다시 입을 다물었다. 갑자기 그의 눈이 날카로워졌다. 그는 허락한다는 뜻으로 고개를 끄덕였다.

"형수님이 참 생각이 깊군. 아주 생각이 깊어. 난 모르겠어. 생각좀 해 봐야겠는데. 물론 페인트가 나에게 독이 되는 건 의심할 나위 없는 사실이지만……. 페인트에는 비소가 들어 있다잖아. 뭐 그런 비슷한 성분이 들어 있다고 들은 것 같아. 하지만 먼 거리를 움직이는 건 나한텐 너무 힘든 일이야. 뭐가 최선인지 결정하기가 어렵군."

"당신에게는 호텔이 더 좋을 거예요. 좋은 호텔은 아주 비싸긴 하지만 당신 건강이 달린 일이니까……."

모드의 말에 티모시가 끼어들었다.

"모드, 정말이지 우리가 백만장자가 아니라는 걸 몇 번 말해야 알아듣겠어? 형수님이 친절하게도 엔더비에 와서 지내라고 제안했는데 왜 호텔엘 가? 게다가 형수님이 제안할 말도 아니지! 그 집은 형수님 것도 아니잖아. 법적인 내용은 모르겠지만 팔려서 돈을 나눌 때까지 그 집은 우리 모두의 소유니까. 외국인 난민이라니! 코르넬리우스가의 조상들이 무덤에서 벌떡 일어나겠군. 그래."

그는 한숨을 쉬었다.

"죽기 전에 다시 한 번 그 집에 가보고 싶어."

모드는 재빨리 마지막 카드를 내놓았다.

"엔트휘슬 씨께서 가족들에게 가구나 도자기, 뭐 그런 것들을…… 경매에 내놓기 전에 골라도 좋다고 하셨나 봐요."

티모시는 기운차게 몸을 벌떡 일으켰다.

"그렇다면 당연히 가야지. 각자 선택한 물건들의 가치가 어느 정도인지 확실하게 평가를 내려야 하거든. 내가 들은 바로는 조카애들 남편이라는 것들은 도무지 믿을 수가 없는 녀석들이야. 사기를 칠지도 몰라. 형수님은 너무 무르니까. 가문의 수장인 내가 참석하는 게 도리지!"

그는 자리에서 일어나 경쾌하고 열정적인 발걸음으로 방 안을 서성였다.

"그래, 그거 훌륭한 계획이야. 형수님에게 편지를 써서 말씀대로 한다고 해. 여보, 내가 가장 먼저 생각하는 건 당신이야. 그곳에 가서 지내면 당신 기분 전환도 되고 편히 쉴 수 있겠지. 당신 요즘에 너무 무리했잖아. 실내건축업자들에게는 우리가 떠나 있는 동안 페인트칠을 마무리 하라고 하고, 길레스피는 이곳에 머물면서 집을 보라고 하자고."

"길크리스트예요."

모드가 말했다.

티모시는 손을 내저으며 이러나저러나 마찬가지라고 대꾸했다.

"전 그럴 수 없어요."

길크리스트 양이 말했다. 모드는 깜짝 놀라 그녀를 바라보았다. 길크리스트 양은 떨고 있었다. 그녀의 눈은 모드의 눈을 애처롭게 애원하듯 바라보았다.

"제가 너무 바보 같죠, 저도 알아요……. 하지만 안 돼요. 이 집에 혼자 남아 있을 수는 없어요. 혹시 이 집에 와서…… 머물 사람은 없나요?"

그녀는 기대하는 눈길로 모드를 바라보았지만, 모드는 고개를 저었다. 모드 애버네티는 이웃 중에서 '들어와 살' 사람을 구하는 게 얼마나 어려운 일인지 너무나도 잘 알고 있었다.

길크리스트 양은 절박한 목소리로 계속했다.

"물론 부인께서는 제가 바보처럼 괜한 걱정을 한다고 생각하실 거예요……. 저도 제가 이런 기분을 느낄 줄은 몰랐네요. 전 지금까지 한 번도 괜한 걱정을 하거나 망상에 빠진 적이 없었어요. 하지만 이제는 옛날과 달라요. 전 두려워요……. 네, 말 그대로 두려워요……. 이곳에 혼자 있는 게요.”

“물론이에요. 내가 생각에 짧았네요. 리체트 세인트 메리에서 그런 일을 겪으셨는데.”

“그것 때문인 것 같아요……. 물론 말도 안 된다는 건 저도 알아요. 처음에는 저도 이러지 않았죠. 그 일이…… 일어난 후에도 혼자 있는 게 아무렇지 않았거든요. 그런데 그런 기분이 점점 커지지 뭐예요. 주책맞다고 생각하시겠지만, 이곳에 온 이후로 자꾸 그런 기분이 들어요……. 두려운 기분이요. 특별한 뭔가가 있어서가 아니라……. 그저 두려워요……. 정말 바보 같은 소리죠. 저도 정말 부끄러워요. 항상 무언가 끔찍한 일이 일어나지 않을까 가슴이 조마조마하고요. 그 수녀님이 찾아왔을 때도 깜짝 놀랐지 뭐예요. 오, 이런. 제가 미쳐가나 봐요…….”

“그런 걸 지연성 충격이라고 한다죠.”

모드는 애매하게 대꾸했다.

“그래요? 전 모르겠어요. 오, 이런. 부인이 그렇게나 친절하게 대해 주셨는데……. 이렇게 배은망덕한 소리를 해서 죄송해요. 부인께선…….”

모드는 그녀를 달랬다.

“다른 방법을 찾아볼게요.”

16장

조지 크로스필드는 여자의 뒷모습이 문 안으로 사라지는 걸 지켜보고는 잠시 머뭇거렸다. 그러다 혼자 고개를 끄덕이고는 뒤를 계속 밟았다.

문제의 그 문은 2층짜리 건물 중에서 폐업한 가게의 문이었다. 판유리 윈도우를 통해서 보아도 안이 당황스러울 정도로 텅 비었다는 게 여실히 드러났다. 조지는 닫힌 문을 두드렸다. 안경을 쓰고 멍한 얼굴을 한 젊은 남자가 문을 열고 조지를 뚫어져라 바라보았다.

"실례합니다만, 제 사촌이 방금 이리로 들어간 것 같아서요."

젊은 남자가 뒤로 물러섰고 조지는 안으로 들어섰다.

"안녕, 수전."

자를 들고 포장 상자 위에 서 있던 수전은 놀란 표정으로 조지를 돌아보았다.

"조지? 어디서 갑자기 튀어나온 거야?"

"요 앞에서 네 뒷모습을 봤어. 분명히 너인 것 같더라고."

"대단해. 뒷모습만 보고도 알아보다니."

"얼굴보다 훨씬 더 알아보기 쉬워. 네가 얼굴에 콧수염을 붙이고 뺨에 패드를 넣은 다음 머리를 손보면, 눈앞에서 얼굴을 마주본다 해도 아무도 못 알아볼걸……. 하지만 뒤돌아 걸어가는 순간을 주의해야 해."

"기억해 둘게. 내가 지금 적을 시간이 없어서 그러는데 2.12미터 라는 숫자 좀 외워 둘 수 있겠어?"

"물론이지. 이건 뭐야? 책 선반?"

"아니, 칸막이야. 2.65미터……. 그리고 1.8미터……."

발을 동동 구르며 안절부절 못하던 안경을 쓴 젊은 남자는 미안한 듯 헛기침을 했다.

"실례합니다, 뱅크스 부인. 여기 더 계실 거면……."

"더 있을 거예요. 열쇠를 두고 가시면 제가 문을 잠그고 지나가는 길에 사무실로 돌려 줄게요. 그러면 되겠죠?"

"네, 감사합니다. 오늘 아침에 저희 일손이 달리지만 않았어 도……."

수전은 중간에 얼버무린 말을 사과로 받아들였고, 젊은 남자는 문을 열고 길거리라는 바깥 세계로 사라졌다.

"저 남자가 나가서 다행이야. 부동산 중개업자들은 정말 귀찮다 니까. 내가 계산을 좀 해 보려고 하는데도 끊임없이 말을 걸잖아."

수전이 말했다.

"아. 텅 빈 가게에서의 살인 사건이라. 아름다운 젊은 여성의 시체가 윈도우에 진열되어 있는 걸 행인들이 본다면 얼마나 흥미로울까. 다들 눈을 부릅뜨겠지? 금붕어처럼 말이야."

"조지, 네가 날 살해할 이유는 절대 없을 거야."

"글쎄, 네가 죽는다면 삼촌이 네게 물려준 유산의 4분의 1을 내가 갖게 되겠지. 돈을 사랑하는 사람에게라면 충분한 이유가 될 수 있어."

계속 치수를 재던 수전은 우뚝 멈춰 서서 조지를 돌아보았다. 그녀의 눈이 살짝 커졌다.

"조지, 너 꼭 다른 사람 같아. 정말…… 이상하네."

"다른 사람 같다고? 어떻게 다른데?"

"왜 광고에서 나오는 거 있잖아. 이 남자는 앞 페이지에서 보았던 바로 그 남자입니다. 하지만 지금은 업핑턴의 건강 보충제를 복용한 후의 모습입니다."

그녀는 포장 상자 위에 털썩 주저앉아 담배에 불을 붙였다.

"너도 큰아버지가 물려준 네 몫을 하루 빨리 받고 싶겠지, 조지?"

"요즘 세상에 돈이 필요 없다고 말하는 사람은 거짓말쟁이지."

조지의 목소리는 가벼웠다.

"너 돈이 한참 궁했었지, 그렇지?"

수전이 물었다.

"네가 알 바는 아니잖아, 수전?"

"그냥 궁금했을 뿐이야."

"이 가게를 빌리려고?"

"이 건물 전체를 사려고."

"산다고?"

"그래. 이곳은 두 층이 모두 아파트였어. 1층은 가게로 쓰였는데 비었고, 윗층은 사람들이 나가면 살 거야."

"돈이 있다는 건 정말 좋지. 안 그래, 수전?"

조지의 목소리는 심술궂었다. 하지만 수전은 그저 깊은 한숨을 쉬고 입을 열었다.

"나에게는 근사한 일이지. 기도에 대한 답을 들어주신 거야."

"나이든 친척이 죽길 기도한 거야?"

수전은 신경도 쓰지 않았다.

"여기가 딱이야. 역사적인 가치도 있는 아주 훌륭한 건축물이지. 위층에다 살림집을 만들면 아주 근사할 거야. 사랑스러운 몰드 천장이 두 개 있고 방들도 모양이 아주 아름다워. 아래층은 완벽하게 현대적으로 꾸미려고 이미 일꾼들을 고용했어."

"무슨 가게를 하려고? 옷가게?"

"아니. 뷰티숍. 허브 미용약과 화장품!"

"힘들지 않겠어?"

"무슨 일을 하든 마찬가지야. 하지만 노력에는 언제나 그만한 대가가 따르지. 성공에 필요한 건 신념이야. 난 할 수 있어."

조지는 사촌을 감상하듯 바라보았다. 그는 그녀의 볼륨 있는 얼굴, 커다란 입, 반짝이는 혈색에 감탄했다. 물론 기이할 정도로 생기가 넘치는 얼굴이긴 했다. 그리고 그는 수전에게서 기이하고 뭐라 설명할 수 없는 자질, 성공의 자질을 발견했다.

"그래, 수전 너라면 원하는 걸 얻을 수 있을 것 같아. 조만간 돈이 들어오면 이 건물쯤이야 쉽게 살 수 있겠지."

"위치가 적당해. 큰 길이 바로 옆인 데다 문 앞에 차도 세울 수 있거든."

다시 한 번 조지는 고개를 끄덕였다.

"그래, 수전. 넌 성공할 거야. 오래전부터 이런 사업을 구상했던 거야?"

"1년이 넘었어."

"그런데 왜 리처드 삼촌에게 말하지 않았어? 그랬더라면 사업자금을 보태 주셨을지도 모르잖아."

"큰아버지께는 말씀드렸어."

"그런데 도와주지 않으셨어? 이상하군. 삼촌이라면 네가 당신처럼 사업가 기질을 가졌다는 걸 아셨을 텐데."

수전은 아무런 대꾸도 하지 않았다. 조지의 머릿속에는 또 다른 인물이 떠올랐다. 마르고 신경질적이며 의심스러운 눈을 한 젊은 남자.

"그…… 이름이 뭐더라……. 아, 그레그도 이 사업에 참여하는 거야? 알약을 만들거나 가루약 빻는 일은 그만두겠군, 그렇지?"

"물론이지. 이 건물 뒤쪽에 연구실을 지을 거야. 그이가 직접 피부용 크림과 이런 저런 화장품들을 만들어 볼 수 있게."

조지는 씩 웃음이 번지려는 걸 억눌렀다. "아기에게 놀이터가 생기겠군."이라고 말하고 싶었지만 하지 않았다. 사촌에게 짓궂은 농담을 하는 것쯤 괜찮다고 생각했지만, 남편에 대한 수전의 감정은 조심스럽게 다뤄야 한다는 우려 때문이었다. 그러한 수전의 감정은 잘못하면 위험하게 폭발할 수 있는 특징을 가지고 있었다. 장례식 날 모였을 때도 그랬지만, 조지는 그레고리가 어떤 인간인지 도통 알 수가 없었다. 어딘가 이상한 녀석이었다. 외모로만 보면 아무런 특징도 없이 평범하지만, 어딘가 평범하지 않은 구석이 있다……

그는 다시 수전을 바라보았다. 고요하고 빛나는, 승리에 찬 얼굴이었다. 조지가 말했다.

"넌 진정한 애버네티가의 핏줄을 이어받았어. 우리 중 유일하게 말이야. 리처드 삼촌이 네가 여자라서 꺼린 거라면 정말 안타까운 일이야. 네가 남자였다면 분명 삼촌은 너한테 모든 걸 다 물려주셨을 텐데."

수전은 천천히 입을 열었다.

"그래, 그랬겠지."

그녀는 말을 멈추었다가 이렇게 덧붙였다.

"큰아버지는 그레그를 못마땅해 하셨어……"

"아, 삼촌이 실수하셨군."

조지는 눈썹을 들어올렸다.

"그래."

"아, 어쨌든 이젠 일이 다 잘 풀렸잖아……. 모든 게 계획대로 되어 가고 있지."

조지는 말을 하는 도중 그 말이 특히 수전에게 딱 들어맞는 것 같다는 생각이 퍼뜩 떠올랐다.

그는 잠시 마음이 불편했다. 지나치게 유능한 여자는 딱 질색이다. 화제를 돌리며 그가 말했다.

"그나저나 헬렌 숙모에게서 편지 받았어? 엔더비 말이야."

"그래, 받았어. 오늘 아침에. 너도?"

"응. 어떻게 할 거야?"

"다른 사람들이 괜찮다고 하면 그레그와 나는 다음 주 주말에 갈까 생각 중이야……. 둘째 어머니는 우리 모두 한꺼번에 모이길 바라는 것 같지만."

조지는 짓궂은 웃음을 터뜨렸다.

"먼저 온 사람이 더 값진 가구를 차지할까 봐?"

수전도 웃음을 터뜨렸다.

"오, 이미 평가액이 나왔을걸. 하지만 유언장에 표시된 평가액은 일반 시장에 나오는 가격보다 훨씬 낮을 거야. 게다가 가문을 세운 설립자의 유품 몇 개는 정말 가지고 싶어. 이곳에 뜬금없이 매력적인 빅토리아 시대 물건을 한두 점 놓는 것도 재미있을 것 같고 말이야. 다들 그런 걸 두고 수다를 떨곤 하잖니! 이젠 그런 시대가 온 거야. 응접실에 녹색 공작석 테이블이 있었지. 그 주변으로 색상표를 죽 늘어놓고 어쩌면 박제한 벌새나 밀랍 꽃으로 만든 화관을 장식하면…… 그렇게 해 두면 아주 좋을 거야."

"네 판단이니 어련하겠어."

"너도 갈 거지?"

"아, 그럼……. 절차는 공정해야지."

수전이 웃음을 터뜨렸다.

"가족들이 다 모일까?"

수전이 물었다.

"혹시 로저먼드가 네가 찍은 녹색 공작석 테이블로 자기 무대를 장식하고 싶어 할지 누가 알겠어?"

수전은 웃지 않았다. 인상을 찌푸렸다.

"최근에 로저먼드 본 적 있어?"

"장례식이 끝나고 함께 3등 칸을 탄 이후로 예쁜이 로저먼드는 본 적 없어."

"난 한두 번 봤는데. 그 애…… 그 애가 좀 이상한 것 같았어……."

"무슨 일이 있었나? 무슨 고민거리가 있었나?"

"아니. 뭐랄까……. 화난 것 같았어."

"어마어마한 돈이 들어와 마이클이 아주 끔찍한 연극에 출연하는 바보짓을 할 수 있게 돼서?"

"오, 정말 끔찍한 연극인 것 같아……. 하지만 그래도 성공할 수도 있는 일이지. 마이클은 훌륭한 배우잖아. 충분히 인기를 얻을 만해. 그저 아름답기만 한 삼류 배우 로저먼드와는 달라."

"아름답기만 한 삼류배우 로저먼드라, 불쌍하기도 하지."

"그래도 로저먼드는 사람들이 생각하는 것만큼 멍청하진 않아. 가끔씩은 꽤 날카로운 말을 하지. 개로선 전혀 생각 못했으리라 여겼던 말들을 말이야. 아주…… 아주 당황스러울 정도로."

"우리 코라 이모와 닮았군."

"그래……."

순간 둘은 마음 한 구석이 불편했다……. 코라 랑스크네를 떠올린 까닭이었다.

조지가 애써 태연한 듯 입을 열었다.

"코라 이모 이야기가 나왔으니 말인데…… 이모의 말벗은 어때? 어떻게 조치를 좀 취해야 할 것 같은데."

"조치를 취하다니? 그게 무슨 말이야?"

"뭐, 우리 가족 책임이니까. 코라 이모는 우리 가족이잖아……. 어쩌면 그 말벗이라는 여자가 앞으로 다른 일자리를 구하기 쉽지 않을 지도 모른다는 생각이 들었어."

"그런 생각이 들었다고? 네가?"

"그래. 사람들은 집 안에 들일 사람을 고를 땐 아주 신중하잖아. 물론 그들도 이 길크리스트라는 여자가 자신들에게 손도끼를 내려칠 거란 생각은 하지 않겠지만……. 마음 한구석으로는 그런 여자를 집에 들이면 재수가 없을 거라고 생각할걸. 사람들은 미신을 잘 믿으니까."

"네가 그런 생각을 하다니 정말 이상해, 조지. 어떻게 그런 생각을 다 했어?"

조지는 냉담하게 대꾸했다.

"내가 변호사라는 걸 잊은 모양이구나. 난 사람들의 이상하고 비논리적인 점들을 수도 없이 봐 왔어. 내가 하고 싶은 말은 그 여자에게 뭔가를 해 주는 게 좋지 않을까 하는 거야. 힘든 사정을 이겨낼 수 있도록 약간의 돈이라도 좀 보태주든가, 아니면 할 수 있는 일이 좀 있다면 우체국 같은 데 자리를 좀 알아봐 주던가. 왠지 그 여자와 계속 연락을 하고 지내야 할 것 같은 기분이 들어."

"걱정할 필요 없어. 내가 다 조치를 취했으니까. 작은 아버지 댁으로 보냈어."

수전이 말했다. 쌀쌀맞고 빈정대는 목소리였다.

조지는 깜짝 놀랐다.

"이봐, 수전······. 그거 잘한 일일까?"

"내가 생각해 낸 최선의 방법이야······. 현재로서는."

조지는 흥미로운 듯 그녀를 바라보았다.

"넌 아주 자신만만하구나. 그렇지, 수전? 넌 모든 일을 알아서 처리하고. 후회같은 건 하지 않으니까."

수전은 가볍게 대꾸했다.

"시간 낭비야······. 후회를 하는 건."

17장

마이클은 로저먼드가 앉아 있는 테이블 위에 편지를 던졌다.

"그래서 어쩔 셈이야?"

"우리도 가야지. 그렇게 생각하지 않아?"

마이클은 천천히 입을 열었다.

"그러는 편이 나을 지도 모르지."

"어쩌면 보석이 있을지도 모르잖아. 뭐 그 집에 있는 물건들은 죄다 흉측하지만……. 박제한 새며 밀랍 꽃까지……. 윽!"

"그래. 마치 웅장한 무덤 같지. 사실 그 집 내부를 한두 장 그림으로 그려뒀다가 연극 무대 설치하는 데 참고하면 좋겠어……. 특히그 응접실. 이를 테면 그 벽난로와 그 아주 이상하게 생긴 소파 말이야. 「남작의 여행」을 재공연할 일이 있다면 딱 어울릴 거야……."

그는 자리에서 일어나 손목시계를 바라보았다.

"그러고 보니 생각나네. 난 이만 로젠하임을 만나러 가야 해. 밤 늦게나 돌아올 테니까 기다리지 말고 먼저 자. 난 오스카와 저녁을 먹으면서 계약 여부와 미국쪽 조건을 상의해 봐야 하니까."

"오스카가 보고 싶어. 오랜만에 당신을 만나서 기뻐하겠네. 내 안부도 전해 줘."

마이클은 날카롭게 그녀를 바라보았다. 그의 얼굴에서 미소가 사라지면서 경계하는 육식동물의 표정이 떠올랐다.

"무슨 말이야……. 오랜만이라니? 누가 들으면 내가 그 친구를 안 본 지 몇 달은 되는 줄 알겠어."

"뭐, 그렇지 않은가?"

로저먼드가 웅얼거렸다.

"그렇지 않아. 고작 1주일 전에 그 친구랑 점심 식사를 했잖아."

"참 이상하네. 그럼 오스카가 그 일을 잊은 모양이지? 어제 전화해서는 「서쪽의 틸리」 초연하던 날 밤 이후로 당신을 보지 못했다던데."

"그 늙은 바보가 정신이 나간 모양이야."

마이클은 이렇게 말하며 웃음을 터뜨렸다. 로저먼드는 커다랗고 푸른 눈으로 가만히 그를 바라보았다.

"당신은 내가 바보라고 생각하지, 그렇지, 믹?"

마이클은 손을 내저었다.

"천만에, 여보."

"아니, 당신은 그렇게 생각해. 하지만 난 그렇게 멍청하지 않아.

당신은 그날 오스카 근처에도 가지 않았어요. 난 당신이 어디에 갔었는지 알아."

"로저먼드……. 그게 무슨 말이야?"

"당신이 그날 진짜 어디에 갔었는지 안다고……."

마이클은 매력적이지만 불안한 얼굴로 그의 아내를 빤히 바라보았다. 로저먼드 또한 평온하고 차분하게 그 눈길을 되받았다.

'정말 당황스러울 정도로 텅 빈 눈길이야.'

그는 문득 생각했다.

마이클은 애써 말을 꺼냈다.

"당신이 무슨 말을 하려는 건지 모르겠어……."

"난 그저 당신이 내게 거짓말을 하면 안 된다는 말을 하려던 것뿐이야."

"이봐, 로저먼드……."

그는 벌컥 화를 냈지만 곧 입을 다물었고, 아내의 조용한 어조에 흠칫 놀랐다.

"우리는 이 계약을 따내서 그 연극을 무대에 올리길 원하지, 그렇지 않아?"

"원한다고? 이건 내 평생의 꿈이야."

"응……. 그러니까."

"도대체 무슨 말이야?"

"글쎄……. 한번 해 볼만 한 일이지, 그렇지? 하지만 너무 많은 위험을 감수해서는 안 돼."

마이클은 그녀를 빤히 바라보며 천천히 입을 열었다.

"물론 당신 돈이지……. 그건 나도 알아. 나도 당신 돈을 잃고 싶진……."

"그건 우리 돈이야, 여보. 그게 중요하다고 생각해."

로저먼드가 강조했다.

"여보, 내 말 좀 들어봐. 에일린 역할은…… 대본을 수정할 수 있어."

로저먼드는 미소를 지었다.

"난……. 정말로 그 역할을 맡고 싶지 않아."

마이클은 깜짝 놀랐다.

"여보. 당신 도대체 무슨 일이 있는 거야?"

"아무 일도 없어."

"아니야, 있어. 당신 요즘 들어 좀 이상해졌어……. 감정적이고, 예민하고. 무슨 일이야?"

"아무 일도 없어. 난 그저 당신이 조심했으면…… 하고 바랄 뿐이야, 믹."

"뭘 조심하라는 거야? 난 언제나 신중하잖아."

"아니, 내가 보기엔 아니야. 당신은 언제나 마음만 먹으면 뭐든 쉽게 해낼 수 있고, 모든 사람들을 다 속일 수 있다고 생각해. 그날 오스카를 만났다고 거짓말 한 건 어리석었어."

마이클의 얼굴이 시뻘겋게 달아올랐다.

"그러는 당신은? 당신은 제인과 쇼핑을 나간다고 했는데 그러지 않았잖아. 제인은 몇 주 전에 미국에 갔으니까."

"응, 나도 어리석었지. 난 그날 산책을 나갔어……. 리젠트 공원으로."

마이클은 의아한 듯 그녀를 바라보았다.

"리젠트 공원? 당신은 평생에 단 한 번도 리젠트 공원에 간 적이 없잖아. 이게 다 무슨 일이야? 당신 애인이라도 생겼어? 도대체 무슨 일이야, 로저먼드, 당신 요즘 들어 좀 이상해. 이유가 뭐야?"

"그냥…… 생각 좀 하느라고. 어떻게 해야 하나 생각을……."

마이클은 충동적으로 테이블 맞은편에 있는 아내를 껴안았다. 외치는 목소리에는 열정이 담겨 있었다.

"여보……. 내가 당신을 미치도록 사랑한다는 거 당신도 알잖아!"

로저먼드 또한 남편의 포옹에 응했지만, 포옹을 푼 마이클은 아내의 아름다운 눈에 어린 무언가를 계산하는 듯한 무심한 눈빛이 떠오른 것을 보고 다시 한 번 가슴이 철렁 내려앉았다.

"여보, 내가 어떤 짓을 하든 당신은 언제나 날 용서해 줄 거지? 그렇지?"

마이클이 물었다.

"아마도."

로저먼드는 모호하게 대꾸했다.

"중요한 건 그게 아니야. 당신도 알다시피 이제 모든 게 예전과 달라. 우린 생각을 하고 계획을 세워야 해."

"생각을 하고 계획을 세우다니……. 뭘 말이야?"

로저먼드는 얼굴을 찌푸렸다.

"당신이 끝냈다고 해서 상황이 끝나는 건 아니야. 오히려 그게 시작이니 다음에 무엇을 해야 하는지, 무엇이 중요하고 중요하지 않은지 결정을 내려야 해."

"로저먼드……."

그녀는 혼란스러운 표정으로 가만히 앉아 커다란 눈으로 마이클과 자신의 중간 지점쯤을 멍하니 응시했다.

남편이 그녀의 이름을 세 번째로 부르고 나서야 그녀는 화들짝 놀라며 망상에서 빠져나왔다.

"뭐라고 했어?"

"무슨 생각을 하고 있냐고 물었어."

"응? 아, 응. 우리가 그 마을에…… 거기 이름이 뭐였지? 리체트 세인트 메리에 내려가면 코라 이모와 함께 지냈던 그…… 뭐라는 여자를 만날 수 있을까 생각하던 중이었어."

"하지만 왜?"

"뭐, 곧 그 집을 떠나서 친척이나 그런 사람한테 가겠지. 그 여자가 가 버리기 전에 꼭 물어 봐야겠어."

"뭘 물어 본다는 거야?"

"코라 이모를 누가 죽였는지를."

마이클은 아내를 멍하니 바라보았다.

"당신은…… 당신은 그 여자가 범인을 안다고 생각해?"

로저먼드는 다소 멍하니 대꾸했다.

"그럼. 알고 있을 거야……. 그 여잔 이모와 함께 살았잖아."

"하지만 알았다면 경찰에게 얘기했겠지."

"오, 내 말은 그런 뜻이 아니야……. 그 여자라면 확실히 알고 있을지도 모른다는 말이야. 리처드 삼촌이 이모 댁에 내려갔을 때 한 말을 들었을 테니까. 당신도 삼촌이 이모 댁에 찾아갔었다는 거 알잖아. 수전이 그렇게 말했어."

"하지만 그 여자는 무슨 말을 하는 지 못 들었을 거야."

"오, 들었을 거야, 여보."

로저먼드는 막무가내인 아이와 실랑이를 벌이는 사람처럼 말했다.

"말도 안 돼. 리처드 애버네티가 외부인 앞에서 가족들 얘길 했을 리 없어."

"당연히 문틈으로 들었겠지."

"몰래 들었단 말이야?"

"그럴 거야……. 사실 거의 확신해. 한 집에 여자 둘이 있으면서 하는 일이라곤 설거지나 고양이를 내쫓는 일뿐이니 서로 간에 비밀 같은 건 절대 없었을 거야. 당연히 문틈으로 엿듣고 편지도 읽었겠지……. 누구라도 그럴 거야."

마이클은 희미하게 당황스러운 표정으로 그녀를 바라보았다.

"당신도?"

그는 불쑥 물었다.

"난 시골에 가서 말벗 같은 건 하지 않을 거야. 차라리 죽고 말지."

로저먼드는 몸서리를 쳤다.

"내 말은……. 당신도 남의 편지를 읽고…… 그러겠냐고?"

로저먼드는 조용히 대답했다.

"궁금하다면, 응. 다들 그러잖아, 그렇게 생각하지 않아?"

그녀는 맑은 눈빛으로 남편을 마주보았다.

"그저 궁금했겠지. 그걸 알아냈다고 무언가 행동으로 옮길 엄두는 나지 않는, 그런 기분이었을 거야⋯⋯. 그러니까 길크리스트 양이. 하지만 그 여자는 알고 있는 게 분명해."

마이클은 억누른 목소리로 입을 열었다.

"로저먼드, 누가 코라를 죽였다고 생각해? 그리고 리처드는?"

다시 한 번 그녀는 맑은 눈빛으로 남편을 마주보았다.

"여보⋯⋯. 바보 같은 소리 마. 당신도 나만큼은 알고 있잖아. 하지만 그 얘기는 하지 않는 쪽이 훨씬, 훨씬 나아. 그러니 아무 말 마."

18장

서재 벽난로 옆에 앉은 에르퀼 푸아로는 모여 있는 사람들을 바라보았다.

그의 진지한 눈길은 생기 넘치고 활기찬 얼굴을 하고 꼿꼿이 앉아 있는 수전, 수전 옆에 앉아 다소 멍한 표정으로 실을 배배 꼬고 있는 그녀의 남편 그레고리 뱅크스, 로저먼드를 향해 쾌활하고 거만하게 대서양 크루즈 유람선에서 만난 사기 노름꾼에 대한 이야기를 하고 있는 조지 크로스필드, 그런 조지에게 아무런 감흥 없는 목소리로 "정말 놀랍네. 하지만 왜?"라고 대꾸하는 로저먼드, 잘생기고 야성적인 외모의 매력을 한껏 내뿜는 마이클, 침착하고 약간은 냉담한 표정의 헬렌, 가장 좋은 안락의자에 쿠션을 대고 편안하게 앉아 있는 티모시, 남편 옆에서 헌신적으로 수발을 드는 튼튼한 모드, 그리고 마지막으로 다소 괴상한 정장 블라우스를 입고서 약간 겸연쩍은 표정으로 가족들 무리에서 살짝 떨어진 곳에 앉아 있는 길크리스트 양을 훑고 지나갔다. 푸아로는 그녀가 머지않아 자리에서 일어나 가족들 모임을 방해하는 것 같다며 양해를 구하고 자기 방으로 올라갈 거라고 판단했다. 길크리스트 양은 자신의 처지를 아는 여자일 거라 생각한 것이다. 그녀는 쓰라린 경험으로 그 사실을 깨우쳤을 것이다.

에르퀼 푸아로는 눈을 지그시 내리 깔고 식후의 커피를 홀짝이며 맛을 음미했다. 그가 원한대로 모두가 이곳에 모였다. 이제 이 사람들을 가지고 무얼 할까? 갑자기 일을 진행하는 것이 지긋지긋하고 혐오스럽게 느껴졌다. 왜 그런 느낌이 드는 것인지 그는 의아했다. 헬렌 애버네티의 영향인가? 그녀의 태도에서 예기치 못하게 강한 저항이 감지되었다. 겉보기에 우아하고 무심한 것 같으면서도 실은 내키지 않아하는 그녀의 마음이 전달된 탓일까? 그녀는 리처드의 죽음에 대해 파헤치는 것을 반대했고, 푸아로도 그걸 느꼈다. 그녀는 그냥 내버려두길, 그냥 이대로 잊혀지길 바라는 것이다. 푸아로는 그런 그녀의 반응이 놀랍지 않았다. 그가 놀란 것은 그녀의 뜻을 따르고 싶은 자신의 마음이었다.

푸아로는 가족들에 대한 엔트휘슬 씨의 설명이 훌륭했다는 걸 깨달았다. 그는 사람들 전부를 예리하고 적절하게 묘사했다. 노변호사의 지식과 판단력을 믿으면서도 푸아로는 그들을 직접 자신의 눈으로 확인하고 싶었다. 그 사람들을 직접 만나 본다면 언제 어떻게(푸아로는 이런 것에 관심이 없었다. 그가 알고 싶은 건 과연 '살인이 가능한

지'의 여부가 전부였다!)가 아니라 그가 누구인지를 집어 낼 수도 있을 것 같았기 때문이었다. 이런 일에 경험이 많은 푸아로는 그림을 다뤄 본 사람이 재능 있는 예술가를 알아보듯 자신 또한 (특별한 필요가 생겨날 경우) 살인을 저지를 준비가 된 범죄자 유형을 식별할 수 있다고 믿었던 것이다.

하지만 실상은 그렇지 않았다. 서재에 모인 사람들 모두가 (확실하진 않더라도) 가능성 있는 살인자로 보였기 때문이었다. 금전적으로 궁지에 몰린 조지는 살인을 저지를 수 있는 인물이었다. 수전은 차분하게, 그리고 효율적으로……. 계획을 수행할 것이다. 그레고리는 처벌을 받고 싶어 하는, 거의 열망에 가까운 기이하고 병적인 성향이 있다. 마이클은 야심과 살인범들 특유의 독단적인 허영심이 있다. 로저먼드는 끔찍할 정도로 단순하다. 티모시는 자신의 형을 증오했으며 형의 돈이 주는 권력을 갈망했다. 티모시를 자식처럼 대하는 모드는 그 '자식'이 관계된 일이라면 맹목적으로 수행할 것이다. 푸아로는 길크리스트 양조차도 품위 있고 정숙한 윌로우 트리를 되찾을 수만 있다면 살인을 저지를 수 있을 거라고 생각했다. 그리고 헬렌은? 헬렌이 살인을 저지를 거라고는 생각할 수 없었다. 교양 넘치는 그녀는 폭력과는 너무나도 동떨어진 사람이었다. 그리고 그녀와 그녀의 남편은 분명 리처드 애버네티를 사랑했다.

푸아로는 한숨을 쉬었다. 진실에 도달하기 위한 지름길은 없었다. 돌아가는 길이지만 비교적 확실한 길을 택해야 할 뿐이다. 그러려면 대화, 그것도 많은 대화가 필요했다. 그러다 보면 사람들은 거짓말을 통해서든 진실된 말을 통해서든 속내를 털어놓게 되어 있다…….

푸아로는 헬렌의 소개로 일행들에게 인사를 했고, 그의 존재가 불러일으킨 인상, 즉 가족 모임에 낯선 외국인이 끼어들었다는 불쾌감을 극복하기 위한 작업에 착수했다. 그는 눈을 크게 뜨고 귀를 열었다……. 대놓고 듣기도 하고 몰래 듣기도 했다! 그는 유산이 분배될 때면 언제나 그렇듯 호응과 적개심, 경솔한 말들이 떠도는 걸 알고 있었다. 푸아로는 재빠르고 은밀하게 테라스로 걸어가서 관찰과 추론을 계속했다. 그는 길크리스트 양과 그녀가 운영하던 찻집의 좋았던 시절에 대해 얘기했고, 브리오시 빵과 초콜릿 에클레어*의 적절한 배합률에 대해 이야기를 나누었으며, 요리에 어떤 허브를 사용해야 하는지에 대해 토론하기 위해 함께 뒤뜰로 나가 보기도 했다. 또한 자신의 건강 상태, 그리고 페인트가 건강에 미치는 영향에 대한 티모시의 이야기를 30분이라는 아주 긴 시간 동안 들어 주었다.

페인트? 푸아로는 인상을 찌푸렸다. 다른 누군가가 페인트에 대해 무슨 얘길 했는데……. 엔트휘슬 씨였나?

그림에 관한 이야기도 있었다. 화가였던 피에르 랑스크네의 이야기였다. 길크리스트 양이 곧이어 코라 랑스크네의 그림에 대해 찬사를 늘어놓자 수전은 경멸하듯 이렇게 말했다.

---

* 위에 초콜릿을 뿌리고 슈크림으로 속을 채운 가늘고 긴 파이.

"그림엽서랑 완전히 똑같은 걸 보면 분명 엽서를 보고 베낀 그림일 거예요."

길크리스트 양은 그 말에 벌컥 화를 내며 '친애하는 랑스크네 부인'께서는 언제나 자연을 보고 그리셨다고 날카롭게 대꾸했다.

길크리스트 양이 서재를 나가자 수전이 푸아로에게 말했다.

"저 여자는 깜빡 속은 게 분명해요. 하지만 그런 말로 괜히 마음 상하게 만들 필요는 없죠."

"그걸 어떻게 아십니까?"

푸아로는 수전의 턱이 아주 자신만만하게 치켜 올라가 있는 걸 보았다. 푸아로는 생각했다.

'이 여자는 언제나 자신만만할 거야. 그리고 가끔은 어쩌면 지나칠 정도로 자신만만하겠지…….'

수전은 말을 계속하고 있었다.

"길크리스트 양한테는 말하지 마세요. 코라 고모의 그림 중에 폴 플레선 항구의 만과 등대, 방파제를 그린 그림이 있어요……. 아마 추어들이 자주 나가 그리는 흔한 풍경이죠. 하지만 그 방파제는 전쟁 중에 날아가 버렸거든요. 그런데 코라 고모는 그 그림을 2년 전에 그렸다니까 직접 보고 그렸다는 건 말도 안 되죠, 안 그래요? 하지만 가게에서 파는 엽서에는 여전히 옛날 방파제 모습이 그대로 나와 있으니까요. 이모 침실 서랍장 안에서도 하나 찾았어요. 그러니까 코라 고모는 직접 가서 대강의 스케치를 한 다음 집으로 돌아와 남몰래 그 엽서를 보면서 그림을 완성한 거라고요. 이런 식으로 비밀이 탄로 나다니 정말 우습죠?"

"네. 말씀하신 대로 우습네요."

푸아로는 말을 멈추었다가 시작이 좋다고 생각했다.

"절 기억 못 하시는군요, 마담. 하지만 전 마담을 기억하죠. 제가 마담을 본 건 이번이 처음은 아닙니다."

수전은 그를 뚫어져라 바라보았다. 푸아로는 아주 즐겁게 고개를 끄덕였다.

"네, 네, 그렇습니다. 목도리를 둘둘 감고 그 차 안에 타고 있던 사람이 바로 저랍니다. 창문을 통해 마담을 보았죠. 마담께서는 차고에 있던 수리공 중 한 명과 이야기를 나누고 계셨고요. 마담께서 절 알아보지 못하신 것도 당연합니다……. 목도리를 칭칭 감고 차 속에 들어 앉은 늙은 외국인인걸요! 하지만 전 마담을 한눈에 알아보았습니다. 젊으신 마담께서는 보는 눈이 즐거운 미모를 갖추신 데다 햇빛을 맞으며 서 계셨잖습니까. 그래서 전 이곳에 도착하자마자 이렇게 혼잣말을 했죠. '티엥(이런)! 이런 우연이 있나!'"

"차고요? 어디서요? 언제 일이죠?"

"오, 얼마 전입니다……. 한 일주일 됐을까요……. 아니요, 그보다 더 됐군요. 잠시만요."

푸아로는 머릿속에 킹스 암스의 차고를 선명히 떠올리면서도 음흉하게 이렇게 말했다.

"어디였는지 기억이 나질 않네요. 제가 전국을 하도 많이 돌아다녀서요."

"난민들을 위한 적당한 집을 찾고 계신다고요?"

"네. 고려해야 할 것이 너무나도 많죠. 가격이며 위치…… 개조하기에 적합한지 등등이요."

"상당히 많은 부분을 개조하셔야겠죠? 끔찍한 칸막이들도 많이 세우고요."

"네, 침실에는 그래야겠죠. 하지만 1층에 있는 방들은 웬만하면 건드리지 않을 겁니다."

그는 말을 멈추었다 다시 이었다.

"마담, 이 오래된 가족 저택이 이런 식으로…… 낯선 이들의 차지가 되어 슬프십니까?"

"물론 아니에요. 전 훌륭한 아이디어라고 생각해요. 옛날처럼 누군가 이 집에 들어와 사는 건 불가능하니까요. 그리고 전 이 집에 대한 그리움 같은 건 없답니다. 제 고향집도 아니니까요. 부모님과 전 런던에 살면서 크리스마스 때나 이따금씩 내려오곤 했지요. 사실 이곳에 올 때마다 오싹한 기분이었어요……. 마치 부(富)의 신전 같았다고 할까요."

수전은 즐거운 표정이었다.

"요즘의 신전은 과거와 다릅니다. 현대적인 건축 양식, 간접 조명, 값비싸면서도 단순한 아름다움을 갖췄죠. 네, 부의 신전은 오늘날에도 존재합니다, 마담. 실례가 되지 않았으면 합니다만……. 마담께서도 그러한 건축물을 계획하고 계시죠? 비용을 아끼지 않고, 모든 것을 최고로 해서 말입니다."

수전이 웃음을 터뜨렸다.

"신전이라고 보긴 힘들어요······. 그저 가게일 뿐이죠."

"명칭은 중요하지 않을 수도 있습니다. 하지만 그곳 또한 많은 돈이 들겠죠······. 그렇지 않나요?"

"요즘에는 모든 것들이 끔찍하게 비싸요. 하지만 비용을 들일 만한 가치는 있다고 생각해요."

"마담의 그 계획에 대해 말씀해 주세요. 이렇게 아름답고 젊은 여성 분이 유능하시기까지 하다니 정말 놀랍습니다. 제 젊은 시절에는······. 아주 오래 전이죠, 저도 인정합니다. 아름다운 여성들은 즐거움과 화장품, 라 투알레트(몸단장)에만 신경을 썼답니다."

"지금도 여자들은 얼굴을 가꾸는 걸 중요하게 생각해요······. 전 그 점을 노렸죠."

"말씀해 보세요."

수전은 그에게 이야기를 했다. 자신도 모르는 사이 속내를 다 드러내 놓은 자세한 이야기였다. 푸아로는 그녀의 사업 감각과 담대함, 섬세함을 높이 평가했다. 그녀는 훌륭하고 대담한 추진력으로 다른 부차적인 문제들은 전부 제쳐 버린 모양이었다. 과감한 사람들이 모두 그렇듯, 약간은 냉혹하기도 한 것 같았다.

푸아로는 그녀를 바라보며 말했다.

"네, 마담께서는 성공하실 겁니다. 앞으로 쭉 탄탄대로를 달릴 거예요. 마담께서 수많은 사람들이 겪는 가난의 제약을 받지 않는다는 게 얼마나 다행한 일입니까. 자금이 없으면 성공할 수가 없지요.

뛰어나게 독창적인 생각을 가졌음에도 자금의 부족으로 좌절된다면…… 정말 견디기 힘들 겁니다."

"저는 절대 못 견뎠을 거예요! 하지만 어떻게 해서든 돈을 모으고…… 절 후원해 줄 사람을 찾았겠지요."

"아! 물론입니다. 이 저택에 사셨던 마담의 큰아버님께서는 큰 부자셨죠. 그분이 돌아가시지만 않으셨다면, 마담의 표현대로 마담을 '후원해' 주셨을 텐데요."

"오, 아니요. 그러진 않으셨을걸요. 큰아버지는 여자들에 대해서는 좀 구식이셨어요. 만약 제가 남자였기만 해도……."

순간 분노의 빛이 그녀의 얼굴 위를 스치고 지나갔다.

"전 큰아버지 때문에 아주 화가 났었죠."

"그래요……. 네, 그렇군요……."

"나이든 사람들이 젊은 사람들의 앞길을 가로막는 건 안 될 일이에요. 저는……. 아, 죄송해요."

에르퀼 푸아로는 편안하게 웃으며 콧수염을 배배 꼬았다.

"네, 전 나이가 들었죠. 하지만 젊은 사람들을 방해하진 않아요. 제가 죽길 손꼽아 기다리는 사람은 없으니까요."

"끔찍한 말씀을 하시네요."

"반면 마담께서는 현실주의자이시죠. 이 세상은 인내심 있게, 혹은 초조하게 누군가의 죽음이 가져다 줄 부(富)와 기회를 기다리는 젊은이들, 또는 중년들로 가득하다는 걸 인정합시다."

수전이 숨을 깊이 들이마시며 말했다.

"기회! 사람들이 필요로 하는 게 바로 그거죠."

수전의 뒤쪽을 보고 있던 푸아로가 유쾌하게 말했다.

"마담의 남편 분께서 우리의 작은 토론에 참가하러 오시는군요. 뱅크스 씨, 저희는 기회에 대해 이야기하고 있었습니다. 황금 같은 기회라면 반드시 두 손으로 움켜쥐어야 하죠. 양심만으로 살아서 얼마나 성공할 수 있겠습니까? 뱅크스 씨의 의견을 한번 들어볼까요?"

하지만 푸아로는 기회는 물론, 다른 그 어떤 것에 대한 그레고리 뱅크스의 의견도 듣지 못했다. 사실 그와 이야기를 나누는 것 자체가 불가능했다. 기이하고 변덕스러운 뱅크스는 본인의 취향인지, 아니면 그 아내의 취향인지 모르겠지만 밀담이나 조용한 토론을 좋아하지 않는 것 같았다. 결국 그레고리와의 '대화'는 실패로 돌아갔다.

푸아로는 모드 애버네티와도 이야기를 나눴다. 이번에도 페인트 (냄새)에 관한 이야기가 되었는데, 그녀는 티모시가 엔더비로 와서 얼마나 다행인지, 그리고 헬렌이 길크리스트 양까지 초대해 주어 얼마나 고마운지 목소리를 높였다.

"길크리스트 양이 있어 정말 다행이에요. 티모시는 간식을 자주 먹는데 이 집 하인들에게 그런 일까지 일일이 부탁하긴 힘들잖아요. 다행히 식료품 저장실 옆 작은 방에 가스풍로가 있어서 길크리스트 양이 남의 신세를 질 것 없이 오발틴*을 타 오거나 벤저스**를

---

* 코코아 분말 상표명.

** 우유로 만든 음료 상표명.

따뜻하게 데워 온답니다. 게다가 워낙 부지런한 사람이라 이것저것 일을 찾아서 하는가 하면, 하루에 열두 번도 넘게 계단을 오르내리는 것도 마다하지 않아요. 오, 정말 길크리스트 양이 그 집에 혼자 남는 게 겁난다고 한 건 천만다행이었다는 생각이 드네요. 물론 그 당시에는 놀랐지만요."

"겁을 냈다고요?"

푸아로는 그 이야기에 흥미를 보였다.

모드가 그 동안 길크리스트 양이 겪은 이야기를 하는 동안, 푸아로는 가만히 귀를 기울였다.

"그녀가 겁을 먹었다고 하셨나요? 하지만 정확한 이유는 모르겠다고 했다고요? 그거 흥미롭군요. 아주 흥미로워요."

"전 지연성 충격일 거라고 했어요."

"그럴 수 있지요."

"전쟁 중 우리 집에서 1.5킬로미터쯤 떨어진 곳에 폭탄이 떨어진 적이 있었지요. 그때 티모시의 모습이 기억에 생생해요……."

푸아로는 티모시의 생각을 머릿속에서 지웠다.

"혹시 그날 무슨 일이 있었나요?"

푸아로가 물었다.

"어떤 날이요?"

모드는 멍한 표정이었다.

"길크리스트 양이 조바심을 냈다던 그날 말입니다."

"오, 그날요……. 아니요, 그렇지 않았어요. 아무래도 길크리스트 양은 리체트 세인트 메리를 떠난 이후로 계속 그랬나 봐요. 코라의 집에 있을 때는 태연했던 것 같던데 말이죠."

그것은 아마도 독이 든 웨딩 케이크 때문이리라고 푸아로는 생각했다. 길크리스트 양이 그 일 이후로 겁을 집어먹은 것도 당연한 일이었다. 그리고 그 고요한 시골 마을을 떠나 스탠스필드 그레인지로 온 후에도 두려움은 남아 있었던 것이다. 아니, 남아 있다고 하는 수준이 아니라 오히려 커졌다. 왜 더 커진 걸까? 티모시 같은 심기증 환자를 수발하는 게 너무 힘겨워서 불안하고 두려운 마음이 더 커진 걸까?

하지만 그 집의 무언가가 길크리스트 양을 두렵게 만든 건 분명하다. 무엇이? 길크리스트 양 본인은 알고 있을까?

저녁 식사를 하기 전 잠깐 길크리스트 양과 단둘이 있게 된 때가 오자 푸아로는 재빨리 외국인다운 과장된 호기심을 내보이며 말을 꺼냈다.

"제가 살인에 대해 드러내 놓고 떠들 수 없다는 거 이해하시죠? 하지만 정말 궁금해서요. 사실 안 궁금한 사람이 어디 있겠습니까? 살인은 가장 잔인한 범죄잖아요. 외딴 집에서 감수성 풍부한 예술가가 살해당하다……. 그분 가족들께는 끔찍한 일이죠. 물론 길크리스트 양에게도 마찬가지고요. 티모시 애버네티 씨 말씀으론 마드무아젤께서 당시에 그 집에 계셨다고요?"

"네, 그랬어요. 무슈 퐁타를리에, 그리고 정말 죄송하지만 그 이야기는 하고 싶지 않아요."

"물론 이해합니다……. 오, 그럼요. 전적으로 이해합니다."

푸아로는 이렇게 말하고 기다렸다. 그러자 그가 예상한 대로, 길크리스트 양은 알아서 그 이야기에 대해 입을 열기 시작했다.

그가 몰랐던 이야기가 나오진 않았지만, 푸아로는 길크리스트 양이 즐거워하지 않을 수 없도록 완벽하게 이야기에 빠져들어 이따금씩 혀를 쯧쯧 차거나 공감을 표하며 흥미진진함을 가장했다.

길크리스트 양이 자신의 기분, 의사가 한 말, 엔트휘슬 씨의 친절함 등에 대한 설명을 다 끝내자 푸아로는 조심스럽게 다음 이야기를 진행했다.

"랑스크네 부인 댁에 혼자 남지 않기로 한 건 현명한 결정인 것 같네요."

"전 혼자 남아 있을 수가 없었어요, 무슈 퐁타를리에. 정말이지 그럴 수가 없었어요."

"그럼요. 길크리스트 양은 티모시 애버네티 씨 부부께서 이곳에 계시는 동안 저택에 혼자 남아 있는 걸 무서워하셨다죠?"

길크리스트 양은 죄책감을 느끼는 표정이었다.

"그건 정말이지 부끄럽다고 생각해요. 너무 바보 같았죠. 갑자기 당황하고 무서워서……. 정말이지 왜 그랬는지 모르겠어요."

"하지만 당사자는 그 이유를 알기 마련입니다. 사악한 누군가가 마드무아젤께 독약을 먹이려 했던 게 얼마 전이잖습니까……."

길크리스트 양은 한숨을 쉬며 이해할 수 없는 일이라고 대꾸했다. 왜 자기를 독살해야 하는지 그 이유를 모르겠다면서.

"친애하는 길크리스트 양, 하지만 이 범죄자…… 곧 암살자는 당신이 무언가 알고 있다고 생각한 게 분명합니다."

"하지만 부랑자나 반 미치광이가 분명할 그 사람을 제가 어떻게 알겠어요?"

"부랑자였다면 말이죠. 제 생각엔 그렇지 않을 것 같지만……."

"오, 무슈 퐁타를리에, 제발요……. 그런 말씀은 마세요. 전 생각도 하기 싫어요."

길크리스트 양은 갑자기 당황해서 쩔쩔맸다.

"뭘 생각도 하기 싫으신 거죠?"

"범인이 그런 부랑자가 아니라……. 그러니까 범인이……."

그녀는 갈피를 잡지 못하고 말을 멈췄다.

"하지만 길크리스트 양께서는 내심 범인이 부랑자가 아니라고 생각하시죠."

"오, 아니에요. 그렇지 않아요!"

"제 생각에는 그런 것 같은데요. 그렇기 때문에 두려워하시는 거고요. 여전히 두려우신 거죠? 그렇지 않나요?"

"오, 아니에요. 이곳에 온 이후로는 아니에요. 사람들이 많고 분위기도 가족적이고……. 이곳에서는 다 괜찮은 것 같아요."

"제가 보기에는……. 아, 제 호기심을 양해해 주셨으면 합니다. 저같이 할일 없는 늙은이는 이런저런 문제들에 대해 쓸데없는 공상을 하는 게 낙이거든요……. 제가 보기에는 스탠스필드 그레인지에서 당신의 두려움을 극대화시킨 어떤 사건이 있었던 게 분명한 것 같습니다. 인간의 무의식 속에서 얼마나 많은 일이 일어나는지 요즘 의사들이 알아낸 걸 보면 놀랍지 않습니까?"

"네, 네……. 저도 알아요."

"그리고 길크리스트 양의 무의식적인 두려움이 어떤 작은 사건, 어쩌면 아무런 관련 없는 사건을 매개로 깨어나게 되었을지도 모른다고 생각합니다."

길크리스트 양은 푸아로의 말을 곧이곧대로 열심히 받아들이는 것 같았다.

"무슈 퐁타를리에의 말씀이 옳으신 것 같아요."

"자, 길크리스트 양께서는 그러한 두려움이……. 음 외부의 어떤 정황 때문이라고 생각하시나요?"

길크리스트 양은 잠시 고민하더니 예기치 못한 말을 꺼냈다.

"무슈 퐁타를리에, 제 생각에는 수녀님 때문이었던 것 같아요."

푸아로가 이 말을 곱씹어보기도 전에 수전과 그녀의 남편, 그리고 바로 뒤에 헬렌이 나란히 안으로 들어왔다.

'수녀라. 내가 어디서 수녀에 관한 이야기를 들었더라?'

푸아로는 생각했다.

푸아로는 저녁 식사를 하는 도중에 수녀에 대한 대화를 꺼내 봐야겠다고 결심했다.

19장

가족들은 유엔 난원협의 대리인인 무슈 퐁타를리에를 정중히 대해 주었다. 약자로 단체 이름을 지은 것이 적중했다. 모두들 난원협을 실재하는 단체로 받아들였고, 심지어는 그 단체에 대해 아는 척까지 했다! 인간들이란 얼마나 자신의 무지를 인정하기를 싫어하는가! 단 하나 예외가 있다면 로저먼드로, 그녀는 의아하다는 듯 푸아로에게 이렇게 물어 왔다. "그게 뭐예요? 처음 들어보는데요?" 다행히 당시 주위에는 아무도 없었다. 푸아로는 마치 다른 사람은 다 아는 유명하고 세계적인 단체를 그녀만 모르는 게 당황스럽다는 듯이 단체에 대한 설명을 해 주었다. 하지만 로저먼드는 그저 '오! 또 난민 이야기군요. 난민 이야기는 이제 지긋지긋해요.'라고만 대꾸했다. 체면을 차리느라 솔직한 말을 하지 못하는 다른 사람들이 차마 꺼내지 못한 말을 그녀는 한 것이다.

무슈 퐁타를리에는 이제 성가신 존재, 동시에 변변치 않은 존재로 받아들여졌다. 그는 일종의 외국산 장식품이나 다름없었다. 가족들은 자기들끼리 모이는 주말에 외국인을 들이는 건 안 된다고 이구동성으로 헬렌을 다그쳤지만, 그가 이미 이곳에 온 이상 다들 그 상황을 감수해야 했다. 다행히 이 이상하고 조그만 외국인은 영어를 썩 잘하는 것 같지가 않았다. 툭하면 사람들이 한 말을 못 알아들었고, 사람들이 이 얘기 저 얘기를 한꺼번에 주고받을 때면 전혀 감을 잡지 못한 표정이었다. 그저 난민을 돕기 위한 구호 활동밖에 모르는 것 같은 이 남자는 그쪽 주제에 대한 어휘만 풍부할 뿐, 평범한 일상 대화에는 약한 모양이었다. 모두에게서 잊혀진 존재가 된 에르퀼 푸아로는 의자에 기대어 앉아 커피를 홀짝이며 사람들을 관찰했다. 마치 이리 저리 날며 지저귀는 새 떼들을 바라보는 고양이처럼. 고양이는 아직 뛰어오를 준비가 되지 않은 것이다.

이제 리처드 애버네티의 상속자들은 24시간 동안 저택 안을 돌아다니며 각종 재산들을 살펴 본 끝에 자신들이 원하는 물품을 말할 준비를, 그리고 필요하다면 그 물품을 갖기 위해 싸울 준비를 마쳤다.

먼저 입에 오른 물품은 방금 디저트가 담겨 나왔던 스포드 사(社)의 정찬용 디저트 접시였다.

티모시가 희미하게 우울한 기색이 어린 목소리로 입을 열었다.

"난 살 날이 그리 오래 남은 것 같지 않구나. 그리고 모드와 내겐 아이가 없지. 그러니 괜히 이것저것 물건을 늘여 봐야 쓸데없는 짓일 테고……. 하지만 옛 추억을 생각해서라도 그 오래된 디저트 접시를 가져가는 게 좋겠어. 그 접시를 보면 행복했던 옛날이 떠오르니까. 물론 그 접시는 구식인 데다 요즘에는 디저트 접시가 아무런 가치도 없지. 하지만 이건 특별해. 난 이거면 아주 만족할 것 같구나……. 그리고 어쩌면 화이트 드부아에 있는 상감 세공 장식장도."

조지가 쾌활하고 무심하게 말했다.

"이미 늦으셨어요, 삼촌. 제가 오늘 아침에 헬렌 숙모에게 스포드 도자기는 제게 달라고 부탁드렸거든요."

티모시의 얼굴이 붉으락푸르락했다.

"달라고 했다……. 달라고 했다고? 그게 무슨 말이냐? 아직 결정된 건 아무것도 없어. 그리고 네게 디저트 접시가 무슨 소용 있겠니? 넌 결혼도 안 했는데."

"사실은 제가 스포드 도자기를 수집하거든요. 그리고 이건 정말 훌륭해요. 하지만 상감 세공 장식장은 가지셔도 좋아요, 삼촌. 제겐 필요 없으니까요."

티모시는 그 제안을 뿌리쳤다.

"이봐, 조지. 네가 이런 식으로 끼어들면 안 되지. 난 너보다 나이가 훨씬 많은 집안 어른인 데다, 리처드 형의 유일하게 살아 있는 형제야. 그러니 당연히 그 디저트 접시는 내 거다."

"차라리 드레스덴 도자기를 가져가시지 그러세요, 삼촌? 그것도 아주 훌륭하고, 스포드 도자기만큼 옛 향수를 불러일으키기에 충분할 텐데요. 어쨌든 스포드 도자기는 제 겁니다. 먼저 차지한 사람이 임자죠."

"헛소리……. 말도 안 돼!"

티모시는 침을 튀기며 고함을 쳤다.

모드가 날카로운 목소리로 끼어들었다.

"삼촌의 심기를 건드리지 마, 조지. 건강에 아주 안 좋으니까. 원하신다면 당연히 네 삼촌이 스포드 도자기를 가지셔야지! 삼촌이 먼저 선택을 한 다음에 너희 젊은이들이 선택을 하는 게 순리잖니. 이미 말씀하셨듯이 삼촌은 리처드의 형제이고, 넌 그저 조카일 뿐이잖아."

티모시가 분노로 씩씩거렸다.

"내가 한마디만 하지. 만약 리처드 형이 제대로 된 유언장을 만들었다면 이 저택에 있는 모든 물건들은 내 것이 됐을 거야. 당연히 그랬어야 했는데 그렇지 않았으니 부당한 압력이 있었다고 의심할 수밖에. 그래……. 다시 한 번 말하지만 불합리해."

티모시는 이글거리는 눈으로 조카를 노려보았다.

그는 의자에 기대고 한 손을 심장에 올려놓으며 으르렁댔다.

"불합리한 유언이야. 불합리하다구! 이런 건 내 심장에 아주 안 좋아. 브랜디를 조금 마셨으면 좋겠는데……."

길크리스트 양이 서둘러 나가 브랜디가 담긴 작은 잔을 들고 들어왔다.

"여기 있어요, 애버네티 씨. 제발 흥분하지 마세요. 올라가서 침대에 눕는 게 낫지 않으시겠어요?"

티모시는 브랜디를 한 모금 마셨다.

"바보 같은 소리 하지 마. 침대로 올라가라고? 난 내 권리를 행사할 거야."

모드가 말했다.

"정말이지, 조지. 너한테 실망이구나. 네 삼촌 말이 전적으로 옳아. 삼촌이 먼저 선택하셔야지. 삼촌이 스포드 도자기를 원하신다면 삼촌이 가지셔야 해!"

"정말 불쾌하네요."

수전이 말했다.

"입 조심하거라, 수전."

티모시가 말했다.

수전 옆에 앉아 있던 호리호리한 젊은이가 고개를 들었다. 그의 목소리는 평소보다 약간 날카로웠다.

"제 아내에게 함부로 말하지 마세요!"

그가 자리에서 반쯤 일어서자 수전이 재빨리 끼어들었다.

"괜찮아, 그레그. 난 신경 안 써."

"하지만 난 신경이 쓰여."

그때 헬렌이 끼어들었다.

"조지, 네가 디저트 접시를 양보하는 게 좋을 것 같구나."

"'양보'라니!"

티모시가 짜증스럽게 투덜거렸다.

하지만 조지는 헬렌에게 살짝 고개를 숙이며 말했다.

"숙모님 말씀이 곧 법이죠. 제가 청구권을 포기하겠습니다."

"어쨌든 너도 그 접시를 꼭 갖고 싶은 건 아니잖니, 그렇지?"

헬렌이 말했다.

조지는 그녀에게 날카로운 눈길을 보냈다가 씩 웃었다.

"헬렌 숙모, 숙모의 문제점은 지나치게 예리하시다는 거예요! 언제나 눈에 보이는 것보다 더 많은 걸 알아채시죠. 티모시 삼촌, 이제 걱정 마세요, 스포드 도자기는 삼촌 거니까. 그저 장난 좀 쳐 보려던 거였어요."

"장난이라니! 참 내. 하마터면 네 삼촌이 심장마비에 걸릴 뻔했잖니!"

모드 애버네티는 잔뜩 화를 냈다.

"설마요. 티모시 삼촌은 저희들보다 오래 사실걸요. 골골대는 사람들이 오래 산다잖아요."

조지가 유쾌하게 대꾸했다.

티모시는 이를 앙 다물고 몸을 앞으로 숙였다.

"리처드 형이 너한테 실망한 것도 당연하지."

"그게 무슨 말씀이세요?"

조지의 얼굴에서 유쾌한 표정이 사라졌다.

"넌 모티머가 죽은 뒤에 그 자리를 대신할 수 있을 거라는 기대…… 리처드 형이 널 상속자로 삼을지도 모른다는 기대를 가지고 이곳에 왔어, 아니냐? 하지만 내 불쌍한 형은 널 금세 알아봤어. 너한테 맡긴다면 돈이 어디로 빠져나갈지 훤히 꿰뚫어 봤지. 형이 너한테도 유산을 일부나마 남겨줬다는 게 놀라울 뿐이야. 그 돈이 어디로 갈지 다 알면서도 말이다. 경마, 도박, 몬테카를로, 카지노……. 어쩌면 더한 곳도 있겠지. 형은 네가 정직하지 못하다고 생각한 거야, 안 그러냐?"

양쪽 뺨이 하얗게 질린 조지가 조용히 입을 열었다.

"말씀을 삼가시는 게 좋을 텐데요?"

티모시가 천천히 입을 열었다.

"내가 몸이 좋지 않아서 장례식에는 가지 못했지. 하지만 코라가 무슨 말을 했는지는 모드에게서 들었다. 코라는 언제나 어리석었지……. 하지만 그 말에 무언가가 있을지도 몰라! 그리고 만약 그랬다면 난 누가 범인인지……."

모드가 힘차게 일어나 튼튼하고 고요한 탑처럼 버티고 섰다.

"티모시! 당신 오늘 저녁에 너무 무리했어요. 건강을 생각해야죠. 그러다 다시 병이 들면 어쩌려고 그래요? 어서 일어나요. 진정제를 먹고 바로 침대로 올라가죠. 형님, 이이와 저는 리처드의 유품 중 스포드 도자기와 상감세공 장식장을 가질게요. 이의는 없겠죠?"

모드는 일행들을 죽 둘러보았다. 모두들 아무 말이 없자, 그녀는 한 손으로 티모시의 팔을 부축하며 문 옆에서 머뭇머뭇 서성이던 길크리스트 양을 손짓으로 물리치고 방을 나섰다.

그들이 방을 나간 후, 조지가 침묵을 깼다.

"팜므 포르미다블(놀라운 여자)! 딱 모드 숙모를 일컫는 말이야. 이거야 원, 무서워서 건드릴 수가 있나."

길크리스트 양은 다소 불편한 듯 다시 자리에 앉아 중얼거렸다.

"모드 애버네티 부인은 언제나 너무 친절하세요."

그 말은 오히려 분위기를 썰렁하게 만들었다.

마이클 셰인이 느닷없이 웃음을 터뜨리더니 이렇게 말했다.

"정말이지 아주 재밌어! 「보이시의 유산」의 장면이 실제 눈앞에 펼쳐졌잖아. 참, 로저먼드와 난 응접실에 있는 그 공작석 테이블을 원해."

"오, 안 돼. 나도 그걸 갖고 싶단 말이야."

수전이 외쳤다.

"또 시작이군."

조지가 고개를 뒤로 젖히며 혀를 찼다.

수전이 말을 시작했다.

"내가 그 테이블을 원하는 이유는 새로 여는 뷰티샵 때문이야. 가게 분위기를 살리는데 쓰려고. 그 위에 풍성한 밀랍 꽃 한 다발을 올려놓으면 정말 근사할걸. 밀랍 꽃은 쉽게 구할 수 있지만 녹색 공작석 테이블은 그렇게 흔하지 않잖아."

"하지만 수전. 우리도 바로 그 때문에 그 테이블을 원하는 거야. 새로운 무대에 쓰려고 말야. 네 말대로 분위기가 사는 색깔인 데다 시대적인 배경과도 딱 맞는단 말이야. 그리고 밀랍 꽃이나 벌새 박제를 올려놓아도 되지. 정말 잘 어울릴 거야."

"무슨 말인지 알겠어, 로저먼드. 하지만 나만큼 절실하지는 않잖아? 무대에 쓸 거라면 공작석 테이블에 색을 칠할 수도 있어. 그래도 똑같아 보일걸. 하지만 내 살롱에 두려면 진짜라야 해."

수전이 말했다.

조지가 입을 열었다.

"자, 숙녀분들. 내기를 하는 게 어때? 동전 던지기? 아니면 카드 떼기? 둘 다 이 테이블의 시대적 배경과 잘 맞아떨어지는 방법 같은데."

수전은 기분 좋게 미소 지었다.

"로저먼드하고 내일 다시 이야기해 보겠어."

수전은 언제나 그렇듯 아주 자신만만해 보였다. 조지는 흥미롭게 그녀와 로저먼드의 얼굴을 번갈아 보았다. 로저먼드의 얼굴은 멍하니 꿈꾸는 듯했다. 조지가 물었다.

"헬렌 숙모는 어느 쪽을 지지하실 거예요? 확률은 반반이에요. 수전이 결단력이 있긴 하지만, 로저먼드 역시 놀라울 정도로 외고집이니까요."

로저먼드가 말했다.

"아니면 벌새는 없는 편이 나을까……. 금색 유리 장식이 된 커다란 자기 화병으로 근사한 램프를 만들 수 있을 거야."

길크리스트 양도 서둘러 달래듯 말했다.

"이 저택에는 아름다운 물건들이 아주 많아요, 뱅크스 부인. 그 녹색 테이블은 분명 부인의 새 가게에 잘 어울릴 거예요. 전 그런 테이블을 한 번도 본 적이 없거든요. 아주 비싼 테이블이 분명해요."

"그 테이블 비용은 당연히 내가 받는 유산에서 제하게 될 텐데요."

수전이 대꾸했다.

"정말 죄송해요……. 전 그런 뜻이……."

길크리스트 양은 당황해서 쩔쩔맸다.

"우리 몫의 유산에서 제해질 수도 있지. 밀랍 꽃은 덤으로 얻고."

마이클이 지적했다.

"그 테이블엔 밀랍 꽃이 정말 잘 어울리던데요. 정말 예술적이에요. 사랑스럽고 예뻐요."

길크리스트 양이 중얼거렸다. 분위기를 풀어보고자 하는 길크리스트 양의 그 말에 귀를 기울이는 사람은 아무도 없었다.

그레그가 다시 한 번 날카롭고 신경질적인 목소리로 말했다.

"수전이 그 테이블을 원해요."

순간 불협화음이 끼어든 것처럼 어색한 분위기가 감돌았다.

헬렌이 재빨리 끼어들었다.

"참, 조지 넌 스포드 도자기 말고 뭘 갖고 싶니?"

조지가 씩 웃었고 긴장된 분위기도 풀렸다.

"티모시 삼촌을 골려 주려 했던 게 좀 창피하네요. 하지만 삼촌 고집도 정말 대단하던데요. 오랫동안 뭐든 자기 맘대로 해 와서 그런지 이젠 아주 습관이 된 모양이에요."

"환자의 비위는 맞춰 주어야 해요, 크로스필드 씨."

길크리스트 양이 말했다.

"삼촌은 괴팍하고 늙은 데다 심기증까지 있는걸요."

조지의 말에 수전이 동의했다.

"물론이야. 삼촌은 아픈 데라곤 없을걸, 안 그래, 로저먼드?"

"뭐라고?"

"삼촌은 아픈 데가 없을 거라고."

"그래……. 그래. 나도 그렇게 생각해."

로저먼드는 모호하게 대꾸하고는 곧 사과했다.

"미안해. 그 테이블에 어떤 램프가 좋을까 생각하던 중이었어."

"봤지? 자네 부인은 한 가지 생각밖에 못 하는 위험한 여자야, 마이클. 자네도 그걸 깨달았으면 좋겠어."

조지가 말했다.

"나도 알고 있어."

마이클은 다소 험악하게 대꾸했다.

조지는 재미있어 못 견디겠다는 듯 말을 이었다.

"테이블 전쟁! 내일 그 결전이 펼쳐집니다……. 서로 예의는 갖추겠지만, 양측 다 절대 굽히려 들지 않겠죠. 우리 모두 편을 정해야죠? 난 너무나 사랑스럽고 나긋나긋하면서도 그렇지 않은 로저먼드 편이야. 남편들은 아마도 자기 아내 편에 서겠지. 길크리스트 양은 당연히 수전의 편에 설까나?"

"오, 크로스필드 씨. 제가 어떻게 그런……."

조지는 길크리스트 양이 당황하건 말건 신경도 쓰지 않았다.

"헬렌 숙모? 숙모님께서 판정을 내려주세요. 그리고 음……. 이름이 뭐더라. 무슈 퐁타를리에?"

"네?"

에르퀼 푸아로가 멍청하게 대답했다.

조지는 설명을 해 줄까 했지만 결국 그만두기로 했다. 이 불쌍한 노인네는 무슨 말이 오가는지 단 한 마디도 알아듣지 못한 모양이었다. 조지는 이렇게 말했다.

"그냥 우리끼리 하는 농담이었어요."

"네, 네. 그렇군요."

푸아로는 상냥하게 미소 지었다.

"그러면 헬렌 숙모가 판정을 내리시는 거예요. 숙모님은 어느 편이세요?"

헬렌은 미소를 지었다.

"글쎄, 나도 그 테이블이 마음에 드는데, 조지."

그녀는 교묘하게 화제를 바꾸며 외국인 손님을 바라보았다.

"너무 지루하시죠, 무슈 퐁타를리에?"

"전혀요, 마담. 가족 모임에 끼워 주신 걸 영광으로 생각합니다……."

그는 고개를 숙였다.

"제 뜻을 말로 표현하기는 힘들지만……. 이 저택이 가족 분들을 떠나 낯선 사람들의 손에 들어가게 되어 정말 안타깝다는 말씀을 드리고 싶습니다. 여러분께는 분명히 큰 슬픔일 겁니다."

"아니, 그렇지 않아요. 우린 조금도 안타깝게 생각하지 않아요."

수전이 그를 안심시켜 주었다.

"참 상냥하시군요, 마담. 이 집은 그동안 박해를 받았던 난민들에게 더없이 좋은 곳이 될 겁니다. 천국, 평화! 여러분들도 뿌듯하실 거예요. 이곳에 학교가 들어온다는 이야기도 들었습니다. 실은 일반

학교가 아니라 수녀원이죠. 를리지으즈……. 여기서는 '수녀님'이라
고 부르는 분들이 운영하는 학교 말입니다. 여러분들은 일반 시설
보다 그 편을 더 선호하시겠죠?"

"전혀요."

조지가 대꾸했다. 푸아로는 말을 계속했다.

"성모성심회였던가요. 다행스럽게도 익명의 후원자분이 친절을
베풀어 주셔서, 저희가 약간 더 높은 가격을 제시할 수 있었습니다."

그는 이번엔 길크리스트 양을 바라보며 물었다.

"수녀님들을 좋아하지 않으시죠?"

길크리스트 양은 얼굴을 붉히며 당황해했다.

"오, 정말이지, 무슈 퐁타를리에, 그렇게 말씀하시면 안 돼요…….
그러니까 제게 개인적인 감정이 있는 건 절대 아니에요. 하지만 그
런 식으로 세상과 단절된 채 사는 게 옳은 일이라곤 생각지도 않
죠……. 그러니까 그럴 필요가 있는 것 같지도 않고, 오히려 이기적
인 거라고 보거든요. 물론 학생들을 가르치는 분들이나 가난한 사
람들을 돕는 분들은 그렇지 않지만……. 물론 수녀님들은 좋은 일
도 많이 하는 훌륭한 분들이시죠."

"난 왜 수녀가 되려 하는지 그 이유를 모르겠어."

수전의 말을 로저먼드가 받았다.

"옷이 근사하잖아. 기억나? 작년에 「미라클」 재공연 했을 때 수녀
복을 입은 소냐 웰스가 얼마나 멋있었는데."

"내가 이해가 안 되는 건 말이지, 왜 하느님을 기쁘게 하기 위해

그런 케케묵은 원피스를 입어야 하느냐 하는 거야. 수녀들은 죄다 그런 원피스를 입잖아. 정말이지 거추장스럽고 비위생적인 데다 비실용적이야."

조지가 말했다.

"그 때문에 수녀님들은 다 비슷비슷해 보이잖아요, 그렇죠? 제가 애버네티 부인 댁에 있을 때 한 수녀님이 모금을 하러 찾아온 적이 있어요. 바보 같이 들리겠지만 정말 깜짝 놀랐죠. 순간 불쌍하신 랑스크네 부인에 대한 심리가 열리던 그날 리체트 세인트 메리의 집으로 찾아왔던 그 수녀님과 같은 사람인 줄 알았거든요. 꼭 그 수녀님이 절 따라다닌 것 같다는 기분이 들었어요!"

길크리스트 양이 말했다.

"수녀님들은 언제나 짝을 지어 모금을 하러 다니는 줄 알았는데. 그걸 단서로 사건을 해결하는 추리 소설을 읽은 적이 있어요."

조지가 말했다.

"그때는 한 명이었어요. 어쩌면 수녀님들도 절약을 해야 하나 보지요."

길크리스트 양은 이렇게 말하고는 모호하게 덧붙였다.

"하지만 어쨌든 같은 수녀님이었을 리는 없어요. 전의 수녀님은 세인트…… 뭐였더라? 세인트 바나바의 오르간을 위해 모금을 하고 있었고, 나중에 온 수녀님은 아이들과 관련한 모금을 하고 있었거든요."

"하지만 생김새가 비슷했죠?"

에르퀼 푸아로가 물었다. 흥미롭다는 기색이었다. 길크리스트 양이 그를 돌아보았다.

"그랬던 것 같아요. 코밑이…… 마치 콧수염이 난 것처럼 새카맸어요. 아무래도 그것 때문에 제가 놀란 것 같아요. 당시엔 좀 당황한 나머지 전쟁 중에 수녀로 변장했다는 남자들 얘기나 제5열*, 낙하산부대 같은 말들이 떠올랐거든요. 물론 제가 정말 어리석었던 거죠. 나중에야 그걸 깨달았어요."

수전이 곰곰이 생각하며 말했다.

"수녀로 변장하는 것도 좋은 방법이지. 발을 감출 수 있잖아."

"문제는 특정 사람을 제대로 기억하고 있는 사람은 거의 없다는 거야. 바로 그 때문에 법정에서 수많은 증인들이 한 사람을 두고 전혀 다른 말을 하는 거라고. 실제로 보면 놀랄걸. 한 남자를 두고 어떤 사람은 키가 크다, 다른 사람은 작다……. 그 사람이 말랐다 혹은 뚱뚱하다, 금발이다 흑발이다, 입은 옷 색깔이 어둡다 밝다를 두고 실로 제각각이란 말이야. 대개 한 명쯤은 신뢰할 만한 목격자가 있기 마련이지만, 그런 사람이 누구인지 알아내는 것은 또 별 문제지."

조지가 말을 마치자 수전이 다시 말했다.

"또 한 가지 이상한 게 있어. 어쩌다 거울에 비친 자신의 모습을 볼 때 가끔씩은 저게 누구지 생각할 때가 있지 않아? 정말 낯설어 보인다니까. 그러면 스스로에게 이렇게 말하지. '내가 잘 아는 사람

---

* 적국 내부에서 각종 모략을 꾸미는 내통자 조직을 말함

인 것 같은데…….' 그러다 순간 그게 자기 자신이라는 걸 깨닫는 거야!"

"거울 속 모습이 아닌 진정한 자신을 보는 건 더 어려운 일이지."

조지가 말했다.

"왜?"

로저먼드는 당황한 표정으로 물었다.

"아무도 자기 자신의 모습을 본 적이 없으니까……. 그저 남들에게 비친 모습만 알 수 있을 뿐이잖아? 거울을 통해서만 자기 모습을 볼 수 있을 뿐이야. 뒤집혀진 모습만을 본다는 거지."

"거울 속의 모습이 우리와 다를 게 뭐야?"

수전이 재빨리 대꾸했다.

"아, 그건 그럴 수밖에 없어. 사람들의 얼굴은 좌우대칭이 아니니까. 양쪽 눈썹이 다르고, 양쪽 입 끝도 한쪽이 더 올라간 데다 코도 똑바르지 않아. 연필을 대보면 알지……. 누구 연필 있는 사람?"

누군가 연필을 건넸고, 모두들 코 여기저기에 연필을 대보면서 그 이상한 모습에 웃음을 터뜨렸다.

이제 분위기는 한층 밝아졌다. 모두들 유쾌한 기분이었다. 이들은 더 이상 유품 쟁탈전을 벌이기 위해 모인 리처드 애버네티의 상속자들이 아니었다. 그저 시골에서 주말을 함께 보내기 위해 모인 평범한 사람들이었다.

헬렌 애버네티만이 멍하니 앉아 침묵하고 있었다.

에르퀼 푸아로는 한숨을 쉬며 자리에서 일어나 여주인에게 정중하게 인사를 했다.

"그리고 마담, 어쩌면 미리 작별 인사를 해 둬야겠습니다. 제가 탈 열차는 내일 아침 9시에 출발하거든요. 아주 이른 시각입니다. 따라서 마담의 친절함과 호의에 감사드리는 일을 지금 해 두어야겠습니다. 이 저택에 새 손님들이 입주할 날짜는 엔트휘슬 씨가 훌륭히 정하실 겁니다. 물론 마담의 편의를 먼저 고려해서요."

"아무 때나 원하시는 대로 하세요, 무슈 퐁타를리에. 제가 이 저택에서 볼 일은 다 끝났어요⋯⋯."

"키프로스에 있는 별장으로 돌아가시나요?"

"네."

헬렌 애버네티의 입매가 부드럽게 올라갔다.

"기쁘시겠습니다. 후회는 하지 않으시죠?"

"영국을 떠나는 거요? 아니면 이 저택을 떠나는 것 말인가요?"

"제 말은⋯⋯ 이 저택을 떠나는 것 말입니다."

"오⋯⋯. 후회라니요. 과거에 매달려 봐야 소용없는 짓이죠, 안 그래요? 과거는 뒤로 흘려 보내야죠."

"그럴 수 있다면 말입니다."

푸아로는 순진하게 눈을 깜빡이고는, 주위 사람들을 예의바르게 둘려보며 사과하듯 미소를 지었다.

"하지만 과거는 망각 속으로 사라지지 않을 때도 있습니다. 등에 딱 붙어서는 '난 아직 끝나지 않았어.'라고 속삭이죠."

수전은 의아한 듯 웃었다.

"전 어디까지나 진지하게 드리는 말씀입니다……. 네."

"그러니까 난민들은 이곳에서 편히 살더라도 과거의 고통을 완전히 떨쳐버리지 못할 거라는 말씀이신가요?"

마이클이 물었다.

"난민 이야기가 아닙니다."

"여보, 저분은 리처드와 코라 이모, 그리고 손도끼 같은 걸 말씀하시는 거예요."

로저먼드가 말했다.

그녀는 푸아로를 바라보았다.

"그렇죠?"

푸아로는 그녀의 얼굴을 멍하게 바라보았다. 그가 입을 열었다.

"왜 그렇게 생각하시나요, 마담?"

"당신은 탐정이니까요, 그렇지 않아요? 바로 그 때문에 여기 온 거잖아요. 난협인지 뭔지는 다 헛소리죠, 그렇죠?"

20장

순간 방 안에는 팽팽한 긴장감이 감돌았다. 푸아로는 로저먼드의 사랑스럽고 차분한 얼굴에서 눈을 돌리지 않았지만, 피부로 느낄 수 있었다.

그는 약간 고개를 숙이며 말했다.

"정말 통찰력이 대단하십니다, 마담."

"식당에서 한 번 당신을 본 적이 있어요. 누가 당신에 대해 말해 주더군요. 똑똑히 기억해요."

"그런데 왜……. 지금까지 말씀하지 않으셨죠?"

"말하지 않는 편이 더 재미있을 거라고 생각해서요."

로저먼드가 대답했다.

마이클은 놀란 목소리를 감추지 못했다.

"세상에……. 여보."

푸아로는 그의 얼굴을 보기 위해 눈길을 돌렸다.

마이클은 화가 나 있었다. 화난 표정과 또 다른…… 좀 걱정하는 표정?

푸아로는 천천히 눈길을 돌려 사람들의 얼굴을 하나씩 바라보았다. 수전의 분노하고 경계하는 얼굴, 그레고리의 죽은 듯 활기 없는 얼굴, 입을 커다랗게 벌린 길크리스트 양의 명청한 얼굴, 역시 경계의 눈초리를 보내는 조지, 당황하고 불안한 표정의 헬렌…….

이 모든 표정들은 이런 상황에서는 정상적인 것들이었다. 푸아로는 로저먼드의 입에서 '탐정'이라는 말이 떨어졌을 때 바로 사람들의 표정을 확인하지 못한 것을 후회했다. 지금은 이미 늦었다…….

푸아로는 어깨를 쫙 펴고 일행들에게 고개를 숙였다. 이제 그가 사용하는 단어와 억양에서는 그리 외국인 티가 나지 않았다.

"네, 전 탐정입니다."

조지 크로스필드의 뺨이 다시 한 번 하얗게 질렸다.

"누가 당신을 이리로 부른 겁니까?"

"저는 리처드 애버네티 씨의 죽음에 대한 조사를 해 달라는 부탁을 받았습니다."

"누구에게서요?"

"지금으로선 중요하지 않습니다. 하지만 당신도 의혹을 모두 지워 버리고 리처드 애버네티가 자연사했다는 것을 확실히 하고 싶으시겠죠?"

"삼촌은 자연사하신 게 맞아요. 누가 다른 소릴 합니까?"

"코라 랑스크네가 다른 소릴 했죠. 그리고 코라 랑스크네 본인은 죽었고요."

불안감이라는 작은 물결이 사악한 바람결처럼 방안을 휩쓸었다.

"고모가 이곳…… 이 방에서 그런 말을 했죠. 하지만 저는 그렇게 생각하지……."

수전이 말했다.

"정말이야, 수전? 왜 계속 거짓말을 하는 거야? 무슈 퐁타를리에를 속이려는 건 아니겠지?"

조지 크로스필드가 비꼬는 듯한 눈길로 그녀를 바라보았다.

"우리 모두 코라 이모의 생각에 동감이었잖아. 그리고 이분 이름은 퐁타를리에가 아니야. 에르퀼 뭐라는 사람이라고."

로저먼드가 말했다.

"에르퀼 푸아로입니다……. 잘 부탁드립니다."

푸아로가 고개를 숙여 인사했다.

깜짝 놀라거나 겁을 먹고 탄성을 지르는 사람은 없었다. 그의 이름은 이 사람들에게 아무런 의미도 없는 것 같았다. 다들 '탐정'이라는 말을 들었을 때보다 오히려 더 시큰둥한 반응이었다.

"그렇다면 당신이 내린 결론이 뭔지 물어봐도 될까요?"

조지가 물었다.

"우리에겐 말해 주지 않을 거야."

로저먼드가 말했다.

"만약 말해 준다 하더라도, 사실은 아니겠지."

그녀는 사람들 중 유일하게 즐거운 표정이었다.

에르퀼 푸아로는 곰곰이 그녀를 바라보았다.

에르퀼 푸아로는 그날 밤 제대로 잠을 이룰 수가 없었다. 마음 한 구석이 불안했지만, 왜 그런 것인지 확실하지가 않았다. 딱히 정의 내리기 힘든 대화의 조각들, 다양한 시선들, 수상한 행동들……. 홀로 있는 밤이 되자 이 모든 것들이 의미심장하게 다가왔다.

그는 막 잠이 들뻔 했지만 정작 잠에 빠지지는 않았다. 그가 다시 한 번 잠에 막 빠져들려 할 때 번뜩 떠오른 생각이 그를 다시 깨웠다. 페인트……. 티모시와 페인트. 유성 페인트……. 유성 페인트 냄새……. 뭔가 엔트휘슬 씨와 연결되는 지점이 있었다. 페인트? 그림? 코라의 그림……. 그림엽서……. 코라는 그림엽서를 보고 그림을 그렸다……. 아니, 다시 엔트휘슬 씨로 돌아가서, 엔트휘슬 씨가 한 말 중……. 그가 한 말 중 무언가가……. 아니 랜스컴이 한 말이었던가? 리처드 애버네티가 죽던 날 집에 수녀가 찾아 왔다지? 콧수염이 난 수녀. 스탠스필드 그레인지와 리체트 세인트 메리에 차례로 찾아왔던 수녀. 수녀들이 너무 많다! 로저먼드는 무대 위에서 수녀 역할로 매력적인 모습을 빛냈다……. 그를 탐정이라고 밝힌 건 로저먼드였다……. 그리고 그녀가 그 말을 할 때 모두들 그녀를 뚫어지게 바라보았다. 코라가 "하지만 오빠는 살해당했잖아요, 안 그래요?"라고 말했을 때도 그렇게들 코라를 쳐다봤을 것이다. 그 당시 헬렌 애버네티가 '잘못'되었다고 느낀 건 뭐였을까? 헬렌 애버네티는 과거를 뒤로 하고……. 키프로스로 갈 것이다. 헬렌은 푸아로가 무슨 말을 했을 때 손에 든 밀랍 꽃 화병을 덜컥 떨어뜨렸다……. 내가 무슨 말을 했더라? 기억나지가 않았다.

그 후에 푸아로는 잠이 들었다, 잠을 자며 꿈을 꾸었다…….

녹색 공작석 테이블 꿈이었다. 그 위에는 유리 화병에 담긴 밀랍 꽃이 놓여 있었다. 꽃 전체에 짙은 진홍색 유성 페인트가 칠해져 있는 게 특이했다. 피의 색. 페인트 냄새가 나는 중에 티모시가 으르렁거리며 '난 죽어가고 있어……. 죽어가고 있어……. 이제 끝이야.'라고 말하는 게 들렸다. 그리고 그 옆에는 모드가 손에 칼을 든 채 우뚝 서서 '네, 이제 끝이에요…….'라고 말한다. 끝……. 촛불이 켜지고 수녀가 기도를 드리는 임종 장면. 그 수녀의 얼굴을 볼 수만 있다면…….

에르퀼 푸아로는 잠에서 벌떡 깨어났다……. 알아냈다!

그래, 그게 끝이었어…….

하지만 아직 갈 길이 멀었다.

그는 다양한 모자이크 조각들을 분류했다.

엔트휘슬 씨, 페인트 냄새, 티모시의 집……. 티모시의 집에 분명 무언가가 있다……. 아니, 있을지도 모른다. 밀랍 꽃……. 헬렌……. 깨진 유리 화병…….

헬렌 애버네티는 바로 잠자리에 들지 않고 생각에 빠져 방 안에 앉아 있었다. 그녀는 화장대 앞에 앉아 멍하나 거울에 비친 자신의 모습을 들여다보았다.

헬렌이 에르퀼 푸아로를 이 저택에 들인 건 어쩔 수 없는 일이었다. 그녀도 그것을 원치 않았다. 하지만 엔트휘슬 씨의 말을 거절하기가 어려웠다. 그리고 모든 일이 드러나 버린 지금, 리처드 애버네티가 무덤에서 조용하게 편히 쉬기도 틀린 것 같았다. 이 모든 일이 코라의 몇 마디 말에서 비롯되었다······.

장례식이 있었던 그날 지었던 표정들이 다들 어땠더라? 그녀는 궁금했다. 다들 코라를 바라보았던가? 코라 본인은 어땠던가?

조지가 한 얘기는 뭐였지? 자기 자신을 바라본다느니 했던 것 같은데. 어딘가의 인용문에도 그런 말이 있었지. '우리는 다른 사람이 우리를 보는 방식으로 우리 자신을 바라본다'. 다른 사람들이 우리를 보는 방식이라······.

거울을 응시하던 멍한 눈길에 갑자기 초점이 잡혔다. 그녀는 자기 자신을 보고 있었다. 아니, 진정한 그녀 자신은 아니었다. 다른 사람이 보는, 코라가 보는 방식대로의 그녀가 아니라 자기 자신을 보고 있었다.

그녀의 오른쪽······. 아니, 왼쪽 눈썹 위치가 오른쪽보다 약간 더 높았다. 입은? 입술의 곡선은 대칭이었다. 만약 그녀가 또 다른 자신과 만난다 하더라도 이 거울속의 영상과 별반 다르지 않을 것이다. 코라와는 다르게.

그 장면이 아주 선명하게 떠올랐다······. 장례식 날 코라는 고개를 옆으로 갸우뚱하게 숙였다. 질문을 던지면서······. 헬렌을 바라보면서…….

갑자기 헬렌은 두 손을 들어 얼굴을 감쌌다.

그리고 혼잣말을 했다.

"그건 말도 안 돼……. 말도 안 돼……."

엔트휘슬 양은 메리 여왕과 함께 피켓을 하는 즐거운 꿈을 꾸다가 전화벨 소리를 듣고 잠을 깼다.

무시해 버리려 했지만 전화벨이 끈질기게 울렸다. 잠에서 덜 깬 그녀는 베개에서 머리를 들어 올려 침대 옆에 있는 시계를 보았다. 6시 55분이었다……. 도대체 이 시간에 전화를 하는 사람은 누구야? 잘못 걸려 온 전화가 분명해.

짜증스러운 벨소리가 이어졌다. 엔트휘슬 양은 한숨을 쉬고는 가운을 걸치고 응접실로 나갔다.

"켄싱턴 675498입니다."

그녀는 수화기를 들고 무뚝뚝하게 말했다.

"저는 애버네티 부인이에요. 리오 애버네티 부인요. 엔트휘슬 씨와 통화할 수 있을까요?"

"오, 안녕하세요, 애버네티 부인."

'안녕하세요.'라는 말은 진심이 아니었다.

"전 엔트휘슬 양이에요. 오빠는 아직 자고 있는 모양이네요. 저도 자던 중이었고요."

"정말 죄송해요. 하지만 아주 중요한 일이라서 지금 당장 엔트휘슬 씨와 통화를 해야 해요."

헬렌은 사과할 수밖에 없었다.

"나중에 하실 수 없나요?"

"죄송하지만 그럴 순 없어요."

"오, 정 그러시다면야 할 수 없죠."

엔트휘슬 양은 톡 쏘아 붙였다.

그녀는 엔트휘슬 씨의 방문을 두드리고 안으로 들어섰다.

"또 애버네티예요!"

그녀는 쌀쌀맞게 말했다.

"음, 애버네티?"

"리오 애버네티 부인이래요. 7시도 되기 전에 전화를 하다니! 정
말이지!"

"리오 부인이? 이런. 이상한 일도 다 있네. 내 가운은 어디 있지?
아, 고마워."

그는 재빨리 수화기를 들었다.

"엔트휘슬입니다. 헬렌이에요?"

"네. 이렇게 일찍 잠을 깨워서 정말 죄송해요. 하지만 아주버님이
살해되었다는 코라의 이야기에서 뭐가 이상하게 느껴졌는지 기억
이 나는 대로 연락하라고 말씀하신 일이 있잖아요."

"아! 기억해 냈어요?"

헬렌은 당황스러운 목소리로 대답했다.

"네, 하지만 말이 안 되는 것 같아요."

“제가 판단할 수 있게 해 주세요. 그날 참석한 사람 중 한 명에 대한 겁니까?”

“네.”

“말씀해 보세요.”

“바보 같은 소리일지도 몰라요.”

헬렌은 겸연쩍어했다.

“하지만 확실해요. 어젯밤 거울에 비친 제 모습을 보다가 생각이 났어요. 아…….”

그때 희미한 비명 소리가 전화선을 타고 들려왔다. 그리고 둔탁한 소리가 이어졌다…….

엔트휘슬 씨는 다급하게 말했다.

“여보세요, 여보세요……. 헬렌! 듣고 있어요? 헬렌…….”

21장

엔트휘슬 씨가 전화국 관리자와 이야기한 지 거의 한 시간이 지나서야 마침내 에르퀼 푸아로와 전화가 연결되었다.

엔트휘슬 씨는 안도의 한숨을 내쉬었다.

"휴, 감사합니다! 교환원이 통 전화 연결이 안 된다고 하지 뭔가."

"당연한 일이지. 다른 곳과 통화 중이었으니까."

반대편에서 들리는 푸아로의 목소리에서 어딘가 불길한 기운이 느껴졌다.

엔트휘슬 씨는 재빨리 물었다.

"무슨 일이 있었나?"

"그래. 약 20분 전 리오 애버네티 부인이 서재의 전화기 옆에 의식을 잃고 쓰러져 있는 모습이 하녀에 의해 발견됐다네. 심각한 뇌진탕이야."

"머리를 맞았다는 건가?"

"그런 것 같아. 넘어지면서 대리석 문버팀쇠에 머리를 부딪혔을 수도 있지만, 내가 보기에는 아닌 것 같네. 의사도 내 말에 동의했고."

"헬렌은 그때 나와 통화하고 있었어. 갑자기 전화가 끊겨 이상하다 생각했지."

"그럼 그녀와 통화하던 게 자네였나? 그녀가 무슨 말을 했지?"

"그녀는 코라 랑스크네가 문제의 발언을 했을 당시 뭔가 잘못되었다는…… 좀 이상한 느낌을 받았다고 말한 적이 있었네. 하지만 안타깝게도 그게 뭔지는 잘 모르겠다고 했지. 왜 그런 인상을 받은 건지 말일세."

"그러다 갑자기 기억해낸 건가?"

"그래."

"그래서 자네에게 말해 주려고 전화를 걸었고?"

"그래."

"에 비엥(그렇다면)……."

"에 비엥 어쩌고 할 일이 아니야. 막 얘기하려는 찰나에 전화가 끊어졌다고."

엔트휘슬 씨가 퉁명스럽게 대꾸했다.

"그녀와 어디까지 얘길 했었나?"

"관련 없는 이야기만 했지."

"실례하네만 몬 아미(친구), 그건 자네가 아니라 내가 판단할 일이라네. 그녀가 정확히 어떤 말을 했나?"

"그녀는 당시 이상하게 생각되었던 이유가 기억나면 즉시 알려 달라고 했던 내 말을 기억하더군. 그걸 기억해 냈나 보다 했는데……. '말이 안 된다'며 망설이지 뭔가. 난 혹시 그날 장례식에 참석했던 사람들 중 한 명에 관련된 일이냐고 물었고, 그녀는 그렇다고 대답했네. 거울을 바라보다가 생각이 났다는 거야……."

"응?"

"그게 다일세."

"어떤 사람과 연관된 것인지……. 아무런 힌트도 주지 않았나?"

"내가 그걸 알았다면 왜 자네에게 말해 주지 않겠나."

엔트휘슬 씨가 비꼬듯이 대꾸했다.

"사과하겠네, 몬 아미(친구). 물론 자네가 알았다면 내게 말해 줬겠지."

"그녀가 의식을 회복할 때까지 기다려야겠군."

그러자 푸아로가 심각한 말투로 입을 열었다.

"아주 오래 기다려야 할 거야. 어쩌면 영영 못 들을 수도 있고."

"그 정도로 상태가 심각한가?"

엔트휘슬 씨의 목소리가 약간 떨렸다.

"그래, 그 정도로 상태가 심각하다네."

"그……. 끔찍한 일이로군, 푸아로."

"그래, 끔찍한 일이지. 그래서 가만히 앉아 기다릴 수가 없는걸세. 이 일로 우리는 아주 무자비하거나 아주 겁에 질린 사람을 상대해야 한다는 걸 알게 되었네."

"하지만 이보게, 푸아로. 앞으로 헬렌을 어쩌지? 난 걱정되네. 그녀가 엔더비에 계속 있어도 안전할까?"

"아니, 안전하지 않을 걸세. 그래서 엔더비에서 내보냈지. 이미 구급차가 와서 가족이든 누구든 절대 환자와의 접촉을 불허하는 특별 관리 요양원으로 보냈다네."

엔트휘슬 씨는 한숨을 쉬었다.

"자네 덕에 한시름 놨네! 엔더비에 그대로 있다가 위험해질지도 모르니까."

"분명 위험해질 거야!"

엔트휘슬 씨의 목소리가 깊이 떨렸다.

"나는 헬렌 애버네티를 대단해 존경했다네. 언제나 그랬지. 정말 특별한 여자야. 어쩌면 그녀에게……. 뭐라고 할까, 말 못할 어떤 과거가 있는 것 같았어."

"말 못할 과거?"

"왠지 언제나 그런 느낌이 들었다네."

"그녀는 키프로스에 별장이 있는 여자이니까. 그래, 충분히 그럴 수 있지……."

"자네가 쓸데없는 생각은 하지 않았으면 좋겠네……."

"내가 생각하는 걸 자네가 말릴 순 없지. 자, 이제 자네에게 한 가지 맡길 일이 있네. 잠시만 기다리게."

잠시 침묵이 이어지다 다시 푸아로의 목소리가 들려왔다.

"아무도 듣는 사람이 없는지 확실히 하려고. 이제 다 됐네. 자, 자네가 해 주었으면 하는 걸 말해 주지. 지금부터 여행 준비를 하게."

"여행?"

엔트휘슬 씨의 목소리에 희미하게 당황한 기색이 어렸다.

"오, 알겠네……. 내가 엔더비로 내려가길 바라는 게지?"

"아닐세. 여긴 내가 맡고 있으니 자네는 그렇게 멀리 여행할 필요 없어. 런던에서 그리 멀지 않은 곳일세. 베리 세인트 에드먼즈라는 곳이지……. (마 푸아(정말)! 자네 나라 영국의 도시들 이름이란 정말!) 그리고 그곳에서 차를 빌려 폴스다이키 하우스로 몰고 가게. 정신 병원이라네. 펜리드 박사를 만나 최근에 퇴원시킨 환자 한 명에 대해 물어 보고."

"어떤 환자? 그게 분명……."

푸아로가 끼어들었다.

"그 환자의 이름은 그레고리 뱅크스야. 그가 어떤 정신병을 알고 있었는지 알아내게."

"자네 말은 그레고리 뱅크스가 미쳤다는 말인가?"

"쉿! 말조심하게. 그리고 이제……. 난 아직 아침 식사를 하지 못했네, 아마 자네도 마찬가지겠지?"

"그래. 너무 초조해서……."

"그렇겠지. 그렇다면 먼저 아침 식사를 하고 기운을 차리라고. 12시에 베리 세인트 에드먼즈로 가는 훌륭한 열차가 있어. 혹시 새로운 소식이 있으면 자네가 출발하기 전에 전화하겠네."

"자네도 몸조심하게, 푸아로."

엔트휘슬 씨는 염려스러운 듯 말했다.

"아, 그럼! 나 푸아로는 대리석 문버팀쇠에 머리를 부딪치고 싶지 않다네. 매사에 만전을 기할 테니 나에 대해서는 안심해도 좋아. 그리고 이제…… 당분간 잘 있게."

푸아로는 반대편에서 수화기를 내려놓는 소리를 듣고 잠시 기다렸다. 아주 희미하게 두 번째로 딸깍하는 소리가 났다. 그가 슬그머니 미소를 지었다. 누군가 홀에 있는 다른 전화의 수화기를 내려놓은 것이다.

그는 홀로 나갔다. 홀에는 아무도 없었다. 푸아로는 살금살금 계단 뒤편에 있는 찬장으로 다가가 안을 들여다보았다. 그 순간 랜스컴이 토스트와 은색 커피 주전자가 든 쟁반을 들고 주방문을 나왔다. 그는 푸아로가 찬장에서 나오는 걸 보고 약간 놀란 표정이었다.

"식당에 아침 식사가 준비되었습니다."

그가 말했다.

푸아로는 곰곰이 그를 살펴보았다. 늙은 집사는 얼굴이 창백했고 몸을 떨고 있었다. 푸아로는 그의 어깨를 잡고 말했다.

"기운 내세요. 모든 게 다 잘 풀릴 거예요. 내 침실로 커피 한 잔 올려 보내 달라고 부탁하면 너무 폐가 될까요?"

"당연히 보내 드려야죠. 재닛을 시켜 올려 보내겠습니다."

랜스컴은 계단을 오르는 에르퀼 푸아로의 뒷모습을 못마땅한 듯 바라보았다. 푸아로는 삼각형과 사각형 문양이 들어간 이국적인 실크 가운을 걸치고 있었다.

랜스컴은 씁쓸하게 생각에 잠겼다.

'외국인들이란! 외국인들을 저택에 들이다니! 거기에 리오 부인께서는 뇌진탕이라고? 이게 다 무슨 일인지 모르겠어. 주인님께서 돌아가신 후로는 모든 게 예전 같지 않아.'

재닛이 커피를 들고 왔을 때쯤엔 에르퀼 푸아로도 옷을 제대로 차려입고 있었다. 이번 일로 재닛이 받았을 충격에 대해 푸아로가 위로의 말을 건네자, 재닛은 기쁜 기색이었다.

"네, 정말이에요. 제가 서재의 문을 열고 후버 진공청소기를 들고 들어갔더랬죠. 리오 부인께서 바닥에 쓰러져 계시던 그 장면은 절대 잊지 못할 거예요. 바닥에 누워 계시는 걸 보고 꼭 전 돌아가신 줄로만 알았답니다. 전화를 하려고 서 있으시다가 실신하신 게 틀림없어요……. 아침에 그렇게 일찍 일어나셨으니 원! 전에는 그렇게 일찍 일어나신 걸 한 번도 못 봤거든요."

"아침 일찍이라, 정말 그렇군요!"

그는 아무렇지 않게 이렇게 덧붙였다.

"당시에 다른 사람들은 아직 일어나지 않았겠죠?"

"언제나 그렇듯 모드 부인께선 일어나 계셨지요. 언제나 아주 일찍 일어나시거든요. 종종 아침 식사하기 전에 산책도 나가시고요."

"그 세대 사람들은 일찍 일어나죠. 하지만 젊은 사람들은…… 그렇게 일찍 일어나지 않죠?"

푸아로는 고개를 끄덕이며 대꾸했다.

"네, 정말 그래요. 제가 차를 가지고 올라갔을 때도 여전히 잠에 푹 빠져 있더라고요……. 의사를 부르고, 마음을 가라앉히느라 차를 한 잔 마시는 바람에 평소보다 아주 늦게 가져갔는데도 말이에요.”

재닛이 방을 나가자 푸아로는 그녀가 한 말을 곰곰이 생각해 보았다. 모드 애버네티는 자리에서 일어나 돌아다녔고, 젊은이들은 자고 있었다? 하지만 그건 아무런 의미도 없다고 생각했다. 누구라도 헬렌의 방문이 열리고 닫히는 소리를 듣고 그 뒤를 따라 내려가 통화 내용을 엿들은 다음……. 침실로 돌아와 잠든 체 했을 수 있는 일이었다.

푸아로는 생각했다.

'하지만 내 생각이 맞다면……. 뭐, 결국 내 생각이 맞겠지. 언제나 그랬으니까! 그렇다면 이중 누가 그랬는지 파헤칠 필요는 없어. 먼저 증거가 있을지도 모른다고 생각한 곳에서 증거를 찾아내야 해. 그런 다음 작은 연설을 해야겠군. 그리고 자리에 앉아 어떤 일이 벌어지는지 지켜보는 거야…….'

재닛이 방을 떠나자마자 푸아로는 커피를 단숨에 들이키고는 외투와 모자를 걸치고 방을 나가 재빨리 계단을 내려간 다음 옆문으로 집을 빠져나갔다. 그는 400미터 떨어진 우체국으로 경쾌하게 걸어가 장거리 전화를 요청했다. 그리고 그는 다시 한 번 엔트휘슬 씨와 통화를 했다.

“그래, 다시 날세! 내가 자네에게 맡긴 임무는 잊어버리게. 쎄테윈 블라그(장난이었어)! 누군가 엿듣고 있었거든. 자, 몽 비유(여보게), 진짜 임무를 말해 주지. 아까 말했듯이 기차를 타게. 하지만 베리 세인트 에드먼즈로 가서는 안 돼. 티모시 애버네티 씨 댁으로 가 주게."

"하지만 티모시와 모드는 엔더비에 있잖나."

"그렇지. 지금 그 부부의 집에는 집을 봐 준다면 상당한 보수를 지불하겠다는 꾐에 넘어간 존스라는 여자밖에 없다네. 자네는 그 집에 가 내가 말하는 물건을 가져오면 돼!"

"친애하는 푸아로! 난 도둑질은 할 수 없어!"

"도둑질이 아니야. 존스 부인은 자네를 잘 알지. 그리고 자네는 애버네티 씨 혹은 애버네티 부인에게서 그 물건을 런던으로 가져와 달라는 부탁을 받았다고만 하면 되네. 존스 부인은 수상하다는 생각은 조금도 하지 않을 거야."

"그래, 그렇겠지. 하지만 난 그러고 싶지 않네."

엔트휘슬 씨의 목소리엔 마땅치 않은 기색이 역력했다.

"뭔지는 몰라도 자네가 직접 가져오면 안 되겠나?"

"이보게 친구. 나는 생전 처음 보는 낯선 외국인이니 당연히 의심할 게 분명해! 하지만 자네는 다르잖나."

"그래, 그래……. 그렇겠지. 하지만 이 일을 알면 티모시와 모드가 뭐라고 생각하겠나? 난 그 사람들과 40년은 족히 알고 지낸 사이인데 말일세."

"그리고 자넨 리처드 애버네티와도 그만큼 알고 지낸 사이지! 코라 랑스크네 역시 어릴 때부터 알던 사이고!"

엔트휘슬 씨는 고통스러운 목소리로 물었다.

"이게 정말 필요한 일인가, 푸아로?"

"전쟁 동안 포스터에 나붙던 질문 같구만. 당신은 꼭 여행을 떠나야 하나요? 내가 말해 주지, 꼭 떠나야 하네. 반드시 필요한 일이라네!"

"그렇다면 내가 어떤 물건을 가져와야 하나?"

푸아로가 그에게 이야기해 주었다.

"하지만 푸아로, 난 도무지 이유를 모르겠네······."

"자네가 이유를 알 필요는 없네. 이유를 아는 건 나니까."

"그 빌어먹을 물건을 내가 어떻게 하길 바라나?"

"런던의 엘름 파크 가든에 있는 주소로 가져가는 거야. 연필이 있으면 받아 적게."

주소를 받아 적은 엔트휘슬 씨의 목소리는 여전히 고통스러웠다.

"자네가 무슨 일을 하고 있는지 아는 겐가, 푸아로?"

아주 의심스러운 목소리였지만 푸아로의 대답은 명확했다.

"물론이지. 우리는 결말을 향해 다가가고 있네."

엔트휘슬 씨는 한숨을 쉬었다.

"헬렌이 나에게 무슨 말을 하려 했던 건지 추측이라도 해 볼 수 있으면 좋겠건만."

"추측할 필요는 없어, 내가 알고 있으니까."

"자네가 안다고? 하지만 푸아로······."

"설명은 나중에 해 줌세. 하지만은 이거 하나만은 확실히 말해 두겠네. 난 헬렌 애버네티가 거울을 통해 무얼 봤는지 알고 있어."

아침 식사 내내 불편한 공기가 감돌았다. 로저먼드와 티모시는 식당에 모습을 나타내지 않았지만, 다른 가족들은 모두 모여 가라앉은 목소리로 이야기를 나누었다. 식사량 또한 평소보다 적었다.

가장 먼저 기운을 회복한 사람은 쾌활하고 낙천적인 조지였다.

"헬렌 숙모는 괜찮으실 거야. 의사들은 원래 아무것도 아닌 일로 수선을 떨잖아. 그래봐야 뇌진탕이라고. 그런 건 이삼 일만 있어도 완전히 나아."

길크리스트 양은 스스럼없이 이야기를 했다.

"제가 아는 한 여자도 전쟁 중에 뇌진탕에 걸렸어요. 토튼햄 코트 로(路)를 지나가다가 벽돌인지 뭔지에 맞았대요……. 그때가 바로 로봇 폭탄*이 떨어지던 시기였는데, 그 여잔 아무 느낌이 없었나 봐요. 맞은 지도 모르고 계속 걸어가다가 열두 시간이나 지나서 리버풀로 가는 열차 안에서 쓰러진 거예요. 자기가 왜 역에 간 건지, 왜 기차를 탄 건지 아무것도 기억하지 못하더래요. 정말 신기하죠? 왜 자기가 병원에 누워 있는지도 모르면서 거의 3주 동안이나 병원에 있었다죠."

"내가 이해가 안 되는 건 헬렌 숙모님이 왜 그런 시간에 전화를 걸었는지, 또 누구에게 걸었는지야."

수전이 말했다.

"몸이 안 좋았던 거야. 어쩌면 몸이 안 좋아서 잠에서 깨서는 의

---

* 자동 제어 장치가 부착된 폭탄

사를 부르러 아래층으로 내려왔겠지. 그러다 현기증이 나서 쓰러진 거고. 다른 이유가 없어."

모드가 단언했다.

"문버팀쇠에 머리를 부딪치다니 운도 없으시지. 그냥 그 두꺼운 카펫에 걸려 넘어지셨더라면 무사하셨을 텐데."

마이클이 말했다.

문이 열리더니 로저먼드가 인상을 잔뜩 찌푸리며 들어왔다.

"밀랍 꽃이 어디 있는지 찾을 수가 없어. 리처드 삼촌 장례식 날 공작석 테이블 위에 놓여 있던 거 말이야."

그녀는 의심의 눈초리로 수전을 바라보았다.

"네가 가져간 건 아니겠지?"

"물론 난 아니야! 세상에, 로저먼드. 불쌍한 둘째 어머니가 뇌진탕으로 병원에 실려 가셨는데 여태 공작석 테이블 따위나 생각하고 있는 거야?"

"그러면 안 될 이유라도 있어? 뇌진탕에 걸린 사람은 무슨 일이 일어났는지 모를테니 상관 없잖아. 우리가 헬렌 숙모를 위해 할 수 있는 건 아무것도 없어. 마이클과 나는「준남작의 출세」개막 날짜를 상의하러 내일 점심 때 런던으로 돌아가야 해. 재키 라이고라는 사람을 만나야 하거든. 그러니까 난 테이블 문제를 빨리 매듭짓고 싶어. 하지만 그 전에 그 밀랍 꽃을 다시 보고 싶다고. 지금은 테이블 위에 웬 자기 화병이 있던데……. 근사하지만 고풍스럽진 않더라. 정말이지 이상해……. 어쩌면 랜스컴이 알지도 모르지."

마침 랜스컴이 아침 식사를 끝냈는지 확인하기 위해 식당에 잠시 들어왔다.

조지가 자리에서 일어서며 말했다.

"우린 다 먹었어요, 랜스컴. 우리의 외국인 친구는 어떻게 된 거죠?"

"위층으로 커피와 토스트를 가져다 드렸습니다."

"난원협을 위한 프티 데죄네(아침 식사)군."

"랜스컴, 응접실의 그 녹색 테이블 위에 있던 밀랍 꽃 어디 있는지 알아요?"

로저먼드가 물었다.

"제가 알기로 리오 부인께서 실수로 그 꽃병을 깨뜨렸다고 합니다. 부인은 새 유리 화병을 찾아 놓으려고 하셨지만 찾지 못하신 것 같습니다."

"그럼 그건 어디 있어요?"

"계단 뒤쪽의 찬장에 있을 겁니다. 수리를 해야 할 물건들은 보통 그곳에 넣어 두니까요. 제가 가져다 드릴까요?"

"내가 직접 가서 볼게요. 같이 가, 마이클. 거긴 어둡잖아. 헬렌 숙모가 그런 일을 당하셨는데 그런 어두컴컴한 구석에 혼자 갈 순 없어."

다들 날카로운 반응을 보였다. 모드가 낮은 목소리로 물었다.

"그게 무슨 소리니, 로저먼드?"

"왜, 숙모는 누군가에게 맞은 거잖아요, 안 그래요?"

그레고리 뱅크스가 날카롭게 대꾸했다

"갑자기 기절해서 쓰러지신 거예요."

로저먼드는 웃음을 터뜨렸다.

"숙모가 당신한테 그렇게 말했어요? 그레그, 바보 같은 소리 하지 마요. 숙모는 누군가에게 맞은 거라고요."

"그런 말은 함부로 하는 게 아니야, 로저먼드."

조지가 날카롭게 말했지만 로저먼드가 받아쳤다.

"허튼 소리 마. 내 말이 맞아. 다 들어맞잖아. 탐정이 와서 단서를 찾고, 리처드 삼촌은 독살 당했고, 코라 이모는 손도끼에 살해당했고, 길크리스트 양은 독약이 든 케이크를 받았고. 이제 헬렌 숙모가 둔기에 맞아 쓰러지셨어. 봐, 이렇게 계속되잖아. 우리는 한 명씩 한 명씩 살해당할 테고, 마지막에 살아남은 사람이…… 살인범이겠지. 하지만 나는 아니야……. 그러니까 살인범은 아니라고."

"하지만 누가 우리 예쁜 로저먼드를 죽이려 하겠어?"

조지가 가볍게 물었다.

로저먼드는 눈을 아주 커다랗게 떴다.

"오, 그야 물론 내가 너무 많은 걸 알고 있기 때문이겠지."

"네가 뭘 아는데?"

모드 애버네티와 그레고리 뱅크스가 거의 동시에 물었다.

"다들 알고 싶은 건 아니겠지?"

그녀는 유쾌하게 대꾸했다.

"어서 가, 마이클."

22장

11시, 에르퀼 푸아로는 서재에서 비공식적인 회합을 소집했다. 모두가 그곳에 모이자 푸아로는 반원형으로 늘어선 얼굴들을 유심히 바라보았다.

"지난밤에 셰인 부인께서 제가 사립 탐정이라는 걸 밝히셨죠. 실은 저는 조금만 더……. 위장이라고 할까요? 위장 신분을 유지하고 싶었습니다. 하지만 상관없습니다! 오늘, 아니면 적어도 내일 저는 여러분께 진실을 알려드릴 테니까요. 이제부터 제가 하는 말을 주의 깊게 들어 주시기 바랍니다.

저는 제 분야에 있어 유명한 사람입니다. 어쩌면 가장 유명한 사람이라고 하겠습니다. 사실 제가 가진 재능은 아무에게나 주어지는 것이 아니지요!"

조지 크로스필드는 씩 웃으며 이렇게 말했다.

"정말 그런가요, 무슈 퐁……. 아니, 무슈 푸아로? 제가 당신의 이름을 한 번도 들어보지 못했다는 게 이상하군요?"

푸아로는 엄하게 대꾸했다.

"이상한 게 아니지요. 한탄할 일입니다! 아아, 요즘에는 제대로 된 교육이 이루어지지 않죠. 배우는 거라곤 경제관련 지식 약간과 지능 지수 측정용 문제 풀이뿐이니! 이 얘긴 그만두도록 하죠. 전 엔트휘슬 씨와 오랜 친구였습니다……."

"그렇다면 물을 흐려 놓은 미꾸라지가 바로 그 사람이었군요!"

"그렇게 표현하고 싶으시다면 그렇게 하세요, 크로스필드 씨! 엔트휘슬 씨는 오랜 친구인 리처드 애버네티 씨의 죽음으로 상심이 컸습니다. 특히 장례식 날 애버네티의 여동생인 랑스크네 부인이 던진 몇 마디 말로 혼란스러워했죠. 바로 이 방에서 한 말이요."

"정말 어리석네요……. 코라가 바로 그랬죠. 엔트휘슬 씨께서 그런 말에 신경을 쓰셨을 줄은!"

모드가 말했다.

푸아로는 말을 이었다.

"엔트휘슬 씨의 혼란은 랑스크네 부인의…… '우연'이라고 할까요? 우연한 죽음 이후로 더욱 커졌습니다. 그가 원한 건 단 하나……. 랑스크네 부인의 죽음이 우연이라는 걸 확실히 밝히는 것이었습니다. 그건 다시 말해 리처드 애버네티가 자연사했다는 사실을 확인하는 것이기도 했습니다. 그래서 결국 그 친구는 제게 조사를 부탁했던 겁니다."

침묵이 흘렀다.

"그리고 저는 거기에 응했지요……."

또 다시 침묵이 흘렀다. 아무도 입을 열지 않았다.

푸아로는 고개를 빳빳이 세웠다.

"에 비엥(자), 제 조사의 결과를 들으신다면 여러분 모두 기뻐하실 겁니다……. 애버네티 씨께서 자연사가 아닌 다른 이유로 돌아가셨다는 증거는 전혀 없습니다. 그분이 살해당했다고 믿을 이유는 전혀 없는 거죠!"

푸아로는 미소를 지으며 의기양양하게 두 손을 뻗었다.

"좋은 소식이죠, 그렇지 않나요?"

하지만 그렇게 생각하는 사람은 아무도 없는 모양이었다. 모두가 여전히 의심스러운 눈길로 그를 보고 있었다. 예외가 있다면 열심히 고개를 끄덕이는 티모시 애버네티 뿐이었다.

"당연히 리처드 형은 살해당한 게 아닙니다. 도대체 누가 왜 한순간이라도 그런 터무니없는 생각을 한 건지 이해할 수가 없어! 코라는 그저 사람들을 겁주려고 장난을 친 것뿐입니다. 딴에는 재밌겠다고 생각했겠지. 비록 내 친여동생이긴 하지만 그 애는 언제나 머리가 좀 이상했어요, 불쌍한 것. 뭐, 당신 이름이 뭔지는 모르겠지만 올바른 결론을 내렸다니 다행입니다. 물론 당신을 이곳으로 보내 기웃기웃 들쑤시도록 사주한 엔트휘슬은 뻔뻔하고 건방지다고밖에 할 수 없지만 말이죠. 만약 엔트휘슬이 당신 수임료를 우리 돈으로 내려는 생각을 하고 있다면, 내 분명히 말하지만 절대 그렇게는

못할 겁니다! 빌어먹을, 주제넘은 인간 같으니! 자기가 감히 뭐라고
나서? 가족들이 다 납득했는데도 ……."

"우린 납득하지 않았어요, 티모시 삼촌."

로저먼드가 말했다.

"얘야, 그게 무슨 말이냐?"

티모시는 못마땅한 듯 찌푸린 눈으로 그녀를 응시했다.

"우린 납득하지 않았어요. 그리고 오늘 아침에 일어난 헬렌 숙모
일도 있잖아요?"

"네 숙모는 갑자기 뇌졸중이 일어날 수도 있는 나이야. 그것뿐이
란다."

모드가 날카롭게 대꾸했다.

"과연, 또 다른 우연이군요? 우연한 사건이 너무 많다고 생각하지
않으세요?"

푸아로를 바라보며 로저먼드가 말했다.

"우연은 일어나기 마련이지요."

에르퀼 푸아로가 말했다.

"말도 안 되는 소리 말아요. 형님은 몸이 안 좋아서 아래층으로
내려와 의사에게 전화를 걸다가 ……."

모드가 말했다.

"하지만 숙모가 전화한 건 의사가 아니었어요. 제가 의사에게 물
어봤다고요."

로저먼드가 말했다.

"그렇다면 누구에게 전화를 한 거야?"

수전이 날카롭게 물었다.

"나도 모르겠어."

로저먼드의 얼굴 위로 속상한 빛이 지나갔다.

"하지만 난 찾아낼 수 있을 거야."

그녀는 씩씩하게 덧붙였다.

에르퀼 푸아로는 빅토리아풍의 별채 안에 앉아 있었다. 그는 주머니에서 커다란 시계를 꺼내어 앞에 있는 테이블 위에 올려 두었다.

그는 12시 기차를 타겠다고 주위에 말했다. 아직 30분이 남아 있었다. 30분이면 누군가가 결심을 하고 그를 찾아오기에 충분한 시간이었다. 어쩌면 한 사람 이상이 찾아올지도…….

별채는 저택에 나 있는 대부분의 창문에서 똑똑히 보였다. 머지 않아 누군가가 찾아오겠지?

만약 그렇지 않다면 인간 본성에 대한 그의 지식에 결함이 있다는 것과 동시에 그의 이론 중 주요한 부분이 틀렸다는 뜻이다.

푸아로는 기다렸다……. 그리고 그의 머리 위쪽에는 거미 한 마리가 거미줄에 앉아 파리가 날아 오길 기다리고 있었다.

먼저 온 사람은 길크리스트 양이었다. 그녀는 산만하게 수선을 피우며 앞뒤가 맞지 않는 말들을 늘어놓았다.

"오, 퐁타를리에 씨……. 다른 이름이 뭐였는지 잊어 버렸네요. 별로 내키지는 않지만 퐁타를리에 씨와 만나서 이야기를 해야 할 것 같았어요……. 왠지 꼭 그래야 할 것 같더라고요. 오늘 아침에만 해도 불쌍하신 리오 부인께 그런 일이 일어났으니까요……. 전 셰인 부인의 말이 지당하다고 생각해요……. 그건 우연도, 모드 부인 말대로 뇌졸중도 아닐 거예요. 제 아버지가 뇌졸중에 걸린 적이 있으셨는데 그 병은 겉보기부터 전혀 다르거든요. 게다가 의사 선생님도 뇌진탕이라고 하시잖아요!"

그녀는 말을 멈추고 숨을 들이쉬더니 애원하는 눈길로 푸아로를 바라보았다.

푸아로는 상냥하고 자상하게 말했다.

"그렇군요. 제게 무언가 하고 싶은 말씀이 있으시죠?"

"말씀드렸듯이 내키지는 않아요……. 그분은 아주 친절하시니까요. 제가 티모시 부인 댁에 머물 수 있도록 주선해 주셨죠. 정말로 제게 아주 친절하게 대해 주셨어요. 그 때문에 너무 죄송스러운 마음이 드네요. 또 제게 랑스크네 부인의 근사한 머스크랫* 모피까지 주셨는데, 제게 정말 잘 맞더라고요. 모피는 약간 커도 상관없거든요. 그리고 제가 자수정 브로치를 돌려드리려고 했는데도 받지 않으시고……."

"뱅크스 부인 말씀이시군요?"

푸아로가 상냥하게 물었다.

"네, 저……."

---

* 사향뒤쥐.

길크리스트 양은 눈을 내리깔고 손가락을 배배 꼬았다. 그러다 눈을 들고 숨을 갑작스럽게 들이키며 말했다.

"저, 전 들었어요!"

"우연히 대화를 엿들었다는 말씀이신가요……."

"아니요."

길크리스트 양은 막 용감한 결단을 내린 사람처럼 결연히 고개를 저었다.

"사실대로 말씀드릴게요. 선생님께서는 영국 분이 아니시니까 이런 일은 별 거 아니라고 생각하시겠죠."

에르퀼 푸아로는 노여움 없이 그녀의 말을 받아들였다.

"외국인에게는 문틈으로 엿듣고 편지를 열어 보거나 읽어 보는 게 당연한 일이란 말씀이신가요?"

"오, 전 다른 사람의 편지는 절대 열어 본 적이 없어요."

길크리스트 양은 충격을 받은 듯한 목소리였다.

"그건 아니에요. 하지만 전 그날 들었답니다……. 리처드 애버네티 씨께서 여동생을 보러 내려오신 그날요. 저는 그분이 그렇게 오랜만에 갑자기 나타나신 게 좀 이상하다고 생각했어요. 당연히 이유가 궁금해졌죠. 그게…… 사생활이 없거나 친구들이 많지 않은 사람들은 함께 사는 누군가에게 관심이 가게 마련이잖아요."

"자연스러운 일이죠."

푸아로가 말했다.

"네, 저도 그렇게 생각해요……. 물론 절대 옳은 일은 아니지만요.

하지만 전 그랬어요! 그분이 하시는 말씀을 들었어요!"

"애버네티 씨께서 랑스크네 부인에게 하신 말씀을 들으셨습니까?"

"네. 그분은 이렇게 말씀하셨죠……. '티모시에게 얘기해 봐야 쓸모없는 짓이야. 그 녀석은 뭐든 비웃어 넘기니까. 통 들으려 하질 않지. 하지만 우리 셋밖에 남지 않은 지금 코라 너에게만은 내 속마음을 털어놓고 싶구나. 넌 바보같이 굴면서도 아주 예리한 구석이 있었잖아. 그러니, 네가 내 입장이라면 어떻게 하겠니?'

전 랑스크네 부인이 하시는 말씀은 정확히 듣지 못했지만 '경찰'이라는 말이 들렸고……. 그러자 애버네티 씨께서는 아주 큰 목소리로 버럭 소리를 지르시면서 이렇게 말씀하셨어요. '그렇게 할 순없어. 내 조카딸이 걸린 문제니까.' 그 후 주방에서 뭔가가 끓고 있어서 전 주방으로 가야 했지요. 그러다 제가 돌아왔을 때 애버네티 씨께서는 이렇게 말씀하고 계셨어요. '내가 다른 원인으로 죽는다해도 가능하다면 경찰은 끌어들이고 싶지 않구나. 넌 이해하겠지? 하지만 걱정 말거라. 이제 내가 알고 있는 이상 가능한 조심을 하면돼.' 그리고 그분께서는 새로운 유언장을 만들었다면서 랑스크네부인 또한 상속자가 될 거라고 말씀하셨어요. 그리고 랑스크네 부인이 남편과 행복하게 지낸 것 같다며 자신이 과거에 실수를 한 것같다고도 말씀하셨죠."

길크리스트 양은 말을 멈추었다.

"그렇군요……. 그렇군요……."

푸아로가 대꾸했다.

"하지만 전 이런 이야기는 하고 싶지 않았어요. 제가 말하는 걸 랑스크네 부인께서도 원치 않으셨을 거예요. 하지만 이제는, 특히 오늘 아침에 리오 부인께서 공격을 당하신 후로는…… 선생님께선 그걸 너무도 태연하게 우연이라고 말씀하셨죠. 하지만, 오, 무슈 퐁 타를리에, 그건 우연이 아니었어요!"

푸아로는 빙그레 미소를 지었다.

"네, 우연이 아니었지요……. 길크리스트 양, 제게 말씀해 주셔서 감사합니다. 정말 꼭 필요한 말씀을 해 주셨어요."

푸아로는 어렵사리 길크리스트 양을 떼어냈다. 더 많은 사람들이 찾아와 속내를 털어놓길 바랐기 때문에 길크리스트 양을 떼어놓는 일이 시급했다.

그의 감이 옳았다. 길크리스트 양이 자리를 뜨자마자 그레고리 뱅크스가 잔디밭을 성큼성큼 건너 별채 안으로 벌컥 들어왔다. 그 레고리 뱅크스의 얼굴은 창백했고 이마에는 송글송글 땀이 맺혀 있었다. 눈빛이 기이할 정도로 흥분해 있었다.

"드디어 갔군요! 저 멍청한 여자가 통 갈 생각을 하지 않더군요. 선생이 오늘 아침에 한 말은 전부 틀렸습니다. 다 틀렸어요. 리처드 애버네티는 살해당했습니다. 내가 그 사람을 죽였어요."

에르퀼 푸아로는 흥분한 이 젊은이를 아래위로 훑어보았다. 그는 조금도 놀란 기색을 보이지 않았다.

"당신이 죽였다고요? 정말입니까? 어떻게요?"

그레고리 뱅크스는 미소를 지었다.

"내게는 어려운 일이 아니었습니다. 열다섯에서 스무 가지 정도의 약을 서로 조합하면 쉽게 만들 수 있습니다. 약의 조합을 궁리하는 데 머리를 좀 더 써야했지만, 결국엔 아주 만족스러운 결과를 얻었습니다. 그 약의 장점은 그 사람이 사망할 당시 근처에도 있을 필요가 없다는 점이죠."

"훌륭하군요."

푸아로의 말에 그레고리 뱅크스는 겸손하게 눈을 내리깔았다. 흡족한 모양이었다.

"네. 네……. 아주 독창적이었다고 생각합니다."

푸아로는 흥미로운 듯 물었다.

"왜 그를 죽였습니까? 아내에게 돌아올 돈 때문이었나요?"

"아니요. 물론 아닙니다!"

그레그는 갑자기 광분했다.

"난 돈에 환장한 사람이 아닙니다. 돈 때문에 수전과 결혼한 게 아니라고요!"

"그런가요, 뱅크스 씨?"

그레그는 갑자기 이를 앙다물고 말했다.

"그렇게 생각한 건 그 사람이죠. 리처드 애버네티! 그 사람은 수전을 좋아했고, 수전을 존중했고, 애버네티가(家)의 피를 물려받은 수전을 자랑스러워했습니다! 그러면서 늘 수전이 한참 격이 떨어지는 남자와 결혼했다고 생각했죠……. 내가 쓸모없는 인간이라고 생각한 겁니다……. 날 경멸했어요! 나는 상류계급에, 자신들의 무리에 어울리지 않는 사람이었다고 말이죠. 그 사람은 속물이었어요……. 비열한 속물!"

"전 그렇게 생각하지 않습니다."

푸아로가 온화하게 대꾸했다.

"제가 들은 바로, 리처드 애버네티는 절대 속물이 아니었습니다."

"속물이 맞습니다. 맞아요. 그 사람은 날 업신여겼습니다. 언제나 예의바른 척 하지만 사실 속으로는 날 증오하는 게 훤히 보였단 말입니다!"

젊은이는 신경질적으로 고집을 부렸다.

"어쩌면요."

"감히 날 그런 식으로 대하고 무사할 수는 없죠! 그 전에도 그런 일이 있었습니다! 약국에 와서 약을 조제해가는 단골 손님이었죠. 그 여자가 나를 무시하더라고요. 그래서 내가 어떻게 했는지 아십니까?"

"네."

푸아로가 대답했다.

그레고리는 놀란 표정이었다.

"알고 계시다고요?"

"네."

그는 만족스러운 듯 말했다.

"그 여자는 거의 죽을 뻔했죠. 날 함부로 대하면 어떻게 되는지 보여 주는 겁니다! 리처드 애버네티는 날 경멸했습니다……. 그래서 어떻게 됐습니까? 그는 죽었습니다.”

“정말이지 성공적인 범행이군요.”

푸아로는 진지하게 감탄하면서 이렇게 덧붙였다.

“그런데 왜……. 제게 그 사실을 털어놓으시는 거죠?”

“당신이 다 끝났다고 했으니까요! 당신은 그가 살해당한 게 아니라고 했죠. 당신이 스스로 생각하는 만큼 영리하지 않다는 걸 보여 줘야 했습니다. 게다가……. 게다가…….”

“네. 게다가 뭐죠?”

푸아로가 물었다.

그레그는 갑자기 벤치 위에 털썩 주저앉았다. 얼굴빛이 변했다. 황홀경에 빠진 얼굴이었다.

“잘못된 일이었습니다……. 사악한 짓이었어요……. 전 처벌을 받아야 합니다……. 그곳으로……. 처벌의 장소로……. 속죄의 장소……. 네, 속죄의 장소로 돌아가야 해요! 참회! 심판!”

그의 얼굴은 이제 이글거리는 희열로 빛났다. 푸아로는 잠시 흥미로운 듯 그를 관찰했다.

그러다 입을 열었다.

“그 정도로 부인에게서 도망치고 싶으신가요?”

그레고리의 표정이 변했다.

“수전? 수전은 훌륭합니다……. 훌륭해요!”

“네. 수전은 훌륭합니다. 그건 아주 큰 부담임이 분명합니다. 그리고 수전은 당신을 헌신적으로 사랑하지요. 그것 또한 부담스러우시지요?"

그레고리는 가만히 앞을 보고 앉았다. 그러다 그는 마치 삐친 아이처럼 말했다.

"도대체 왜 수전은 날 가만히 내버려 두지 않는 걸까요?"

그는 팅기듯 자리에서 일어섰다.

"수전이 오고 있어요……. 잔디밭을 가로질러서 저기 오네요. 전 이만 가보겠습니다. 제가 한 말을 그녀에게 전해 주세요. 전 경찰서로 자수하러 갔다는 것도요."

수전은 숨을 헐떡이며 안으로 들어섰다.

"그레그는 어디 있어요? 여기 있었잖아요! 제가 봤어요."

"네."

푸아로는 잠시 아무 말이 없다가 입을 열었다.

"그는 제게로 와서 자신이 리처드 애버네티를 독살했다고 말했습니다……."

"말도 안 돼요! 설마 그이 말을 믿으시는 건 아니겠죠?"

"믿으면 안 될 이유라도 있나요?"

"그이는 큰아버지가 돌아가실 때 이 근처에도 오지 않았어요."

"어쩌면 아닐 수도 있죠. 코라 랑스크네가 살해당할 당시 남편 분께서는 어디 계셨나요?"

"런던에요. 우리 둘 다 런던에 있었어요."

에르퀼 푸아로는 고개를 저었다.

"아니요, 아니요, 그런 말로 넘어가실 수는 없습니다. 예를 들어 마담께서는 그날 차를 끌고 나가서 오후 내내 돌아오지 않으셨죠. 마담께서 어디로 가셨었는지도 알 것 같습니다. 리체트 세인트 메리에 가셨죠."

"전 그런 짓은 하지 않았어요!"

푸아로는 미소를 지었다.

"제가 마담을 처음 만난 것은 말씀드린 대로 이 저택에서가 아닙니다. 랑스크네 부인에 대한 심리가 끝난 후, 마담께서는 킹스 암스의 차고에 계셨죠. 그곳에서 한 수리공과 이야기를 나누었고, 마담의 바로 옆에는 늙은 외국인 신사가 탄 차 한 대가 서 있었지요. 마담께서는 그 남자를 알아보지 못하셨지만 남자는 마담을 알아보았습니다."

"무슨 말씀이신지 모르겠어요. 그날 심리가 열렸긴 했죠."

"아, 그 수리공이 마담께 어떤 말을 했는지 기억해 보세요! 그 친구는 마담께 혹시 희생자의 친척이 아니냐고 물었지 않습니까? 그 말에 마담은 조카라고 대답하셨고요."

"잔인한 질문이더군요. 모두가 잔인했어요."

"그리고 그 수리공은 다음에 이런 말을 했습니다. '아, 분명 어디서 본 얼굴이다 했어요.' 그 사람이 마담을 어디서 봤던 걸까요? 마담이 랑스크네 부인의 조카딸이라는 사실을 듣기도 전에 아는 척을 한 걸 보면 리체트 세인트 메리에서 봤던 게 분명합니다. 그가 랑스크네 부인의 집 근처에서 마담을 본 것일까요? 그렇다면 언제 본 것일까요? 그건 조사해 봐야 할 만한 문제이지요. 그리고 조사 결과 마담께서는 코라 랑스크네가 죽던 그날 오후 리체트 세인트 메리에 계셨다는 게 밝혀졌습니다. 마담께서는 심리가 열리던 날 아침에 차를 세워두었던 그 채석장에 다시 차를 세우셨더군요. 누군가 그 차를 본 사람이 번호까지 기억하고 있었습니다. 지금쯤이면 모턴 경위도 그 차의 주인을 알고 있을 겁니다."

수전은 그를 노려보았다. 숨이 다소 가빠졌지만 당황한 기색은 전혀 내보이지 않았다.

"말도 안 되는 소리를 하시는군요, 무슈 푸아로. 덕분에 제가 무슨 말을 하러 왔는지조차 잊어 버렸네요. 무슈 푸아로와 단둘이 이야기하고 싶었는데……."

"살인을 저지른 사람이 마담의 남편이 아니라 마담 자신이라는 자백을 하기 위해서인가요?"

"당연히 아니죠! 도대체 절 뭐라고 생각하시는 거예요? 그리고 그레고리는 그날 런던을 떠나지 않았다고 말씀드렸잖아요."

"하지만 마담 본인께서 집을 비우셨으니, 마담께서도 확신할 수는 없는 일 아닙니까. 뱅크스 부인, 리체트 세인트 메리에는 왜 내려가셨던 겁니까?"

수전은 숨을 깊이 들이마셨다.

"좋아요, 정 그러시다면 말씀드리죠! 장례식에서 코라 고모가 한 말이 마음에 걸려서 그 생각을 떨칠 수가 없더라고요. 결국 차를 몰고 내려가서 고모에게 직접 왜 그런 생각을 하게 되었는지 물어보기로 결심했지요. 바보 같은 말이라고 웃어넘기는 그레그에게는 제가 어디로 가는지 말하지 않았어요. 제가 그곳에 도착한 게 약 3시쯤이었고, 문을 두드리고 초인종을 눌렀지만 아무런 대답도 없어 외출한 게 분명하다고 생각했어요. 그게 전부예요. 집 뒤로는 돌아가 보지도 않았어요. 만약 그랬다면 창문이 깨진 걸 볼 수 있었을지도 모르죠. 전 무슨 문제가 있다고는 꿈에도 생각하지 못한 채 런던으로 돌아왔답니다."

푸아로의 무표정한 얼굴에선 무슨 생각을 하는지 전혀 드러나지 않았다. 그가 입을 열었다.

"왜 남편분께서는 자신이 범인이라고 주장하시는 거죠?"

"그이는……."

수전은 떨리는 목소리로 입을 열었지만 차마 말을 잇지 못했다. 푸아로가 그 기회를 낚아챘다.

"마담께서는 농담처럼 '그이는 미쳤으니까요.'라고 말하려 하셨겠죠……. 하지만 그건 농담이라기엔 너무 진실에 가깝습니다, 그렇지 않나요?"

"그레그는 멀쩡해요. 멀쩡하다고요."

"제가 남편분의 과거를 좀 압니다. 부인을 만나기 전에 폴스다이키 하우스 정신병원에 몇 달 동안 입원해 있었죠."

푸아로가 말했다.

"정신병 판정을 받은 건 아니었어요. 자발적으로 입원한 거죠."

"그건 사실입니다. 그가 정신병자 수준은 아니라는 데는 저도 동의합니다. 하지만 정신 상태가 불안한 건 확실하죠. 남편분에게는 처벌 콤플렉스가 있습니다……. 제가 보기엔 아무래도 유아기 때부터 시작된 것 같습니다만."

수전은 재빨리 열성적으로 말했다.

"무슈 푸아로께서는 이해 못하세요. 그레그에겐 단 한 번도 기회가 주어진 적이 없어요. 그 때문에 제가 리처드 삼촌의 돈을 그렇게 간절히 바랐던 거예요. 큰아버지는 너무나도 고지식한 분이셨어요. 이해를 하지 못하셨죠. 그레그는 자기 사업을 해야 할 사람이었어요. 그이는 자기가 중요한 사람이라는 자신감을 가져야 해요. 단순한 약사 보조로 이리저리 들볶이는 사람이 아니라요. 이제부턴 모든 게 다 달라질 거예요. 그이 자신만의 연구실도 생길 테고, 자신만의 이론으로 실험을 해 볼 수도 있겠죠."

"네, 네……. 마담께서는 남편께 별이라도 따다 바치시겠죠……. 남편을 사랑하시니까요. 남편이 안전하고 행복하길 너무나도 간절히 바라시고요. 하지만 상대방이 받을 수 없는 것들을 줄 수는 없는 노릇입니다. 후에도 결국 남편께서는 원치 않는 자리에 계속 머물게 되실 테니까요……."

"어디에 말이죠?"

"수전 뱅크스의 남편이라는 자리죠."

"정말 잔인하시군요! 그리고 말도 안 되는 헛소리예요!"

"그레고리 뱅크스가 관련된 문제라면 마담께서는 어떤 일이라도 해 내시겠죠. 마담께서는 큰아버지의 돈을 원했습니다……. 마담 자신을 위해서가 아니라 남편을 위해서였죠. 얼마나 간절히 원하셨던 거죠?"

수전은 자리를 박차고 나가 버렸다.

"저도 와서 작별 인사를 해야 할 것 같아서요."

마이클 셰인은 가볍게 말했다. 그는 미소를 지었는데, 그 미소에는 상대방을 매혹시키는 무언가가 있었다.

푸아로는 이 남자의 생생한 매력을 느낄 수 있었다.

그는 한동안 아무 말 없이 마이클 셰인을 관찰했다. 모든 가족 중에서도 이 남자에 대해 아는 게 가장 적다는 느낌이 들었다. 마이클 셰인은 자신이 보여 주고 싶은 면만을 보여 주었기 때문이다.

"셰인 씨의 아내 되시는 분은 아주 특이하시더군요."

푸아로는 스스럼없이 말을 했다.

마이클은 눈썹을 들어올렸다.

"그렇게 생각하십니까? 로저먼드는 정말 사랑스럽죠. 하지만 제가 아는 한 두뇌가 뛰어나진 않습니다."

"그리 똑똑해 보이려 노력하는 것 같지도 않더군요. 하지만 자신이 무얼 원하는지는 너무도 잘 알지요. 그런 사람은 드물답니다."

푸아로는 동의하면서 한숨을 쉬었다.

마이클도 다시 한 번 미소를 지었다.

"아! 공작석 테이블 말씀이시군요?"

"아마도요."

푸아로는 말을 멈추었다가 다시 덧붙였다.

"그리고 그 위에 있던 것도 말이죠."

"밀랍 꽃 말씀이세요?"

"밀랍 꽃, 그렇습니다."

마이클은 인상을 찌푸렸다.

"정말이지 무슨 생각을 하고 계시는지 통 모르겠습니다, 무슈 푸아로."

다시 한 번 미소가 환하게 켜졌다.

"하지만 우리 모두를 곤란한 상황에서 벗어나게 해 주신 점은 정말 감사하게 생각하고 있습니다. 적어도 우리 중 한 명이 불쌍하고 늙은 리처드 삼촌을 살해했다는 의심을 받는 건 불쾌한 일이니까요."

"그분을 만났을 때 그렇게 생각하셨나요? 불쌍하고 늙은 리처드 삼촌이라고?"

푸아로가 물었다.

"물론 나이에 비해서는 아주 젊어 보이셨죠……."

"그리고 가족들을 꽉 휘어잡고 있었겠죠……."

"아, 네."

"그리고 아주 예리했죠?"

"그렇다고 할 수 있습니다."

"사람들을 판단하는 눈이 예리하시고요."

여전히 미소는 그대로였다.

"제가 그 말에 동의하리라는 기대는 마세요, 무슈 푸아로. 그분은 날 인정하지 않으셨으니까요."

"셰인 씨를 그…… '믿지 못할 인간'으로 보셨겠죠?"

푸아로가 슬쩍 운을 띄웠다.

마이클은 웃음을 터뜨렸다.

"정말이지 구식 표현이군요!"

"하지만 그게 사실이지요. 아닌가요?"

"무슨 뜻으로 그런 말을 하시는지 궁금하군요?"

푸아로는 양 손의 손가락 끝을 서로 맞대었다.

"말씀드렸듯이 조사를 좀 해 보았거든요."

푸아로가 중얼거렸다.

"무슈 푸아로께서요?"

"저뿐만이 아닙니다."

마이클 셰인은 재빨리 탐색하는 눈길을 보냈다. 푸아로는 그의 빠른 반응에 감탄했다. 마이클 셰인은 절대 바보가 아니었다.

"그렇다면…… 경찰이 개입되었다는 말씀입니까?"

"아시겠지만 경찰에서는 코라 랑스크네의 죽음을 단순한 범죄로 생각하지 않아요."

"그리고 경찰이 저에 대한 조사를 했다고요?"

푸아로는 점잔을 빼며 대꾸했다.

"경찰에서는 랑스크네 부인이 살해되던 날 친척들이 취한 행동 전반에 관심을 가지고 있죠."

"그것 참 이상하군요."

마이클은 매력적이고 은밀한, 동시에 애처로운 분위기를 풍기며 말했다.

"그렇습니까, 셰인 씨?"

"무슈 푸아로가 상상하시는 것보다 더요! 저는 로저먼드에게 그 날 오스카 루이스라는 사람과 점심을 먹었다고 말했거든요."

"실제로는 그렇지 않은 데 말이죠?"

"네. 사실은 차를 몰고 나가 소렐 데인턴이라는 여자를 만났습니다……. 꽤 유명한 여배우로, 그녀와는 지난 작품에서 함께 출연한 사이입니다. 좀 난처하게 됐군요……. 경찰에게는 만족스러운 설명이 될 수 있겠지만, 로저먼드에게는 통하지 않을 테니까요."

"아! 셰인 씨의 그 '우정'에 약간의 문제가 있는 모양이군요?"

푸아로는 은밀한 표정을 지었다.

"네……. 실은 로저먼드에게 그녀를 다시는 만나지 않겠다고 약속한 적이 있습니다."

"예, 셰인 씨께서 곤란한 상황에 처할 수도 있겠군요……. 앙트르 누(우리끼리 이야기지만), 그 숙녀분과 외도를 저지르셨습니까?"

"오, 별 거 아니었습니다! 그 여자를 좋아한 건 결코 아니었어요."

"하지만 그 숙녀분께서는 셰인 씨를 좋아하셨죠?"

"뭐, 좀 성가시게 굴긴 했습니다……. 여자들은 그런 관계에 집착하니까요. 하지만 무슈 푸아로 말씀대로 어쨌든 경찰은 만족할 겁니다."

"그렇게 생각하시나요?"

"뭐, 수십 킬로미터 떨어진 곳에서 소렐과 노닥거리고 있으면서 손도끼를 들고 코라 랑스크네 부인을 찾아갔다고 보기는 힘들테니까요. 소렐의 별장은 켄트에 있거든요."

"그래요, 그렇군요……. 그렇다면 이 데인턴 양이라는 사람은 셰인 씨의 알리바이에 대해 증언을 해 줄까요?"

"내켜하진 않을 겁니다. 하지만 살인 사건과 관련된 일이니, 해 줄 수밖에 없겠죠."

"어쩌면 셰인 씨께서 그녀와 노닥거리고 있지 않았다 해도, 그렇다고 증언하지 않을까요."

"무슨 말씀이십니까?"

갑자기 마이클의 표정이 험악해졌다.

"그 숙녀분께서는 셰인 씨를 사랑하시죠. 여자는 사랑하는 사람을 위해서라면……. 그 어떤 말도 합니다."

"지금 절 못 믿겠다는 말씀이십니까?"

"제가 셰인 씨를 믿고 안 믿고는 중요하지 않습니다. 셰인 씨께서 만족시켜야 할 사람은 제가 아니니까요."

"그렇다면 누굽니까?"

푸아로는 미소를 지었다.

"모턴 경위입니다……. 지금 옆문을 통해 막 테라스로 나오셨죠."

마이클 셰인은 재빨리 몸을 돌렸다.

23장

"여기 계시다고 들었습니다, 무슈 푸아로."

모턴 경위가 말했다.

두 남자는 함께 테라스를 거닐었다.

"매치필드의 파웰 총경님과 함께 왔습니다. 래러비 박사님의 전화로 리오 애버네티 부인에 대한 이야기를 듣고 몇 가지 탐문 조사를 하려 오셨죠. 박사님이 뭔가 미심쩍어 하시던데요."

"그리고 경위님은요? 경위님은 무슨 일이시죠? 버크셔에서 아주 먼 길을 오신 거 아닙니까."

푸아로가 물었다.

"저도 몇 가지 조사를 하고 싶었습니다……. 그런데 아주 편리하게도 제가 조사하고 싶었던 사람들이 모두들 이곳에 모여 있다고 하더군요."

그는 잠시 말을 멈추었다가 덧붙였다.

"무슈 푸아로께서 꾸미신 일입니까?"

"네, 제가 꾸민 일입니다."

"그리고 그 결과 리오 애버네티 부인이 큰일을 당하셨죠."

"그 일로 절 탓하면 안 되죠. 리오 부인이 절 찾아오기만 하셨더라도……. 하지만 부인은 그러는 대신 런던에 있는 변호사에게 전화를 거신 겁니다."

"그리고 변호사님께 비밀을 누설하던 중이었겠죠……. 쾅! 하던 그때 말입니다."

"경위님 말씀대로……. 쾅! 할 때죠."

"부인께서 어디까지 말씀하셨답니까?"

"거의 없습니다. 그저 거울을 들여다보고 있었다는 말만 겨우 했을 뿐이니까요."

"아! 뭐, 여자들이라면 그럴 만 하죠."

모턴 경위는 무심히 대꾸했다. 경위는 날카롭게 푸아로를 바라보았다.

"혹시 그 이야기를 듣고 뭔가 떠오르는 게 있으십니까?"

"네, 전 리오 부인이 변호사에게 무슨 말을 하려 했는지 알 것 같습니다."

"정말 대단한 추리력이십니다. 무슈 푸아로께서는 언제나 그러셨죠. 자, 그게 뭡니까?"

"실례지만, 경위님은 리처드 애버네티의 죽음을 조사하시는 겁니까?"

"공식적으로는 아닙니다. 물론 랑스크네 부인의 살인과 관련이
있다면…….'"

"네, 관련이 있지요. 하지만 경위님, 제게 몇 시간만 더 여유를 주
시겠습니까? 그때쯤이면 제 생각이 옳은지 확실히 알 수 있을 것 같
으니까요. 만약 옳다면…….'"

"네, 옳다면요?"

"경위님께 확실한 물증을 안겨드릴 수 있을지도 모르죠."

"그렇게만 된다면 더 이상 바랄 게 없습니다."

모턴 경위가 기대에 가득한 목소리로 말했다. 그리고 흘끗 푸아
로를 바라보았다.

"뭘 감추고 계시는 겁니까?"

"아무것도요. 정말 아무것도 없습니다. 내가 생각하는 증거가 실
제로 존재하지 않을 수도 있으니까요. 그저 여러 가지 대화의 조각
들로부터 그 증거의 존재를 짐작할 뿐입니다. 어쩌면 내가…….'"

푸아로는 전혀 가능성 없다는 목소리로 말했다.

"틀렸을 수도 있죠."

모턴은 빙그레 미소를 지었다.

"하지만 무슈 푸아로께는 자주 있는 일이 아니겠죠?"

"그래요. 물론 그럴 때도 있지요……. 인정하고 싶지 않지만 인정
해야겠군요. 그런 일이 제게도 일어났었죠."

"정말이지 듣던 중 반가운 말입니다! 항상 옳다는 건 가끔은 지루

할 테니까요."

"전 그렇지 않던데요."

푸아로가 단호하게 대꾸했다.

모턴 경위는 웃음을 터뜨렸다.

"그래서 제 탐문 조사를 미뤄 달라고 부탁하시는 겁니까?"

"아니요, 아니요, 전혀 아닙니다. 원하시는 대로 진행하세요. 설마 누군가를 체포할 생각은 아니시겠죠?"

모턴은 고개를 저었다.

"그러기에는 근거가 너무 부족합니다. 먼저 검사의 영장이 떨어져야 하고……. 체포하기까지는 갈 길이 멀죠. 하긴 그저 문제의 그날 무얼 했는지 정도만 알아내면 됩니다. 특히 한 사람의 경우는 아주 주의해서요."

"그렇군요. 뱅크스 부인 말씀이신가요?"

"정말 눈치가 빠르시군요. 그렇습니다. 뱅크스 부인은 그날 그곳에 갔죠. 그녀의 차가 채석장에 주차되어 있었습니다."

"뱅크스 부인이 차를 모는 모습을 본 사람은 없나요?"

"네."

경위는 이렇게 덧붙였다.

"뱅크스 부인이 그날 그곳에 내려갔다는 말을 꼭꼭 숨겼던 게 상황을 불리하게 만들었습니다. 뱅크스 부인은 그날 일에 대해 상세히 설명해야 할 겁니다."

"뱅크스 부인은 설명에 아주 능숙하시죠."

푸아로는 냉담하게 대꾸했다.

"네. 아주 영리한 숙녀분이죠. 어쩌면 지나치게 영리한지도 모르겠습니다."

"지나치게 영리한 것은 절대 현명한 일이 아닙니다. 살인범들은 바로 그 때문에 붙잡히니까요. 조지 크로스필드에 대해서는 뭐 발견한 게 있나요?"

"별 건 없습니다. 아주 평범한 유형이니까요. 그와 비슷하게 생긴 수많은 젊은이들이 기차나 버스, 자전거를 타고 전국을 돌아다니죠. 그러니 1주일이나 지난 시점에서 그 사람을 보았는지 어쨌는지 기억하기도 힘들 뿐더러, 기억한다 하더라도 수요일인지 목요일인지, 아니면 보았다는 사람이 그 사람이 확실한지도 알 수가 없습니다."

그는 말을 멈추었다가 다시 이어나갔다.

"한 가지 좀 흥미로운 정보를 입수했습니다······. 수녀원 원장님을 통해서요. 그 수녀원 소속의 수녀 두 분이 집집마다 찾아다니며 모금을 했답니다. 랑스크네 부인이 살해되기 전날 부인 집을 찾아갔던 모양이지만, 수녀들이 그 집의 초인종을 눌렀을 때는 집에 아무도 없었을 겁니다. 당연한 일이죠······. 랑스크네 부인은 애버네티 씨의 장례식에 참석하러 북부에 가 있었고 길크리스트 양은 그날 하루 휴가를 받아 본머스로 여행을 갔으니까요. 문제는 수녀들의 증언입니다. 그 집 안에 누군가가 있었다네요. 한숨 소리와 신음 소리를 들었다면서 말이죠. 전 그 다음 날 찾아갔던 건 아닌지 물어보았지만, 원장님은 그날이 확실하다고 하셨습니다. 장부에 다 기록되어 있다지 않습니까. 혹시 두 여자가 다 집을 비운 기회를 노려 누군가 그날 그 집을 뒤진 건 아닐까요? 그러다 원하는 것을 찾지 못한 누군가가 다음 날 그 집을 다시 찾아간 건 아닐까요? 저는 한숨 소리나 신음 소리를 들었다는 말은 그리 신뢰하지 않습니다. 살인 사건이 일어난 집이니 신음 소리를 들었다는 착각에 빠지기도 쉽죠. 문제는 그날 그 집에 있어서는 안 될 누군가가 과연 있었느냐 하는 겁니다. 만약 그렇다면 그건 누구였을까요? 애버네티가 사람들은 전부 장례식에 참석했었는데 말입니다."

푸아로는 뚱딴지 없어 보이는 질문을 던졌다.

"혹시 그 지역에서 모금을 하던 그 수녀들이 나중에 다시 와서 모금을 한 적이 있나요?"

"네, 다시 찾아갔다고 하더군요……. 약 1주일 후예요. 분명히 심리가 열리던 날이었다고 합니다."

"맞아떨어지는군요."

에르퀼 푸아로가 말했다.

"딱 맞아떨어져요."

모턴 경위는 그를 바라보았다.

"수녀들에게 왜 관심을 보이시는 겁니까?"

"제 취향과는 상관없습니다. 어쨌든 제 이목을 끌었으니까요. 경위님께서도 관심을 가질 수밖에 없으실 겁니다. 수녀들이 그 집을 방문한 날이 바로 독약이 든 웨딩 케이크가 발견된 그날이니까요."

"설마 그런……. 말도 안 되는 생각입니다."

"제 생각은 말이 안 되는 때가 절대 없습니다."

에르퀼 푸아로는 엄하게 대꾸했다.

"그럼 저는 친애하는 경위님께서 코라 애버네티 사건에 대한 탐문 조사를 하도록 자리를 비켜줘야 겠군요. 저는 고(故) 리처드 애버네티의 조카딸을 조사해 봐야겠습니다."

"뱅크스 부인과 말씀하실 때는 조심해 주십시오."

"전 뱅크스 부인을 말한 게 아닙니다. 리처드 애버네티 씨의 또 다른 조카딸을 만나볼 작정이지요."

푸아로의 눈에 로저먼드의 모습이 들어 왔다. 그녀는 말없이 벤치에 앉은 채 폭포 아래로 떨어졌다가 다시 꽃이 핀 덤불들 사이를 흐르는 작은 개울을 뚫어져라 들여다보고 있었다.

"저는 오필리어를 방해할 생각은 추호도 없습니다."

푸아로는 그녀의 옆자리에 앉으며 말을 꺼냈다.

"지금 역할을 연구하시는 중이시죠?"

"저는 셰익스피어를 연기해 본 적이 한 번도 없어요."

로저먼드가 대꾸했다.

"딱 한 번 빼놓고요. 「베니스의 상인」에서 제시카 역할을 맡았었죠. 형편없는 희곡이었어요."

"하지만 애수가 어려 있죠. '감미로운 음악을 들어도 즐겁지가 않아요.' 불쌍한 제시카, 사람들이 증오하고 경멸하는 유태인 상인의 딸로서 마음의 짐이 얼마나 무거웠겠습니까. 아버지의 금화를 훔쳐

연인과 달아나면서 얼마나 많은 마음의 갈등을 했겠습니까. 금화를 가진 제시카와…… 금화를 가지지 않은 제시카는 별개죠."

로저먼드는 고개를 돌려 그를 바라보았다.

"이미 떠나신 줄 알았는데요."

그녀의 목소리는 힐난조였다. 그녀는 손목시계를 흘끗 내려다보았다.

"12시가 지났잖아요."

"기차를 놓치고 말았죠."

푸아로가 말했다.

"왜요?"

"제가 어떤 이유가 있어 기차를 놓쳤다고 생각하시나요?"

"전 그렇게 생각해요. 무슈 푸아로는 정확한 분이시잖아요, 안 그런가요? 기차를 타고 싶으셨다면 분명 타셨을 거예요."

"마담의 판단력은 정말 경탄스럽습니다. 마담, 제가 작은 별채에 앉아서 마담께서 절 찾아와주길 기다렸다는 걸 아시나요?"

로저먼드는 그를 노려보았다.

"제가 왜 그래야 하죠? 이미 서재에서 작별 인사를 했잖아요."

"그랬죠. 마담께서는 제게 하고 싶으신 말씀이…… 전혀 없으셨나요?"

로저먼드는 고개를 저었다.

"없어요. 전 생각할 게 너무 많으니까요. 중요한 것들이죠."

"그렇군요."

"전 원래 생각을 많이 하는 편이 아니에요. 괜한 시간 낭비인 것 같아서요. 하지만 이건 중요해요. 원하는 대로 인생을 살려면 계획을 세워야 하죠."

로저먼드가 말했다.

"그렇다면 마담께서는 계획을 세우고 계셨다는 말입니까?"

"뭐, 네……. 어떤 결정을 내리려던 참이었어요."

"남편에 대한 결정이요?"

"어느 면에서는 그렇죠."

푸아로는 잠시 기다렸다가 입을 열었다.

"모턴 경위님이 막 이곳에 도착했습니다."

로저먼드가 막 질문을 던지려 하자 푸아로가 재빠르게 선수를 쳤다.

"그 사람이 랑스크네 부인 사건을 담당하고 있는 경찰입니다. 랑스크네 부인이 살해당하던 그날 가족 여러분들께서 뭘 하고 계셨는지에 대한 진술을 받으러 오셨죠."

"그렇군요. 알리바이."

로저먼드는 쾌활하게 대꾸했다.

그녀의 아름다운 얼굴이 누그러지면서 장난꾸러기 아이 같은 미소를 띠었다.

"마이클에게는 지옥이겠죠. 마이클은 그날 자기가 여자와 있었다는 걸 제가 모르는 줄 아니까요."

그녀가 말했다.

"그런데 어떻게 아셨나요?"

"오스카와 점심을 먹으러 간다는 말을 할 때 보니 알겠더군요. 태연해 보이려고 애쓰는 게 뻔히 보이는 데다, 그이는 거짓말을 할 때면 항상 코를 약간 실룩거리거든요."

"정말이지 제가 마담과 결혼하지 않은 게 천만다행입니다!"

"그리고 물론, 오스카에게 전화를 걸어 확인도 해 봤죠. 남자들은 항상 말도 안 되는 거짓말을 하니까요."

로저먼드가 말을 이었다.

"아무래도 남편분께서는 그리 가정적이진 않은 모양입니다?"

푸아로는 과감하게 말을 던졌다.

하지만 로저먼드는 그 말에 화내지 않았다.

"네."

"그런데 신경 쓰이지 않으세요?"

"글쎄요, 어떤 면에서는 좀 재미있기도 해요. 그러니까 다른 모든 여자들이 낚아채고 싶어 하는 남편을 가졌다는 게요. 아무도 원치 않는 남자와 결혼하고 싶지는 않아요……. 불쌍한 수전처럼요. 정말이지 그레그는 완전한 얼간이예요!"

푸아로는 그녀를 가만히 살펴보았다.

"그런데 만약 누군가가…… 마담의 남편분을 채가는 데 성공한다면요?"

"그런 일은 없을 거예요."

로저먼드는 이렇게 말하고 "당분간은요."라고 덧붙였다.

"그 말씀은……."

"리처드 삼촌의 돈이 있으니까요. 마이클은 여자들에게 약하고……. 그중에 소렐 데인턴이라는 여자는 거의 그를 낚아채서 옆에 둘 뻔하기도 했죠. 하지만 마이클에게는 무엇보다도 공연이 먼저예요. 이제 그는 자신만의 커다란 공연을 열 자금을 얻은 셈이에요……. 연기뿐 아니라 연출도 맡아서 말이죠. 아시겠지만 그이는 야심이 있고 능력도 있어요. 저와는 다르죠. 저는 연기를 좋아하지만 어디까지나 3류 배우에 불과해요. 외모는 받쳐 줄지 몰라도. 그래서 전 더 이상 마이클 걱정은 안 해요. 제겐 돈이 있으니까요."

그녀는 조용히 푸아로의 눈을 마주했다. 푸아로는 리처드 애버네티의 두 조카딸 모두가 그 사랑을 받을 줄도 모르는 남자를 깊이 사랑하게 된 것이 정말 이상하다는 생각이 들었다. 하지만 로저먼드는 보기 드문 미인이었고, 수전은 매력적이면서 뇌쇄적이었다. 수전은 그레고리가 자신을 사랑한다는 환상을 원했고, 그 환상에 매달렸다. 로저먼드는 그러한 환상은 조금도 가지고 있지 않았지만, 자신이 원하는 것을 확실히 알고 있었다.

"중요한 건 제가 미래에 대한…… 커다란 결정을 내려야 한다는 거예요. 마이클은 아직 몰라요."

로저먼드는 눈이 휘어지게 미소를 지었다.

"그이는 제가 그날 쇼핑하러 나간 게 아니란 걸 알아내고는 왜 리젠트 공원에 갔냐면서 의심스러워했어요."

"리젠트 공원이라뇨?"

푸아로는 당황한 표정이었다.

"전 할리 가를 갔다가 그곳으로 갔어요. 산책을 하면서 생각 좀 해 보려고요. 물론 마이클은 제가 그 곳에 간 이유가 남자 때문이라고 생각하죠!"

로저먼드는 활짝 행복한 미소를 지으며 덧붙였다.

"얼마나 화를 내던지!"

"하지만 마담께서 리젠트 공원에 간 일이 왜 그렇게 이상한 일인 겁니까?"

푸아로가 물었다.

"산책하러 간 게요?"

"네. 전에는 한 번도 가지 않으셨나요?"

"한 번도요. 제가 왜 그러겠어요? 리젠트 공원에 뭐 볼 게 있다고?"

푸아로는 그녀를 바라보았다.

"마담께서 보기에는…… 아무것도 없겠죠."

그는 이렇게 덧붙였다.

"마담, 제 생각에는 마담께서 녹색 공작석 테이블을 사촌이신 수전에게 양보하셔야 할 것 같습니다."

로저먼드의 눈이 휘둥그레졌다.

"제가 왜요? 전 그걸 원해요."

"압니다. 압니다. 하지만 마담께서는…… 마담께는 남편이 있으시죠. 하지만 불쌍한 수전은 남편을 잃게 될 거예요."

"잃는다고요? 그레그가 다른 여자와 떠나기라도 한다는 말씀이세요? 절대 그런 일은 없을 거예요. 생긴 것부터가 완전히 얼간이잖아요."

"남편을 잃는 법은 불륜뿐만이 아닙니다, 마담."

"설마……?"

로저먼드는 그를 뚫어지게 바라보았다.

"그레그가 리처드 삼촌을 독살하고 코라 이모를 살해한 다음 헬렌 숙모의 머리를 내려쳤다고 생각하시는 건 아니겠죠? 그건 말도 안 돼요. 저도 그 정도의 머리는 된다고요."

"그렇다면 누구 짓이죠?"

"당연히 조지죠. 조지는 상황이, 그러니까 돈 문제로 궁지에 몰렸었다고요……. 몬테카를로에 있는 제 친구에게서 들었어요. 리처드 삼촌이 그 사실을 알고서 조지를 유언장에서 제외하셨어야 마땅해요."

로저먼드는 흡족한 듯 덧붙였다.

"전 조지가 범인이라는 걸 처음부터 알고 있었답니다."

24장

전보가 도착한 건 그날 저녁 6시경이었다. 전보로 치지 말고 인편으로 배달해 달라는 특별한 요청이 있었으며, 한동안 현관문 앞을 서성이던 푸아로는 랜스컴이 배달원 소년에게 받은 전보를 건네받았다.

그는 평소의 깔끔하고 정갈한 태도와는 달리 서둘러 봉투를 찢었다. 그 안에는 세 단어와 서명이 적혀 있었다.

푸아로는 어마어마한 안도의 한숨을 쉬었다.

그런 후 주머니에서 1파운드짜리 지폐를 꺼내어 어쩔 줄 몰라 하는 소년에게 건네주었다.

"때로는 절약 정신을 버려야 할 때도 있지요."

푸아로는 랜스컴에게 말했다.

"그렇습니다, 선생님."

랜스컴은 정중하게 대답했다.

"모턴 경위님은 어디 계시죠?"

푸아로가 물었다.

"경찰분들 중 한 분은……."

랜스컴은 혐오스럽다는 듯, 그리고 경찰관의 이름 같은 건 외울 수 없다는 듯이 말했다.

"떠나셨습니다. 다른 한 분은 서재에 계실 겁니다."

"좋아요. 즉시 그리로 가죠."

그는 다시 한 번 랜스컴의 어깨를 잡으며 말했다.

"용기를 내세요. 이제 다 왔어요!"

랜스컴은 도착이 아닌 출발을 생각하고 있었기에 약간 당황한 표정을 지었다.

"그렇다면 9시 30분 기차로 떠나실 생각이 아니십니까, 선생님?"

"희망을 잃지 마세요."

그렇게 말하며 앞서서 걸어가던 푸아로가 획 돌더니 물었다.

"혹시 랑스크네 부인이 이 댁 주인님의 장례식에 참석하러 도착한 날, 처음에 뭐라고 했는지 기억하시나요?"

"아주 잘 기억하고 있습니다, 선생님."

랜스컴은 얼굴이 환해지며 대답했다.

"코라 양……. 실례합니다, 랑스크네 부인께서는…… 어쩐 일인지 그 옛날의 코라 양이 떠올라서요."

"물론 그러실 겁니다."

"제게 이렇게 말씀하셨습니다. '안녕, 랜스컴. 옛날에 랜스컴이 오두막으로 머랭을 가져다주곤 했었죠. 이게 얼마만이에요?' 모든 아이들에게는 자기만의 오두막이 있죠……. 정원 울타리 옆이었습니다. 여름에 디너파티가 열리면 전 젊은 숙녀분들과 신사분들에게 (물론 당시에는 어린 아이들이셨습니다.) 머랭 과자를 가져다주곤 했습니다. 코라 양께서는 머랭을 아주 좋아하셨죠."

푸아로는 고개를 끄덕이며 중얼거렸다.

"그래, 내 생각과 같아. 그래, 아주 전형적이야."

그는 서재로 들어가 모턴 경위를 발견하고는 아무 말 없이 전보를 건네주었다.

모턴은 어리둥절한 표정으로 그 전보를 읽었다.

"이게 무슨 말인지 전혀 모르겠습니다."

"이제 경위에게 모든 걸 말씀드릴 때가 왔소."

모턴 경위는 씩 웃었다.

"마치 빅토리아 시대 멜로드라마의 여주인공처럼 말씀하시는군요. 하지만 무슈 푸아로께서 무언가를 알아낼 때도 되었죠. 전 더 이상은 못 참겠습니다. 그 뱅크스라는 친구는 아직도 자기가 리처드 애버네티를 독살했다고 고집을 피우면서 경찰이 절대 그 방법을 알아낼 수 없을 거라고 호언장담하고 있습니다. 제가 이해가 안 되는 건 왜 살인 사건이 있을 때마다 꼭 나서서 자기 짓이라고 떠벌이는 사람이 있느냐 하는 겁니다! 도대체 그런다고 무슨 이득이 있겠습니까? 도대체 무슨 생각들인지 이해할 수가 없습니다."

"이번 경우에는 아마도 자기 자신에 대한 책임을 회피하려는 걸 거요……. 다시 말해 폴스다이키 정신병원으로 도망치려는 거죠."

"브로드무어 정신병원에 갈 확률이 더 높습니다."

"어디든 마찬가지예요."

"무슈 푸아로, 정말 그 사람 짓일까요? 길크리스트 양이 들었다는 리처드 애버네티와 조카딸의 대화가 사실이라면 딱 들어맞잖습니까. 만약 그녀의 남편이 벌인 짓이라면 그녀 또한 관련되었을 겁니다. 그 아가씨가 그렇게 여러 범죄를 꾸미는 모습은 상상이 가지 않지만요. 물론 남편을 보호하기 위해서라면 못할 일이 없겠죠."

"모두 말해 드리죠……."

"네, 네. 모두 말씀해 주세요! 그리고 제발 서둘러 주세요!"

이번에 에르퀼 푸아로가 청중들을 불러 모은 것은 커다란 응접실이었다.

그를 향한 얼굴들에는 긴장감보다는 즐거움이 어려 있었다. 모턴 경위와 파웰 총경은 온몸으로 위협적인 기운을 내뿜었다. 담당 경찰들이 질문을 던지고 진술을 받는 동안, 사립 탐정인 에르퀼 푸아로는 약간 어색하게 뒤로 물러나 있었다.

낮지만 뚜렷한 목소리로 티모시가 아내에게 한 말은 그 방에 모인 사람들의 기분을 대변하는 것이었다.

"빌어먹을 사기꾼 같으니! 엔트휘슬은 노망이 난 거야! 그렇지 않고서야……."

에르퀼 푸아로가 사람들의 관심을 끌어 모으려면 꽤 애를 써야 할 상황인 것 같았다.

푸아로는 약간 거드름을 피우면서 입을 열었다.

"두 번째로 제 출발을 알립니다! 오늘 아침에 전 12시 기차로 출발하겠다고 말했죠. 이제 전 저녁 9시 30분 기차로 출발하겠다고 알리겠습니다……. 즉, 저녁 식사를 한 후 즉시 말입니다. 제가 출발하는 이유는 제가 이곳에서 더 이상 할 일이 없기 때문입니다."

"진즉에 그럴 일이지. 애초부터 저 사람이 여기서 할 일은 아무것도 없었다고. 건방진 녀석들!"

티모시의 목소리는 여전히 또렷하게 들렸다.

"제가 애초에 이곳에 온 것은 수수께끼를 풀기 위해섭니다. 그리고 이제 수수께끼는 풀렸습니다. 먼저 훌륭한 엔트휘슬 씨께서 제게 말씀해 주신 것들, 제 관심을 끌게 된 것들을 말씀드리죠.

먼저, 리처드 애버네티 씨께서는 갑자기 돌아가셨습니다. 두 번째로, 그분의 장례식이 끝나고 여동생인 코라 랑스크네가 '오빠는 살해됐잖아요, 안 그래요?'라는 말을 했습니다. 세 번째로, 랑스크네 부인이 살해당하셨습니다. 문제는 이 세 가지 사건이 하나의 연속성 위에 있는 것이었을까 하는 점이었습니다. 그 다음에는 어떤 일이 일어났는지 살펴볼까요? 돌아가신 랑스크네 부인의 말벗이었던 길크리스트 양이 비소가 든 웨딩 케이크를 먹고 탈이 났지요. 그건 사건의 다음 연장선이었습니다.

자, 제가 오늘 아침에 말씀드린 대로, 전 조사를 하는 동안 애버네티 씨가 독살 당했다는 증거를 아무것도…… 아무것도 발견하지 못했습니다. 동시에 그분이 독살당하지 않았다는 증거 또한 아무것도 발견하지 못했죠. 하지만 조사를 계속하면서 일은 점점 쉬워졌습니다. 코라 랑스크네가 장례식장에서 깜짝 놀랄 만한 발언을 했다는 것에는 모두 동의하실 겁니다. 그리고 그 다음 날 랑스크네 부인은 살해당하셨습니다……. 도구로는 손도끼가 사용됐죠. 자, 이제 네 번째 사건을 살펴보도록 하죠. 그 지역 우편배달 차량 운전자는 웨딩 케이크가 든 소포를 배달한 적은 없다고 단언하고 있습니다……. 물론 완전히 확신하지는 못할 겁니다. 하지만 그의 말이 사실이라면 그 소포는 누군가 직접 놓고 간 것이며, '미지의 인물'이 존재한다는 뜻이 되겠죠……. 당시 그곳에 소포를 놓고 갔을 가능성이 있는 사람들을 살펴보아야 할 겁니다. 그 사람들이란 바로 길크리스트 양 본인, 그날 심리에 참석하러 내려간 수전 뱅크스, 엔트휘슬 씨(물론 엔트휘슬 씨도 포함시켜야 합니다. 엔트휘슬 씨는 코라가 그 발언을 할 때 그 자리에 있었으니까요!), 그리고 두 사람이 더 있습니다. 자신을 예술 비평가 거스리 씨라고 소개한 노신사 한 분과 그날 아침 일찍 모금을 하러 찾아온 수녀님 한 명 혹은 두 명입니다.

저는 우편배달 차량 운전수의 기억이 맞다는 가정 하에 수사에 착수했습니다. 따라서 용의자 선상에 오른 사람들을 아주 주의 깊게 조사했지요. 길크리스트 양은 리처드 애버네티의 죽음으로 얻는 이득이 조금도 없고, 랑스크네 부인의 죽음으로는 아주 약간의 이득을 얻는 게 가능합니다……. 하지만 사실상 랑스크네 부인의 죽음으로 그녀는 일자리를 잃었으며 새로운 일자리를 얻기도 힘든 상황에 처하게 됐습니다. 또한 길크리스트 양은 비소 중독으로 병원에 실려 가기도 했죠.

수전 뱅크스는 리처드 애버네티의 죽음으로 확실히 이득을 봤으며 랑스크네 부인의 죽음으로도 작으나마 이득을 보았습니다……. 그녀에게 동기가 있다면 분명 자신의 안전을 위해서였을 겁니다. 그녀로서는 코라 랑스크네와 리처드 애버네티가 자신에 대해 나누는 이야기를 길크리스트 양이 엿들었을 거라 판단할 이유가 충분했고, 따라서 길크리스트 양을 제거해야겠다고 결심했을 수도 있습니다. 수전 뱅크스는 웨딩 케이크를 먹자는 제의를 거절했으며, 또한 길크리스트 양이 그날 밤 아플 때도 아침이 될 때까지 기다려 본 연후에 의사를 부르자고 했다는 사실을 명심하십시오.

엔트휘슬 씨는 그 누구의 죽음으로도 이득을 보지 않았습니다……. 하지만 그는 애버네티 씨의 사업과 신탁 자금에 상당부분 관여하고 있으니, 그에게도 리처드 애버네티가 오래 살아서는 안 될 이유가 있을 수 있습니다. 하지만……. 엔트휘슬 씨가 이 사건에 관련되어 있다면 왜 절 찾아왔을까요?

그 대답은 제가 해 드리죠……. 살인범들이 지나치게 자신만만한 태도를 보이는 건 흔한 일입니다.

이제 두 명의 외부인을 살펴보도록 하죠. 거스리 씨와 수녀님입니다. 만약 거스리 씨가 진짜 예술 비평가 거스리 씨라면 혐의는 벗겨지게 되죠. 수녀님 또한 마찬가지입니다. 진짜 수녀라면 말입니다. 문제는 이 사람들이 진짜일까 가짜일까 하는 겁니다.

　그리고 전 이 수녀들에게서 흥미로운…… 특징이라고 할까요, 그런 특징을 발견했습니다. 길크리스트 양은 티모시 애버네티 씨 댁을 찾아온 수녀님을 리체트 세인트 메리에서 보았던 바로 그 수녀님으로 생각했습니다. 또한 수녀님 한 분, 또는 두 분이 애버네티 씨께서 돌아가시던 날에도 이곳에 찾아왔지요…….”

　조지 크로스필드가 중얼거렸다.

　“세 번이라.”

　푸아로는 계속 말을 이었다.

　“따라서 제 머릿속에 확실한 조합이 하나 떠오른 겁니다……. 애버네티 씨의 죽음, 살해당한 코라 랑스크네, 독약이 든 웨딩 케이크, ‘수녀님’이라는 ‘특징’.

　제 관심을 끈 또 다른 특징들도 덧붙이도록 하겠습니다.

　예술 비평가의 방문, 유성 페인트 냄새, 폴플레션 항구 그림엽서, 그리고 마지막으로……. 지금은 대신 도자기 화병이 놓였지만 공작석 테이블 위에 있던 밀랍 꽃다발.

　이러한 점들을 심사숙고해 보고 전 진실에 도달할 수 있었죠……. 그리고 이제 전 여러분들께 진실을 말씀드리려 합니다.

　그중 첫 번째 부분은 이미 오늘 아침에 말씀드렸지요. 리처드 애버네티 씨는 갑작스럽게 돌아가셨지만, 장례식 날 그분의 여동생 코라가 말한 대로 음모가 있었다고 의심할 근거는 전혀 없습니다. 사실상 리처드 애버네티 씨의 살인 사건은 그녀의 말에만 전적으로

의존하고 있었던 셈입니다. 그 말 한마디로 여러분들 모두는 살인이 일어난 거라 믿게 되었는데, 그것은 그 말 자체보다도 코라 랑스크네의 성격 때문이기도 했습니다. 코라 랑스크네는 난감한 상황에서 거침없이 사실을 이야기하기로 유명했으니까요. 따라서 리처드 씨 살인 사건은 코라가 한 말뿐 아니라 코라 본인에 의해 수면 위로 떠오른 겁니다.

그리고 전 갑자기 스스로에게 이런 질문을 하게 되었죠.

'가족들은 코라 랑스크네에 대해 얼마나 잘 알고 있는 걸까?'"

그가 잠시 침묵하자 수전이 날카롭게 물었다.

"무슨 말씀이세요?"

푸아로는 말을 이었다.

"전혀 알지 못하죠……. 그게 답입니다! 조카들은 그녀를 한 번도 본 적이 없고, 본 적이 있다 하더라도 아주 어릴 때뿐이었죠. 사실상 장례식 당일 날 코라를 알던 사람은 세 명뿐이었습니다. 이 저택의 집사이자 늙고 눈이 침침한 랜스컴, 결혼식 날에만 몇 번 만난 적이 있던 티모시 애버네티 부인, 코라를 잘 알았지만 20년이 넘도록 보지 못한 리오 애버네티 부인.

그래서 전 스스로에게 이렇게 물어봤습니다. '장례식 당일 날 찾아온 사람이 코라 랑스크네가 아니라면?'"

"그 코라 고모가…… 코라 고모가 아니었다는 말씀이세요?"

수전이 화를 내며 따졌다.

"살해당한 사람이 코라 고모가 아니라 다른 사람이었다는 말씀이세요?"

"아니요, 아니요. 살해당한 사람은 코라 랑스크네였습니다. 하지만 오빠의 장례식 전날 이 저택에 찾아온 것은 코라 랑스크네가 아니었다는 거지요. 그날 저택에 찾아온 그 여자의 목적은 단 하나…… 리처드 씨께서 갑자기 돌아가셨다는 점을 악용하기 위해서였습니다. 가족들의 머릿속에 그가 살해되었다는 생각을 심어 주기 위해서! 그리고 그 여자는 아주 훌륭히 목적을 달성했죠!"

"말도 안 돼요! 왜요? 그런다고 무슨 이득이 있다는 거예요?"

모드가 어이없다는 듯 대꾸했다.

"왜냐고요? 또 다른 살인 사건에 대한 주의를 분산시키기 위해서죠. 코라 랑스크네의 살인 사건에서 말입니다. 만약 코라가 리처드가 살해당했다고 말한 뒤에 그녀 자신도 살해당한다면, 이 두 가지 죽음은 적어도 원인과 이유라는 한 가지로 묶이게 됩니다. 하지만 만약 코라가 자신의 집에 침입한 누군가에 의해 살해당했다면, 그리고 경찰이 강도의 짓이 아니라고 판단을 내린다면, 그때는 누구를 용의자로 생각할까요? 집 가까이에 있는 사람들이 의심받게 될 겁니다, 그렇지 않은가요? 당연히 살인 용의는 코라와 함께 산 여자에게 돌아가게 될 겁니다."

길크리스트 양은 아주 밝은 목소리로 항의했다.

"오, 세상에……. 퐁타를리에 씨……. 설마 제가 자수정 브로치와 아무런 가치도 없는 그림 때문에 살인을 저질렀다는 말씀을 하시려는 건 아니시겠죠?"

"바로 맞히셨습니다."

푸아로가 대답했다.

"그것뿐만이 아니죠. 길크리스트 양, 그림들 중 폴플레션 항구를 그린 그림 한 점을 두고 뱅크스 부인은 영리하게도 그게 옛날 방파제가 있던 시절의 그림엽서를 보고 그린 거라는 사실을 알아차렸습니다. 하지만 실제로 랑스크네 부인께서는 언제나 자연을 직접 보고 그리셨지요. 저는 엔트휘슬 씨가 그 집에 처음 찾아간 날 유성페인트 냄새가 났다고 한 말을 떠올렸습니다. 길크리스트 양께서도 그림을 그리시죠? 안 그런 가요? 길크리스트 양의 아버지는 화가셨고 길크리스트 양 역시 그림에 해박하시니까요. 코라가 시장에서 싸게 구입한 그 그림들 중 하나가 값나가는 그림이었다고 합시다. 코라 본인은 그 그림의 가치를 몰랐지만 길크리스트 양 당신은 알았다고도 말이죠. 당신은 코라가 유명한 예술 비평가로 일하는 오랜 친구의 방문을 기다리고 있었다는 걸 알고 있었을 겁니다. 그러던 중 갑자기 코라의 오빠가 죽었습니다……. 순간 한 가지 계획이 당신의 머릿속에 떠오른 겁니다. 코라에게 아침 일찍 진정제가 든 차를 먹여 의식을 잃게 하고, 그래서 당신이 엔더비에서 열리는 장례식에 대신 참석해 얼마간의 시간을 버는 건 간단한 일이죠. 당신은 코라의 이야기를 듣고 엔더비에 대해 잘 알고 있었습니다. 나이가 든 사람들이 다 그렇듯 코라 또한 어린 시절에 대한 이야기를 많이 했을 겁니다. 그러니 늙은 랜스컴을 만나자마자 머랭이며 오두막 이야기를 꺼내, 만약에 있을 의심을 잠재우는 것도 쉬운 일이었을 거고요. 네, 당신이 그날 엔더비에 대한 지식을 총동원해 이것저 것 옛 추억에 대한 이야기를 늘어 놓는 것을 보고 당신이 코라가 아 니라고 의심하는 사람은 아무도 없었습니다. 당신은 안에 살짝 솜 을 넣은 그녀의 옷을 입고 있었고, 가짜 앞머리도 하고 있었으니 쉽 게 코라로 변장할 수 있었을 겁니다. 게다가 20년 동안 아무도 코라 를 보지 못했고⋯⋯. 20년이라는 세월은 사람이 크게 변하기에 충 분한 시간인 만큼 '몰라볼 뻔했다!'는 말을 듣기도 하지요. 하지만 코라만의 특이한 습관은 확실히 기억에 남아 있을 테니 당신은 거 울을 보며 주의 깊게 연습했을 겁니다.

그리고 바로 그 부분에서 이상하게도 당신은 첫 번째 실수를 저 질렀습니다. 거울에 반사되는 영상은 반대라는 사실을 잊었던 겁니 다. 코라가 새처럼 옆쪽으로 고개를 갸우뚱하는 모습을 거울을 보 며 따라할 때는 완벽한 것 같았겠죠. 하지만 사실 그 반대쪽으로 기 울여야 한다는 걸 당신은 깨닫지 못한 겁니다. 당신은 코라가 오른 쪽으로 고개를 갸웃거리는 모습을 떠올리며 거울 앞에서 왼쪽으로 고개를 갸우뚱하는 연습을 거듭했고요.

바로 그 때문에 헬렌 애버네티는 깜짝 발언을 했을 때의 코라 모 습이 어딘가 이상하다고 생각했던 겁니다. 뭔가가 '잘못'된 것 같다 고 생각한 거죠. 전전날 밤 로저먼드 셰인이 뜻밖의 말을 했을 때 그 사실을 깨달았습니다. 모두들 자연스럽게 로저먼드 셰인을 바라 보았죠. 따라서 리오 부인께서 무언가가 '잘못'되었다고 생각했다 면, 코라 랑스크네의 무언가가 잘못되었다는 걸 뜻하는 겁니다. 그리고 전날 저녁 거울 속 이미지와 '자기 자신을 본다'는 것에 대한 이야기를 나눈 후, 리오 부인은 거울 속을 들여다보며 확인을 해 봤을 거라고 생각합니다. 리오 부인의 얼굴은 특별나게 비대칭인 부분이 없습니다. 그러다 문득 코라를 떠올리고는 그녀가 오른쪽으로 고개를 갸웃거리던 버릇을 기억해 낸 거지요. 그리고 거울 안을 들여다 본 그녀는 무언가 '잘못'되었다는 걸 깨닫고 느닷없이 장례식 날 '잘못'되었다고 생각한 게 무엇인지 알아차리게 됩니다. 그녀는 고민에 빠졌습니다……. 코라가 반대편으로 고개를 숙이는 새로운 버릇이 생긴 건지……. 사실 절대 있을 법한 일은 아니죠. 그렇다면 코라는 코라가 아니었다는 건가? 어느 쪽이든 그녀에게는 터무니없이 느껴졌을 겁니다. 하지만 즉시 엔트휘슬 씨에게 이 사실을 알려야겠다고 결심했죠. 그리고 그 이른 시각, 깨어 있던 누군가가 그녀를 따라 내려갔다가 자신의 정체가 밝혀질 것을 두려워한 나머지 무거운 문버팀쇠로 리오 부인을 내리친 겁니다."

푸아로는 잠시 말을 멈추었다가 이렇게 덧붙였다.

"이젠 당신에게도 말해 드리죠, 길크리스트 양. 애버네티 부인의 상태는 심각하지 않습니다. 곧 우리에게 모든 걸 말씀해 주실 수 있을 거예요."

"전 절대 그런 짓은 하지 않았어요. 모든 게 전부 다 사악한 거짓말이에요."

길크리스트 양이 항변했다.

"그날은 당신이었군요."

마이클 셰인이 갑자기 입을 열었다. 그는 길크리스트 양의 얼굴을 가만히 살펴보았다.

"좀 더 빨리 살펴봤어야 했는데……. 왠지 모르게 당신을 어디선가 본 것 같은 기분이 들었습니다. 하지만 사람들은 말벗을……."

그가 말을 멈추었다.

"네, 사람들은 하잘 것 없는 말벗 따위 제대로 쳐다보지도 않죠."

길크리스트 양은 약간 떨리는 목소리로 대꾸했다.

"정말 지긋지긋해요, 집안일은 지긋지긋해요! 하인이나 다름없는 생활이에요! 어서 계속 하세요, 무슈 푸아로. 그 말도 안 되는 헛소리를 계속해 보시죠!"

"물론 장례식 날 던진 살인 이야기는 첫 번째 단계에 불과했습니다. 당신은 많은 걸 준비해 뒀죠. 언제라도 리처드 애버네티 씨와 여동생 간의 대화를 엿들었다고 인정할 준비가 되어 있었어요. 리처드 씨가 동생에게 한 말은 앞으로 사실 그의 살날이 얼마 남지 않았다는 것이었습니다. 그 경우 리처드 씨가 저택이 돌아와 여동생에게 쓴 애매한 편지의 내용이 설명되지요. 그리고 또 하나, 당신은 '수녀'라는 미끼를 던졌습니다. 수녀, 혹은 수녀들……. 심리가 열리던 그날 집에 찾아온 수녀님을 가리켜 '당신을 따라다닌다'는 인상을 주었고, 엔더비에서 모드 애버네티 부인이 헬렌 애버네티 부인께 무슨 말을 했는지 궁금해 안달이 난 당신은 그 수법을 또 써먹었죠. 그리고 티모시 부인을 따라 이 저택에 와 사건이 얼마나 진행된 건지 직접 알고 싶을 때도 그 수법을 썼습니다. 사실 치명적이지 않은 양의 비소를 스스로 먹은 건 정말이지 진부한 수법이랍니다…… 덕분에 모턴 경위도 당신을 의심하게 됐죠."

"하지만 그림은요? 그게 어떤 그림이었던 거죠?"

로저먼드가 물었다.

푸아로는 천천히 전보를 펼쳐보였다.

"전 오늘 아침 믿을 수 있는 친구인 엔트휘슬 씨에게 전화를 걸어 애버네티 씨의 부탁을 받아 온 척하며 스탠스필드 그레인지로 가 달라고 했습니다.(이 부분에서 푸아로는 티모시를 강하게 노려보았다.) 그러고는 길크리스트 양을 위한 깜짝 선물로 표구를 새로 해 준다는 핑계를 대고 그녀의 방에서 폴플레선 항구 그림을 가져오라는 주문을 했죠. 엔트휘슬 씨는 그 그림을 가지고 런던으로 돌아와 거스리 씨를 찾아갔습니다. 제게 전보로 귀띔을 해 준 바로 그분이지요. 폴플레선 항구가 덧칠된 물감을 서둘러 제거하고 나니 원래의 그림이 모습을 드러내더군요."

푸아로는 전보를 들고 읽었다.

"페르메이르(베르메르)가 확실함. 거스리."

갑자기 길크리스트 양이 말을 쏟아내 주변을 깜짝 놀라게 했다.

"난 그게 페르메이르의 작품인 줄 알았어요. 난 알았다고요! 그 여잔 몰랐어요! 렘브란트니 이탈리아 원시파니 하면서 바로 눈앞에 있는 페르메이르를 못 알아봤다고요! 아는 거라곤 쥐뿔도 없으면서 항상 예술이 어쩌니 저쩌니 수다를 떨어댔죠! 그 여잔 정말 바보였어요. 언제나 이곳 엔더비에 대한 이야기, 어린 시절 이야기, 리처드와 티모시, 로라, 가족 전부에 대한 이야기를 늘어 놓았어요. 돈이 넘쳐나는 집에서 유복하게 살았더군요! 좋은 건 죄다 누리면서. 같은 말을 몇 시간이고 매일매일 듣는 게 얼마나 끔찍한 일인지 모르실 거예요. 전 항상 관심 있는 척하면서 '오, 그래요, 랑스크네 부인.' '정말이에요, 랑스크네 부인?'이라고 대꾸해야 했죠. 하지만 정말이지 끔찍할 정도로…… 끔찍할 정도로 지긋지긋했어요……. 제겐 희망이라곤 없었어요. 그러다…… 페르메이르가 나타난 거예요! 일전에 페르메이르의 작품 한 점이 5000파운드에 팔렸다는 기사를 신문에서 읽었어요!"

"고작 5000파운드 때문에…… 그렇게 잔인하게…… 고모를 죽인 거예요?"

수전의 목소리가 분노로 떨렸다.

"5000파운드면 가게를 빌려 찻집을 열 수 있는 돈입니다……."

푸아로가 말했다.

길크리스트 양은 고개를 돌려 푸아로를 바라보았다.

"적어도 선생님은 이해하시는군요. 그건 제가 가진 유일한 기회였어요. 어떻게든 돈을 마련해야 했다고요."

꿈에 대한 열정에 사로잡힌 그녀의 목소리는 떨렸다.

"전 그 찻집을 팜 트리(야자수)라 부르려고 했어요. 작은 낙타 조각이 달린 메뉴 받침대. 가끔씩은 아주 좋은 도자기를 살 수도 있겠죠. 수출이 금지된 도자기요……. 끔찍하게 새하얀 싸구려 도자기 말고요. 근사한 사람들이 드나들 수 있도록 근사한 동네에서 시작할 작정이었어요. 라이……. 아니면 치체스터도 좋아요……. 저라면 분명 성공할 수 있었을 거예요."

그녀는 잠시 말을 멈추었다가 꿈꾸는 듯 덧붙였다.

"오크 테이블……. 빨간색 줄무늬가 들어간 작은 버들가지 의자와 하얀 쿠션……."

한순간 결코 있을 리 없는 길크리스트 양의 찻집이 엔더비의 견고한 빅토리아 시대 응접실보다 더 생생하게 눈앞에 펼쳐졌다…….

그 마법을 깬 것은 모턴 경위였다.

길크리스트 양은 공손히 고개를 돌려 그를 바라보았다.

"오, 걱정 마세요. 바로 가도록 하죠. 더 이상은 문제를 일으키고 싶지 않아요. 팜 트리를 가질 수 없다면 제게 중요한 건 아무것도 없으니까요……."

그녀가 경위와 함께 응접실을 나가자 수전은 여전히 떨리는 목소리로 입을 열었다.

"저렇게 정숙한 여자가 살인범일 줄은 꿈에도 몰랐어. 끔찍해……."

25장

"하지만 밀랍 꽃이 어떻다는 건지 모르겠네요."

로저먼드가 말했다.

그녀는 책망하는 듯한 커다란 푸른 눈으로 푸아로를 응시했다.

셋은 런던에 있는 헬렌의 아파트에 있었다. 헬렌은 소파에 앉아 있었고 로저먼드와 푸아로는 그녀와 함께 차를 마시는 중이었다.

"밀랍 꽃이 이 일과 무슨 상관이 있는 건지 모르겠어요. 그리고 공작석 테이블도요."

로저먼드가 말했다.

"공작석 테이블은 아무런 상관없습니다. 하지만 밀랍 꽃이야말로 길크리스트 양이 저지른 두 번째 실수였습니다. 공작석 테이블과 밀랍 꽃이 아주 잘 어울린다고 그녀가 말했죠? 하지만 마담, 그녀는 공작석 테이블 위에 놓인 밀랍 꽃을 본 적이 없습니다. 밀랍 꽃이 담겼던 화병이 깨진 건 길크리스트 양이 티모시 부부와 함께 저택에 도착하기도 전이었거든요. 다시 말해 그녀는 코라 랑스크네로 분장을 하고 저택에 왔을 때 그 꽃을 보았다는 말이 됩니다."

"정말 바보 같은 실수를 했네요, 그렇지 않아요?"

로저먼드가 말했다.

푸아로는 검지손가락을 흔들며 입을 열었다.

"마담, 대화가 가진 위험성이 바로 그겁니다. 어떤 주제로든 간에 누구와 오랫동안 이야기를 나눌 수 있다면, 머지않아 그 사람은 속마음을 털어놓게 되어 있다는 게 제 지론입니다. 길크리스트 양도 그랬지요."

"앞으로 조심해야겠어요."

로저먼드는 곰곰이 생각하며 말했다.

그러다 갑자기 얼굴이 환해졌다.

"그거 아세요? 저 임신했어요."

"아하! 할리 가*와 리젠트 공원이 바로 그런 의미였군요?"

"네. 그땐 너무 당황하고 너무 놀라서…… 어딘가로 가서 혼자 생각을 해 보려 했어요."

"제가 기억하기로 그런 일은 드물다고 하셨죠.??"

"뭐, 그렇죠. 하지만 이번에는 미래에 대한 결정을 내려야 했으니까요. 그리고 전 무대를 떠나 엄마가 되기로 결정을 내렸답니다."

---

* 일류 병원들이 모인 런던의 거리.

"분명히 마담께는 아주 잘 어울리는 역할일 겁니다. 벌써부터《스케치》와《태틀러》를 장식한 행복한 가족사진이 눈에 선합니다."

로저먼드는 행복하게 미소 지었다.

"네, 정말 근사한 일이에요. 그거 아세요? 마이클도 기뻐했어요. 그이가 기뻐할 줄은 정말 몰랐는데 말이에요."

그녀는 말을 멈추었다가 덧붙였다.

"공작석 테이블은 수전에게 양보했어요. 전 아이가 있으니까……."

로저먼드가 말끝을 흐리자 헬렌이 옆에서 입을 열었다.

"수전의 화장품 사업은 전망이 아주 좋아요. 그 앤 분명 크게 성공할 거예요."

"네, 타고난 사업가죠. 삼촌처럼 말입니다."

푸아로가 말했다.

"리처드 삼촌 말씀이시겠죠? 티모시 삼촌이 아니라."

로저먼드가 말했다.

"분명 티모시는 아닙니다."

푸아로의 대꾸에 다들 웃음을 터뜨렸다.

로저먼드가 말했다.

"그레그는 어디론가 떠났대요. 수전 말로는 요양을 하러 갔다던데요?"

로저먼드는 아무 말 없는 푸아로를 궁금한 듯 바라보며 말을 계속했다.

"왜 그레그는 계속 자기가 리처드 삼촌을 죽였다는 말을 하는 건지 이유를 모르겠어요. 그것도 일종의 과시벽이라고 생각하세요?"

푸아로는 화제를 돌렸다.

"전 티모시 애버네티 씨로부터 아주 친절한 편지를 한 통 받았습니다. 제가 가문을 위해 힘써준 점을 높이 평가하고 있다고 하시더군요."

"티모시 삼촌은 정말 지독해요."

로저먼드가 한마디 했다.

"전 다음 주에 그 집에 가서 머무를 예정이에요. 정원사는 구한 모양이지만 가정부는 구하기가 힘든가 봐요."

헬렌이 말했다.

"그 끔찍한 길크리스트를 그리워하겠죠. 하지만 그랬다가는 결국엔 그 여자가 티모시 삼촌도 죽였을 거예요. 그랬더라면 정말 재미있었겠죠!"

로저먼드가 말했다.

"마담께는 살인이라는 게 재미있으신 모양입니다?"

로저먼드는 애매하게 대꾸했다.

"오! 그렇진 않아요. 하지만 전 정말 조지가 범인이라고 생각했어요. 언젠가는 조지가 일을 저지르겠죠."

다시 그녀의 얼굴이 환해졌다.

"그렇다면 재미있겠군요."

푸아로는 비꼬듯 응수했다.

"네, 그렇겠죠?"

로저먼드는 푸아로의 말에 고개를 끄덕이며 동의했다.

그녀는 앞에 놓인 접시에서 에클레어*를 하나 더 집어 먹었다.

푸아로는 고개를 돌려 헬렌을 바라보았다.

"그리고 마담께서는 키프로스로 떠나시나요?"

"네, 2주 후에요."

"그렇다면 행복한 여행길이 되시길 바랍니다."

푸아로는 그녀의 손을 잡고 고개를 숙여 인사를 했다. 그녀는 행복하게 크림 패스트리를 먹는 로저먼드를 남겨두고 푸아로를 문 앞까지 배웅했다.

헬렌이 느닷없는 이야기를 꺼냈다.

"무슈 푸아로, 리처드 아주버님이 제게 남겨 준 유산이 그 어떤 사람들보다도 더 의미 깊다는 걸 알아주셨으면 해요."

"그런가요, 마담?"

"네. 아시겠지만…… 전 키프로스에 아이가 있어요. 남편과 전 서로를 아주 사랑했지만 아이가 없다는 게 커다란 슬픔이었죠. 그이가 죽고 나서 전 외로움을 견딜 수가 없었어요. 그러다 전쟁 막바지에 런던에서 간호사 일을 하던 중 어떤 사람을 만난 거지요. 저보다 어린 데다 결혼도 한 사람이었어요. 물론 행복한 결혼 생활이 된 건 아니었지요. 우린 한동안 만났고, 그게 다랍니다. 그 사람은 캐나

---

* 패스트리 안에 모카와 초코 크림이 들은 디저트.

다로…… 아내와 아이들에게로 돌아갔어요. 그 사람은…… 제게 아이가 있는 줄 모릅니다. 알았다면 낳는 것을 반대했을 거예요. 하지만 전 아이를 원했죠. 제게는 기적 같은 일이었어요……. 아무것도 없는 중년 여자에게는요. 이제 아주버님이 남겨준 유산으로 제…… 명목상의 조카를 교육시키고 새로운 인생을 선사해 줄 수 있게 됐네요."

그녀는 잠시 말을 멈추었다가 덧붙였다.

"리처드 아주버님에게는 말하지 않았어요. 아주버님은 절 아꼈고 저도 아주버님을 아꼈지만…… 그는 절대 이해하지 못했을 거예요. 무슈 푸아로께서는 저희 가족에 대해 많은 걸 알고 계시니, 저에 대한 일도 알고 계시면 좋겠다고 생각했어요."

다시 한 번 푸아로는 그녀의 손을 잡고 고개를 숙여 인사했다.

집으로 돌아온 푸아로는 벽난로 왼쪽에 놓인 안락의자에 누군가가 앉아 있는 걸 발견했다.

엔트휘슬 씨가 말했다.

"안녕하신가, 푸아로. 지금 막 법정에서 돌아왔네. 물론 유죄 판결이 났지. 하지만 그 여자가 브로드무어 정신병원으로 가게 된다고 해도 놀랄 일은 아니야. 그 여자는 감옥에 갇히게 되면 미쳐 버릴 게 분명해. 아주 행복하겠지. 24시간 내내 새로운 찻집에 대한 계획을 짜느라 바쁠 테니까. 새 찻집의 이름은 라일락 부시로 하고 크로머에 연다는 둥 하면서."

"정말 그 여자가 약간 미친 걸 수도 있겠지. 하지만 내 생각은 다르다네."

"세상에, 당연히 아니지! 살인을 계획할 때는 자네나 나처럼 멀쩡했어. 아주 냉정하게 살인을 저지른 거야. 그렇게 온화한 겉모습 속에 감춘 영리한 머리로 말일세."

푸아로는 살짝 몸서리를 쳤다.

"수전 뱅크스가 한 말이 생각났네……. 그렇게 정숙한 여자가 살인범일 줄은 꿈에도 몰랐다더군."

"안 될 게 뭔가?"

엔트휘슬 씨가 말했다.

"온갖 종류의 인간들이 범행을 저지르는데."

침묵이 흘렀다. 그리고 푸아로는 그 동안 만난 살인범들을 떠올렸다…….

〈끝〉

옮긴이 | **원은주**

충북대학교에서 고고미술사학을 전공했으며 영어강사로 활동했다. 현재 인트랜스 번역원 소속 전문번역가로 활동 중이다. 옮긴 책으로는 『주스테라피』, 『멘토: 지식 경영 시대의 새로운 리더』, 『벙어리 목격자』, 『다섯 마리 아기 돼지』, 『할로 저택의 비극』, 『장례식을 마치고』, 『헤라클레스의 모험』, 『시계들』, 『비즈니스맨을 위한 아티스트 웨이』 등이 있다.

애거서 크리스티 푸아로 셀렉션

장례식을 마치고

1판 1쇄 찍음 2015년 7월 3일
1판 1쇄 펴냄 2015년 7월 10일

지은이 | 애거서 크리스티
옮긴이 | 원은주
발행인 | 김세희
편집인 | 김준혁
책임편집 | 최고운
펴낸곳 | 황금가지

출판등록 | 2009. 10. 8 (제2009-000273호)
주소 | 135-887 서울 강남구 신사동 506 강남출판문화센터 5층
전화 | **영업부** 515-2000 **편집부** 3446-8774 **팩시밀리** 515-2007
홈페이지 | www.goldenbough.co.kr

도서 파본 등의 이유로 반송이 필요할 경우에는 구매처에서 교환하시고
출판사 교환이 필요할 경우에는 아래 주소로 반송 사유를 적어 도서와 함께 보내주세요.
135-887 서울 강남구 신사동 506 강남출판문화센터 6층 민음인 마케팅부

© ㈜민음인, 2015. Printed in Seoul, Korea
ISBN 978-89-6017-952-3 04840
ISBN 978-89-6017-956-1 04840 (set)
㈜민음인은 민음사 출판 그룹의 자회사입니다.
황금가지는 ㈜민음인의 픽션 전문 출간 브랜드입니다.